L'ŒIL DE CAINE

Patrick Bauwen est médecin. Il dirige un service d'urgences en région parisienne et vit une partie du temps aux États-Unis. *L'Œil de Caine* est son premier roman.

Paru dans Le Livre de Poche :

MONSTER

PATRICK BAUWEN

L'Œil de Caine

ROMAN

ALBIN MICHEL

ISBN : 978-2-253-12311-8 – 1re publication LGF

Pour Laetitia, une femme d'exception.

Seth va mourir, il le sait. Le fait qu'il n'ait que douze ans n'y changera rien.

Quelqu'un va venir le chercher pour le conduire sur la chaise électrique. On lui mettra une cagoule sur la tête, on lui attachera les poignets et les chevilles. Puis on le fera griller.

C'est aussi simple que ça.

– Oh ! Mon Dieu... ! Oh ! Mon Dieu... !

Il ferme les yeux. C'est un réflexe ridicule, mais au moins il ne voit plus le cadavre étendu à ses pieds.

Seth a l'air d'un enfant ordinaire : jean, T-shirt des Lakers (avec casquette assortie) et une paire de Nike. Ses poches sont bourrées de chewing-gums. Un casque de walkman se balance autour de son cou.

Durant la semaine, il est obligé de porter l'uniforme de son école, l'Institut médico-psychologique Sainte-Foy. Mais il n'aime pas ça. Il n'aime pas non plus l'Institut, ses salles de classe humides, son parc grillagé, ses pensionnaires abrutis – il n'a pas d'autre mot pour les décrire – et aussi le fait de devoir vivre à l'écart de la ville.

Heureusement, on est samedi. Seth loge par conséquent dans le luxueux appartement de ses parents, à Dowtown, Los Angeles. Et il peut se vêtir de la façon qui lui plaît.

Je crois que je vais vomir.

Il se cramponne au crucifix pendu à sa poitrine (tous les pensionnaires de Sainte-Foy en portent un) et prie pour sortir de ce cauchemar. Peut-être qu'il dort encore ? Avec un peu de chance, la cloche de 6 heures va sonner. Il n'aura qu'à se lever, faire sa toilette et foncer à la chapelle pour la prière du matin.

Je vous en prie, faites que je me réveille...

Il soulève ses paupières. Le cadavre de la femme est toujours au pied de la tapisserie, tête penchée sur le côté, les cheveux en travers du visage. Entre deux mèches carbonisées, on aperçoit ses pupilles dilatées semblables à deux trous noirs.

Le fait que la femme soit morte ne fait aucun doute – un orifice de la taille d'une pièce de dix *cents* perfore sa tempe gauche. Pourtant, sous cet angle, Seth a l'impression qu'elle le dévisage, comme pour lui reprocher cette odeur de brûlé et les débris coagulés qui maculent le mur.

La balle est ressortie.

Elle lui a emporté la tête.

Seth aimerait s'enfuir, ou frapper quelqu'un. Ou pousser des hurlements. Mais en fin de compte, il demeure cloué au sol.

Les secondes s'égrènent tandis que son cerveau enregistre de nouvelles sensations. Les craquements du parquet de la chambre. Les pleurs du bébé. Le clapotis paisible de la fontaine d'appartement. Derrière le double vitrage, la circulation matinale de Flower Street bourdonne en sourdine.

Seth tourne la tête. Le calendrier tremblote sur la table de chevet, effleuré par l'air du climatiseur. La date d'aujourd'hui est inscrite en rouge : SAMEDI 7 MAI 1983.

Des vibrations musicales près de sa gorge lui rappellent soudain l'existence de son walkman. *« Do you really want to hurt me ? »* susurre Boy George, tel un ange invisible. *« Do you really want to make me cry ? »*

Le nom du groupe est Culture Club. La cassette appartient à un copain. Seth pose à nouveau son regard sur le corps.

C'est ma faute.

Tu m'as forcé à le faire.

Je te demande pardon, maman.

Le visage de sa mère porte de bizarres marques noires en pointillé, un peu comme les tatouages des guerriers maoris dans le *National Geographic*. Est-ce la balle qui a produit ça ?

La réponse viendra deux heures plus tard. Malgré son état de choc, Seth l'entendra de la bouche du légiste.

– Lors d'un tir à très courte distance, commentera l'homme d'une voix laconique, les particules de poudre transportées par le nuage de gaz s'incrustent dans la peau de la victime. D'où cet « effet stippling » : l'impression d'un tatouage en pointillé. (Le légiste suçotera son crayon avant de le glisser derrière son oreille.) Le halo n'est pas très large. Le canon de l'arme se trouvait à moins d'un mètre, mais pas au contact de la chair parce qu'on n'observe pas de brûlure en anneau sur le pourtour de l'impact.

– Ce qui veut dire ? demandera le flic en uniforme.

– Que c'est sans doute un suicide. L'angle de tir, le trou dans la tempe gauche et le fait que la femme soit gauchère plaident en sa faveur. Ses antécédents psychiatriques aussi.

– Mais il y a une autre possibilité ?

L'homme en blouse grise hochera la tête, puis reprendra son crayon pour compléter son dossier.

– Forcément. Il y a toujours une autre possibilité.

« In my heart the fire is burning... »

Seth frissonne. La chambre de sa mère, avec son décor digne des *Contes de la Crypte*, lui a toujours filé les jetons. Le lit massif ressemble à un cercueil. Une poussière épaisse imprègne les meubles, et les rideaux masquent la lumière du jour. Sans compter les croix. Il y en a partout. Et pour tous les goûts. Crucifix en bronze alignés sur les murs, icônes en bois peint, sculptures médiévales bizarres, et le plus sinistre : un tableau de Salvador Dalí intitulé *Le Christ de saint Jean de la Croix*. Il représente la Crucifixion, mais vue de dessus. « L'idée est de voir à travers les yeux du Seigneur, disait sa mère. Devenir Dieu et regarder souffrir son Fils. »

Elle a abandonné son travail d'antiquaire. D'abord quelques semaines, puis des mois, tandis que son ventre enflait comme un ballon. Seth avait espéré que la naissance du bébé améliorerait les choses. Grossière erreur. Le corps enveloppé d'un simple drap, sa mère a renoncé aux visites, puis à la nourriture, et enfin aux médicaments. Mais pas au fait de convoquer son petit garçon pour éprouver sa Foi. Et le cajoler.

Voilà la source de la terreur.

Oh, la souffrance n'a rien de nouveau pour Seth – il ne verse même plus de larmes pendant qu'on le frappe – mais la peur d'être *touché* de cette façon, c'est un problème différent. Le supporter demande pas mal d'intelligence. Des trucs appris sur le tas. Son stratagème principal s'appelle l'interrupteur : *« Off »*, il éteint son cerveau en entrant dans la chambre ; *« On »*, il le rallume en sortant. Ce qu'il se passe entre les deux ne le concerne pas.

« Do you really want to hurt me ?... »

Des gouttes de transpiration descendent le long de

son dos comme de gros cafards noirs. Le bébé pleure encore à l'autre bout de l'appartement. Peut-être qu'il a faim ?

« Give me time to realise my crime... »

Seth lâche le revolver. L'arme heurte le parquet avec un bruit sourd.

Maintenant, il va pouvoir hurler. Un craquement derrière lui l'en empêche. Il se retourne, surpris : quelqu'un se tient dans l'obscurité du couloir. Seth plisse les yeux.

– C'est toi ?

La silhouette se rétracte, comme absorbée par les ténèbres. Des pas trottinent sur le parquet. « Clac ! » Seth reconnaît la porte de l'escalier de service. Puis, plus rien.

Il est de nouveau seul. Son regard revient sur le revolver. À travers l'enfilade de pièces, il entend son père qui approche. Des portes sont brusquement ouvertes, on vient aux nouvelles. Ce n'est pas trop tôt, même si l'ensemble de la scène n'a duré que quelques secondes.

– Vous avez entendu ce bruit ? Bon Dieu, c'était quoi ?

Seth se balance à présent d'avant en arrière. Il sait qu'il n'a qu'une seule solution, une unique échappatoire s'il veut s'en sortir.

Je dois me taire.

Ne pas raconter la vérité.

Son père déboule dans la chambre. Émet une sorte de gémissement animal – Seth identifie un sanglot – puis l'appelle. Mais Seth n'est déjà plus là : il s'est enfui.

Caché parmi les vêtements de la penderie. En sécurité, au cœur des ténèbres.

À l'abri.

1

Vingt-trois ans plus tard

– Et merde !

Le Dr Thomas Lincoln abattit sa main contre la porte vitrée. La paroi de la douche trembla.

Inutile de se raconter des histoires, il s'était comporté comme un crétin. On pouvait même dire qu'il avait pété les plombs.

Il respira profondément, compta soixante secondes et se concentra sur son rythme cardiaque. Est-ce que ça allait mieux ? Il lui sembla que c'était le cas. Il compta soixante de plus pour en être sûr, puis rouvrit les yeux.

L'eau chaude qui dégringolait du pommeau voilait le décor, mais les lumières de la salle de bains ne lui vrillaient plus la rétine. Il tendit l'oreille. Pas de roulement non plus. Ses tempes avaient cessé de servir de défouloir à un batteur de rock. Ce qui voulait dire : fin de la migraine.

– Jésus Marie...

C'était tellement bon qu'il en aurait pleuré.

Son mal de tête avait commencé une heure plus tôt dans le salon de réception de l'hôtel, alors qu'il vidait sa seconde bouteille de champagne. Il s'était envoyé plusieurs Advil coup sur coup (dépassant sciemment la posologie), dans l'espoir que ça suffirait. Peine perdue.

L'un des journalistes avait choisi ce moment pour lui taper sur l'épaule.

– Tout va bien, docteur Lincoln ? Pas trop de stress ?

Sourire automatique, genre pub dentifrice. Mi-mépris, mi-compassion. Thomas connaissait ça par cœur. Sur le moment, il n'avait rien répondu. L'autre s'était senti plein d'assurance.

– Ça vous ennuie pas si je vous appelle Doc, hein ? Vous savez, pour nos lecteurs, le fait que vous ne soyez plus médecin n'a aucune importance. (Un micro avait surgi dans sa main.) Je sais qu'en théorie, on ne peut rien vous demander avant l'émission. Mais tout ce que je veux, c'est une anecdote ou deux. Parlez-moi de la galère de ces dernières années. Comment on vit en bas de l'échelle sociale... (Il avait branché le magnéto, ajoutant avec un clin d'œil :) Cette interview est rémunérée, alors n'aie pas peur de te lâcher, mon pote. Le public adore les histoires glauques.

Thomas massa ses conjonctives injectées de sang et regarda à travers la vitre. La vapeur avait envahi la salle de bains, allongeant les distances et transformant le moindre détail en forme incongrue. Son smoking de location ressemblait à un chien avachi sur le marbre. Les serviettes traînaient par terre, en petits tas. Quant à la cuvette des toilettes – dans laquelle il avait copieusement vomi –, elle paraissait beaucoup plus éloignée qu'auparavant.

Il lâcha un grognement et s'adossa contre le mur carrelé. De toute façon, il n'avait aucune envie de retourner dans sa chambre. Il n'était pas en état. Outre le champagne, les résidus d'une vingtaine de sandwichs et pâtisseries écœurantes se baladaient toujours dans son sang.

Cholestérol au sommet. Moral dans les profondeurs. Une sorte d'équilibre à maintenir, quoi.

Cesse de te cacher la vérité. Tu te sens simplement incapable de l'affronter. Elle, et le reste de l'émission.

Hazel Caine l'attendait dans la pièce adjacente. Il avait entendu la porte. Les talons qui claquent. Cette détestable façon de faire un boucan de tous les diables en ayant l'air d'ignorer la terre entière. Il n'y avait que la productrice pour utiliser un passe et s'introduire ainsi dans sa chambre.

Thomas glissa une main dans ses cheveux et chassa distraitement la mousse sur sa peau noire.

Hazel Caine avait dû remarquer son départ au milieu de la réception. Deviner qu'après son coup d'éclat avec le journaliste, il préférerait se planquer.

Il l'imagina furieuse, tournant tel un lion en cage. Elle l'avait choisi, lui, parmi des milliers de candidats. Et voilà comment il la remerciait.

Il déplia lentement son corps amolli par l'eau chaude. Encore une minute, juste une petite minute, avant de fermer le robinet. Il finit par tendre la main, tourna la molette à regret, puis sortit de la douche. Ses pieds accueillirent le contact du sol avec un frisson. Dans la brume du miroir cerné d'ampoules dépolies apparut son reflet flou.

Flou, voilà le mot qui correspondait à ce qu'il ressentait. Et c'est dans cet état qu'il allait devoir affronter l'une des plus grandes stars du pays.

Il se sécha en s'efforçant de ne pas tituber. Troqua son smoking contre un jean et un T-shirt propres, puis fixa la montre à son avant-bras. Il s'arrêta devant la glace. L'homme qui lui faisait face paraissait usé. Un Afro-Américain avec encore quelques muscles, mais trop de gras sur le ventre, des cheveux gris disséminés par endroits, et un paquet de rides amarrées au front.

Il chercha dans son regard cette assurance arrogante qu'il avait un jour possédée. La certitude d'être le meilleur. La chance de pouvoir aider son prochain – sauver des vies, même – ajoutée au confort de l'argent. Et le plus important : le feu sacré.

Mais, dans ses pupilles, il n'y avait rien.

Thomas Lincoln poussa un soupir et se dirigea vers la porte. Il venait d'avoir trente-sept ans.

2

À la seconde où il émergea de la salle de bains, la femme se tourna vers lui.

– Désolé, lança-t-il en guise de préambule.

Elle se tenait assise au bord du lit, souriante, dans un tailleur gris perle à la fois sobre et élégant. Ses cheveux blonds étaient réunis en chignon compliqué maintenu par deux longues épingles, style geisha. Seules quelques mèches cascadaient librement sur ses tempes.

Thomas dut admettre que l'âge n'atténuait en rien sa beauté : la cinquantaine passée, Hazel Caine était tout simplement époustouflante.

Il n'avait jamais eu l'occasion de la contempler de si près. Leurs entretiens antérieurs – trois, au total – s'étaient limités à de brefs échanges. Il l'avait vue imposer ses choix à une horde d'assistants, dicter ses volontés, puis disparaître dans un tourbillon de mains tendues et de documents agités derrière elle. Une force vive. Un animal sauvage feignant d'accepter les règles de la captivité.

Elle plongea ses yeux dans les siens.

– Quelle allure ! Vous voilà de nouveau en pleine forme !

La phrase portait une pointe d'ironie qui l'irrita aussitôt.

– Oh, ça va, maugréa-t-il, laissez tomber. De toute façon je ne suis pas votre genre.

Elle ramena une mèche derrière son oreille.

– Qu'est-ce que vous en savez ? Devenir un centre d'intérêt pour les gens vous agace déjà ?

– Je n'étais pas dans mon assiette, tout à l'heure. J'ai préféré quitter votre petite réception. Les lumières attirent toutes sortes d'insectes nuisibles.

Il ouvrit le minibar, s'empara d'un échantillon de Jack Daniel's, dévissa le bouchon et engloutit le contenu d'un trait.

– *Pas dans votre assiette ?* Je ne sais pas si l'expression est appropriée. Il faudrait poser la question au journaliste de *USA Today*, qu'est-ce que vous en pensez ?

Il essuya une goutte au coin de ses lèvres et se retourna pour affronter la vedette de ShowCaine. Elle faisait la gloire de sa chaîne et produisait ses propres émissions. Ses concepts audacieux étaient souvent critiqués. Conspués, même. Pour autant, son ascension restait météorique. En deux ans, elle avait catapulté ShowCaine au rang des premiers médias du pays.

– C'est lui qui a commencé avec ses petites insinuations sordides, dit Thomas. J'aurais dû me laisser insulter ? Je ne l'ai pas frappé fort, de toute façon.

– Suffisamment pour fracasser son magnéto. Devant plusieurs témoins.

– C'est des conneries. (Il s'empara d'un autre flacon d'alcool.) Vous n'attendiez que ça.

– Vous vous trompez.

– Mon cul, oui ! Plus il y a de bordel pour faire votre promotion, et plus...

– Lincoln, posez immédiatement cette bouteille, le coupa-t-elle en se levant. Posez-la ou bien quittez cette pièce, cet hôtel, et cette émission, avant même qu'elle n'ait commencé. Retournez à votre vie minable. Allez vous rouler dans un caniveau et vomir votre rancœur sur les gens. Vous faites ça très bien.

Thomas sentit son visage chauffer sous l'insulte. Il ouvrit la bouche, les sourcils crispés, puis ses lèvres se détendirent. Il se força à sourire.

– J'adore quand vous faites votre numéro, Hazel. On s'y croirait presque.

Elle marcha jusqu'à lui, le visage impassible.

Il fit involontairement un pas en arrière.

Elle lui arracha la bouteille des mains, la lâcha dans une poubelle, puis retourna s'asseoir sur le lit. Elle croisa les jambes et rajusta la jupe de son tailleur.

– Écoutez, dit-elle, vos petits excès ne me posent aucun problème. C'est pour ça qu'on vous a choisi.

Il nota le durcissement à peine perceptible du ton.

– Mais que les choses soient bien claires : vous ne touchez pas aux journalistes. La télévision, la presse, c'est mon domaine. Si vous avez envie de vous défouler, entretuez-vous avec vos petits camarades de jeu. Vous allez disposer d'une semaine entière pour ça.

Thomas alla se planter devant la baie vitrée. Le soir tombait. La vue, orientée nord-est, offrait une perspective plongeante sur le parc d'Hope Street, avec sa sculpture de métal aux arcs orange. Plus loin scintillait le Walt Disney Concert Hall, dont la forme lui faisait penser à des feuilles d'aluminium enroulées sur elles-mêmes.

Il laissa son regard se perdre dans le panorama de la ville, coupé de perpendiculaires et de lumières crues, jusqu'à la bande sombre des montagnes.

Il aurait pu être ailleurs. Filer dans la poussière à bord d'un 4 × 4 sur la route défoncée de N'Guimi. Il aurait abandonné ses vêtements sur une roche plate avant de plonger nu dans le lac Tchad. Les étoiles seraient montées dans le ciel d'Afrique et le vent aurait passé ses doigts tièdes dans ses cheveux. Il aurait écouté son cœur battre.

– C'est ce que vous espérez ? demanda-t-il doucement.

– Pardon ?

– Que les candidats s'entretuent ?

– Je n'en demande pas tant.

Il se retourna.

– Alors quoi ? Vous êtes montée voir si le bon nègre avait compris votre petit show télévisé ?

Hazel ignora la provocation, curieuse de voir où il voulait en venir.

– *L'Œil de Caine*, poursuivit Thomas. Comme dans Caïn et Abel. Vous n'avez rien trouvé de plus mégalo ?

– Le thème religieux fait partie de l'émission.

– Et je suppose que vous avez tout prévu. Le public doit être impatient de découvrir le secret de chaque candidat. Guetter le moment où nous nous effondrerons sous le poids de nos erreurs passées. Nos « péchés », si j'ai bien lu la plaquette de présentation.

Elle l'observa en silence, les lèvres pincées. Il prit une pose désinvolte.

– Il faudra que je pleure à chaudes larmes, peut-être ? poursuivit-il. Ou que je me roule par terre ? Vos scénaristes ont sûrement imaginé...

– Exactement !

Le ton fit à Thomas l'effet d'une gifle.

– Qu'est-ce que vous croyez ? dit Hazel. Que je vous ai choisi pour participer à un concours de chansons de variété ? Que vous allez sauter des starlettes devant des caméras sur une île exotique ? *L'Œil de Caine* est une émission visionnaire. Rien ne lui ressemble. (Elle se mit à arpenter la suite.) Dix candidats.

Dix personnes ordinaires, de toutes les tranches d'âge, de tous les milieux. Des gens comme vous et moi. À une exception près : chacun possède un secret. Une chose dont il n'est pas fier et qu'il ne souhaite pas qu'on révèle. Regroupez ces gens entre eux. Voyez comment ils gèrent la situation... (Elle s'arrêta pour le dévisager.) Chacun des dix candidats possède un secret, oui, mais c'est notre lot à tous. Ça pourrait être l'histoire de votre voisin, de votre femme. Chaque jour que Dieu fait, nous sommes obligés de vivre avec nos erreurs. Lorsqu'on les expose en pleine lumière, il faut affronter le regard des autres. *Ça*, c'est *L'Œil de Caine*. Révélez votre secret. Ouvrez votre âme. Affrontez votre démon et racontez-nous l'histoire. Voilà ce que j'attends ! (Elle écarta les bras.) Ce que je veux n'est pas de la télé-réalité. C'est la réalité tout court.

Thomas récupéra sa veste, en sortit un paquet de tabac à rouler, puis tâta les poches intérieures à la recherche de ses allumettes.

– Sauf que la chaîne maîtrise tout, dit-il. Seule ShowCaine connaît nos antécédents. Ni les téléspectateurs, ni les autres candidats ne savent à quoi s'en tenir.

– C'est tout l'intérêt.

Sa veste était vide. Il fouilla les poches de son jean.

– Je ne vois pas où est la sincérité là-dedans. De quelle réalité parlez-vous ? La vôtre ? Vous vérifiez que je ne lâche rien aux journalistes pour que mon histoire fasse grimper l'Audimat ?

– Je l'espère bien.

Il interrompit ses recherches et pointa son index sur elle.

– Et vous avez raison. Parce que c'est une putain de bonne histoire que j'ai à leur raconter.

La présentatrice contrôlait ses émotions. Ça l'énervait. Il avait envie d'en découdre.

– Donnez-moi du feu, dit-il.

– Cet étage est non-fumeur.

– Vous avez un briquet.

– Quand vous serez dehors.

– J'emmerde ces conneries ! J'emmerde cette émission ! Pourquoi êtes-vous venue me voir ? Vous avez envie de tirer un coup ou quoi ?

– Vous avez bu.

– Et alors ? C'est ce qu'un ivrogne est supposé faire.

– Vous avez aussi signé un contrat.

Il crispa les mâchoires. La douleur avait repris possession de son crâne.

– Je n'ai jamais dit que j'arrêterais de boire, fumer ou débiter des conneries. Si c'est maintenant que vous vous en rendez compte, c'est trop tard.

Elle s'éloigna de quelques pas, puis revint vers lui.

– Écoutez, Lincoln, je ne suis là que pour une chose : être certaine que vous serez au rendez-vous prévu. À mon bureau, dans vingt minutes. Comme vous le savez, je dois vous présenter Peter. C'est un enfant très *spécial*. (Elle avait hésité sur la façon de prononcer le mot.) Le plus jeune candidat dans une émission de ce genre. Vous en serez responsable.

– Pourquoi moi ?

– Vous aidiez les enfants en difficulté.

– J'ai laissé tomber.

– Vous vous y remettrez.

– Et si je refuse ?

Elle claqua la langue en signe de réprobation.

– Je me suis mal fait comprendre : vous avez déjà accepté. Non seulement vous serez à l'heure, mais aimable. Et poli.

– Entraîner un gosse dans un truc pareil est l'idée d'un cerveau gravement dérangé. Mais je suppose que je ne vous apprends rien ?

– Rien sur mon métier, en effet. Comme chacun des candidats, vous avez touché vingt mille dollars. Pour séjourner dans une résidence de luxe, faire du baby-sitting et pleurnicher sur votre sort, c'est très bien payé.

Hazel se demanda tout à coup si elle avait eu raison de le choisir. Si son instinct, pour une fois, ne s'était pas trompé. Elle grimaça mentalement : de toute façon, il était trop tard pour revenir en arrière. Alors autant passer au plus pénible.

– Une dernière chose, ajouta-t-elle. En principe, les membres du groupe ne sont pas censés se connaître. Nous avons cependant fait une exception pour l'une des cinq candidates.

Thomas se remit en quête d'un briquet. Il ouvrit les tiroirs de la commode l'un après l'autre.

– Tiens donc. Une surprise de dernière minute, lança-t-il par-dessus son épaule. Et de qui s'agit-il ?

Hazel prit une inspiration.

– Mlle Karen Walsh.

– Quoi ?

Il fit volte-face, les yeux réduits à deux minces fentes.

– Vous avez osé ? Vous l'avez invitée *en même temps que moi* dans votre putain d'émission ? Espèce de...

– Je tenais à ce que vous le sachiez. Elle a été sélectionnée, elle aussi. Nous avons pensé que cette confrontation vous ferait le plus grand bien.

Les poings de Thomas s'ouvrirent et se refermèrent. Il avait l'impression de manquer d'air.

– Vous avez besoin d'affronter la réalité, dit Hazel.

L'Œil de Caine est là pour ça. Le moment venu, comme pour chaque candidat, les gens voudront connaître votre secret. Savoir ce qui vous est arrivé au Niger. Pourquoi on vous a condamné, docteur Lincoln.

Il planta ses mains dans les épaules de la productrice.

– Ne m'appelez pas comme ça, je vous l'interdis ! Je ne suis plus médecin ! Je ne le serai plus jamais ! Vous... Vous m'avez piégé !

Elle se dégagea d'un geste.

– Pas piégé, engagé par contrat. Vous gagnez de l'argent, nous utilisons vos sentiments. C'était le marché et vous le saviez. Vous voulez me brutaliser ? Allez-y. Il n'y a aucun témoin et les suites du Westin Bonaventure sont parfaitement insonorisées. Une telle occasion ne se représentera pas de sitôt, *docteur*.

Elle avait soigneusement détaché les syllabes pour accentuer l'humiliation.

Il baissa les bras, soudain dégrisé. Son poing droit demeura fermé, mais il ne frappa pas. Il contempla le paquet de tabac tombé à terre. Le ramassa de la main gauche et le porta à ses narines pour en humer le contenu.

– Rassurez-vous, finit-il par dire, je serai à votre rendez-vous. Vous pouvez partir, à présent.

– Parfait.

Elle franchit la porte et disparut dans le couloir. Il referma derrière elle, ouvrit le poing et contempla le briquet en argent qu'il avait subtilisé pendant l'altercation.

Karen Walsh.

Celle qui l'avait trahi.

Par sa faute, les retombées de la tragédie africaine l'avaient frappé de plein fouet. Plus le droit d'exercer la médecine. Carrière interrompue. Une vie entière réduite à néant.

Et voici que Karen réapparaissait.

Il se roula une cigarette, l'alluma avec le briquet de la productrice et souffla la fumée sur le panneau INTERDIT DE FUMER placardé au mur.

Il allait devoir jouer serré.

3

Seth plongea dans la foule et remonta l'avenue. Devant lui se dressaient les tours miroitantes de l'hôtel Bonaventure fouettées par la pluie.

Il progressait sans hâte, la tête rentrée dans les épaules, luttant contre la cohue et l'agression des spots publicitaires bombardés par les écrans géants.

Il marqua une pause sur le trottoir du boulevard Figueroa. Renifla l'air frais chargé de smog, et laissa échapper un grognement. D'après les guides touristiques, Los Angeles était une ville agréable et ensoleillée à cette période de l'année. Son regard monta le long des tours de l'hôtel. Leurs façades accueillaient dix portraits gigantesques en quadrichromie. Cinq hommes, cinq femmes, hauts de plusieurs étages chacun. Il les observa avec attention. L'un d'eux, en particulier. Puis se détourna et reprit sa marche.

Le monde autour de lui était un océan. Une marée humaine à laquelle il s'efforçait de ne pas penser.

– Ces gens ne comptent pas, murmura-t-il sous sa capuche.

Je suis seul. Ils ne comptent pas. Pas besoin de m'inquiéter.

Une saute de vent balaya l'avenue et rabattit les pans de son vêtement. Il lâcha un juron. Manquait plus que ça. Il remonta sa fermeture Éclair et fourra ses mains dans ses poches.

Il l'aimait bien, cet imperméable : un vieux coupe-vent militaire déniché dans un surplus de West Hollywood, qu'il enfilait à chacune de ses sorties. Le tissu puant et souillé de taches lui donnait l'air d'un clodo. Parfait. Tout ce qu'il voulait, c'était repousser les gens. Que personne ne le touche.

Sa capuche, large et profonde, était lestée par deux cordelettes à bouts plombés et ne se soulevait jamais. L'idée des lests venait de lui. Comme ça, il était certain de conserver son visage dans l'ombre.

– Attention !

Le couple d'homos continua de piailler dans son dos. Seth ne ralentit pas l'allure. Un coup d'épaule avait suffi à les envoyer valser de part et d'autre.

– Allez vous faire foutre, grommela Seth.

Il resta concentré sur sa progression. Ses baskets trouées clapotaient dans les flaques et une forêt d'imperméables en plastique se balançait devant lui. Les gens étaient serrés. Trop proches.

Des gouttes se mirent à perler sur son front.

Oublie la foule. Ne pense à rien.

Il fouilla dans sa poche jusqu'à ce que ses doigts rencontrent l'objet. Une chose dure et froide, dont le contact lui rappela les écailles d'un serpent. Son poing se referma sur la crosse de plastique et une onde de plaisir parcourut son échine.

Il gloussa. L'arme qu'il venait d'acheter ne lui avait pas coûté cher, et aucune ordonnance n'était nécessaire pour l'obtenir. Un bien meilleur investissement que tous ses médicaments.

Il sentit sa respiration s'améliorer et son pas reprendre de l'assurance. Il coinça sa montre entre le pouce et l'index (un antique modèle à quartz hérité de son père) et les diodes rouges clignotèrent : 18 heures. Plus que cinquante-cinq minutes avant le départ des candidats.

Au début, cela semblait suffisant. Maintenant, il n'en était plus très sûr.

Le secteur aurait dû être calme. Malgré le développement de ces dernières années, Dowtown demeurait avant tout un centre d'affaires : banques, compagnies d'assurances et administrations se partageaient des buildings majestueux, certes, mais aussi froids que des icebergs. Leur boulot accompli, les gens s'empressaient de vider le coin pour regagner leur foyer, abandonnant les trottoirs aux touristes égarés et aux ombres du soir.

Jamais Seth n'aurait cru devoir affronter une telle foule.

Il s'arrêta au croisement de la Cinquième Rue et de Figueroa. Depuis l'interdiction de circuler mise en place l'après-midi, le carrefour était devenu le siège d'un gigantesque rassemblement humain. Les gens prenaient leur mal en patience, un œil sur les écrans géants. Ils avalaient des sandwichs et des gorgées de café brûlant, échangeant plaisanteries et commentaires à l'abri des protège-pluie jetables, casquette-souvenir vissée sur la tête. Des fans de tous les âges. Parfois des familles entières.

Seth en avait la nausée.

Il tenta de repérer un chemin à travers l'affluence, mais on n'y voyait pas grand-chose. Il avisa une sculpture imposante, sur sa gauche – quatre ours jouant dans une cascade –, en escalada le socle puis s'appuya sur la tête de l'une des bestioles pour reprendre son observation.

L'entrée du Westin Bonaventure avec ses allures de bunker s'élevait de l'autre côté du carrefour. On y avait ajouté ce soir une rangée de barrières et un cordon de vigiles, renforçant l'impression de forteresse imprenable.

Il observa un petit groupe de fanatiques religieux tentant de forcer le passage, banderoles de protestation à la main. Le thème pseudo-biblique de l'émission avait fait couler beaucoup d'encre. N'empêche que ces abrutis risquaient gros. Les vigiles étaient nombreux et parfaitement briefés, sans compter les agents répartis dans la foule. Le problème se résumait de façon simple : une personne munie d'une accréditation obtenait le droit de passage. Les autres étaient priées de dégager – poliment ou avec moins de délicatesse, c'était selon.

Seth effleura son précieux badge en souriant.

Le ronflement d'un hélicoptère traversa le ciel. Les pinceaux lumineux d'énormes projecteurs balayèrent la couche de nuages avant de revenir lécher les cinq tours de verre. Garés sur le trottoir de l'hôtel, les camions de régie avaient déployé leurs antennes-satellite. Il compta plus d'une douzaine de logos : Fox, CNN... et ShowCaine, bien sûr. Chacune des chaînes retransmettait plus ou moins la même image, celle d'une foule exaltée prête à poireauter des heures pour apercevoir ses nouvelles idoles.

Seth redescendit de l'ours en pierre et plongea dans la foule.

Idoles. Voilà le mot qui convenait. Des colosses de glaise moulés par des tribus primitives et élevés au rang de divinités. Des veaux d'or. Pourtant, les candidats de la télé-réalité n'étaient pas des dieux. En fait, le spectateur était censé se sentir proche d'eux. C'était comme ça qu'on le rendait accro à l'émission. Dépendant.

– Hé, Seth !

Il sursauta. Un homme en livrée de chauffeur lui souriait. Le type lissa sa moustache. Ses cheveux gominés lancèrent des reflets brillants sous sa casquette humide de pluie.

– Je savais que c'était toi ! Tu me remets ? Frank ! (L'homme pointa ses deux pouces vers sa poitrine.) Frankie, du parking du Bonaventure !

L'autre avait lancé ça comme si c'était la meilleure nouvelle de la journée.

– Écoutez, je ne vous connais pas, répondit Seth. Vous devez me confondre avec quelqu'un d'autre.

– Tu rigoles ? Tu m'as abordé au bar panoramique. On a descendu quelques verres. Parlé (il jeta un coup d'œil circulaire pour s'assurer que personne n'écoutait)... des hommes qui apprécient les hommes. Rien de désagréable, en fait. Je t'ai demandé si ça t'embêtait que je sois marié.

– Je vous répète que vous vous trompez.

Le sourire de Frank s'affaissa. Il fronça les sourcils et se mit à tripoter son alliance avec nervosité.

– On a discuté boulot, aussi. Tu m'as posé tout un tas de questions. Sur les horaires de l'émission, le transport des candidats, mon travail de chauffeur...

Seth leva sa main pour l'interrompre.

– Je crois que t'as pas compris : laisse tomber. Les petits pédés, ça me file la gerbe. Personnellement, je les enverrais tous à la chaise électrique. Et maintenant je vais m'en aller, O.K. ?

Seth recula, la main crispée sur l'arme dans sa poche. Le chauffeur le regarda s'éloigner, bouche bée. Seth lui tourna le dos et traversa le carrefour jusqu'au trottoir d'en face.

Calme-toi.

Il reprit son souffle. Respira lentement. L'entrée de l'hôtel était là. Il avait encore le temps.

La peur.

Cette affluence le rendait bien trop nerveux. Et ce chauffeur était sacrément observateur. Il devait se montrer plus prudent. L'endroit grouillait de journalistes et de caméras.

Il scruta l'entrée. Une poignée de fans le séparaient encore des barrières. Il n'avait plus qu'à la franchir pour atteindre le hall et ses fameux ascenseurs en verre.

Reprends-toi. Tu n'as rien à craindre.

L'hôtel avait ouvert ses portes en 1977. Depuis, il était devenu l'un des immeubles les plus filmés au monde. Des séquences de *Blade Runner, Rain Man*, ou des séries telles que *24 heures chrono* ajoutaient régulièrement à sa réputation.

L'architecte John Robert Gordon III en avait toujours tiré une fierté immense. Il considérait l'hôtel comme son chef-d'œuvre, au point d'y habiter plusieurs années durant. À l'époque, John Gordon rêvait d'impressionner les foules par l'audace de son style architectural postmoderne, de créer un univers autonome, une sorte de ville en miniature, dans la droite ligne du Centre Beaubourg à Paris ou de l'Eaton Center de Toronto. Mais des ennuis personnels et un cancer du foie en avaient décidé autrement.

Après son décès, Gordon & Associates s'était attelé à poursuivre son œuvre. Pour ce que Seth en savait, le cabinet d'architecture occupait toujours une place de premier plan.

Il observa les lueurs du bar panoramique situé au 34e étage et sentit l'excitation l'envahir. John Gordon était mort, mais son ouvrage demeurait un symbole de réussite. Un diamant au cœur de la ville, le plus grand hôtel de Los Angeles. Et l'avenir de Seth attendait là-haut. Après des années de vie médiocre, il allait passer lui aussi de l'ombre à la lumière, tel John ressortant de sa tombe. Quitter le royaume des morts pour revenir parmi les vivants.

Il pouffa, certain que l'architecte aurait apprécié la comparaison.

Sa montre émit un bip : 18 h 15.

– Merde.

Il devait absolument être à l'heure. Il repéra le portique antimétal et le passage réservé aux porteurs de badge. Au-delà attendait le hall. L'espace. Assez d'oxygène pour respirer.

La peur.

Seth devait dégager d'ici.

Ignorant les protestations, il se jeta dans la foule. Tant pis pour la promiscuité. Il glissa sa main entre deux jeunes gothiques aux joues blafardes et aux paupières tartinées de noir.

La première portait un T-shirt qui proclamait : « JÉSUS S'EST FAIT CRUCIFIER... *pour frimer devant les meufs.* » La fille observa la main qui lui tripotait les seins et remonta, furieuse, jusqu'au visage de Seth.

– Ben te gêne pas, connard ! fit-elle en balançant le poing.

D'instinct, Seth bloqua. Serra. Un craquement sec. La fille se retrouva à terre, le visage déformé par la douleur.

Sa copine – vêtements troués, piercings à la pelle – parut alors prendre conscience de la situation.

– Putain, d'où il sort, celui-là !

Son cri attira l'attention d'une sorte de vampire aux longs cheveux noirs. Il fendit la foule dans leur direction en faisant rouler ses muscles façon Marilyn Manson dopé aux anabolisants.

– Un problème ? grogna-t-il.

– Ce mec nous a agressées ! répondirent les filles en chœur.

– C'est une maladresse, expliqua Seth. Je ne veux pas d'ennuis.

Dracula se tourna vers lui.

– Qui s'intéresse à ce que tu veux ?

D'une pichenette, il écarta le coupe-vent.

La peur était là.

Elle s'engouffra.

– Hé, ce crétin porte un badge ! s'esclaffa le type. On dirait un logo de personnel d'entretien. T'es quoi, un larbin ? Un abruti de nettoyeur ?

Seth serra la crosse dans sa poche.

Un nettoyeur. C'est ça.

L'homme colla son visage contre le sien.

– Tu sais que je pourrais te buter ?

Seth poussa l'interrupteur sur *« On »*. Un grésillement électrique monta dans l'air.

– Vas-y, Terence ! encouragèrent les filles. Éclate-lui la tronche !

Le faisceau d'un hélicoptère balaya la zone, aveuglant brièvement la foule. Le dénommé Terence gémit et s'effondra. Seth rengaina le pistolet électrique, aussi vif qu'une anguille.

– Qu'est-ce qui se passe ? lança quelqu'un.

– On dirait qu'un type fait des convulsions.

La foule s'épaissit. Seth en profita pour se mêler aux gens et se laisser emporter par le flot. Il sortit son téléphone cellulaire un peu plus loin et enfonça une touche. Le numéro se composa automatiquement.

– Oui ? dit la voix dans le combiné.

– Je suis à l'entrée. Ouvre l'accès de service.

– Je n'ai pas le droit.

– Tu fais ce que je dis.

– Comme vous voudrez.

Trente secondes plus tard, une porte coulissait sur le côté du bâtiment. Seth la franchit pendant qu'un homme muni d'une oreillette refermait en vitesse.

– Je ne savais pas que vous étiez sorti, grommela l'homme.

– Je ne suis pas prisonnier.

– Une visite chez votre thérapeute ?

– Non. (Seth pencha la tête sur le côté.) J'ai acheté une arme. Tu veux la voir ?

La bouche de l'employé s'arrondit. Seth le saisit par la cravate dont il resserra lentement le nœud.

– Tu ne vas pas cafarder, n'est-ce pas ? Les cafards sont des insectes nuisibles, qu'on écrase d'un coup de semelle.

Seth attendit que l'employé se mette à toussoter, avant de le relâcher. Puis gagna tranquillement le hall de l'hôtel. Au-dehors, des silhouettes continuaient de s'agiter derrière les barrières. Le gothique aux allures de vampire n'avait toujours pas repris connaissance, alors que la décharge du *shocker* était loin d'être réglée au maximum.

Seth sourit.

La peur n'est plus là. Elle est dehors, maintenant.

– Je... Je peux me retirer, monsieur Gordon ? demanda l'employé.

– Ouais.

– Merci, monsieur Gordon.

Seth descendit l'escalator et gagna l'un des ascenseurs en verre.

Son père, l'architecte John R. Gordon III, avait adoré dessiner ces cabines. Des *« people movers »* comme il les appelait gaiement, empruntant le terme à Walt Disney et ses moyens de transport futuristes.

Seth sentit que son paternel aurait été fier de lui. Déjouer la peur de la foule, ou acheter une arme, ça n'était que le début.

Le reste serait beaucoup plus excitant.

4

Le vigile fit pivoter sa chaise d'une impulsion du pied et se retrouva face à l'écran de contrôle. Il n'avait pas voulu lâcher sa Bud Light pendant le mouvement. Un peu de mousse se détacha pour se répandre sur son uniforme.

– Chiottes.

Il s'attarda sur la silhouette en noir et blanc qui s'affichait sur son moniteur. À l'autre bout, côté caméra, Thomas se demanda pourquoi l'ascenseur avait stoppé brutalement sa course avant l'étage sélectionné. Il fouilla la cabine du regard et comprit en apercevant la diode rouge qui clignotait au-dessus de l'œil électronique.

Une voix métallique grésilla dans le haut-parleur.

– Cet étage est privé. Que voulez-vous ?

Le vigile frotta du revers de la main les gouttelettes de bière accumulées sur sa chemise bleue réglementaire.

– Tom Lincoln. J'ai rendez-vous avec Miss Caine.

– Un instant, s'il vous plaît.

Le gardien décrocha un combiné, enfonça une touche et attendit que la productrice lui réponde.

Les secondes s'écoulèrent. Thomas fourra les mains dans les poches de sa veste et ses doigts tombèrent sur le briquet qu'il avait subtilisé quelques minutes plus tôt. D'un geste du pouce, il l'ouvrit et le referma, satisfait du claquement métallique résonnant dans l'espace confiné.

Il n'avait plus joué les pickpockets depuis des années – en fait, depuis son enfance, lorsqu'il traînait sur les trottoirs de Santa Monica avec les gamins de sa bande et qu'il s'amusait à faire les poches des touristes. Pas de quoi être fier. Mais il était content de voir qu'il n'avait pas perdu la main.

– C'est bon, grésilla la voix.

L'ascenseur s'ébranla dans un hoquet mécanique et reprit son ascension. Arrêt tout en souplesse. Les portes s'ouvrirent devant lui.

– Whaou...

Thomas siffla entre ses dents. Le décor à cet étage n'avait rien à voir avec le reste de la tour. Le gardien était assis derrière une table, face aux ascenseurs. Derrière lui se déroulait un couloir tapissé de paillettes. De loin en loin, des niches éclairées par de minuscules halogènes distillaient une lumière tamisée.

Thomas s'avança jusqu'à la table avec le sentiment d'être Orphée se pointant au seuil des Enfers. Il adressa un clin d'œil au vigile et prit une voix caverneuse :

– Bonjour, je suis le Maître des Clés. Êtes-vous le Gardien de la Porte ?

Le gardien leva le stylo de son registre.

– Je vous demande pardon ?

Thomas se racla la gorge.

– *Ghostbusters*. Rick Moranis, Sigourney Weaver. Vous n'avez pas vu le film ?

– L'appartement d'Hazel Caine est au fond à droite, après la bifurcation. Déposez une pièce d'identité sur le bureau, vous la récupérerez en sortant. L'étage entier est loué par la chaîne. Ne frappez pas aux portes. Ne vous arrêtez pas en chemin. N'importunez personne. (Il tapota le moniteur avec son stylo.) Je vous surveille depuis mon pupitre.

Le vigile avait articulé lentement, comme s'il s'adressait à un handicapé mental.

– Vous avez bien tout compris ?

Tom haussa les épaules. Le gardien poussa le registre vers lui.

– Signez ici.

Tom s'exécuta, puis s'engagea dans le couloir. Ses bottes en cuir s'enfoncèrent dans la moquette épaisse. Les niches accueillaient les photos d'émissions célèbres produites par ShowCaine. Il reconnut Bill Clinton, interviewé sur son lit d'hôpital après son opération du cœur. Paris Hilton dans un show télévisé. Des soldats américains debout sur un char, au milieu d'un village irakien.

Arrivé à la bifurcation, il tourna à droite dans un couloir aveugle. La tour centrale du Bonaventure n'abritait que des suites. Avec une pointe d'envie, il se prit à imaginer le monde de luxe et de pouvoir dissimulé derrière chacune des portes. Il atteignit celle de la productrice, rajusta sa veste et toqua deux coups brefs.

Pas de réponse.

– Hazel ?

Rien.

Il tendit l'oreille. Des voix lui parvinrent, lointaines. Deux timbres différents : des accents de colère – masculins – et d'autres, ironiques – féminins.

Thomas titilla le lobe de son oreille. Débarquer en plein milieu d'une altercation, ça ne lui disait pas des masses. D'un autre côté, il avait rendez-vous.

Les éclats de voix reprirent, curieusement identiques aux précédents.

– Bon, grommela-t-il. Et je fais quoi, moi ?

Un courant d'air repoussa la porte d'un centimètre. Elle n'était pas fermée. Il hésita.

Puis se glissa à l'intérieur.

Un frisson lui parcourut la nuque tandis qu'il progressait dans un hall obscur. Il poussa une autre porte et pénétra dans un salon. Le moins qu'on puisse dire, c'est que le style était épuré : bureau en Plexiglas, canapé plat rectangulaire, fleur de lotus rouge posée sur une table basse, carrelage blanc.

Entre Philippe Starck et le bloc opératoire, songea Thomas.

Il fit quelques pas et nota des signes d'occupation permanente : dossiers soigneusement rangés dans une bibliothèque, ordinateur (trois écrans, s'il vous plaît) et cave à vin high-tech nichée dans une colonne transparente. Au plafond était suspendu un tube de verre contenant un sabre japonais.

– Sortez d'ici !

Thomas faillit faire un arrêt cardiaque. Puis réalisa qu'on ne s'adressait pas à lui.

– Vous êtes viré, reprit calmement Hazel Caine.

– Vous ne pouvez pas ! menaça la voix masculine.

– Mais si. Je viens juste de le faire.

Les mêmes phrases que tout à l'heure, ce qui confirmait sa première idée : il s'agissait d'un enregistrement.

Il traversa la pièce, direction le bureau du fond.

– J'ai bossé nuit et jour sur votre putain d'émission !

– Vous êtes allé trop loin. Je ne peux pas mettre en péril les participants.

– Nom d'un chien, Hazel ! Je... Je vous jure que vous allez le regretter !

Le ton de la productrice devint aussi tranchant que le fil du sabre exposé dans son salon.

– Mon seul regret, cher ami, c'est d'avoir travaillé avec vous. Je vous laisse dix secondes pour dégager le plancher. Sinon je décroche ce téléphone, et je vous assure qu'une foule d'ennuis épouvantables vont vous dégringoler dessus.

Thomas repoussa la porte. Hazel Caine était assise dans un fauteuil, face à un écran géant, un verre de vin à la main. Une télécommande reposait sur ses genoux.

Elle enfonça un bouton et l'écran s'assombrit, mais il eut le temps de saisir l'image : c'était l'intérieur de la pièce qu'il venait de parcourir. Sur la vidéo, Hazel se tenait debout près du canapé, face à un homme de taille moyenne. Le visage de ce dernier disparaissait dans les parasites en haut de la bande.

– Je vous attendais, fit la productrice.

– Vous saviez que j'étais là ?

Elle désigna un moniteur : il y vit sa propre image, de dos, renvoyée par une caméra.

– J'enregistre tout ce qui se passe dans mon salon. Appelez ça de la paranoïa. Mais la véritable raison est que beaucoup de contrats sont conclus ici.

Elle porta le verre de vin à ses lèvres sans quitter Thomas des yeux.

– Les papiers, ce sont mes avocats qui les rédigent. Sponsors, droits dérivés, Audimat : tout y passe. Mais le véritable pouvoir s'exerce entre deux toasts et un verre de champagne. (Elle se leva et s'approcha de lui.) C'est ici que se fait et se défait la réalité, Tom. (Elle engloba la pièce d'un geste de la main.) Tout le reste n'est qu'illusion.

– Désolé d'être entré sans prévenir. Je... J'ai

entendu une dispute. J'ai cru que vous aviez besoin d'aide.

– Dites plutôt que vous étiez curieux, souffla-t-elle, très près de lui. C'est cela ? J'excite votre curiosité, Thomas ?

Il se sentit rougir.

– Qui c'est, le gars sur la bande vidéo ? demanda-t-il afin de détourner la conversation.

– Un ex-employé.

– Il n'appréciait pas votre délicatesse ?

Hazel Caine eut l'air vexée. Elle lui tourna le dos pour éteindre le matériel, abandonna son verre sur la table et regagna le salon. Tom, gêné, fut obligé de la suivre sans y avoir été invité.

– Une productrice a peu d'amis, dit-elle. Et beaucoup d'ennemis. J'ai élu domicile dans cet hôtel pour des raisons pratiques. Trop de monde dans les bureaux de la chaîne. Pas le temps pour une vie privée.

Elle effleura le clavier de son ordinateur.

– Ici, ma retraite est censée être impénétrable. Pourtant, il ne se passe pas une journée sans que je subisse une agression. Menaces téléphoniques, piratages de fichiers, provocations des journalistes... Affronter un employé est le cadet de mes soucis. (Elle regarda le sabre japonais.) Quand un bras est touché par la gangrène, mieux vaut amputer. *« L'invincibilité se trouve dans la défense, mais la possibilité de victoire dans l'attaque. »* Sun Tzu.

– Vous êtes impitoyable.

– C'est une guerre.

– Une guerre de religion, alors. Mêler la Bible à un divertissement télévisé, c'est un peu risqué, vous ne croyez pas ?

– En Europe, personne n'aurait bronché. Ici, j'ai

cinquante associations sur le dos. Heureusement qu'il n'y a qu'un seul Dieu.

– L'argent ?

– L'Audimat.

– Au point d'inviter Karen Walsh ?

– Vous n'allez pas revenir à la charge ! Elle fait partie de votre histoire, normal qu'on l'ait invitée. Vous êtes plein de ressources, vous survivrez à cette confrontation.

– C'est un compliment ?

– Oui.

– Alors merci.

– De rien. On trouve des êtres humains même parmi les producteurs, vous savez ?

Elle le prit par le bras et l'entraîna vers une porte qu'il n'avait pas remarquée auparavant.

– Vous êtes là pour rencontrer Peter et ses parents. Ne les faisons pas attendre.

Ils débouchèrent dans une autre suite à la décoration plus conventionnelle. Devant un bureau patientait un couple assis dans de confortables fauteuils en cuir. Un enfant silencieux se tenait sur une chaise placée entre eux.

– Au fait, murmura Hazel à l'oreille de Thomas, vous pouvez conserver mon briquet. Je vous l'offre.

Il ressortit un quart d'heure plus tard, récupéra sa pièce d'identité auprès du vigile et regagna le hall de l'hôtel. Ses bagages avaient déjà quitté sa suite pour rejoindre le bus réservé aux candidats. Plus rien ne le retenait dans sa chambre. Thomas contourna les jets d'eau d'un petit lac artificiel et aborda le bar situé au centre du hall.

Il avait réussi à éviter la plupart des participants de

l'émission, et ça lui allait très bien comme ça. Le gosse, Peter DiMaggio, n'avait pas desserré les mâchoires de tout l'entretien. Ses parents parlaient argent, casting, parts de marché... De véritables agents en herbe. Sauf que leur gamin, soi-disant super-précoce, avait surtout l'air super-autiste.

Thomas soupira, grimpa sur un tabouret et commanda un double scotch. Ses pensées revinrent à Hazel Caine.

Pourquoi cette histoire, avec l'enregistrement ?

Sa porte était ouverte. Exprès. Elle s'était arrangée pour qu'il assiste à la dispute. Bon. Mais dans quel but ?

Est-ce qu'elle espérait le voir voler à son secours – et se faire sauter à la hussarde, ni une ni deux ?

Le reflet de Thomas au fond du verre lui renvoya un sourire piteux.

O.K. Improbable. Mais ce type sur la vidéo, c'était qui ?

Il interrompit sa réflexion pour observer un trio féminin traverser le hall. Une Noire, une blonde, une Asiatique, plus une tripotée de gardes du corps. Les trois filles empruntèrent l'escalator menant au parking souterrain.

– Vous êtes en vacances ? demanda le barman à Thomas.

– Non.

Il abandonna son verre à regret. L'heure avait sonné pour lui aussi.

– Les vacances, elles viennent juste de se terminer.

5

– Moi, je trouve ça excitant ! Pas toi ? dit la jeune femme en se tortillant sur sa chaise.

Depuis qu'elle s'était assise, la petite Latino-Américaine n'avait cessé de remuer. Une véritable pile électrique. Le départ était prévu dans moins d'une demi-heure et la fièvre montait en flèche. Ses yeux revinrent se poser sur Elizabeth.

– Mais ton mari, ajouta-t-elle, je l'aurais buté.

Elizabeth s'abstint de répondre.

Personne d'autre n'avait entendu leur conversation – la California Ballroom était vaste et les journalistes les plus proches gravitaient à plus de douze mètres, derrière un cordon. N'empêche, elle se sentit embarrassée.

Tuer son mari ? Bien sûr qu'elle y avait pensé. Elle avait imaginé sa mort un si grand nombre de fois qu'elle en avait perdu le compte. Sept ans de mariage, dont six de haine. Mais le passage à l'acte ne s'était jamais concrétisé. Ça aurait été de la folie. Que seraient devenus ses enfants ? Non, mieux valait faire ce qu'elle avait toujours fait. La résignation était son choix. L'unique valable.

Elizabeth fit tourner le sachet de thé au fond de sa tasse. De l'autre côté de la table, la jeune femme tapota sur ses cuisses selon un rythme nerveux. Elizabeth observa l'eau s'assombrir.

Son premier mari, Sean, était un gaillard d'Irlandais avec une barbe blonde et des taches de rousseur sur les bras. Fils d'une famille de fermiers de l'Ohio, il l'avait arrachée à une adolescence médiocre, le temps de lui faire trois magnifiques enfants et de mourir dans un accident de voiture. Une brève apparition du soleil entre deux averses. Puis il y avait eu Dick.

Elizabeth avala une gorgée, la trouva trop chaude et reposa la tasse.

Cette dernière année avait été particulièrement dure pour elle. Malgré ses stratagèmes et son maquillage, elle ne parvenait plus à cacher ses ecchymoses. Les manches longues, le châle autour de son cou, les journées de convalescence enfermée dans sa maison, à prétexter une santé fragile pour que les voisins ne remarquent pas son visage tuméfié.

Les gens devaient se douter de quelque chose, forcément.

Dick, son second mari, était dépanneur automobile. Ironie du sort, il se trouvait parmi les premiers sur les lieux du crash. C'était lui qui avait remorqué la voiture de Sean.

À l'époque, Elizabeth avait cru devenir folle. Bouleversée, sans travail, elle n'aurait jamais pu faire face à cette tragédie sans Dick et son charme autoritaire. Grâce à lui, les difficultés administratives se volatilisaient. Au début, la violence semblait seulement l'expression de son caractère intransigeant. Leurs rapports sexuels étaient brutaux, sans aucun plaisir pour elle. Mais cela n'avait pas empêché Elizabeth d'espérer une amélioration. Et de se remarier en attendant. Du moins pouvait-elle offrir un toit à ses gamins.

Elle serra involontairement les cuisses.

Dick avait de nombreuses maîtresses et voyait des prostituées. Il ne se donnait pas la peine d'en faire un mystère, d'ailleurs, qu'aurait-elle récolté à se plaindre, sinon quelques bleus en prime ? Mais le plus dégoûtant, c'était les maladies dont il lui faisait cadeau. Des choses écœurantes qu'elle était obligée de faire soigner dans un dispensaire loin de chez elle pour être certaine de ne croiser personne. Elle s'y était souvent rendue ces dernières années, allant jusqu'à se confier à l'infirmière. Un jour, elle avait même pleuré dans ses bras.

Était-ce cette infirmière qui avait raconté son histoire aux recruteurs de ShowCaine ? Un docteur ? Un voisin ? Elle ne le saurait sans doute jamais. Quoi qu'il en soit, les gens de la chaîne télévisée s'étaient déplacés jusqu'à sa maison. Et son destin avait fait une embardée pour s'engager sur une route totalement inconnue.

Passé sa terreur initiale (elle avait d'abord cru à une visite des services sociaux et s'imaginait déjà la colère de Dick après leur départ), Elizabeth s'était assise, stupéfaite.

– Vingt mille billets ? avait aboyé Dick, les yeux comme des soucoupes. Vous êtes prêts à me payer une somme pareille pour que *ma femme* participe à votre émission ?

– Oui.

– Quand ?

– Aujourd'hui même, si vous le voulez. Le tournage commence la semaine prochaine. Notre équipe de casting a achevé ses recherches dans plus de vingt États. On termine par votre région.

Le visage de Dick s'était refermé, soudain soupçonneux.

– Elle devra faire du porno, ou un truc comme ça ?

– Non, monsieur.

– Pas que je sois absolument contre, remarquez...

Le ton des recruteurs était devenu cassant.

– Nous vous avons tout expliqué. Vous avez lu les contrats. Libre à vous de prendre un avis ou de consulter un avocat. Si vous n'êtes pas intéressé...

Dick les avait interrompus pour toper dans leurs mains.

– Pas la peine. C'est d'accord pour moi. Et pour elle aussi. Juste un détail : vous embarquez ses trois gosses jusqu'à la fin de l'émission. Placez-les en nourrice, ou chez qui vous voudrez. Je vais pas me tartiner ses mouflets pendant que Madame se la coule douce, hein ? Et maintenant, si on reparlait un peu de ce fric...

Le temps de signer les papiers et d'empaqueter quelques affaires, Elizabeth était partie. Assise dans la limousine de ShowCaine, elle avait regardé Dick et sa maison s'éloigner tandis que ses enfants surexcités jouaient sur la banquette.

Aussi sonnée que si Mike Tyson venait de lui balancer un uppercut.

Voilà comment son aventure avait commencé. Fasciné par les vertes lueurs de la montagne de dollars, Dick n'avait posé aucune question. Mais pour elle, il s'agissait de tout autre chose.

La chance de sa vie.

Elle termina son thé et repoussa la soucoupe.

– Tuer mon mari ? Non... Ce n'est pas possible.

– Je ne vois pas pourquoi, rétorqua la Latino. Les mecs et nous, c'est deux espèces différentes. Ils te traitent comme un chien, te trompent avec tout ce qui bouge et reviennent ensuite en pleurnichant, avant de recommencer. Même les gays se croient supérieurs aux lesbiennes, tu savais ça ? Moi, je dis qu'on pourrait se débrouiller sans la plupart des hommes. Suffit de faire le tri. (Elle pointa son index et gonfla ses pectoraux.) Boum.

La jeune femme souffla sur un canon imaginaire puis lissa en arrière ses cheveux courts.

Elizabeth observa les tatouages sur ses biceps. Son débardeur kaki portait en grosses lettres le prénom NINA. Elizabeth se demanda pourquoi elle avait confié cette histoire de mari infidèle – en omettant la maltraitance, bien sûr – à cette quasi-inconnue.

– On se commande des cocktails ? demanda Nina.

– Non, merci. Je vais reprendre un thé.

– Sûrement pas.

La Latino se tourna vers un serveur totalement immobile, statufié au milieu de la végétation.

– S'il vous plaît ?

La statue revint à la vie.

– Mesdames ?

– Deux tequilas Sunrise.

– *Cuervo Especial ?*

– *Muy bien.*

– C'est parti.

– Attendez..., dit Elizabeth.

– Discute pas, coupa Nina. Une tequila, c'est exactement ce qu'il te faut pour oublier ton connard de mari.

Le serveur disparut dans un bosquet de bambous et de camphriers. Sur les indications de la production, la California Ballroom, au deuxième étage de l'hôtel, avait été transformée en serre tropicale. Vrais arbres, faux gazon, clairières artificielles, parasols. L'objectif était de créer une intimité rassurante pour les dix candidats. Instaurer un climat propice aux confidences.

La foule des journalistes attendait sagement à l'écart, cantonnée derrière un mur de rochers en polystyrène. Toutes les quatre minutes, un assistant sélectionnait un reporter, vérifiait carte de presse, magnétophone et accréditation, le conduisait auprès d'un candidat pour une interview de deux minutes trente précises, puis le raccompagnait.

Après quoi le manège recommençait.

Elizabeth avait été ébahie de se retrouver au cœur d'un tel dispositif – un *« press junket »*, d'après ce qu'elle avait entendu dire. Deux heures et une vingtaine d'interviews plus tard, elle n'éprouvait plus que de la lassitude.

Elle se rappela la façon expéditive avec laquelle on l'avait préparée dans sa chambre, enchaînant briefing, maquillage, vêtements (tailleur sexy trop étroit) et pose de micro-thorax (adhésif hypoallergénique, spécial longue durée). Ses enfants l'avaient à peine embrassée avant de s'en aller. Ils ne semblaient même pas perturbés à l'idée de l'abandonner une semaine entière.

Elle se sentait dépossédée. Un tel changement la déstabilisait complètement. Elle fut tentée de saisir le miroir de poche dans son sac et d'ôter son maquillage. Ce n'était pas elle sous ce déguisement. On l'utilisait, une fois de plus.

Le serveur reparut, interrompant la spirale de ses pensées négatives, et déposa les tequilas Sunrise sur la table. Les cocktails poissaient de sucre et débordaient de morceaux de fruits. Nina s'empara d'une ombrelle en papier, embrocha une cerise confite, deux bouts d'ananas et enfourna le tout dans sa bouche.

– Mmmh... Beth ? T'en fais une tête. Remarque, je comprends. C'est notre dernier quart d'heure avant le grand départ pour Las Vegas. Difficile de pas stresser.

– Je suppose.

– La prod n'a pas encore révélé le lieu du tournage.

J'espère qu'on sera logés dans un super-hôtel. Tu y es déjà allée ?

– À Vegas ? Non.

– L'une de mes copines a travaillé au Bellagio. Barmaid en string à la piscine. T'aurais vu le montant des pourboires...

Elizabeth ne fit aucun commentaire.

– Et toi, qu'est-ce que tu comptes en faire ? poursuivit Nina.

– De quoi ?

– Du fric que t'as touché pour l'émission ?

Elizabeth eut la brève vision de Dick dévalisant le rayon lingerie d'un centre commercial, un groupe de filles vulgaires roucoulant dans son sillage.

– Je ne sais pas. Je n'y ai pas vraiment réfléchi.

– Moi, c'est tout vu : je vais me trouver une bande de nanas, un endroit où faire la fête et tout claquer ! (Elle lui effleura le poignet.) Tu pourras en être, si tu veux...

Elizabeth ne l'écoutait qu'à moitié. Elle respira l'odeur des feuilles mouillées mêlée à celle du bois de teck et se força à se détendre.

– J'ai tout entendu, annonça une jeune femme en émergeant d'un massif de verdure. Qui parle enfin d'organiser une orgie ?

Elizabeth considéra la nouvelle venue avec surprise : asiatique, longiligne, vingt ans maximum. Et belle à tomber. Sa chevelure noire descendait jusqu'à sa minijupe en cuir et ses sandales étaient piquées d'éclats brillants. Deux « C » d'or entrelacés scintillaient autour de son cou.

Elizabeth se demanda où elle l'avait déjà vue.

L'autre se déhancha comme pour une séance photos.

– Collier Chanel. Sandales Jimmy Choo. La robe

est une Versace. Pas mal, non ? (Elle tendit sa main.) Je suis Pearl.

– Elizabeth O'Donnel, répondit cette dernière en serrant timidement les doigts tendus.

– Et moi Nina Rodriguez, renchérit sa voisine avec un sourire radieux.

L'Asiatique se détourna pour sélectionner des petits-fours sur une table.

– Wow, c'est Pearl Chan ! souffla Nina entre ses dents.

– Tu la connais ?

– Tu rigoles ! C'est un top model ! Son père possède l'un des plus importants groupes de presse des États-Unis. Tu ne l'as jamais vue en couverture des magazines ?

– Maintenant que tu le dis...

– Et sur Internet ?

Elizabeth la regarda sans comprendre. Pearl revint vers elles.

– Nina, manifestement soucieuse de ta culture générale, insinue que beaucoup de gens ont eu l'occasion de me reluquer dans une vidéo qui traîne sur le Web. Du genre (elle traça des guillemets dans les airs) « qui cache pas grand-chose ».

– Vous êtes actrice ?

– Disons que j'ai fait une expérience. Dans ce film amateur, c'est pas la longueur des répliques qui t'étouffe. Contrairement à la taille du reste. Tu saisis ?

Nina manqua de s'étrangler de rire.

– Oui. Bien sûr, répondit Elizabeth, gênée.

Elle se concentra sur sa boisson quelques secondes.

Pearl Chan venait des beaux quartiers, tandis que Nina Rodriguez possédait autant d'allure qu'une camionneuse. Pourtant, ça ne les empêchait pas d'échanger des remarques salaces et de rire ensemble comme deux copines de chambrée. Alors qu'Elizabeth se sentait parfaitement stupide.

– Où sont les autres filles ? demanda Pearl.

– Karen Walsh discute encore avec les journalistes, dit Nina. Quant à Jeanne Leblanc, elle nous apporte les fiches des garçons.

– Cinq mecs pour nous toutes seules, fit le mannequin en se passant la langue sur les lèvres.

Elizabeth sentit croître son malaise. Elle se cramponna à son sac à main tout en réfléchissant à un moyen de s'éclipser sans passer pour une bêcheuse.

– On va faire sauter la banque ! lança soudain une énorme Afro-Américaine en clopinant vers le groupe. Une chemise taille XXL flottait autour d'elle – quadrillage blanc sur fond vert, représentant un tapis de jeu. Elle la secoua pour s'éventer et se laissa tomber dans un fauteuil.

– La chance est avec nous ! rugit-elle.

– Vous êtes Jeanne Leblanc ? demanda Elizabeth.

L'autre leva un sourcil.

– Non. Jennifer Aniston.

Pearl pouffa.

Jeanne Leblanc sortit un journal de sa poche arrière et le déplia.

– Les parieurs de Las Vegas ont misé sur une femme pour la finale de l'émission. La cote actuelle est de six contre un et, croyez-en mon expérience, ces petits malins ne se gourent jamais. C'est bien parti, je vous le dis !

– *Girl power !* renchérit Nina. C'est pas une bande de mecs qui va nous baiser !

– Parle pour toi, susurra Pearl.

– Ouais, du sexe ! hurla Jeanne.

– Eh bien ! moi je suis mariée, laissa échapper Elizabeth en pinçant les lèvres.

Les trois autres s'interrompirent pour la dévisager. Jeanne Leblanc leva les yeux au ciel.

– O.K., d'accord. Laisse tomber.

Elizabeth se sentit rougir. La Noire tapota du doigt sur le journal.

– Bon. Voici le dossier de presse. La production a imité la mise en page d'une feuille à scandale, photos de nous à l'appui. Plutôt bien fait, je dois dire.

– Et les candidats masculins ?

– J'y arrive.

Jeanne feuilleta le dossier de presse et s'arrêta sur une page cornée. La photo représentait un homme vêtu d'une chemise hawaïenne, debout sur le ponton d'un petit voilier de plaisance. Dents éclatantes, gourmette en acier, bras croisés sur un torse musculeux.

– Cameron Cole. Pas mal, non ?

– Je dois avouer qu'il a l'air physiquement intelligent.

Elle tourna les pages.

– Vector Kaminsky et Thomas Lincoln ne sont pas désagréables non plus.

– Le Noir semble fatigué. Le type en costume avec les lunettes, c'est Kaminsky ?

– Ouais.

– Et le vieux ?

– Leonard Stern. Soixante-dix ans.

– Tu plaisantes ?

– C'est écrit là. (Jeanne approcha son visage de la photo.) Quelques kilomètres au compteur, mais de beaux restes. Si tu veux mon avis, ils l'ont engagé exprès pour moi.

Les trois femmes partirent d'un seul rire. Elizabeth resta de marbre.

– Vous avez vu ? Il y a un enfant. Un petit garçon.

– Peter DiMaggio.

– Il a l'air tellement triste, dit Elizabeth. Vous croyez qu'on l'oblige à faire ça ?

Jeanne lui adressa un sourire vénéneux.

– Attends, laisse-moi deviner : t'es mariée, avec des gosses, et tu travailles pas.

– C'est-à-dire que... Oui... J'ai effectivement laissé mes trois enfants et...

Jeanne entoura ses épaules et prit un ton de confidente.

– Quelle misère, mon chou. La vie de femme au foyer est un tel souci. Heureusement, t'as encore le temps de ranger ton petit tailleur dans ta valise et de rentrer dans ton bled de pouilleux. (Elle sourit aux autres.) Hé, les filles ! J'ai l'impression que la production a ratissé large pour trouver des candidates, hein ?

Pearl et Nina ne purent s'empêcher de rire.

Elizabeth sentit le rouge envahir ses joues.

– Je... Je... Excusez-moi.

Elle se leva, manqua de faire tomber sa chaise et fila aux toilettes.

– C'est ça, chérie ! lança Jeanne. À la prochaine !

Elles la regardèrent s'éloigner.

– Tu pousses pas un peu ? risqua Nina.

– Quoi ? dit Jeanne. C'est une émission de jeu, oui ou non ? Si elle doit se faire éliminer, autant la dégager tout de suite. (Elle se leva.) Bon, c'est l'heure de descendre au parking. On y va ?

Elizabeth respira à fond, encore et encore, comme le lui avait conseillé l'infirmière du dispensaire, jusqu'à ce que son cœur cesse de battre la chamade. Puis s'assit sur l'abattant des toilettes sans pouvoir retenir ses larmes.

Elle se sentait ridicule. Une idiote incapable d'accomplir les choses les plus simples, telles que parler à des inconnues, ou laisser ses enfants quelques jours.

Impuissante à dénoncer son mari.

Elle saisit une lingette démaquillante et entreprit de nettoyer les traces sous ses yeux. Une photo glissa de sa poche : Nick et Alex jouant dans leur piscine gonflable tandis que Tina, leur petite sœur, les arrosait à l'aide d'un tuyau. Tous les trois riaient.

Elle passa un doigt sur le papier glacé.

« Nous avons mené notre enquête, Elizabeth, avait dit Hazel Caine. Nous connaissons vos problèmes. Si vous voulez de l'aide, nous avons besoin de votre coopération.

– Ce n'est pas aussi simple.

– Si. Parlez-nous de votre mari. Dites comment Dick vous traite, déballez votre histoire en public. Je vous soutiendrai. »

Et Elizabeth avait accepté.

Elle se moucha, arrangea ses cheveux et remit ses affaires dans son sac. Une longue inspiration. Puis elle se décida à quitter la pièce.

Hazel Caine – Seigneur, Hazel Caine *en personne* – lui avait fait confiance. Alors, elle ne pouvait pas abandonner.

Pour elle. Pour ses enfants.

Elle allait tout raconter.

6

« 3, 4, 5... »

Les chiffres défilèrent tandis que l'ascenseur grimpait vers le sommet. Seth se tourna vers la paroi vitrée, évitant de penser à l'étroitesse de la cabine. La vitesse d'ascension engendrait une sensation désagréable au creux de son estomac.

« 11, 12... »

Il se concentra sur l'extérieur.

Les couleurs du soir étaient magnifiques. Sur la petite place, en bas, des palmiers d'un vert quasi phosphorescent ondulaient sur le fond argenté du Citigroup Building battu par la pluie. Le Citigroup était l'immeuble de *La Loi de Los Angeles*, la série télé qu'il suivait pendant sa détention à la fin des années 80.

À l'époque, Seth rêvait souvent qu'Arnold Becker reprenait son dossier et venait le défendre. Ce bon vieil Arnie. Un coureur de jupons, et un sacré bon avocat. Il savait y faire : dans son rêve, Becker développait des arguments implacables, embobinait tout le monde et Seth était sauvé. Il se réveillait libre. Le compteur remis à zéro.

La cabine marqua un arrêt. Une personne sortit, plusieurs entrèrent, repoussant Seth contre la paroi. Il grimaça et serra la rambarde dorée. L'ascension reprit.

« 19, 20... »

À droite du Citicorp, on apercevait maintenant les façades illuminées de la Central Library se détacher sur le fond ocre de la California Bank of Trust, apportant un peu de dominantes chaudes dans cette froideur de métal et de verre. Sous sa capuche, le regard de Seth revint à l'intérieur de la cabine.

Des hommes en imperméable serraient contre eux des attachés-cases détrempés. Une femme rajustait son foulard. Une autre se donnait un coup de crayon devant un miroir de poche. Dans le fond, une petite fille s'amusait à faire de la buée sur la vitre avec sa bouche. Lorsque la surface opaque fut suffisante, elle y traça un cœur puis recula afin d'examiner le résultat.

Seth tenta d'ignorer sa sensation de claustrophobie. Encore quelques instants de patience...

La cabine ralentit sa course et s'arrêta.

« 35e étage. »

Les portes s'ouvrirent et le flot de personnes s'écoula, remplacé par un égal volume d'air. Seth s'accorda plusieurs secondes pour respirer, le pouce enfoncé sur le bouton d'ouverture.

Fort et faible à la fois. Toute l'absurdité de sa condition.

Malgré des années de thérapie, la foule demeurait son principal ennemi. Gérer ce handicap demandait pas mal de stratagèmes, c'est pourquoi son poste au service d'entretien lui allait comme un gant. De longues heures solitaire dans les entrailles de l'hôtel, à parcourir les galeries techniques, vérifier l'étanchéité des conduites d'eau et de gaz, remplacer les filtres des gaines de ventilation, les pneumatiques des monte-charge, à réparer ce qui devait l'être.

Il était le gardien d'un monde insoupçonné. Une ombre parmi les ombres. Le fils de John Gordon hantant le royaume érigé par son père.

Et surtout, il était autonome. Dans les limites de son domaine, pas besoin de foutu psychiatre ni d'agent de surveillance.

Quelque chose tira le bas de son imperméable.

– Tu sors, dis ?

La petite fille qui aimait dessiner les cœurs tira une nouvelle fois son coupe-vent. Seth posa instinctivement la main sur son pistolet électrique.

– J'aime pas qu'on me touche.

Mais la fillette s'éloignait déjà en sautillant. Seth fit un pas, et les portes de l'ascenseur purent enfin se refermer.

Il était arrivé. Il passa devant une bizarre sculpture rose, descendit une volée de marches ramenant au 34e étage et pénétra dans le bar panoramique.

L'étage entier tournait lentement sur son axe, effectuant une rotation complète en un peu moins d'une heure vingt. Ce soir, le Bona Vista Lounge s'étirait sous un drapé de velours pourpre. Des tables en marbre noir surmontées de lampes basses étaient disposées contre les fenêtres, cernées de fauteuils confortables. L'ensemble baignait dans un éclairage tamisé spécialement conçu pour ne pas créer de reflets sur les vitres.

Les gens montaient d'ordinaire admirer la vue. Mais, pour une fois, le spectacle était dans la salle : personnalités du show-biz, mannequins, journalistes et autres *people* accourus à l'appel de ShowCaine.

Seth perçut des éclats de voix et repéra une jeune femme (jean troué, casquette Von Dutch) en train d'enguirlander un serveur. Une actrice bien connue, fille d'un producteur de Hollywood. Elle renversa son verre sur l'employé, lequel s'en alla sans faire la moindre remarque. La fille éclata de rire – à moitié saoule, certainement.

Le reste de l'assemblée était à cette image. Des jeunes gens sûrs d'eux-mêmes, pleins de cette invulnérabilité que procurent le pouvoir et l'argent.

Seth fouilla sa poche intérieure et ramena un paquet de bonbons à la menthe. Les sucreries avaient toujours constitué pour lui le meilleur des anxiolytiques.

– Ôte ton imper.

– Pardon ?

– Tu conserves ce truc sinistre et dégoulinant alors que je viens de refaire le sol. Ce n'est pas très sympa, Seth.

La femme qui venait de parler portait un béret en papier marron. L'une de ses mains tenait le manche d'un balai, l'autre était plaquée sur sa hanche.

– Et tu as fait peur à ma fille, ajouta-t-elle d'un air de reproche.

Seth identifia la gamine de l'ascenseur un peu plus loin.

– De toute façon, c'est toujours pareil. Les gens se fichent du travail des autres. (Elle posa son balai contre le mur et lui tendit une main gantée de rose.) Tu m'en claques cinq ?

Il regarda le gant de latex sans réagir.

– Pardonne-moi, heu... Meg, dit-il.

– Sympa que tu te souviennes de mon prénom.

– Désolé, c'est...

– ... le gant. Je sais. T'es allergique au latex. Ça te file de l'urticaire et tu gonfles comme une baudruche. Attends...

Elle tira sur les doigts de matière rose qui glissèrent avec un claquement, puis tendit de nouveau la main.

– Tu sais que pour un costaud, t'es plutôt timide ?

– Mmmm.

– Tu veux du café ? Il y a des muffins à la cannelle.

Plus moelleux que les fesses de la pin-up placardée sur la façade.

– Pearl Chan ?

– Beauté asiatique. Jambes de rêve. Mince à pleurer.

– C'est Pearl.

– Bon. Figure-toi que les serveurs ont également collé son poster dans la réserve. (Elle dodelina de la tête avec un sourire exagéré.) À chaque fois qu'on ouvre le four, des gouttelettes de vapeur se condensent sur ses cuisses. Si tu les voyais, les chéris, ça les rend complètement dingues. Paraît qu'elle fait du porno sur Internet ? (Elle se rapprocha de lui. Son haleine parfumée vint caresser sa peau.) Et toi, tu l'as regardée, sa vidéo ? souffla-t-elle.

Le regard de Seth alla jusqu'au fond de la salle et s'arrêta sur le sigle lumineux des toilettes. Le côté hommes était condamné par un cordon tendu entre deux plots. Au-dessous, un panneau de plastique jaune portait la mention : ATTENTION SOL GLISSANT.

– Non, Meg. Je n'ai pas vu le film de Pearl. Et je n'ai pas faim.

Elle recula en se mordant la lèvre.

– Je comprends. Tout ce remue-ménage dans l'hôtel, ça doit te donner du travail. Pas le temps pour l'appétit, hein ?

Seth acquiesça d'un bref signe de tête.

– Tu pourrais me remettre mon paquet ? (Il consulta sa montre.) Je dois y aller.

– Pas de problème, tout est comme tu l'as demandé.

Elle fila derrière le bar. Seth la regarda qui s'éloignait en ondulant des fesses.

Meg était une gentille fille. Elle méritait sûrement mieux que ça. En tout cas mieux que les deux ou trois rapports sexuels qu'ils avaient partagés dans un local technique.

Sans doute espérait-elle sortir avec lui de façon plus officielle. Un vrai rendez-vous, et des fleurs, peut-être ? Les gens espéraient tous plus ou moins la même chose : fonder une famille, avoir des enfants, améliorer leur destin. Contrôler leur existence.

Seth respira l'intérieur de son coupe-vent trempé de sueur froide.

Le contrôle, c'était une putain d'illusion.

– Et voilà, dit Meg en revenant. Comme tu l'as commandé : trois Thermos de café de chez Starbucks, dix gobelets en carton, donuts variés, cuillères, sucre. J'ai pris la liberté d'ajouter quelques sachets de sucre light pour starlette anorexique – tu les remets bien à Pearl de ma part, surtout – et aussi des serviettes. Ton bon de commande est agrafé.

Elle lui tendit les poignées d'un gros sac en papier recyclable.

– C'est quand même drôle que ShowCaine t'ait demandé ça *à toi.*

– J'en sais rien, Meg.

– Personne ne pouvait se charger de l'apporter aux candidats ?

– Peut-être qu'ils ont été pris de court. Tu m'excuses ?

Seth agrippa le sac et se dirigea vers les toilettes.

– À tout à l'heure, lança-t-elle dans son dos.

Il l'abandonna sans répondre. Elle ne faisait déjà plus partie de son univers. Il traversa la salle d'un pas mécanique et mit le cap sur le sigle lumineux des toilettes. Il ne remarqua même pas qu'il heurtait la fille à la casquette Von Dutch, pas plus qu'il n'entendit ses jurons.

– Laisse, chérie, dit un jeune homme venu ramasser

l'actrice. T'as vu sa carrure ? Sûrement l'un de ces mercenaires qui reviennent d'Irak. Paraît qu'ils les engagent comme vigiles, à présent...

Le brouhaha des clients ne produisait plus qu'un grondement sourd. Il franchit la barrière interdisant l'accès des toilettes. Son ventre se contracta lorsqu'il posa la main sur la poignée de porte. Il ouvrit : la pièce était plongée dans l'obscurité.

L'autre était là.

Il l'attendait.

Seth entra et referma derrière lui.

7

Noir.

Aussi noir que le réduit, sous l'escalier. C'était la seule image dont Seth parvenait à se souvenir.

Il était petit et Maman l'avait enfermé. Encore une fois.

Mais Maman n'était pas méchante, ce n'était pas sa faute. Elle avait des crises, c'est tout.

La moquette s'enfonçait sous ses pieds. Ses orteils trempaient dans la mousse humide. Pleine de son urine. Il faisait toujours pipi sur lui, dans le placard. Ça dégoulinait le long de ses jambes, et ça venait imprégner les morceaux de moquette que sa mère découpait aux ciseaux pour protéger le plancher.

L'endroit empestait l'aigre. Maman trouvait ça très mal. Mais lui, ça ne le gênait pas. Il faisait sombre dans cet espace – oh oui, tellement sombre. Il se demandait juste s'il allait pouvoir respirer. Quand est-ce que Maman allait venir chercher son petit garçon ? Il ne le savait pas. Il était si terrifié qu'il ne parvenait plus à pleurer. En fait, il n'avait pas versé une larme depuis des années.

Maman avait horreur de ça.

– Qu'est-ce que tu fous ? T'es encore en train de débloquer ?

La Voix jaillit des ténèbres. Elle était haut perchée, sèche comme une badine.

– Tu es là ?

– Bien sûr que je suis là, Seth. Je serai toujours là. Qu'est-ce que tu marmonnes ? Tu te crois encore sous ce fichu escalier ?

– Non. Je parlais tout seul, c'est tout.

Seth cligna les paupières. Il ne remarqua aucune différence. On n'apercevait même pas les cloisons de séparation des toilettes. Il tâtonna dans le noir et sentit le contact glacé de l'évier en pierre. Sa main glissa jusqu'au bord de la vasque et atteignit le revêtement plat. Il y déposa son sac en papier.

– Seth, tu n'es qu'une couille molle, reprit la Voix. T'as vu comment t'es bâti ? Même à l'époque, t'aurais pu la défoncer, cette porte de placard.

– Maman n'aurait pas aimé...

– Arrête avec Maman. Elle est morte et enterrée depuis longtemps. Et toi, tu es en retard.

Seth scruta les ténèbres. Le miroir devait se trouver face à lui. Il écarta les doigts et les posa sur la glace.

– Pardon. Excuse-moi. Il y a tellement de monde. Je me suis accroché avec une sorte de punk, en bas.

– Je ne veux pas le savoir ! dit la Voix. Il faut faire vite. Tu as un nouveau job, maintenant. De nouvelles responsabilités.

La paume de Seth caressa la surface invisible devant lui. Elle était douce et froide, comme le visage d'un mort. Il imagina son reflet en train de le contempler. Un jumeau spectral à travers une fenêtre.

– On est obligés de faire ça dans le noir ?

– Bien sûr qu'on y est obligés. Tu n'écoutes pas ce que je dis ? Il y a des journalistes dans tous les coins.

On ne doit pas nous voir ensemble. Tu as les Thermos ?

– Elles sont là.

Seth ouvrit le sac et déposa les bouteilles une par une sur la tablette.

– Bien, reprit la Voix. Dévisse les bouchons.

Seth s'exécuta, puis attendit. Un clapotis résonna dans la pièce, évoquant des cailloux crevant une surface liquide.

– Voilà. Tu peux refermer.

– Tu es certain du dosage ?

Un juron fila dans l'obscurité.

– Tu me prends pour qui ? Il n'y a aucune place pour l'approximation, aucune !

– Pardon. Ne te mets pas en colère, s'il te plaît.

– Et arrête de t'excuser comme ça. T'es un géant, tu m'entends, un foutu colosse ! (La Voix grimpa encore en hauteur, lâchant les mots par saccades.) C'est ton heure, ton moment. Ces connards vont apprendre à te connaître. Toi et moi on va leur montrer.

– Ouais, toi et moi, toi et moi, répéta Seth.

La Voix redescendit, essoufflée.

– Fais juste ce que je te dis et tout ira bien. Laisse-moi le soin de penser. Tout est si compliqué à mettre en place. Je suis crevé...

Une respiration semblable au raclement d'un râteau sur le gravier d'un cimetière résonna dans le silence.

– Tu as bien préparé ton rôle ?

– J'ai eu une conversation avec un gars du parking, il y a quelques jours. Un chauffeur homo du nom de Frankie. Il m'a refilé tous les renseignements dont j'avais besoin.

– Bien. Les fringues et le reste du matériel sont dans un sac posé sur l'abattant des chiottes.

Seth repoussa la porte du pied et se baissa. Il attrapa la bandoulière et l'enfila sur son épaule.

– Il y a une cagoule, des gants et un gilet. Les bouteilles sont enveloppées. Fais attention, c'est fragile.

– Rien en latex, hein ?

– Non, bien sûr. Allez, dégage maintenant. Ton badge te permettra de passer les filtres.

Seth dirigea ses pas vers les contours lumineux de la porte. Le murmure des conversations lui parvenait à travers l'épaisseur du bois.

– Encore une chose, dit la Voix.

Seth s'interrompit.

– Oui ?

– Arrête ça.

– Ça quoi ?

– D'avoir peur. Tu n'en as pas besoin. Ce sont eux qui doivent trembler.

– Eux doivent trembler, répéta Seth.

– Exactement.

Seth ouvrit et un souffle d'air caressa son visage. Il ramena sur lui les pans de son imperméable. La porte se referma dans son dos.

Il était de retour parmi les vivants.

Ses yeux se posèrent sur une table vide et ses jambes embrayèrent d'elles-mêmes. Il se laissa tomber dans un fauteuil, repoussa ses deux sacs contre la baie vitrée – là où personne ne pourrait y toucher sans l'enjamber d'abord – et fouilla ses poches. Le paquet de sucreries se retrouva sur la table.

Seth le regarda fixement, comme si, d'une quelconque façon, il était capable d'assurer son salut.

– Maman dit que je peux jouer avec toi. Tu veux bien, dis ?

Il reconnut la petite fille et se força à sourire.

Une jupe plus ample envahit son champ de vision. Apparemment, Meg n'avait pas l'intention d'abandonner la partie aussi facilement.

– Tiens, dit-elle, je t'ai tout de même apporté un café. (Elle le déposa sur la table basse et jeta un coup d'œil sur les sacs.) Tu as des soucis ?

– Aucun. J'ai besoin d'être un peu seul, c'est tout.

– Personne n'a envie d'être seul, insista Meg. Tu pourrais venir chez nous dimanche prochain.

Le regard de Seth se perdit dans la *skyline* de Los Angeles.

– On est à peine vendredi, Meg. Beaucoup de choses vont se passer d'ici là. Et puis, je vais devoir partir. J'ai un nouveau job.

La serveuse n'eut aucune réaction. Elle ferma simplement les paupières, le temps de compter jusqu'à cinq avant de les rouvrir et de planter son regard dans le sien.

– Tu laisses tomber ton boulot à l'entretien ? Tu vas t'en aller ? Je croyais qu'on s'entendait bien, tous les deux. Tu montais souvent ces derniers temps...

– C'était de la détente, Meg. Juste de la détente.

Elle détourna la tête.

– Comme tu voudras. Après tout, ce n'est pas comme s'il y avait quoi que ce soit entre nous.

Seth demeura silencieux. Meg se redressa.

– J'ai du travail qui m'attend, moi aussi.

– Au revoir, dit Seth.

Il regarda la femme et la petite fille s'éloigner. Il était encore temps de changer d'avis. Modifier ses projets.

Mais il n'en fit rien.

L'agitation régnait encore dans le hall de l'hôtel.

Devant lui, trois filles encadrées par des vigiles descendirent un escalator en riant. Un Noir quitta le bar et emprunta le même chemin quelques instants plus tard, suivi de près par une jeune femme dont les paupières gonflées indiquaient qu'elle venait de pleurer. Aucun d'eux ne remarqua la présence de Seth.

Un homme porteur d'une oreillette s'approcha de lui et désigna les sacs.

– C'est pour une course ? J'appelle un chauffeur ?

– Non, Harold. Je voyage seul.

Comme prévu, l'employé se décomposa.

– Voyager ?

– Ouais.

– Sans accompagnateur ?

– T'as pigé.

– C'est que... votre statut n'autorise pas ce genre de sortie. Je peux fermer les yeux sur une promenade en ville. Mais là...

Seth jubilait. Pour la première fois, il n'avait plus envie de tuer Harold Krump, le chef de la sécurité de l'hôtel et – accessoirement – l'homme chargé de le surveiller.

– T'as l'intention de m'arrêter, Krump ? demanda-t-il d'une voix suave.

L'autre émit une sorte de hoquet.

– C'est bien ce que je pensais. Alors dégage.

Seth le repoussa d'un coup d'épaule et s'éloigna en direction de l'escalator, sac en bandoulière, tel un touriste ordinaire. Il se serait presque mis à siffloter.

– Je vous préviens, cria Krump dans son dos, j'avertis immédiatement votre thérapeute !

Seth leva le poing, majeur pointé vers le ciel.

– Passe-lui le message, dit-il sans se retourner.

Puis Seth disparut dans l'escalier.

8

Thomas s'attendait à tout, sauf à ça.

Il avait imaginé un départ pittoresque. Bain de foule, gardes du corps, photos, hurlements des fans... Et au bout de l'immense tapis rouge, les candidats poussés dans des limousines astiquées comme des lustres en cristal. Sans oublier les effets spéciaux – spots dans le ciel et feux d'artifice ? – et le ballet d'hélicoptères filmant en vue aérienne, balancé sur écran géant et retransmis à travers tout le pays. Si ça se trouvait, il y aurait même des spectateurs assez cinglés pour brancher leur magnétoscope : « J'ai apporté des bières, Bob, installe-toi, mon pote, on va pas en perdre une miette. »

Un truc entre la parade de la Fête nationale, la visite du pape et le coup d'envoi du Superbowl.

Mais pas ça.

Il examina avec méfiance le bus solitaire garé dans le parking souterrain. Dix mètres de carrosserie grise, des vitres fumées, plusieurs rayures, *Sunshine Travel* peint sur le flanc – voilà le véhicule.

Il lui faisait penser à l'un de ces vieux Greyhound que son père et lui prenaient jadis pour les vacances.

Les places alentour étaient désertes.

– Je suis au bon endroit ?

– Vous êtes Tom Lincoln ? demanda l'hôtesse.

– Seulement au bout d'un certain nombre de verres.

– Alors bienvenue.

Le badge sur le gilet de la jeune femme annonçait : « *Sheryl, Assistante de production* ». Elle lui tendit un paquet de cartes à jouer d'épaisseur assez mince, orné du logo de la chaîne.

– Vous êtes le dernier, ou presque. Dommage, nous n'aurons pas le temps de jouer ensemble. (Elle lui lança un sourire terriblement sexy.) Je parle des cartes, bien sûr.

– Naturellement.

Elle sortit une paire d'écouteurs sous emballage plastique.

– Prenez ça. Pour la vidéo, précisa-t-elle en l'entraînant vers la porte.

Il grimpa les marches et jeta un coup d'œil à l'intérieur. La plupart des candidats se trouvaient déjà assis : une dizaine de personnes, installées dans la deuxième moitié du bus.

Le conducteur leva les bras au ciel.

– Sois le bienvenu, mon pote ! Je m'appelle Frankie et tu es ici chez toi. Ce voyage, c'est que du bonheur.

Thomas se demanda où la chaîne allait recruter ses employés. Il choisit le quatrième siège à gauche et s'affala. La personne la plus proche, un homme aux cheveux blancs, trois rangs plus loin, lui souhaita le bonjour d'un hochement de tête poli.

Thomas examina son nouvel environnement. Les sièges étaient recouverts d'un tissu usé, bleu ciel à petits carreaux bleu marine. Sol antidérapant, porte-bagages en aluminium et rideaux imprégnés de l'odeur du tabac froid complétaient le tableau. Il glissa le paquet de cartes et les écouteurs dans le rabat du dossier face à lui, puis chercha un cendrier. Sans en trouver, évidemment : deux misérables trous de vis dans l'accoudoir, c'était tout ce qu'il en restait.

– Allons bon.

Il décolla ses fesses pour atteindre l'opercule de la climatisation – réglée au maximum, comme d'habitude – et le referma.

– La dernière candidate arrive, lança Frankie. On va pouvoir décoller. Vous vous éclatez ?

– Comme des petits fous, grommela Thomas.

Il détailla la jeune femme en train de franchir la porte. Rousse, cheveux longs, la trentaine passée. Assez jolie, mais vêtue d'un tailleur trop étroit qui paraissait la gêner dans ses gestes. Elle chercha timidement une place et croisa le regard de Thomas. Ses yeux étaient d'un vert lagon magnifique, un peu trop brillants, comme si elle venait de pleurer. Elle hésita, puis alla s'asseoir à côté du vieil homme.

L'hôtesse tapa deux fois sur le capot en guise de signal de départ et s'éloigna du bus. Les portes se refermèrent.

– *Avanti !* lança Frankie en faisant vrombir le moteur.

Des cris d'excitation montèrent à l'arrière. Thomas se retourna. Les autres filles s'étaient regroupées dans le fond, telles les participantes d'une joyeuse colonie de vacances. Il aperçut le visage de Karen Walsh et se demanda quelle attitude adopter – Colère ? Indifférence ? Ne parvenant pas à se décider, il se rassit dans le sens de la marche.

Le bus sortit du parking souterrain et émergea dans une rue tranquille. Thomas observa les trottoirs, guettant une trace d'animation. Où étaient passés les gens ?

La voix du conducteur grésilla dans le micro.

– Bienvenue à tous ! Mon nom à moi, c'est Frankie.

– Bonjour Frankiiiiie ! répondirent les filles en chœur.

– Que du bonheur, les filles.

Le bus tourna à droite, monta une rampe et prit à gauche devant Hope Park et sa sculpture orange. Le conducteur se tourna vers les passagers.

– Je suis sûr que vous vous demandez où est passée la foule, hein ?

– Où est passée la foule ? lâcha un type à la mâchoire carrée, sans la moindre trace d'humour dans la voix.

– Tu serais pas en train de nous enlever, des fois ? pouffa l'une des candidates.

Le conducteur sourit jusqu'aux oreilles.

– Moi ? Je suis votre ange gardien. Mettez plutôt vos écouteurs et sélectionnez le canal trois.

Thomas tira l'appareil de son sac plastique et ficha le jack dans l'accoudoir. Une brume de parasites s'afficha sur les moniteurs encastrés au plafond. Le jingle de *L'Œil de Caine* retentit dans les écouteurs. Logo de la chaîne. Fondu enchaîné sur le visage familier de la productrice.

– Bonsoir à tous ! « Quel surprenant départ », c'est ce que vous êtes en train de vous dire, n'est-ce pas ?

Quelqu'un siffla pour approuver.

– Où sont les fans ? beugla une voix féminine.

Hazel marqua une pause, comme si elle avait prévu cette réaction.

– Chers amis, sachez que vous n'êtes pas au bout de vos surprises. *L'Œil de Caine* est une émission pleine de mystères. Il est naturel que nous protégions les petits secrets que vous allez nous révéler... et les nôtres, par la même occasion. Au moment où vous visionnez cette cassette, un cortège de voitures quitte l'entrée principale de l'hôtel.

Un plan de Los Angeles apparut en bas de l'écran.

– Vous êtes officiellement à l'intérieur, derrière des vitres fumées.

– Comment ça ? lança un homme.

– Les limousines, continua-t-elle, prendront la direction de l'aéroport, coursées par les paparazzi telle une meute de chiens.

Des pointillés décrivirent un parcours sur le plan.

– Les hélicoptères suivront tous leurs déplacements. Une fois les voitures arrivées à l'aéroport, nous ouvrirons les portes et... plus personne : vous aurez disparu ! Ce sera le premier rebondissement.

Le plan s'effaça.

– Un vrai film d'espionnage, dit Mâchoire Carrée.

Hazel Caine eut une grimace de connivence, comme si – une fois de plus – elle s'était attendue à ce genre de remarque.

– Pendant que l'émission télévisée entretiendra le suspense, vous voyagerez discrètement par la route. Comme vous le savez, Las Vegas est votre destination finale. Vous ne connaissiez pas l'endroit exact, mais je peux maintenant vous le révéler : il s'agit du prestigieux hôtel Mirage.

Les exclamations fusèrent.

– L'arrivée est prévue en milieu de nuit. Le plateau de tournage se situe dans une jungle artificielle à l'intérieur de l'hôtel. C'est une sorte de zoo dans lequel les magiciens Siegfried & Roy abritaient les fauves de leur spectacle de prestidigitation. Comme le show a été suspendu, nous avons réaménagé l'endroit. Et laissé les tigres blancs. (Elle sourit.) Je plaisante. Vous disposerez de bungalows individuels avec piscine et tout le confort, bien sûr. Une vitre sans tain permettra même aux clients de l'hôtel de jeter un coup d'œil sans être vus.

– Donc, c'est toujours un zoo, grogna Thomas.

La productrice leva un index.

– Naturellement, vous ne pourrez ni sortir ni communiquer avec l'extérieur de quelque façon que ce soit au cours de la semaine de tournage. Profitez du trajet pour téléphoner à vos proches. Une collation vous sera servie afin de tenir durant cette longue nuit qui vous attend. Bonne chance à tous, amusez-vous bien !

Hazel Caine leur lança un clin d'œil, puis l'écran devint noir.

– Que du bonheur, soupira Frankie.

Le chauffeur changea de vitesse et tourna dans une autre rue. Thomas reconnut le bâtiment du MOCA, le Museum of Contemporary Art, avec ses murs de calcaire façon village indien. Le bus décrivait un véritable parcours en escalier à travers les rues de Dowtown.

Thomas prit le paquet remis par l'hôtesse et le décacheta. Une dizaine de cartes à jouer se trouvaient à l'intérieur. Il les vida dans sa main. Les dos imprimés se ressemblaient tous : un dessin représentant un œil, avec un trait noir au-dessus et un autre en dessous. L'aspect rappelait celui d'un hiéroglyphe égyptien : le logo choisi pour *L'Œil de Caine*. Il retourna le paquet. Côté face, chaque candidat avait droit à sa photo accompagnée de ses nom, âge et profession.

Il consulta la première carte. La valeur notée dans l'angle indiquait « As de Cœur ». Le visage était celui d'un enfant, et le texte disait :

N° 1. Peter DiMaggio – 10 ans. Élève d'école primaire.

Il s'apprêtait à examiner le reste du paquet lorsqu'une conversation attira son attention.

– ... t'assure que la chaîne est la cible de menaces terroristes, souffla une voix masculine. Le Homeland Security[1] est sur les dents. On en parle dans les forums de hackers sur Internet. C'est pour ça qu'on prend ces précautions : ce bus discret, le parcours en zigzag, tout ça...

L'auteur était un jeune type, genre yuppie branché : lunettes rondes en métal, col blanc, cheveux châtains coupés dans le style des années 70. Il était affublé d'une cravate jaune Omer Simpson qui tranchait curieusement avec son costume trois-pièces. Thomas chercha sa photo parmi les cartes et obtint les renseignements suivants :

N° 3. Vector Kaminsky – 28 ans. Informaticien, chef d'entreprise.

– Tu racontes n'importe quoi, dit Mâchoire Carrée, installé dans le siège voisin.

Kaminsky se renfrogna.

– Écoute, le Web, c'est mon truc. Les vingt-cinq mille billets de ShowCaine, je les ai déjà réinvestis dans ma start-up. Je monte ma boîte. Le commerce sur Internet, tu vois...

– Non, sans déconner ? ricana l'autre. Je suis assis à côté d'un petit génie, alors ?

Vector Kaminsky perdit un peu de sa superbe.

– En fait, heu, je connais des gens. Des pirates. Ils ont pénétré le réseau de la chaîne. Entendu des rumeurs. On parle d'une menace, c'est pour ça qu'il y a tant de mesures de sécurité...

---

1. Service de renseignements créé après le 11 septembre 2001, chargé de la sécurité du territoire.

– Parce qu'un vieux bus et des limousines bidon, t'appelles ça des mesures ? Poudre aux yeux, ouais ! ShowCaine fait simplement monter la sauce.

Thomas chercha dans son paquet et trouva la photo du second interlocuteur :

N° 2. Cameron Cole – 36 ans. Excursions en mer, sports nautiques.

Ça faisait un peu plaquette publicitaire.

– Hé ! lança Frankie depuis le siège conducteur, j'ai un sac plein de bonnes choses, ici ! Quelqu'un se dévoue ? (Il huma le contenu.) Le livreur de ShowCaine vous a amené du café et des donuts. Si vous en voulez pas...

– Oui, ben gardez plutôt les yeux sur la route, dit une créature exotique en lui arrachant le paquet des mains. Je me charge de la distribution.

Elle, Thomas n'avait pas besoin de carte pour la reconnaître : Pearl Chan, la bombe asiatique. Sa photo placardait la ville. Inutile de se demander pourquoi elle figurait au casting de l'émission. Si Pearl avait léché un pneu dans un spot publicitaire, la moitié mâle du pays aurait couru s'acheter quatre roues neuves.

Cafés et pâtisseries commencèrent à circuler. Les langues se délièrent et Pearl revint s'installer à côté du chauffeur, gobelet à la main.

Tom s'intéressa de nouveau au vieil homme aux cheveux blancs. De tous les candidats, c'était peut-être celui dont la présence l'intriguait le plus. Il buvait à petites gorgées, effleurant de temps à autre ses lèvres à l'aide d'un mouchoir en soie.

Un égaré. Un dandy sorti d'un tableau du XIXe siècle.

Soudain l'homme se mit à tousser. Une quinte de plus en plus violente, à tel point que la jeune femme rousse assise à son côté lui assena une grande claque dans le dos. Le vieil homme se racla la gorge et cracha quelque chose dans son mouchoir.

Thomas consulta ses fiches.

N° 4. Leonard Stern – 70 ans. Retraité.

N° 6. Elizabeth O'Donnel – 33 ans. Mère de famille.

La femme regarda Thomas. Il vit qu'elle aussi était en train de consulter ses cartes. Il lui adressa un petit signe en levant son paquet, puis s'attaqua aux noms restants :

N° 7. Nina Rodriguez – 23 ans. Conducteur de poids lourds.

N° 8. Dr Karen Walsh – 26 ans. Interne en chirurgie orthopédique.

N° 9. Jeanne Leblanc – 51 ans. Serveuse.

N° 10. Pearl Chan – 20 ans. Mannequin top model.

La carte qui le représentait portait le N° 5. « Tom Lincoln – 37 ans ». La suite disait simplement : Sans emploi.

Il massa les rides sur son front, songea aux paroles d'Hazel Caine durant la vidéo, sortit son téléphone cellulaire et le posa sur ses genoux.

Une personne sans emploi. Un homme sans engagement. Un type sans rien. Voilà ce qu'il était.

Il hésita longuement, puis finit par composer le numéro.

– Maison de retraite Biltmore ?
– Oui.
– Pourriez-vous me passer la chambre 305 ?
– Il est un peu tard, Tom.
– Nicole, soyez sympa.

– Vous savez qu'il ne comprend pas ce que vous dites, n'est-ce pas ?

– S'il vous plaît. C'est important.

Un silence.

Derrière la vitre du bus, les lumières des files de voitures du vendredi soir tissaient de longs filaments rouges sur le tissu sombre de l'Interstate 10. Les gens rentraient dans leurs foyers. Chez eux.

– D'accord, soupira Nicole.

Transfert d'appel. Quelqu'un décrocha.

– Papa ?

– Qui est à l'appareil ?

– C'est moi.

– Si c'est encore pour me fourguer une police d'assurances, je vous préviens...

– Papa, c'est Tom. C'est ton fils.

Des cris mêlés de sifflets résonnèrent dans l'écouteur.

– Vas-y, cogne-le !

Un match de catch à la télévision, songea Thomas. Il prit une inspiration.

– C'est la dernière fois que je peux te parler avant un moment, papa. Je voulais juste te dire que je n'allais pas te décevoir. Cette fois, tu seras fier de moi.

– Mais bute-le, sacré nom !

– Je t'aime, papa.

– C'est ça, au revoir, et ne venez plus m'emmerder avec vos histoires !

Le téléphone raccrocha. Thomas appuya sur le bouton de rappel automatique.

– Maison de retraite Biltmore, répondit la voix à l'autre bout.

– C'est encore moi, Nicole.

– Il ne vous a pas reconnu.

Ce n'était pas une question.

L'inéluctable est plus facile à accepter lorsque c'est quelqu'un d'autre qui l'énonce.

– Vous avez reçu l'argent ? Vingt-cinq mille ? demanda Thomas.

– Oui.

– Il a tout ce qu'il lui faut ?

– Comme un coq en pâte. Merci d'avoir réglé, Tom.

– C'est moi qui vous remercie.

– Pas de quoi.

Il raccrocha.

Les lumières d'El Monte brillaient dans le lointain. Il bâilla. Peut-être qu'il pourrait se rouler une ou deux cigarettes, histoire de tuer le temps ? Il décida de tenir au moins jusqu'à la ville de Barstow. Ça devait faire dans les trois heures. Autrefois, pendant ses nuits de garde, il était capable de rester éveillé beaucoup plus longtemps. Alors Barstow, il était certain d'y arriver.

9

Samedi

Une impression désagréable s'insinua au plus profond du sommeil de Thomas. Il se tourna en gémissant, mais le sentiment demeura et finit par le tirer de sa torpeur.

Il essaya mollement d'ouvrir les yeux, sans succès. Des lambeaux de rêve s'accrochaient encore à lui. Il observa les taches à l'intérieur de ses paupières : mouches vertes, flaques rouges, cadavres noirs, badges de flics jaunes. Des images associées à la persistance rétinienne. Un phénomène physique, une rémanence, rien de plus. Il força son esprit à nager vers les couches supérieures de la conscience et les spectres regagnèrent leurs tombes.

Il s'éveilla.

Il était toujours assis sur son siège, dans le bus, mais les vibrations du voyage avaient disparu. Le véhicule était arrêté. Il se massa le visage et laissa retomber ses mains sur sa poitrine. Une lueur papillotait sur sa droite, côté fenêtre. Il ouvrit les yeux.

Un néon.

Une enseigne Mobil, plus exactement. Les lettres

bleues ne s'allumaient plus. Seul le O rouge clignotait encore, telle une lampe sur le point de rendre l'âme.

Thomas étira ses jambes et regarda sa montre : les aiguilles phosphorescentes indiquaient minuit vingt. Le bus avait simplement fait halte dans une station-service.

– Où est l'autoroute ? grommela-t-il en cherchant à se repérer.

Il se sentait épuisé. Se souvenait de s'être endormi sur San Bernardino Freeway – bien avant Barstow. Est-ce qu'ils avaient atteint le Nevada ? L'air, en tout cas, s'était réchauffé, Thomas pouvait le sentir en appuyant son front contre la vitre.

Il scruta les alentours, dans la pénombre des plafonniers éteints.

Une vieille Ford Taurus rouge était garée tout près. Mais pas âme qui vive et paysage de désolation : publicités placardées contre les vitres sales, poubelles débordant de papiers gras. Dans un coin, un Père Noël Coca-Cola tremblotait dans la brise nocturne.

– Qu'est-ce que c'est que cet endroit de merde ?

Un mouvement attira son attention. Il aplatit sa joue contre la vitre : deux silhouettes discutaient sur le bitume. Il identifia Frankie et un jeune gars en salopette rouge, qui devait être le pompiste. Il tendit l'oreille pour saisir leur conversation.

– A-a-allez, soyez sympa, bégaya le pompiste en rejetant sa casquette en arrière.

Des mèches rousses tombaient en désordre sur ses tempes, à la manière d'herbes hautes qu'un paysan aurait oublié de faucher.

– Pas question, répondit Frankie.

– Soyez c-c-cool...

– Non.

– Juste un au-to-tographe...

Le chauffeur posa une main sur son épaule.

– Reste calme, mon gars. Je paye ton essence et on repart.

– J'remplace le b-boss. D'habitude c'est George-mon-pote. Voyez ?

Frankie pliait et dépliait le billet de cent dollars qu'il tenait à la main en essayant de ne pas s'impatienter.

– George-ton-pote ?

– Ouais. Mais là, il est p-pas là. Alors je dis : l'essence, c'est c-cadeau. J'ajoute m-même des chips. Mais vous m'laissez la v-voir.

– Ils parlent de Pearl, dit une voix derrière Thomas.

Il regarda par-dessus son épaule, surpris.

Personne.

– Le pompiste l'a reconnue. Il en est amoureux.

Thomas se pencha par-dessus le siège. Quelqu'un était bien assis derrière : un enfant, recourbé sur sa tablette, occupé à faire des ronds de lumière avec une sorte de gadget, mi-lampe, mi-stylo. L'objet pendait à son cou et comportait une étiquette mentionnant son nom.

– Salut, Peter, dit Thomas.

L'enfant ne répondit pas. Les ronds lumineux finirent par le lasser et il éteignit sa lampe. Il fit sauter le capuchon, démasquant une pointe feutre, approcha la mine de son index et dessina sur sa pulpe : deux points pour les yeux, un trait tordu pour la bouche. Puis tourna l'index en direction de Thomas.

– Salut, m'sieur ! coassa le doigt en se tortillant.

– Bonjour. Comment ça va ?

– Ça va.

– Tu es l'ami de Peter ?

– Ouaip. Je peux poser une question ?

– Bien sûr.

– T'as déjà eu peur de mourir ?

La porte du bus s'ouvrit et un courant d'air chaud s'engouffra dans le couloir. Une odeur d'essence et de caoutchouc envahit l'habitacle.

– Fait d-drôlement bon, ici, fit le pompiste en entrant.

Thomas vit Frankie pénétrer dans la station et disparaître entre les rayonnages. Apparemment, l'acharnement du pompiste avait eu raison de sa patience.

Le rouquin se planta devant Pearl.

– B-Bonjour. Je m'appelle Cecil. Et p-pour moi, z'êtes la plus grande. Des stars, je veux dire.

La jeune femme l'observa, les yeux mi-clos.

– V-v-voudrais juste un auto-to-to-graphe, précisa le pompiste.

Pearl tenta de se lever, mais retomba lourdement.

– Ah, merde, articula-t-elle.

Elle avait l'air ivre. Ses longs cils battirent au ralenti. Elle gloussa.

– Dis donc, Cecil, puisque t'es là, tu m'aiderais pas à aller faire pipi ?

C'est alors qu'un bus apparut.

Ses phares s'allumèrent dans la nuit tels deux yeux blancs. Il exécuta un grand virage silencieux. Il frôla la Taurus et vint se garer près d'eux. Thomas attendit que le chauffeur coupe son moteur, surpris par cette soudaine proximité, et guetta un mouvement.

Rien.

Il se hissa sur son siège : les vitres fumées laissaient à peine deviner la silhouette derrière le volant. Le reste du véhicule était plongé dans le noir.

– Qu'est-ce qu'ils foutent, là-dedans ?

L'enseigne Mobil choisit cet instant pour se remettre à grésiller. Le O clignota, puis mourut dans une étincelle. La porte du bus s'ouvrit. Le chauffeur sauta du marchepied et disparut.

– C'est drôle, fit remarquer Peter. Ils sont dix.

– Hein ?

L'enfant était collé à la fenêtre.

– Il y a dix passagers, là-dedans. Exactement comme nous.

Thomas jeta un coup d'œil à la station-service. Frankie n'était toujours pas revenu.

– Comment tu le sais ? On n'y voit que dalle. L'autre véhicule n'est même pas éclairé.

– Il suffit d'être assez près.

Peter alluma sa lampe-stylo et l'agita devant la vitre.

Thomas fronça les sourcils. Quelque chose ne tournait pas rond, mais il ne parvenait pas à mettre le doigt dessus. Pourquoi est-ce qu'il se sentait aussi engourdi ?

– C'est le même bus, reprit Peter. Même carrosserie. Mêmes rideaux. Tout pareil.

Frankie reparut sur le parking, les bras chargés de paquets de chips. Thomas se sentit soulagé. Il s'approcha de la fenêtre. On apercevait bien des passagers : leurs silhouettes étaient enveloppées de ténèbres, mais on pouvait les repérer. Il en compta dix, le plus proche à moins de deux mètres. Il tapota contre la vitre pour attirer son attention.

Pas de réponse.

– Ils ne bougent pas beaucoup, hein ? fit Peter.

Frankie interpella quelqu'un. Thomas se tordit le cou sans réussir à voir qui.

– Donne ta lampe, dit-il à Peter.

Après un instant d'hésitation, l'enfant ôta sa cordelette. Thomas cliqua sur l'interrupteur. Un ruisselet de lumière traversa le vide et alla se coaguler sur le siège de l'autre véhicule.

Le passager se tenait légèrement de profil, dans un vêtement gris indéfinissable. Sa peau était racornie et sa mâchoire béante. Au milieu de son visage craquelé, les yeux avaient cédé la place à deux immondes trous noirs.

Un cadavre.

Son bras ressemblait à la croûte d'une tarte qu'on aurait oubliée dans le four.

Les poils de Thomas se hérissèrent sur sa nuque.

– Oh putain de merde... Ce type est complètement carbonisé...

Sa lampe balaya les autres passagers.

– Ils sont tous morts... Il n'y a que des cadavres, là-dedans !

Un coup de feu retentit.

Peter hurla.

Une forme tituba devant les fenêtres – Frankie.

Le chauffeur baissa un regard incrédule sur sa poitrine. Du sang jaillissait au milieu de ses paquets. Il ouvrit les doigts et les chips s'envolèrent tels des flocons de neige. Il tomba à genoux et disparut sous le bus.

– Qu'est-ce qui se p-passe ? brailla Cecil.

Pearl le regarda, un sourire idiot sur les lèvres. En dehors d'elle, aucun des candidats ne s'était réveillé.

Thomas se frotta le visage. Tout ça devenait dingue, complètement irréel. Lorsqu'il ôta ses mains, un inconnu se tenait dans l'encadrement de la porte.

Grand. La tête repliée pour éviter de racler le plafond. Une capuche retombant sur ses traits comme un linceul.

– Qu... Qui êtes-vous ? souffla Cecil.

Le gouffre noir sous la capuche se tourna vers le

pompiste, puis vers Pearl. Autour de lui, son coupe-vent roulait et se soulevait dans la brise nocturne. Thomas nota les baskets maculées de poussière. Le sac à dos. Les gants en cuir. L'homme tenait un bras dans son dos, comme pour dissimuler quelque chose.

Cecil s'avança.

– Vous ai p-p-posé une q-question. Qu'est-ce que vous fout...

L'inconnu le cueillit d'un uppercut. Cecil décolla dans les airs et retomba aux pieds de Thomas, l'arcade sourcilière ouverte. Il ne bougeait plus.

L'homme ramena son poing droit – celui qu'il avait utilisé pour frapper – devant lui. Il tenait un objet épais et noir, dégouttant du sang du pompiste.

Il s'approcha de Pearl.

– Non... je vous en prie, parvint-elle à articuler.

L'inconnu appuya sur un bouton et l'extrémité de son appareil se mit à grésiller. Il plaqua le pistolet électrique contre l'abdomen de la jeune femme, pendant que son autre main se perdait dans sa chevelure. Il la maintint quelques secondes, le temps que les spasmes s'interrompent, puis la relâcha. Le corps s'écroula comme un paquet de linge sale.

Il se tourna lentement vers les deux personnes restantes.

– Peter, file à l'arrière, grinça Thomas entre ses dents. Brise une fenêtre. Fous le camp.

L'enfant ne bougea pas d'un millimètre. Il contemplait les deux corps à terre, la bouche entrouverte, sans parvenir à s'en détacher.

L'autre en profita pour avancer. Sans hâte. Sa carrure aurait fait honte à celle d'un footballeur professionnel.

– Debout tout le monde ! hurla Thomas. Secouez-vous, bordel ! On a un putain de problème ici !

– Ils ne t'entendent pas.

L'homme rabattit sa capuche et révéla une bizarre cagoule en toile de jute, avec une fermeture Éclair à l'emplacement de la bouche.

– Putain, siffla Thomas, c'est quoi, ce truc ?

L'autre allongea son bras. Le pistolet électrique s'enfonça dans le plexus solaire de Thomas et le plia en deux. Le monde devint un brouillard rouge. Il s'effondra, la bouche arrondie pour tenter d'aspirer de l'air – et songea entre deux goulées qu'il vaudrait peut-être mieux s'évanouir. Le dingue n'avait même pas activé son arme. Tout ce qu'il voulait, c'était lui montrer ce dont il était capable, afin de le terrifier.

Et ça fonctionnait.

– Ne fais pas le malin, grogna l'inconnu. Tes petits copains sont hors service.

Thomas toussa.

– ... Chauffeur ?

– Mort.

L'homme rangea son pistolet dans sa poche, arracha un extincteur de sécurité et s'approcha en le tenant comme s'il s'agissait d'une batte de base-ball. Peter se carapata au fond du bus.

– Attendez..., hoqueta Thomas. On peut discuter, quand même...

L'homme ramena ses épaules en arrière. Thomas cacha son visage dans ses mains.

Il y eut une explosion. Puis une autre. Une pluie de verre crépita contre le sol. Thomas risqua un œil par-dessus sa manche : de chaque côté du bus, une vitre venait d'être fracassée.

– Nom de Dieu. Vous êtes vraiment givré...

Un coup de pied dans la poitrine lui coupa le souffle. L'homme l'empoigna par le col, le souleva sans effort et le jeta contre un siège. Sa tête heurta la vitre.

Le masque s'approcha de son visage. Un index se posa sur son thorax endolori.

– Ne parle pas ainsi de Notre Seigneur, Lincoln. Tu l'as déjà suffisamment offensé.

L'homme pencha sa tête sur le côté. La fermeture Éclair se tordit d'une manière hideuse.

– Mais tu as de la chance : tu vas pouvoir te repentir. Et tes amis aussi.

Il glissa une main à l'intérieur de son sac, ramena deux bouteilles en verre surmontées de chiffons imbibés d'essence, et déplia les tissus.

– Vous êtes un terroriste ? souffla Thomas.

L'autre se contenta de sortir un briquet et de l'allumer. La flamme embrasa le premier cocktail Molotov. Il le projeta à travers les restes de vitres, droit sur le bitume de la station. L'explosion fit trembler le véhicule. Les publicités se décollèrent et tombèrent devant la porte. Un pneu de la Taurus éclata, déclenchant l'alarme de la voiture.

L'homme se tourna vers l'autre bus et projeta le second cocktail qui traversa la vitre et explosa à l'intérieur. Une boule de feu envahit l'habitacle, illuminant les cadavres. Le feu se répandit. Des ombres sinistres se mirent à danser sur les parois.

– Il est l'heure de partir, dit l'homme cagoulé.

Son coupe-vent renvoyait les lueurs de la station en flammes. Il se pencha tout contre Thomas et sortit de nouveau son pistolet électrique. Les crantages de la bouche cousue scintillèrent telle une lame d'argent.

– *Ne crains aucun mal*, souffla-t-il.

Le pistolet grésilla et Thomas fut saisi de spasmes incontrôlables, comme si tous les muscles de son corps avaient décidé de se contracter dans le désordre. Il tenta de ne pas flancher. De résister à la douleur. Une lutte dérisoire... Jusqu'à ce qu'une décharge plus puissante finisse par le projeter dans les ténèbres.

Il en fut presque reconnaissant.

10

Dans son rêve, il vit le disque solaire descendre sur l'horizon.

L'astre striait la montagne de longues bandes de couleurs. Crêtes orange, ravines noires. On eût dit les rayures d'un tigre. Il les regarda onduler dans la chaleur : les bandes devinrent de plus en plus fines, s'amincirent encore et se rapprochèrent, jusqu'à se transformer en pagnes, voiles et pantalons gonflés par le vent.

Des gens.

Thomas voulut s'essuyer les yeux, mais il fut incapable du moindre geste. La foule se rapprocha. Une multitude aux visages graves, marqués par les larmes et les reproches. Ils l'entourèrent sans un mot.

Il réprima un sanglot. Il n'avait pas le courage d'affronter ça. La honte, la douleur... Ce n'était pas sa faute si les choses avaient mal tourné. Pourquoi le juger ainsi ?

Il essaya encore une fois de bouger, mais ne parvint qu'à raviver sa douleur. La fin était proche. Les clous dans ses mains et ses pieds le vidaient peu à peu de son sang. Le liquide poisseux coulait le long de la croix, dessinait des ruisselets jusqu'au sol, avant d'être bu par la terre.

Il perçut une plainte sur sa gauche et tourna la tête. Un autre se trouvait là. Crucifié lui aussi.

– ... *Élôï, Élôï, lema sabachtani...*

Il tira sur ses liens pour mieux l'observer. L'homme était maigre et sa chair possédait la pâleur d'un mort. Une couronne d'épines ornait son front. Là où elle avait percé la peau du crâne, les blessures étaient boursouflées et couvertes de mouches. Chacune des régions de son corps portait des ecchymoses et des traces de sang séché.

Il l'entendit murmurer encore :

– Pardonne-leur, Père, car ils ne savent pas ce qu'ils font.

La créature couronnée tourna lentement son visage et Thomas regretta soudain de se trouver aussi près.

Elle lui sourit. Les lèvres craquelées se retroussèrent sur des dents pourries. Sa chair brûlée se décollait par lambeaux entiers. Ses orbites étaient deux immondes trous noirs.

– Alors, docteur Lincoln, croassa le cadavre, vous voulez qu'on s'en fume une ?

Thomas poussa un cri.

Une sueur glacée trempait sa chemise. Il essaya de s'asseoir, mais une douleur grimpa dans sa poitrine. Il était allongé sur une sorte de planche – il pouvait sentir les nouures et les irrégularités du bois qui lui rentraient dans les reins. Des voix familières résonnaient dans la pièce.

Il se força à reprendre son calme. Il n'était pas mort. Un point déjà sacrément positif.

Un visage souriant se pencha au-dessus du sien.

– Docteur Lincoln ?

L'homme tenait dans sa main le briquet d'Hazel

Caine et un paquet de tabac. De fines rides marquaient ses tempes et se perdaient dans les boucles ivoire de ses cheveux parfumés au jasmin. Sa chemise, d'une blancheur impeccable, était ouverte sur un torse bronzé. Un diamant ornait le lobe de son oreille droite.

– Alors cette cigarette ? dit-il en agitant le paquet. On se la fume ?

– Rendez-moi mon tabac, grogna Thomas. Et aussi le briquet. J'ai horreur qu'on fouille dans mes affaires pendant que je suis mort.

Le sourire s'élargit, exhibant des dents parfaitement alignées.

– Mort ? Bonté divine, vous êtes en vie, mon vieux ! Nous ne sommes pas dans l'endroit prévu, certes, mais bien vivants !

Les questions se bousculaient dans l'esprit de Thomas. Il leva les yeux. Des anges gardiens l'observaient au plafond depuis une frise en plâtre. Ils souriaient et se chuchotaient à l'oreille comme s'ils se moquaient de son ignorance.

Thomas regarda autour de lui... Une petite chapelle, style mission espagnole. Le genre d'endroit qui le débectait.

Il avait laissé tomber la religion à l'âge de dix ans, le jour où frère José avait posé une main sur sa cuisse pendant le catéchisme. Il n'était alors qu'un gosse des rues, un enfant impulsif et livré à lui-même. Frère José s'était pris un genou dans les couilles. Après ça, le caté, il l'avait systématiquement séché pour traîner dans les salles de jeux vidéo d'El Pueblo, le quartier des immigrés mexicains de Dowtown L.A. où il habitait avec son père. Frère José n'avait jamais osé informer son paternel au sujet de ses absences. Thomas était devenu un dieu au Pac-Man.

Il observa la charpente éventrée. Le ciel, au-delà,

était d'un bleu vif. Des rayons de soleil tombaient à angles variés, baignant la dizaine de personnes endormies sur le sol de la nef, et les faisant ressembler à des gisants.

– On est là depuis quand ?

– Aucune idée, répondit le vieil homme. Plusieurs heures, sans doute. Il est déjà midi.

– Et vous ? Longtemps que vous êtes réveillé ?

– Dix minutes.

Dans l'allée centrale, une jeune femme aux allures de garçonne, mince et musclée, les cheveux coupés court, discutait avec Cameron Cole.

Cole ressemblait à une publicité pour des vacances à Hawaï. Chemise à fleurs, short blanc. Une balle en caoutchouc, du genre qu'on presse pour se détendre, allait et venait entre ses mains aussi épaisses que des cartons à pizza. Des éclats de voix ponctuaient leur conversation.

Thomas désigna la fille.

– C'est elle qui vous a raconté que j'étais médecin ?

– Oui. Le Dr Karen Walsh dit qu'on a de la chance. C'est un avis que je ne partage pas tout à fait, mais deux médecins parmi nous, je trouve ça plutôt rassurant, étant donné les circonstances.

– Je ne suis plus médecin. Je n'ai rien à voir avec cette femme. Quant aux circonstances auxquelles vous faites allusion, je vous dirai ce que j'en pense quand on les aura éclaircies.

Il replia un coude, ignora la douleur et tenta de se redresser. Il se tourna sur le côté.

Son corps bascula dans le vide.

Le vieil homme le rattrapa et l'aida à s'asseoir. Thomas poussa un juron en découvrant l'endroit où il se trouvait. Ce n'était pas une table, comme il l'avait d'abord supposé.

C'était l'autel de la chapelle.

– Merde ! C'est quoi ces conneries ?

Sa voix résonna sous la voûte, provoquant quelques mouvements autour de lui.

– Intéressante question, répliqua le vieil homme aux cheveux parfumés. C'est justement le sujet de leur conversation.

Du pouce, il indiqua Cole et Karen. Cette dernière était campée en position de défi, mains sur les hanches. Cole semblait hésiter entre lui faire des excuses et lui écraser sa balle dans la figure.

Un peu plus loin se tenait Peter, indifférent à la scène. Il était debout sur une pile de gravats, plongé dans la contemplation d'une peinture de madone aux couleurs criardes. Thomas lui adressa un signe, mais l'enfant ne bougea pas.

– Au fait, dit le vieil homme, je ne me suis pas présenté : Leonard Stern. Ça signifie « étoile », en allemand. Ma mère était berlinoise, elle a émigré en faisant jurer à ses enfants de conserver son nom et d'honorer la tradition juive. Pourtant, je n'ai jamais été pratiquant et les gens m'appellent simplement Lenny. La vie est curieuse, non ?

L'homme tendit sa main à Thomas, qui la saisit pour se mettre debout. Il fit quelques pas : ses jambes avaient l'air de le porter. Il tâta son thorax, palpa les ecchymoses sur son crâne, examina les coupures sur ses mains et les traces noires sur ses avant-bras. En dehors d'une côte fracturée et du fait qu'il devait plus ou moins ressembler à un zombi, aucune blessure ne semblait inquiétante.

Il se présenta à son tour.

– Thomas Lincoln. Vous pouvez m'appeler Tom, ou Lincoln, ou comme vous voudrez, j'en ai rien à foutre. Merci pour votre aide. Maintenant, je voudrais me tirer d'ici. Ce qui s'est passé cette nuit n'était pas prévu au programme. Je ne sais pas comment on s'en est sortis, mais je peux vous dire qu'ils vont m'entendre, chez ShowCaine. Si ces abrutis ne sont pas capables d'assurer notre sécurité, ce n'est pas la peine de...

– Ça ne va pas être possible, coupa Lenny.

Thomas était en train de ranger son tabac et le briquet d'Hazel dans la poche intérieure de sa veste. Il constata que plus rien d'autre ne s'y trouvait. Son téléphone avait disparu, ainsi que ses papiers et son argent. Il s'interrompit.

– Pardon ?

– On ne va pas pouvoir quitter cet endroit.

Thomas examina Stern. Il portait des traces sur les mains et les avant-bras, lui aussi. Des marques typiques, faciles à reconnaître : un érythème bordé de traînées sombres avec une ou deux bulles remplies de liquide clair, là où la peau s'était décollée.

Thomas le fixa dans les yeux.

– Très bien. Alors expliquez-moi un truc ou deux, *Lenny*. Qui a vidé mes poches ? Comment se fait-il que vous et moi portions les mêmes marques sur la peau ? Des brûlures en l'occurrence. Au premier et au second degré.

Le vieil homme soutint son regard.

– Je vous ai vu rouler des cigarettes dans le bus, les miennes sont encore dans mes bagages. J'ai pris le briquet et le tabac. Rien d'autre. Je comptais simplement en allumer une pour nous deux, pas vous voler.

– Et les brûlures ?

Stern hésita.

– J'ai une réponse, mais elle ne va pas vous plaire.

– Essayez toujours.

Un claquement sec les interrompit. Cole venait de

se prendre une gifle. Il s'apprêtait à riposter mais Karen avait agrippé sa chemise et tournait maintenant autour de lui, balançant des coups de pied en direction de son bas-ventre. Les insultes commencèrent à pleuvoir et la poussière à voler dans la chapelle. Lenny se précipita pour les séparer.

– C'est pas un peu fini, vous deux ?

Cole respirait bruyamment. Il s'assit sur un banc, rajusta sa chemise et essuya ses mains sur son short.

– Cette petite conne m'a giflé. Je vous préviens qu'elle a intérêt à me faire des excuses, ou bien elle va le regretter.

– Je vais rien regretter du tout, siffla Karen. J'étais en train de t'expliquer un truc important, mais tu faisais que mater mes seins. Alors je te le dis, et je te le répète : il va falloir s'organiser presto si on veut pas crever ici. T'arrives à intégrer ça dans ton cerveau de primate, ou bien il est tellement petit qu'il est passé par ton trou du cul ?

Cole se leva. Lenny l'obligea à se rasseoir.

– Comment ça, « crever ici » ? intervint Thomas. Qu'est-ce que vous racontez ?

Les autres se tournèrent vers lui. La fille lui lança un sourire méprisant.

– Alors ça y est ? L'ivrogne est réveillé ? Vous n'allez pas nous vomir partout, au moins ? Je vous rappelle que c'est une église, ici.

Thomas ouvrit la bouche mais Lenny le devança :

– Allons, docteur Walsh, ce n'est pas une façon de parler devant un enfant. (Il désigna Peter : le garçon observait la scène avec un regard intense.) Il me semble que vous troublez notre jeune compagnon.

Cole cracha par terre.

– Elle est bien bonne celle-là ! Ce gosse n'a pas dit un mot. Essayez de lui demander un truc, vous verrez :

complètement à la masse ! Ces gars de la chaîne sont des malades. M'étonne pas qu'on en soit là.

– Cameron, t'es vraiment un con, dit Karen. Il va falloir se serrer les coudes si on veut s'en sortir. Et c'est pas comme ça qu'on va y arriver. Tu n'as pas à te soucier de Peter de toute façon, c'est moi qui le prends en charge.

– Comment ça ? dit Thomas. Je devais le faire...

Elle le dévisagea.

– Hazel Caine a changé d'avis au dernier moment. Vous n'étiez pas à la hauteur, il paraît. Elle ne vous l'a pas dit ? (Elle se tourna vers Lenny.) Vous, tâchez de lui expliquer la situation. J'embarque Cameron. Réveillez les autres et rejoignez-nous dehors. On n'a pas beaucoup de temps.

Thomas les regarda partir, dents serrées. Il trifouilla dans sa veste et ressortit son paquet de tabac. Pendant une minute ou deux, il ne prononça pas un mot. Roula rageusement deux cigarettes, tendit la moins fripée à Lenny, puis alluma la sienne et aspira un peu de fumée. Une quinte de toux secoua aussitôt sa poitrine. Il tenta encore l'expérience. Même effet.

– Chiottes.

Il écrasa la cigarette sous sa botte.

– C'est vraiment une journée de merde.

Sa vessie le tiraillait. Il aurait bien pris une douche, soigné ses plaies et descendu une bouteille. Son cauchemar de tout à l'heure avait fait resurgir de vieux souvenirs. Peur. Sentiment de culpabilité. Des choses qu'il n'avait nullement l'intention d'approfondir.

Il planta ses mains dans ses poches pour que Lenny ne les voie pas trembler et, du menton, désigna l'église.

– Qu'est-ce qu'on fout ici ?

Le vieil homme tira longuement sur sa cigarette avant de répondre.

– Je n'en sais pas plus que vous. Je me souviens du voyage, de m'être endormi et du réveil. Moi qui espérais un petit déjeuner au champagne...

Thomas fronça les sourcils.

– Quoi, vous ne vous rappelez pas la station-service ? L'autre bus ?

– Non.

– Le cinglé avec son pistolet électrique ? Les explosions ?

Lenny eut l'air sincèrement surpris.

– Je ne vois pas de quoi vous parlez, mais ça a l'air plus grave que prévu. Je caressais un peu l'espoir, je l'avoue, que tout cela ne soit qu'une mise en scène destinée à nous surprendre.

L'idée était également venue à l'esprit de Thomas. Mais, quelques secondes après son réveil, ses souvenirs s'étaient remis en place.

Il toucha sa poitrine endolorie.

– Racontez-moi ce que vous savez.

– Le Dr Walsh s'est réveillée la première. Elle m'a marché dessus par inadvertance et j'ai été le second. Elle a fait le tour des uns et des autres pour prendre leur pouls. Tout allait bien. Nous sommes allés jeter un coup d'œil au-dehors. Le gosse et l'autre type, Cole, se sont réveillés cinq minutes après. Karen est revenue discuter avec lui. Vous connaissez le reste.

– Sortons. Je veux parler à un responsable.

Lenny se mordilla la lèvre.

– Difficile.

– C'est ce qu'on va voir. Je vais dénicher un assistant de ShowCaine, ça va pas traîner. J'ai une envie folle de relever des noms et botter des culs.

Thomas se dirigea vers la sortie. Il traversa un rayon

de lumière et nota machinalement le changement de température. Si l'intérieur ménageait une certaine fraîcheur, l'air du dehors devait être plus chaud. Il continua d'avancer sans prêter attention aux signaux qui se multipliaient pour alerter ses sens, tels des voyants clignotant sur un tableau de bord.

Il ignora l'odeur de brûlé qui planait dans l'air.

Il ignora ses souvenirs de la nuit, son cœur qui battait la chamade et les lésions sur ses bras. Les gens endormis, derrière lui. Des candidats qui espéraient passer à la télé, empocher les dollars et sourire aux caméras depuis leur hôtel de luxe.

Il ignora l'endroit où il se trouvait, et ouvrit la porte.

La chaleur le cueillit aussi sûrement qu'un direct au creux de l'estomac. Il leva une main devant ses yeux, ébloui.

Le paysage tremblotait dans les ondes de chaleur. L'odeur âcre de l'essence et de la tôle brûlée était entêtante. Thomas écarquilla les yeux devant les collines déchiquetées, les pierres grises aux arêtes acérées comme des lames et la vingtaine de bâtiments en ruine plantés telles des pierres tombales au bord d'une route en terre.

Au-delà, il n'y avait rien. Le désert. Un paysage nu sous un ciel d'un bleu presque blanc.

Et en bas des marches de la chapelle, les restes d'un véhicule finissaient de se consumer. Le bus des candidats, réduit à l'état de carcasse noircie et fondue. Complètement calciné.

11

– Sacré accident de la route.

Karen Walsh fixait l'horizon. Cameron, assis trois marches plus bas sur le perron de la chapelle, s'acharnait sur un objet minuscule perdu entre ses mains, l'écrabouillant avec ses pouces comme s'il s'agissait d'une console de jeu vidéo.

– Oui, sacré accident, poursuivit la jeune femme. On a eu de la chance. Faut s'activer à présent. Ou c'est la chaleur qui va se charger de nous abattre.

Cameron referma rageusement le clapet de son portable Nokia.

– Enfoirés de Suédois ! Cette merde miniature m'a coûté les yeux de la tête et elle capte que dalle...

– De Finlandais, dit Karen.

– Quoi ?

– Nokia est finlandais. C'est Ikea, le Suédois. Et votre cellulaire n'y est pour rien. J'ai fait le test avec le mien : il n'y a pas de réseau.

Thomas descendit les marches jusqu'à la route. L'air chaud l'enveloppa, tellement épais qu'il eut l'impression de plonger dans un bain. La poussière se souleva autour de ses bottes, au-dessus de la terre chauffée à blanc.

Il fit le tour du bus. La partie médiane – l'endroit même où il s'était trouvé quelques heures plus tôt –

avait entièrement brûlé. Seuls les sièges du fond et celui du chauffeur semblaient épargnés.

L'état de la carrosserie en disait long sur la violence du dernier parcours. Il imagina le véhicule en feu quittant l'autoroute pour une voie de délestage, déviant plusieurs fois de son chemin avant de venir s'écraser dans ce coin perdu.

Les questions dansaient la sarabande dans sa tête.

Qui avait piloté durant tout ce temps ? Comment les passagers étaient-ils parvenus à sortir du brasier et à entrer dans l'église ? À quelle distance se trouvait la station-service – du moins ses restes, car elle avait certainement flambé – et qu'était devenu leur agresseur ? S'agissait-il d'un acte terroriste ?

Des questions comme ça, Thomas pouvait en énumérer des douzaines. Mais une seule l'obsédait : *Pourquoi étaient-ils encore en vie ?*

Il flanqua un coup de pied dans un pneu.

– L'enfoiré !

Cameron leva la tête.

– Qui ?

– Si c'est du chauffeur que vous parlez, dit Karen, Frankie manque effectivement à l'appel.

– Frankie ? aboya Thomas. Mais qu'est-ce que vous racontez ? Frankie est mort. L'autre espèce de taré lui a mis une balle dans le thorax.

Silence.

– Quoi, qu'est-ce que j'ai dit ?

– Je ne sais pas, dit Cameron. Mais vous allez nous l'expliquer, vous semblez être au courant de tellement de choses.

Karen s'approcha.

– Lincoln, vous vous sentez bien ?

Une salopette rouge apparut à l'entrée de la chapelle. En découvrant le spectacle, Cecil passa une main dans ses cheveux roux. Les yeux du pompiste s'agrandirent à la taille de boules de billard. Il articula :

– Oh ! p-putain...

Après quoi les boules devinrent blanches, et il s'effondra en travers des marches. Évanoui.

Karen mit moins d'une minute à le ranimer.

Elle l'allongea sur le dos et lui suréleva les jambes de façon à favoriser sa circulation cérébrale. Le jeune homme reprit des couleurs. Elle lui pinça un mamelon à travers la salopette. Cecil ouvrit les yeux et grogna :

– D-doucement...

Il tâta son front tuméfié. Un peu de rouge vint tacher ses doigts.

– Bon Dieu ! Je suis b-blessé ! Je perds t-tout mon sang !

– Plaie de l'arcade sourcilière, dit Karen. Deux fois rien.

Ses mains expertes palpèrent son visage.

– Pas de fracture du massif facial. Ni présence de sang dans les conduits auditifs. (Elle écarta les paupières.) Les pupilles sont réactives et symétriques.

– Hé...

– Fermez-la.

Elle toucha ses vertèbres cervicales et souleva sa nuque avec prudence. Cecil ne broncha pas.

– Aucun signe neurologique.

– Qu'est-ce qu'elle dit ? demanda le pompiste, inquiet.

Thomas haussa les épaules.

– Tu pètes le feu, mon pote.

Le jeune homme s'assit par terre.

– C-comment je suis arrivé ici ?

– Je ne vois qu'une explication, dit Thomas. Vu que t'es monté dans le bus avec nous, le psychopathe t'a embarqué en même temps.

Les sourcils de Cameron se rapprochèrent.

– Hein ? Quel psychopathe ?

– Ce jeune homme va vous le dire. Il était aux premières loges.

Cecil semblait en proie à une confusion grandissante. Il remarqua que sa montre était cassée, tenta de formuler une phrase mais ne réussit qu'à bégayer. Cameron posa ses mains sur ses épaules.

– Du calme, mon garçon. Commence par nous dire qui tu es, et d'où tu viens.

Le pompiste respira à fond. Les rides sur son front se multiplièrent telles des vaguelettes. Il cligna les yeux à plusieurs reprises, comme s'il effectuait un effort intellectuel intense.

– C-Cecil, c'est m-mon nom. J'bosse à la station de mon p-patelin. Jean, ça s'appelle.

– Jean ?

– Co-comme l'apôtre. C'est dans le Nevada, sur l'Interstate 15. F-frontière de l'État.

– Bien, dit Cameron, on avance. (Il sourit en direction de Karen.) Selon toute probabilité, nous sommes donc dans le Nevada.

– Stupéfiante déduction, commenta Thomas.

Cameron ne releva pas. Il examina la montre du pompiste.

– Ta toquante est morte.

– On d-dirait.

– Les aiguilles indiquent 1 h 10. Comment c'est arrivé ?

– S-s-sais pas.

– Concentre-toi, dit Cameron. C'est très important,

je vais te reposer la question. Cette nuit vers 1 heure, que s'est-il passé ?

Le front de Cecil commençait à ressembler à un lac dans la tempête.

– Je... Je m-m-matais une rediff de sport. Lakers contre Celtics, finale de la NBA, s-saison 84-85. K-Kareem Abdul-Jabbar récupère la b-balle au rebond, t-traverse le t-t-terrain et tente un sky-hook, heu... Voilà, ça m'revient ! Votre b-bus s'est pointé à c'moment-là !

– Tu as remarqué quelque chose ? Entendu quelqu'un ?

– Non. J'ai fait l'plein. P-parlé au ch-chauffeur. Et, heu... (Rides à nouveau.) J'ai g-glissé et je m'suis cogné, c'est ça ?

Thomas se redressa.

– Non, mais c'est pas vrai ! Ce type raconte n'importe quoi ! Il y avait un deuxième bus ! Avec des macchabées à l'intérieur !

– M-macchabées ?

– On a été agressés ! Il se rappelle forcément quelque chose !

Thomas regarda Karen. Elle attendit qu'il termine, attentive.

– Il est en état de choc, mais il va s'en souvenir. C'est sûr. Vous êtes chirurgienne, vous savez que ça peut prendre du temps.

– Écoutez, intervint Cameron, je ne sais pas qui est en état de choc, au juste. Mais ce jeune homme n'a pas l'air d'en savoir plus. On a eu un accident. Frankie a quitté la route, mais on s'en est sortis et il est parti chercher du secours. Voilà. Ça me paraît évident.

– Foutaises !

Cameron se raidit.

– Vous commencez à me gonfler, Lincoln.

– Ça suffit ! dit Karen. Rengainez vos hormones, messieurs. Vos hypothèses sont absolument fascinantes, mais elles ne changent rien à la situation. Et la situation, c'est la suivante : nous sommes dans un village abandonné. En plein désert. Sans moyens de communication. Notre bus a brûlé et nos affaires avec. Il est midi, la température dépasse déjà les 35 °C et elle va encore grimper. Si nous ne trouvons pas rapidement à boire, la déshydratation va faire de gros dégâts. Je pense à Peter et aux plus âgés.

Elle désigna Leonard Stern. Le vieil homme venait à son tour de franchir le seuil de la chapelle. Il plaça une main au-dessus de ses yeux pour se protéger du soleil, le front inondé de sueur.

– Je vous remercie de votre sollicitude, mademoiselle, dit-il, mais je suis encore loin d'avoir un pied dans la tombe.

Cameron croisa les bras.

– Bon, on fait quoi ?

Karen réfléchit.

– Les urgences en priorité. Nous sommes dans un lieu en apparence inhabité. Un ancien village à flanc de colline, au bord d'un désert. Mais il y a peut-être de l'eau. Ou des gens. Il faut aller voir.

Elle désigna Cameron.

– Toi, Gros-Bras P'tite-Tête, tu m'accompagnes. Mais ne t'avise plus de me coller.

Cameron opina sans faire de commentaire. Elle se tourna vers Cecil.

– Vous, rendez-vous utile puisque vous êtes là. Réquisitionnez quelques personnes et voyez ce qu'on peut tirer du bus. Il reste peut-être des bagages intacts. Fouillez le compartiment du chauffeur. Les soutes. Cherchez une mallette de premiers secours, une radio, des outils, n'importe quoi.

Cecil hocha la tête.

– Quant à vous, Tom...

– Moi ?

– Oui. Comme je l'ai déjà dit, nous allons devoir mettre de côté nos petites difficultés personnelles et nous concentrer sur l'essentiel. Je vous suggère donc de veiller sur les gens qui restent ici.

– Vous suggérez ?

– Mettez-les à l'abri de la chaleur. J'ai effectué un examen sommaire. Vérifiez qu'ils vont bien. Cameron et moi n'allons pas tarder.

– Et c'est tout ? Vous ne voulez pas que j'organise aussi une partie de ballon prisonnier en vous attendant ?

– Pourquoi pas ? fit-elle d'un air méprisant. Si c'est tout ce dont vous êtes capable.

Il la toisa. La petite brune faisait deux têtes de moins que lui. Pas loin de la moitié de son poids.

Il repensa aux bandes de sa jeunesse, aux affrontements, le soir, sur les plages de Santa Monica. Lors d'une bagarre, ce genre de fille se serait fait assommer au premier round. « Grande-Bouche P'tits-Bras », pour reprendre son style.

Il ne répondit rien et tourna les talons.

12

Sa première pensée fut pour ses enfants.

Avant même de s'assurer qu'elle n'était pas blessée, elle plongea sa main dans son sac. Ses doigts sentirent le papier glacé. Elle sortit la photo.

Nick, Alex, Tina. La piscine. Les rires.

Ils n'ont rien. Mon Dieu, ils n'ont rien.

Elizabeth plaqua le Polaroid contre sa poitrine.

Je suis en vie. Mes enfants vont bien. Ils n'étaient pas là. Ils n'ont pas eu d'accident.

Des images du passé défilèrent devant ses yeux. Elle vit une voiture recroquevillée dans un virage. Une chose tellement ridicule qu'elle faisait penser à une boule de papier froissé, jetée là par négligence. Sauf qu'à l'intérieur de cette boule gisait Sean, en train de se vider de son sang. Un trente-tonnes à peine éraflé attendait plus loin. Deux chauffeurs fumaient leur clope sur le bas-côté tandis que les gars de l'équipe de désincarcération s'acharnaient sur la portière de la voiture, armés d'une pince écarteuse géante reliée à un compresseur.

Elizabeth se rappelait parfaitement le bruit. Un « flonc-flonc-flonc » puissant, ponctué par les supplications de la tôle.

Peine perdue. Son mari était mort, un bout de métal en travers du crâne, une partie de son cerveau projetée sur l'appuie-tête. Seul son cœur fonctionnait encore. Un vrai miracle. C'était pour ça que les secouristes s'acharnaient : récupérer ses organes. Avoir une chance de les offrir à quelqu'un d'autre. Sauver une vie, mais pas la sienne.

Parce que pour Sean, c'était terminé.

Les enfants ne se trouvent pas dans la voiture. Ils sont à la maison. En sécurité.

Quelle pensée terrible ! Elizabeth se sentait honteuse de l'avoir eue. Et aujourd'hui encore, elle n'avait pu s'en empêcher.

Elle rangea la photo, ramena ses genoux contre elle, et les emprisonna de ses bras pour en contenir le tremblement.

Son regard fit le tour de la chapelle. Murs de plâtre émiettés, travées poussiéreuses, confessionnal branlant, vieilles tuiles. Elle était assise au centre de la nef, à même le sol ou presque : quelqu'un avait eu la gentillesse de glisser une couverture sous ses fesses.

– Salut, Beth.

Elle leva la tête. Nina Rodriguez.

– Sommeil agréable ? Pas trop de cauchemars ?

Le ton était ironique, mais le sourire franc et dénué de mauvaises intentions.

– Ça va, répondit Elizabeth.

La petite Latino portait des sacs plastique remplis de vêtements roulés en boule et deux valises noircies et cabossées fermées par des cordes. Une poignée de vêtements dépassaient. Elizabeth crut reconnaître l'une de ses robes.

– Elle est pas sympa ma couverture ? demanda Nina en désignant le tissu sur lequel Elisabeth était assise.

– Oh... Ce truc est à toi ?

– Un poncho ramené de Cancun. Souvenir de

vacances. Hyper-sexy, surtout si tu portes rien d'autre en dessous. Bon, bien sûr, faut m'imaginer avec.

– Tu déménages ?

– *On* déménage. Deux heures qu'on bosse pendant que tu ronfles. Attends, bouge pas...

La jeune femme alla déposer ses bagages au milieu d'une pile sur le parvis de la chapelle et revint en s'époussetant les mains.

– Ça pue l'essence, on s'en fout partout.

– Qu'est-ce qui se passe ?

– On trie nos effets personnels. On fait ça à l'intérieur parce que dehors c'est intenable – sauf si tu tiens à te transformer en burritos, bien sûr.

Elizabeth allait l'interroger. Nina devança sa question.

– Derrière toi.

Elizabeth pivota, puis porta une main à sa bouche. On aurait dit le crash d'un avion. La totalité du sol à proximité de l'autel était couverte d'objets. Vêtements brûlés, mallettes à demi fondues, sacs ouverts, affaires de toilette jetées pêle-mêle... Un chaos réparti en trois zones, délimitées par des bancs couchés sur le flanc.

Elle n'en revenait pas. Ces choses étaient leurs bagages ?

– La partie gauche est réservée aux déchets, commenta Nina. À droite, c'est la récupération. L'aire de tri se trouve au milieu.

L'aire en question n'était autre que l'autel lui-même. Trois marches y conduisaient, jonchées de valises ouvertes. Une pyramide de coquilles vides, éventrées et noircies. Au sommet se tenait Vector Kaminsky, les cheveux en bataille, sa cravate Omer Simpson rejetée sur l'épaule. Il était occupé à taillader un sac en cuir, armé en tout et pour tout d'un canif aux proportions ridicules.

– Eh, Vec ! lança Nina. Pas la peine de t'acharner, il est déjà mort.

Kaminsky marqua une pause et s'essuya le front.

– Ha ! Ha ! Très drôle.

– Sérieux, tout va comme tu veux ?

– Au poil. Juste que mon ordinateur portable se trouve dans ce truc cadenassé. Et j'ai perdu la clé. Une sacoche grand luxe, cuir de veau nouveau-né – le meilleur. Je ne laisserai personne d'autre que moi lui régler son compte.

Il toussa, puis se remit à trucider le bagage de plus belle.

– Saloperie de poussière de merde, grogna-t-il.

Nina tira Elizabeth par la manche.

– « Au poil » ? Regarde un peu ces jeunes loups de la finance. De vrais tueurs en costume trois-pièces. Donne-leur un couteau et un autel, ils te réinventent les sacrifices humains.

À droite de Kaminsky, Jeanne Leblanc s'évertuait à serrer une corde autour d'une valise à grand renfort de coups de poing. Le spectacle de son énorme masse soufflante et transpirante était impressionnant.

Elizabeth comprit qu'il s'agissait de la zone dite « de récupération », là où les choses encore utiles se voyaient accorder une seconde chance. Elle se demanda si son propre bagage avait été ouvert et ses affaires intimes étalées aux yeux de tous. Mises à nu.

Probable.

Que devait-elle en penser ?

Rien, se dit-elle, surprise de sa propre réaction. En vérité, ses possessions matérielles faisaient partie du passé. Une période révolue à compter du jour où les recruteurs de ShowCaine s'étaient pointés chez elle. Depuis, elle était devenue une sorte de bagage en transit : elle attendait en zone de récupération, elle aussi. Guettant sa seconde chance.

Jeanne Leblanc leva la tête.

– Mince, Barbie est réveillée ?

L'énorme Noire souleva sa valise, fit quelques pas et lâcha l'objet quasiment sur les pieds d'Elizabeth.

– Oups, désolée, Barbie.

– Pourquoi m'appelez-vous ainsi ?

– Parce que t'es une p'tite poupée, tiens ! Paraît qu'on doit pas te déranger pendant que tu dors. Tu permets que je me pose deux minutes ?

Sans attendre de réponse, Jeanne replia ses cuisses aussi épaisses que des troncs d'arbres et s'assit sur le bagage.

– Laisse-moi te raconter une histoire authentique, dit-elle. Un jour, au casino MGM Grand, j'ai vu un chanteur célèbre, il pouvait pas jouer à la roulette sans qu'on lui prépare toute une panoplie... une petite table avec un cendrier propre, un bol d'oranges et dix-huit bouteilles d'eau minérale, alignées et décapsulées. Pas une de moins. Lorsqu'un serveur a bousculé accidentellement son petit autel en répandant quelques gouttes, le type a exigé que le casino remplace tout. Oranges, bouteilles, la totale.

– Où voulez-vous en venir ?

– Au fait qu'on peut te passer tes caprices quand t'es une célébrité. Mais toi, t'es personne. Alors tu te lèves et tu nous files un coup de main, parce qu'on va pas te servir le p'tit déj', vu ?

Elizabeth s'empourpra.

– Bien sûr. Vous n'avez qu'à m'indiquer...

Jeanne fouilla dans sa chemise verte et en sortit un bâtonnet de réglisse qu'elle se mit à mâchonner d'un air provocateur.

– Fiche-lui la paix, intervint Nina. Tu vois bien qu'elle est encore sous le choc.

Jeanne pointa son bâtonnet sur elle.

– Rodriguez, on t'a pas sonnée.

Le bâtonnet se déplaça vers Elizabeth et termina sa course sous son nez.

– Laisse-moi te dire une chose, O'Donnel. Peut-être que dans ton bled de bouseux, il suffit de pointer ta petite gueule pour filer la trique aux éleveurs de poules. Mais pas ici. Pas avec moi.

– Je... je ne comprends pas.

– Je vais t'affranchir : compte pas te la couler douce ! C'est pas parce que je suis serveuse que je vais trier tes frusques, porter tes valises ou te torcher le cul ! T'es plantée ici comme nous tous (elle hocha la tête de gauche à droite) dans-ce-putain-de-paradis-à-la-con. Alors tu te mets au boulot. Vite fait !

Sur quoi Jeanne se leva et partit en jurant.

– Qu'est-ce qui lui prend ? demanda Elizabeth.

– On lui a ordonné de s'occuper des bagages de notre star locale – Pearl, qui est malade – ainsi que des tiens pendant que tu dormais. Faut croire qu'on s'est montré un peu sec sur la façon de demander.

– Qui ça « on » ?

– Lui.

La jeune femme désigna une porte basse au fond de l'église.

– Il a insisté pour que tu le rejoignes à la minute où tu serais réveillée. Il t'attend dans la sacristie.

13

Elle se pencha pour passer sous le chambranle de la porte et pénétra dans une pièce étroite. Leva les yeux : l'intérieur d'une tour.

Au sommet, un oiseau secoua ses ailes, dérangé par sa présence. Elizabeth nota que le battant de la cloche suspendue à la poutre centrale ne comportait plus de corde. Elle sourit en songeant à la gymnastique du prêtre qui s'aviserait d'appeler à la messe.

– Il y a quelqu'un ? souffla-t-elle.

– Par ici.

La voix provenait d'un couloir obscur. Après une seconde d'hésitation, elle s'y engagea, parcourut quelques mètres et déboucha dans une salle sans fenêtre ni éclairage, en dehors d'une unique bougie posée sur le sol.

Elle respira une odeur d'encens et de moisi. Nota le vide des étagères, l'absence de croix et de tout symbole religieux. Ici non plus, pas la moindre trace d'occupation – à part l'homme assis en tailleur, par terre, le visage éclairé par une flamme tremblotante.

– Ah ! dit-il. Vous voilà enfin !

Il se leva pour venir à sa rencontre, tout sourire. Son allure se voulait désinvolte et pleine de confiance. Mais ses yeux fatigués démentaient cette impression. Il porta l'index droit à son sourcil et l'écarta.

– Bien le bonjour ! Vous vous sentez d'attaque ?

– À peu près, répondit-elle. Et vous ?

– On fait aller.

Elle se racla la gorge.

– Vous désiriez me parler ?

– Oui. J'ai demandé qu'on vous laisse dormir tranquille. Vous êtes la dernière à avoir émergé. (Il détourna les yeux.) Je dois vous prévenir, le trajet ne s'est pas déroulé comme prévu. Notre émission de télé est heu... annulée.

Ça, Elizabeth l'avait compris depuis longtemps.

– Tom Lincoln, n'est-ce pas ?

– Oui.

– Je l'ai lu sur le jeu de cartes, crut-elle bon d'ajouter.

– Bien sûr, Elizabeth.

Sourires gênés de part et d'autre.

En d'autres circonstances, elle aurait pu le trouver séduisant. Elle se demanda de quoi elle avait l'air – sachant que c'était parfaitement ridicule – dans son tailleur froissé et maculé de poussière. Elle tira sur ses manches pour couvrir ses poignets.

– Que faisiez-vous dans le noir ? demanda-t-elle.

– Je réfléchissais.

– À notre accident ? (La voix d'Elizabeth tremblait à peine.) Car c'est de ça qu'il s'agit, n'est-ce pas ?

– Oui.

– Aucune... Enfin je veux dire, rien de grave ?

– Pas de victime, non. Mais le chauffeur a disparu.

– Frankie ?

– Voilà.

– Il est gentil. J'espère qu'il ne lui est rien arrivé.

Elle remarqua qu'il se balançait d'un pied sur l'autre. Il semblait vouloir lui poser une question.

– Pas de bobo ? demanda-t-il. Maux de tête, ecchymoses, autres ?

Quelques picotements dans les jambes et une sensation de faiblesse générale. Avec les oreilles bouchées, comme lorsqu'elle s'épuisait à briquer sa maison de fond en comble avant le retour de Dick, de peur qu'il ne se mette en colère.

– Non, non. Je n'ai besoin de rien. Je me sens juste un peu... molle.

Il baissa les yeux vers la bougie.

– Et à part ça, vous vous rappelez quelque chose ? dit-il. Je parle de l'accident lui-même.

Drôle de question. Elle réfléchit.

Elle se remémorait le parking de l'hôtel. Être montée dans le bus. Les autres filles regroupées à l'arrière. Son hésitation à s'asseoir avec elles. Elle avait remarqué Lincoln, bien sûr, ainsi que la place disponible à côté de lui. Et finalement opté pour le dandy aux cheveux blancs. Lui avait-il paru plus rassurant ? Est-ce que Lincoln l'intimidait ?

– Je me souviens du début du voyage, dit-elle.

Elle revoyait les tours de Dowtown s'éloigner dans le crépuscule. Les lumières de San Bernardino Freeway. Des panneaux publicitaires et des néons blafards sur des parkings de concessionnaires automobiles au bord de l'I10. Des lotissements de banlieue aux maisons identiques, bien alignées. Puis la jonction avec l'I15 et de moins en moins de constructions tandis qu'ils roulaient vers le nord. Elle n'avait pu voir les collines du comté de San Bernardino pelées par les incendies, il faisait déjà trop sombre.

– Je ne me rappelle pas grand-chose. J'ai dû m'endormir.

– Je l'aurais parié.

– C'est embêtant ?

– Non. Mais c'est toujours la même réponse. En dehors de moi personne n'a rien vu. Untel roupillait. Son voisin ne se rappelle pas. Les autres pointaient aux abonnés absents.

– Rouler est hypnotique. N'importe qui s'endort dans un véhicule.

Sa réponse n'eut pas l'air de le convaincre.

– Admettons, dit-il. N'empêche que lorsqu'on a eu notre... problème, au moins quatre personnes étaient parfaitement réveillées : le gamin, moi, le pompiste et Pearl.

Elizabeth se demanda si la top model avait été blessée au cours de l'accident, et – réflexe stupide, elle en convenait – si les hommes la trouveraient toujours aussi désirable après.

– Et voilà que Pearl a la gueule de bois, reprit Lincoln. Elle ne se souvient de rien. Tout comme Cecil depuis son choc sur la tête. Quant à Peter, pas moyen d'en tirer un son. Il est tellement perturbé que c'est le mutisme total.

– J'aimerais vous aider. Les secours éclairciront sûrement la question.

Silence.

– Car je suppose qu'ils sont en route ?

– Je ne sais pas.

– Comment ça ?

– Les communications sont coupées.

– Personne n'a prévenu la police ? Nos familles ?

Silence, encore.

La bouche d'Elizabeth s'entrouvrit. Elle commençait à comprendre.

– Tom, dites-moi la vérité. Où sommes-nous ?

– Je ne sais pas, répéta-t-il encore une fois.

Il prit ses mains dans les siennes. Cette familiarité la surprit, mais elle ne le repoussa pas. Elle avait déjà vu ce genre de regard. Un enfant guettant une lueur d'espoir.

– Essayez de vous souvenir, dit-il. Une image. Un détail. N'importe quoi.

Elle fit de son mieux, mais rien ne vint.

À part, peut-être, lorsque Leonard Stern avait avalé de travers. Il s'était mis à tousser. Elle lui avait tapé dans le dos. Il s'était énervé. Toux et jurons. Elle avait ri – Sean, son premier mari, jurait de la même manière. Plus comique que vindicatif, en fait. Tout le contraire de Dick, qui ne supportait pas les injures. Qu'Elizabeth ait le malheur de hausser le ton, et il prenait une corde. Très calme. Lui attachait les poignets. Puis se chargeait de son cas.

Elle retira ses mains.

– Je me souviens d'une chose, dit-elle. C'est probablement sans importance.

Elle relata l'épisode de la toux. Lincoln l'écouta sans l'interrompre. Lorsqu'elle eut terminé, l'œil de son interlocuteur brillait d'une lueur étrange.

Il sourit.

– Merci, madame O'Donnel. Vous m'avez beaucoup aidé. Vraiment. Mais partons, poursuivit-il. Nous ne sommes pas en sécurité.

– Dans une église ? Mon Dieu, je...

– Dieu n'est plus ici. Regardez autour de vous : pas de croix, pas de bénitier, aucun objet religieux.

Il souffla la bougie et quitta la pièce en marchant d'un pas vif. Elle le suivit, courant presque. Ils baissèrent la tête pour passer sous l'encadrement de la porte et retourner dans la chapelle.

– Qu'est-ce que vous voulez dire ?

– Cette église a été désacralisée, ce n'est plus un lieu saint. Et elle est loin d'être sûre. (Il indiqua la toiture éventrée.) On risque à tout moment de se prendre une tuile sur la tête. Mieux vaut déménager : j'ai repéré un bar abandonné, de l'autre côté de la rue.

Elizabeth stoppa net, le forçant à ralentir.

– Attendez.

– Oui ?

– Il y a encore deux minutes, vous redoutiez quelque chose. Qu'est-ce qui a changé ?

Il se mordilla l'intérieur d'une joue, puis l'autre, comme s'il ruminait la décision de se confier ou non.

– Je crois que j'ai compris, dit-il finalement.

– Quoi ?

– Comment on a fait pour atterrir ici.

14

La folie : voilà ce que Thomas avait redouté. Sombrer dans une effroyable crise d'angoisse et perdre complètement les pédales. Elizabeth ne s'en était pas aperçue, ni aucun des autres, mais pendant deux heures, il avait lutté pour conserver sa lucidité.

Ce n'était pas la première fois. Il lui suffisait de se remémorer la mort de Jimbo.

Jimbo avait un an. Thomas, sept. Le même âge en « équivalent chien ». Son pote à quatre pattes, un petit golden retriever blanc avec une tache noire sur le museau, courait en rond autour du kiosque à musique d'Old Plaza. Tom lui avait brièvement ôté sa laisse pour le laisser jouer. Un chat de gouttière s'était pointé tout à coup de l'autre côté de North Los Angeles Street, et Jimbo l'avait coursé comme un dingue, filant devant la caserne des pompiers et à travers la rue d'une façon totalement imprévisible. La voiture l'avait projeté sur le bas-côté. Rien de spectaculaire, un rebond assez minable. Mais Jimbo était resté flanc contre terre.

Thomas se souvenait d'avoir erré plus d'une heure, son chien contre lui, serré dans ses bras. C'était sa première rencontre avec la mort et il lui semblait que le sol venait de s'ouvrir sous ses pieds. Curieusement, sa détresse s'était muée en douleur physique, un mal de crâne de plus en plus intense qui avait menacé de réduire sa tête en petits morceaux. Première migraine ce jour-là.

Il ne se rappelait pas le moment où son père était intervenu. Ni celui où les voisins avaient dû se mettre à plusieurs pour l'obliger à lâcher le cadavre de l'animal.

Il avait complètement disjoncté.

Après coup, Thomas s'était senti un vrai crétin. Autant de souffrance pour un simple chien, il trouvait ça ridicule. Il s'était donc forgé une armure. À sept ans, il avait juré de devenir un dur et de ne plus jamais être malheureux. Mais, bien entendu, il n'y était pas parvenu.

Il y avait eu d'autres moments difficiles. Et puis d'autres migraines. Comme le disait Foster Lincoln, son père : « Ne t'inquiète pas, fils, si tu rates une marche, dis-toi qu'il y en a plein d'autres à dégringoler. » Avec le recul, on pouvait dire que son paternel s'était montré foutrement clairvoyant.

Dégringoler, c'est ce que Thomas faisait de mieux.

Tom était revenu s'occuper des autres personnes restées dans la chapelle. Non pas que l'idée le ravît – jouer les nounous, ça ne lui disait pas des masses. Mais Karen avait raison : c'était l'unique chose à faire. Les rassurer, contenir la panique. Parce que si la panique s'installait, ces hommes et ces femmes ordinaires risquaicnt de devenir dangereux. Le Dr Walsh le savait. Et Thomas aussi.

Elle est logique. Plus intelligente que toi, admets-le. Qu'est-ce que tu croyais ? Qu'après toutes ces années, elle allait se traîner à tes pieds en t'implo-

rant ? Regarde-la : elle t'a trahi, mais cela ne l'empêche pas d'être rayonnante.

Il s'était donc mis au travail, allant des uns aux autres. Sourire, tape sur l'épaule, examen rapide (quelques brûlures, des bleus, rien de méchant), suivant. Pas de blabla. Efficace.

Dr Lincoln, roi de l'esbroufe.

Il avait même trouvé le temps d'aider Cecil à récupérer dans le bus ce qui pouvait l'être. Rien pour communiquer, malheureusement : la radio d'origine n'était plus qu'un amas de fils multicolores fondus, genre décoration de Noël passée au lance-flammes. En revanche, il restait quelques valises pas trop amochées.

Leonard Stern avait alors suggéré les trois zones de tri.

Nina Rodriguez, Vector Kaminsky et Jeanne Leblanc s'étaient chargés du boulot.

Elizabeth dormait. Pearl vomissait. Peter dessinait avec sa lampe-stylo.

Et, pendant tout ce temps, Thomas conservait son aplomb, éludant les questions. Ce qui ne l'empêchait pas d'en poser, de-ci, de-là. C'était comme ça que les choses avaient commencé à dégénérer dans sa tête.

À la rigueur, il pouvait imaginer que deux ou trois personnes ne conservent aucun souvenir précis des événements – lui-même avait picolé et se trouvait dans un état pitoyable, susceptible d'altérer sa mémoire. Mais la *totalité* du groupe ?

Aucun ne se rappelait la station-service, ni l'entrée en scène du psychopathe. En fait, plus il tentait d'éclaircir le déroulement de la nuit, moins il obtenait de réponses. Son angoisse était née de ce constat, et du fait qu'il n'y avait pas cinquante explications possibles.

La première : une mauvaise blague. Pour une raison

inconnue, les autres s'étaient ligués contre lui et lui jouaient la comédie. Sacrée farce en vérité. Le problème étant que ça ne collait pas. Tom avait l'habitude des situations de crise. Les urgences médicales, il avait baigné dedans nuit et jour plusieurs années durant. Il n'avait pas oublié la détresse des patients, leur angoisse, leur violence ou leur attitude faussement détachée lorsque la peur de la mort devient trop forte. Certains allaient jusqu'au déni, se réfugiaient dans le sommeil ou le mutisme. Des émotions typiques, difficiles à contrefaire. Or, depuis quelques heures, il les avait toutes observées. D'où sa conviction que ces gens ne simulaient rien.

Ce qui l'amenait directement à la seconde hypothèse.

Lincoln, vous vous sentez bien ? avait demandé Karen.

Et Cameron d'enfoncer le clou.

Je ne sais pas qui est en état de choc, au juste.

Seconde hypothèse, donc : lui – et lui seul – avait été victime d'une hallucination.

À force de consommer alcool et médicaments, le cerveau finit en compote. Tout le monde sait ça.

Il s'était pris la tête dans les mains, s'était massé le crâne et avait tenté de considérer la situation sans flancher.

Après toutes ces années, est-ce qu'il y était enfin arrivé ? C'était ça le bout de la route ? La *dinguerie* ? Non, avait-il fini par conclure. Un type était bien monté à bord du bus et les avait agressés sans que personne puisse réagir. Mais en dehors du chauffeur, il ne les avait pas tués. Après quoi leurs souvenirs avaient disparu. Et ils s'étaient réveillés ici. Une succession d'événements incompréhensibles, mais c'étaient les faits.

Comment les expliquer ?

C'est là qu'intervenait la troisième hypothèse, soufflée à l'instant par Elizabeth. Une idée simple. Parfaitement logique, même. Il ne restait plus qu'à : primo, la prouver. Deuzio, l'annoncer sans semer l'effroi. Et tertio, le plus vite possible.

Parce que si Thomas avait raison, leurs vies à tous ne tenaient plus qu'à un fil.

15

Il repoussa la porte d'un coup de pied. L'intérieur de la pièce était plongé dans le noir. Il posa ses valises sur le plancher couvert de poussière, dans un petit rectangle de lumière à la limite de la pénombre.

– On va s'installer ici.

Thomas laissa ses pupilles s'accommoder à l'obscurité et en profita pour malaxer ses reins endoloris. Les bagages pesaient une tonne. Le temps de traverser la rue, sa chemise s'était transformée en éponge.

Il tâtonna sur la surface du mur, trouva l'interrupteur et l'actionna à plusieurs reprises. Sans succès. Pas d'électricité, bien sûr. En fait il l'avait déjà testé, mais préférait s'en assurer encore une fois.

Les deux fenêtres de la pièce étaient obturées. L'une masquée par un store à lamelles qui devait dater, grosso modo, de la Seconde Guerre mondiale ; l'autre calfeutrée à l'aide de morceaux de carton maintenus par du ruban adhésif – absence de vitres oblige.

La grande classe, songea-t-il.

Une odeur d'huile rance flottait dans l'air. La pièce comportait trois tables et des chaises renversées, un comptoir de bar, des posters de filles nues punaisés au mur et l'inévitable juke-box.

Thomas perçut un bruit. Il tendit l'oreille, mais ce n'était que les grincements d'un volet. Dommage. Si un coyote avait hurlé à la mort, le tableau aurait été complet.

Il se tourna vers les autres.

– Désolé les gars, y avait plus de place au Hilton. Le bon côté des choses, c'est qu'on sera très peu dérangés par les voisins. On entre ?

Vector Kaminsky secoua la tête.

– Là-dedans ? Vous rigolez ?

Lenny toussota dans son poing.

– Allons, allons, il existe des endroits pires. Prenez une morgue...

– Ça fait plutôt maison hantée, suggéra Elizabeth. Comme dans Scooby-Doo.

– Sa-my, j'ai p-peur ! imita Cecil.

Nina pouffa. Pearl sourit faiblement. La jeune femme, appuyée sur l'épaule du pompiste, semblait vidée de son énergie. Peter, à son habitude, demeura silencieux.

– Ouais, moi, ça me fait pas rire.

Avec la grâce d'un pit-bull, Jeanne Leblanc repoussa les autres pour s'engouffrer dans la pièce.

– Faites pas attention à l'odeur, dit Thomas. Il doit y avoir un vieux bac à friture quelque part. Faudra le balancer.

Elle se retourna, l'œil mauvais.

– Ah ouais ? Et qui vous a nommé chef ?

– Personne. En ce qui me concerne, vous êtes libre de rester dehors. Profitez du soleil, la plage est grande. C'est juste que la mer est un peu loin.

Jeanne tourna en rond. Les lattes de bois craquèrent sous ses pieds. Elle finit par s'arrêter. Les autres retinrent leur souffle, comme si du poil allait soudain lui pousser dans le cou et qu'elle allait se mettre à aboyer. Mais ses bras retombèrent simplement sur ses hanches.

– Alors, c'est à ça qu'on a droit, hein ?

Thomas s'abstint de répondre.

Autant crever l'abcès, chacun pensait la même chose de toute façon.

– Des semaines de sélection. Tout ce foutu battage médiatique. Du fric, la célébrité. Bienvenue à Las Vegas, les gars ! Et merde ! Où ça nous mène ?

– À l'hôtel Mirage, répondit Kaminsky. On y est. Jamais nom n'a été aussi bien choisi.

– Ça va s'arranger, dit Thomas. C'est du provisoire.

– T'en sais que dalle, mec.

Kaminsky était spontanément passé au tutoiement.

Le stress, rien de tel pour rapprocher les gens.

– Où sont les secours ?

– Et le téléphone ?

– On a soif.

– Pourquoi y a personne ?

– STOP ! hurla Tom.

Plusieurs paires d'yeux s'écarquillèrent.

– Tout va bien, reprit-il plus calmement. On a eu un problème, mais on va venir nous chercher. Ce n'est qu'une question d'heures.

Bravo, mon vieux. Même toi tu y as cru.

Docteur Thomas, super-charlatan.

– Allez plutôt jeter un œil dans les étages. Il y a des chambres. C'est le genre rustique, mais avec un coup de balai, elles pourront accueillir trois ou quatre personnes. *(Lincoln, agent immobilier.)* Les autres s'abriteront dans la maison voisine tant que le soleil tape. *(Oncle Tom, ami prévenant.)* Allez, on s'active ! Je ne veux voir que de la bonne humeur !

Excellent, mon pote. Ton baratin s'améliore de seconde en seconde...

Quelques protestations s'élevèrent, mais le groupe

finit par se mettre en branle. Les sourires étaient revenus.

Thomas lâcha un soupir de soulagement et promena son regard autour de lui.

Le bâtiment en brique rouge possédait une fausse façade en bois. Une enseigne portant le nom PINK'S pendait sous le porche, encadrée de néons roses.

Les anciens occupants n'étaient pas partis depuis des lustres. Des trucs traînaient encore ici et là : un calendrier de l'année en cours suspendu à une tête de buffle en plastique (le kitsch est un art sans limites) ; une bouteille de Corona avec un restant de liquide pisseux (qui en était peut-être) et une pile d'assiettes mangées de moisissures dans l'évier.

Derrière le bar trônait un jeu de fléchettes à l'effigie de Saddam Hussein. La cible semblait avoir beaucoup servi, y compris pour des armes à feu, vu la taille des trous. Plusieurs numéros de *Hustler Magazine* jonchaient le sol. Celui près du pied de Thomas datait de quelques mois à peine. Une bonbonnière remplie de préservatifs de toutes les couleurs était posée sur le comptoir.

Il eut envie de ricaner – ou de pleurer, c'est selon.

L'endroit n'avait pas été difficile à repérer : pile en face de la chapelle. L'abstinence face au péché. La prière côtoyant la luxure. Le Bien contre le Mal, séparés par une rue. Pas étonnant qu'on ait retiré les symboles à l'intérieur de l'église. Dieu avait dû se faire exproprier. Parce qu'un bouge appelé Pink's avec des chambres au-dessus, dans un bled aussi paumé, qu'est-ce que ça pouvait être, sinon le plus sordide des bars à putes ?

Tandis que les autres faisaient la navette, les bras chargés de bagages, Thomas remonta le store, arracha les cartons de la fenêtre pour laisser entrer la lumière, puis repoussa les magazines sous un meuble afin d'éviter que Peter ne tombe dessus.

Non qu'il se fasse des illusions sur les connaissances d'un pré-ado en matière de sexualité – depuis l'apparition d'Internet il fallait être aveugle pour ne pas se retrouver un jour ou l'autre devant une image pornographique –, mais le gamin était assez perturbé comme ça.

Elizabeth passa derrière le comptoir et força sur un robinet grippé par la rouille. Un immonde gargouillis monta des profondeurs, faisant trembler les canalisations.

– Regardez, dit-elle. On a de la chance, il y a encore...

Un liquide pourpre jaillit du conduit. La phrase mourut sur ses lèvres.

– ... de l'eau.

Cecil se pencha au-dessus de l'évier.

– Mince, on d-dirait du sang !

– Plutôt de la peinture, dit Thomas. Ou des déchets industriels. Une contamination quelconque, en tout cas. C'est partout pareil. J'ai vérifié.

C'était vrai. Avant de choisir cet endroit, il avait examiné les bâtiments voisins et constaté que l'histoire se répétait : baraques vides, mobilier en place, pas ou peu d'affaires personnelles, et ce machin dans les canalisations.

Était-ce pour ça que les habitants avaient déguerpi ? Un problème d'eau potable ? Il rangea la question dans le tiroir des mystères à résoudre. Son souci, pour l'instant, consistait à repérer les lieux. Il n'était pas resté longtemps en Afrique, mais il avait au moins appris ça : en situation de crise, toujours reconnaître le terrain.

Il sortit son paquet de tabac et se roula une cigarette.

D'après ce qu'il avait vu, le hameau était bâti en Y au fond d'une cuvette étroite. Le Pink's et la chapelle bordaient la rue principale – la barre verticale du Y – à côté de bâtiments décrépis, une vingtaine en tout. La route grimpait ensuite au milieu de quelques mobil-homes cabossés, jusqu'à atteindre une intersection. Au-delà, chaque bifurcation disparaissait dans un canyon.

Il lécha puis colla les bords du papier. Cole et Karen étaient partis explorer ce coin. Peut-être reviendraient-ils avec de bonnes nouvelles ? Il se demanda combien de gens avaient vécu ici, et à quelle époque. Au sommet de son activité, la communauté devait compter pas loin d'une centaine d'âmes. Mais ça faisait une paye que tout était mort.

Il repensa à l'entrée du village et à la vallée aride qui s'étendait au-delà. Il l'avait scrutée un bout de temps à la recherche d'un pylône électrique, d'une habitation, d'un signe quelconque de présence humaine. Mais la seule route était la piste en terre qui partait du hameau et sillonnait le paysage à perte de vue, avec une poignée d'arbustes et quelques yuccas en guise d'auto-stoppeurs.

Dix kilomètres de long, au bas mot. Et peut-être que ce bled ne figurait même pas sur les cartes.

Il joua avec l'ouverture de son briquet.

La seule chose qui avait attiré son attention était un énorme panneau publicitaire, de ceux qu'on voit au bord des autoroutes. Sauf que celui-ci se situait à l'entrée du village. Disposé sur le toit d'un bâtiment large et blanc, une sorte de bunker, sans ouverture sur la rue.

La publicité représentait un énorme crapaud couvert de verrues et coiffé d'une couronne. La bestiole souriait, goguenarde. Trois lettres géantes ornaient son ventre pâle : BMC.

Thomas tapota le bout de sa cigarette sur le comptoir. Sans l'allumer. Les autres membres du groupe s'affairaient sans lui prêter attention.

Il avait déjà remarqué ces lettres à plusieurs reprises. Dans la rue, notamment, peintes sur un bidon ou imprimées sur un container. Un logo. En fait, il venait de le revoir à l'instant même, mais il ne parvenait pas à se rappeler où.

Son regard erra et finit par se poser sur le calendrier. Il fit deux pas et le décrocha du cou du buffle en plastique.

Le crapaud était bien là, imprimé dans le coin supérieur gauche : BMC. Avec écrit au-dessous, plus petit : « Bullfrog Mining Company ».

Thomas sourit. C'était ce qu'il avait plus ou moins imaginé. Ils se trouvaient donc dans un village de mineurs. Probablement l'une de ces communautés abandonnées auxquelles une poignée d'habitants s'accrochaient encore par nostalgie – il avait vu une émission là-dessus sur le câble.

Il se caressa le menton. Une mine. Bien. Mais de quoi ? À part des ruines et un reste de maison close, sur quel genre de marécage régnait le Roi Crapaud ?

16

Une casserole heurta le sol. Elizabeth passa la tête au-dessus du comptoir.

– J'ai trouvé le bac à friture. Il est fermé et je ne vous conseille pas de l'ouvrir, l'odeur est épouvantable. En revanche, j'ai déniché plein de choses dans la réserve à côté. Je ferai l'inventaire, si vous voulez. J'ai repéré des boîtes de chili. On pourrait s'en chauffer une ?

Jeanne lui jeta un regard méprisant.

– Bien sûr, O'Donnel. T'as qu'à t'y coller et nous appeler quand on mange, O.K. ?

– Je croyais que vous étiez cuisinière, intervint Lenny.

– Serveuse.

– C'est pas très différent.

– Rien à foutre. Je sers personne.

La Noire s'empara d'une valise et disparut dans l'escalier.

– Elle est toujours comme ça ? demanda Tom.

Nina haussa les épaules comme pour l'excuser, puis grimpa les marches à sa suite. Lenny emboîta le pas aux deux filles en soupirant.

Cecil tira Pearl vers la sortie.

– M-moi, je reste p-pas ici. L'eau est t-toute rouge.

Y a plein d'poussière. J'dis qu'on d'vrait aller dans la m-maison d'à c-côté.

– Je t'accompagne, articula Pearl.

Thomas considéra le jeune mannequin. Ses vêtements chic étaient devenus aussi ternes que son visage. Elle paraissait totalement épuisée.

– Je ne comprends pas, fit-elle avec un sourire fragile. Je n'ai pas bu tant que ça et je tiens à peine debout...

– Bah, vous ne devez pas tenir l'alcool, mentit Thomas. Allez vous reposer dans la maison voisine. Le Dr Walsh viendra vous examiner dès son retour. Promis. Je lui dirai de s'installer là-bas en compagnie de Cameron et vous. Comme ça vous serez rassurée.

Pearl acquiesça d'un signe de tête et sortit au bras de Cecil.

Thomas n'avait pas eu le temps d'allumer la clope qu'il s'était roulée tout à l'heure. Il la posa sur le comptoir, aligna son briquet à côté et entreprit d'en rouler une seconde.

L'arrêt du tabac, ce serait pour dans une autre vie.

Vector Kaminsky remit une chaise d'aplomb, cala ses fesses dessus et plaça son ordinateur sur la table.

– On crève de chaud, maugréa-t-il.

Il appuya sur le bouton de démarrage. Peter s'assit à côté et regarda l'écran s'allumer.

Lenny ne tarda pas à redescendre.

– Jeanne et Nina s'installent au premier. Elizabeth dispose d'une chambre seule. Les hommes, eux, logeront au second, ça me paraît plus correct.

Le vieux dandy sourit à l'intention de Thomas, lequel soupira et lui tendit la cigarette. Lenny l'attrapa entre l'index et le majeur, aussi délicatement que s'il s'agissait d'une libellule.

– Arrêtez ça tout de suite, dit Kaminsky sans quitter son écran des yeux.

– Pardon ?

– Reposez cette clope. C'est mauvais pour la santé. La mienne, en tout cas. (Il éteignit son ordinateur et le referma.) Bien, pas de bobo. (Il se leva et rajusta sa cravate comme s'il s'apprêtait à tenir un conseil d'administration.) Un portable à cinq mille billets, ça m'aurait fait mal aux seins. En tout cas, pas question que je reste ici.

– À toi de voir, dit Thomas.

– C'est tout vu. Mon PC supporte pas la poussière. Ni moi la fumée. Sans compter ces conneries.

– Tu peux préciser ?

– Je savais que cette histoire allait merder. Mes potes m'avaient prévenu : « Fais gaffe, Vec, la sécurité se renforce chez ShowCaine. Y a des bruits qui courent. Des gens qui menacent le show. Tu ferais mieux de te tenir à l'écart. » Mais elle a insisté : « Un *access prime time* à la télévision, c'est l'occasion rêvée de lancer votre boîte ! Il n'y a pas tremplin plus colossal ! » Colossal mon cul ! Le seul truc colossal, c'est le procès que je vais coller à cette bonne femme.

Thomas fronça les sourcils.

– Vous parlez d'Hazel Caine ? C'est comme ça qu'elle vous a convaincu de participer à l'émission ?

Il observa le jeune homme.

Kaminsky était un adepte du costard trois-pièces, façon golden-boy. Mais la manière dont il s'exprimait traduisait des origines plus modestes. Pas le genre à sortir de Harvard, comme il voulait le faire croire. Thomas était presque certain qu'en fouillant un peu il trouverait l'étiquette de location dans son costume, de la même façon que lui-même avait emprunté un smoking pour la réception. La cravate Omer Simpson, c'était juste un truc pour se la jouer cool. Kaminsky n'était qu'un type aux dents longues désireux d'entrer dans la cour des grands. Et son discours engendrait de curieux échos chez Thomas.

Il repensa à cette scène étrange dans la chambre d'Hazel. Sa dispute avec l'homme mystérieux sur la bande vidéo. Il n'avait pas eu le temps de voir son visage. Mais l'allure aurait pu correspondre.

– Je me casse, dit Vector. Doit bien y avoir une autre piaule moins dégoûtante. Z'avez qu'à crier, si besoin. Je serai pas loin.

Il repoussa sa chaise et sortit.

Thomas se retrouva seul en compagnie d'Elizabeth, Leonard Stern et Peter. L'enfant lui jeta un bref regard, décapuchonna son feutre et se mit à dessiner sur un bout de carton.

Tom sentit son cœur se serrer. Pas de parents, aucune distraction, une chaleur insoutenable et on ne l'avait pas entendu. Quel genre d'enfant était-il pour réagir de la sorte ?

– Ça va ? demanda-t-il doucement. Tu as faim ? Soif ?

Peter ne réagit pas. Thomas se pencha vers lui.

– T'inquiète pas, mon bonhomme. Tout ira bien.

Un long moment s'écoula avant que le gamin ne finisse par hocher la tête. Tom lui caressa les cheveux. Puis se redressa. Alla jusqu'au comptoir, posa ses mains à plat et baissa le ton pour s'adresser aux deux autres.

– Je dois vous parler..., commença-t-il.

Lenny reprit la cigarette, alluma le briquet.

– Oui ? Dites-moi tout.

– Nous ne sommes pas victimes d'un accident de la route. Plutôt d'une sorte de piège. C'est difficile à croire, je sais. Mais je peux le prouver.

Le pouce de Lenny s'éloigna du bouton. La flamme s'éteignit.

Elizabeth se redressa si vite qu'elle faillit se cogner au comptoir.

– Pas d'accident ?

– Comment ça ?

Ils scrutèrent son visage. Thomas soutint leur regard sans broncher.

– Il s'agit d'un kidnapping, dit-il.

17

Seth ferma les yeux et mordit dans le beignet.

La gelée écarlate gicla à travers la brioche et coula dans sa gorge. Le ruisselet tiède, sucré avec une pointe acide, lui procura un frisson de plaisir. Le goût n'avait pas varié d'un iota depuis son enfance.

Il engloutit le reste en deux bouchées et se lécha les doigts. Certaines choses étaient ainsi. Elles traversaient les époques sans jamais changer.

Il considéra les moniteurs noir et blanc empilés sur la table en fer, devant lui. De vieux appareils couverts de poussière récupérés à bas prix.

L'un d'eux grésilla. Seth tapota au sommet et l'image se stabilisa.

C'étaient des modèles de l'armée de terre conçus pour fonctionner dans des conditions climatiques extrêmes. D'après le revendeur, ils avaient servi durant la première guerre en Irak, l'opération « Tempête du désert ». Seth avait haussé les épaules – ça marchait, il n'en demandait pas plus.

Il scruta les images : à l'extérieur, tout était calme. Les caméras ne montraient rien de particulier. Son regard revint dans la pièce obscure. La lueur bleutée des moniteurs permettait à peine de distinguer les détritus qui jonchaient le sol, entre les câbles électriques réunis par de gros morceaux de Scotch, et les paquets de donuts éventrés.

Il soupira d'aise.

Pour la première fois depuis des années, il se sentait parfaitement bien. Il avait calé son énorme masse dans un fauteuil roulant et se goinfrait tranquillement, sans personne pour le juger ni lui donner de leçon.

Le fauteuil, il l'avait déniché au Pink's, le bordel du village, dernier endroit habité de cette mine en plein désert. Qui s'était vautré dedans ? Était-ce l'ancien proprio, ou bien l'une des prostituées qui bossaient sur place ? Il ne s'en souvenait pas et n'en avait rien à foutre. De toute façon, ces personnes n'en avaient plus besoin à présent. Seth était le nouveau patron.

Le maître des lieux.

Il fit glisser ses mains sur les pneus et bascula sur les roues arrière. Puis se maintint ainsi en équilibre, satisfait de la contraction de ses muscles.

Seth avait toujours été fort.

« Costaud pour son âge », susurrait sa mère. *Disproportionné* d'après les autres.

Une fois, dans sa jeunesse, Willie Baning s'était moqué de lui à l'institut Sainte-Foy. « T'es trop grand, et carrément trop gros pour avoir douze ans, avait ricané Will ce jour-là. T'es sûr que t'es pas plutôt un crétin de redoublant ? » Les autres élèves s'étaient tapé sur le bide.

Le lendemain, Willie-le-Borgne – les pensionnaires de Sainte-Foy le surnommaient ainsi à cause de sa paupière qui lui fermait un œil depuis qu'un coup de cutter avait sectionné le muscle releveur –, Willie, donc, avait reçu un seau rempli de gravats en travers de la figure. Le truc lui était tombé dessus comme ça, sans prévenir, alors qu'il poussait la porte de sa chambre. Le bon vieux gag du seau d'eau en haut de la porte, remis au goût du jour.

Willie Baning avait disparu dans une ambulance, avec une double fracture de la clavicule, la tête enveloppée dans un bandage qui pissait le sang. On ne l'avait jamais revu à l'institut.

Sainte-Foy était ce qu'on appelait un « environnement contrôlé » : un internat d'enseignement privé, quelque part entre l'établissement scolaire, l'hôpital psychiatrique et la maison de probation. Un certain nombre de gardiens étaient d'ailleurs d'anciens flics. Pourtant, l'enquête interne n'avait rien donné. Aucun enfant n'était capable – du moins en théorie – de soulever un seau de vingt kilos pour le placer en équilibre à deux mètres du sol. Et quel adulte aurait commis une chose pareille ? Personne n'avait envie de le savoir. Will était un véritable psychopathe, de toute façon, l'un des pires de l'institut. Son départ avait arrangé tout le monde et l'affaire s'était résolue d'elle-même.

Seth n'avait jamais regretté son geste ce jour-là.

Comme hier soir, avec Lincoln.

Il y avait été un peu fort – il avait entendu ses côtes craquer lorsqu'il l'avait balancé contre le siège du bus – mais ça ne lui posait pas plus de problème que ça.

Il repensa aux visages des candidats lorsqu'il avait franchi la porte. Leur terreur, à ce moment-là, était si intense. C'en était presque comique.

Seth laissa le fauteuil retomber et les roulettes heurtèrent le sol. Il s'empara d'un nouveau beignet.

La peur des candidats était de l'émotion pure. Elle coulait à travers eux, les transfigurait et les possédait tout entiers. Il se souvenait de l'expression de Pearl Chan. De ses yeux humides. La pauvre avait bien failli pleurer d'angoisse. Quant à Lincoln, il semblait si...

surpris. Seth avait dû faire un effort pour ne pas éclater de rire.

Eux doivent trembler.

Il l'avait fait, c'était la seule chose qui comptait. Son intelligence avait surpassé celle des autres. Plus malin que son agent de surveillance, les gens de Show-Caine, ou son psy. Plus fort que les spectres de son père et de sa mère. Meilleur que tous.

Les paupières de Seth papillotèrent.

Un filet de confiture rose coula de sa bouche et tomba sur son pantalon. Il l'essuya d'un revers de main.

– Bordel...

Il avala le reste du beignet puis tamponna ses lèvres avec une serviette en papier. Ses doigts étaient poisseux. Il les essuya méthodiquement, puis froissa la serviette et visa la poubelle. La boule heurta le bord en plastique et retomba dans la poussière avec un bruit mat.

– Raté. Décidément, tu es incapable de viser correctement.

Seth sursauta.

– Tu pensais tout haut ? reprit la Voix.

– Je... Je ne t'avais pas entendu arriver.

– Je ne suis jamais loin, Seth.

Seth se retourna et tendit une main vers l'interrupteur.

– Non, fit la Voix. Je préfère comme ça.

Seth ramena sa main.

– Comme tu voudras. (Il désigna les moniteurs.) L'image est de mauvaise qualité.

– C'est suffisant.

– Il y a beaucoup d'angles morts et...

– Tu ne vas pas encore pleurnicher ?

La Voix était montée d'un cran, vers ces hauteurs

glaciales que Seth connaissait bien. Mais pour une fois, il n'eut pas envie de céder.

– J'ai fait du bon boulot, grogna-t-il, de quoi te plains-tu ?

Un claquement de langue fila dans le noir.

– Ferme-la ! C'est moi qui suis aux commandes, ne l'oublie pas ! Sinon...

– Sinon ?

– Tu retourneras dans un hôpital.

Seth ferma les yeux. Il reprit son balancement d'avant en arrière dans son fauteuil.

– D'accord, finit-il par dire. Ne t'énerve pas. Je ferai ce que tu voudras.

– Bien. (La Voix devint moqueuse.) C'était une tentative de rébellion ?

Silence.

Le fauteuil continua de grincer.

– À qui dois-tu ta situation ? reprit la Voix.

– À toi, murmura Seth entre ses dents.

– Je n'entends rien.

– À toi. C'est à toi que je la dois.

– Bien. J'aime que ce soit clair.

– D'accord.

– Tu es prêt ?

– Prêt.

– Parfait, alors au travail. (La Voix prit un accent joyeux.) Voyons, par lequel d'entre eux allons-nous commencer ?

18

Cameron Cole posa le sac de sport sous le porche du Pink's. La toile du sac était effilochée, les coins usés et le nom ADIDAS à peine lisible sous la couche de poussière. Il ouvrit la fermeture Éclair, mais marqua une pause avant de sortir le contenu.

– Au fait, dit-il, on vous avait pas demandé de rester dans l'église ?

Leonard et Elizabeth demeurèrent silencieux. Accoudés à la rambarde en bois qui courait sous le porche, ils observaient la carcasse du bus.

Karen Walsh arriva à son tour et se laissa tomber sur une chaise à l'ombre.

– Crevée, moi. Bon, Cam, tu résumes ?

Il sourit. Son short blanc était maculé de traces ocre et sa chemise à fleurs en avait pris un coup. Son bronzage, en revanche, était toujours aussi éclatant.

– Les autres ne viennent pas ?

– Ils sont occupés, répondit Lenny d'une voix neutre.

– Alors tant pis, on démarre. Il y a deux nouvelles : une bonne, une mauvaise.

– Envoyez la bonne, dit Elizabeth.

Cameron les fixa un instant. Est-ce qu'ils étaient en train de se foutre de sa gueule ? Il plongea les mains dans son sac et en ressortit deux cartons de jus de fruits.

– Cocktail aux lychees ! annonça-t-il triomphalement. Deux packs de six. Douze litres au total. On a aussi déniché de la nourriture dans le placard d'un mobil-home et...

– Il y a toutes les boîtes qu'il faut dans la réserve, coupa Lenny. Elizabeth vient d'en faire l'inventaire. Et la mauvaise nouvelle ?

Cameron fronça les sourcils. Il n'aimait pas beaucoup la façon dont ce vieillard venait de l'interrompre.

– La mauvaise (il articula lentement pour bien faire comprendre son exaspération), c'est qu'on est toujours dans la panade. On a exploré la rue, l'extrémité se divise en deux. Le chemin de gauche finit en cul-de-sac dans une sorte de mine. Celui de droite grimpe comme pas possible jusqu'à un château d'eau. J'ai escaladé l'échelle du réservoir et jeté un œil par la trappe d'entretien : figurez-vous qu'un abruti a balancé des bidons de peinture à l'intérieur. L'eau est complètement...

– Écarlate, dit Elizabeth. Polluée. On sait.

Cameron secoua un carton de jus un peu plus énergiquement que nécessaire. Il déchira le coin d'un coup de dents et le posa devant Elizabeth.

Le vieux, il pouvait toujours aller se faire foutre.

– Servez-vous, dit-il.

– Vous n'en prenez pas ?

– J'en suis à mon troisième.

Elizabeth prit le cocktail et but à petites gorgées.

– Pour l'instant, dit Karen, mieux vaut ne pas toucher à l'eau du robinet.

– Vous avez rencontré des gens ? demanda Lenny.

La jeune femme secoua la tête.

– Personne. Ni téléphone, ni radio. Et aucun véhicule non plus. En revanche, on a déniché des groupes électrogènes. Plusieurs bâtiments en sont équipés, dont celui-ci. S'il reste un peu d'essence, on devrait pouvoir les redémarrer, obtenir de la lumière et brancher des ventilateurs. J'en ai repéré qui traînent.

Elizabeth s'essuya la bouche et passa le carton à Lenny.

– Frankie ? demanda-t-elle.

Cameron croisa les bras en coinçant les mains sous ses aisselles, ce qui eut pour effet de faire ressortir ses biceps.

– Ma petite dame, Frankie nous a quittés sans avoir la politesse de nous dire où il allait. Si vous voulez mon avis, il est parti en pleine nuit pour éviter la chaleur. Il a dû atteindre la route et contacter les secours, à l'heure qu'il est. Au moins par téléphone portable. (Il imita l'accent du chauffeur.) Que du bonheur !

Personne ne rit.

– Et s'il n'avait pas de portable avec lui ? dit Leonard.

– Je suppose qu'il aura emprunté l'un des nôtres.

– Possible. Tom Lincoln n'a plus le sien.

– Ben voilà, qu'est-ce que je disais ! Il n'y a aucune raison de s'inquiéter, les secours seront bientôt là.

Lenny désigna le bus du menton.

– Attendons de voir.

– De voir quoi ?

– Lincoln.

Cameron écrasa son poing sur la rambarde.

– Encore lui ? Cet ivrogne ne débite que des conneries !

– Il va revenir. Je crois que vous feriez mieux d'écouter sa version.

Thomas n'avait pas le sentiment de les avoir convaincus. C'est pourquoi il était reparti fouiller le bus. Chercher dans l'épave lui avait pris du temps. L'odeur du plastique brûlé le prenait à la gorge et le soleil tapait sur la tôle, transformant l'habitacle en véritable étuve.

Comment des gens pouvaient-ils habiter un coin pareil ? Il avait visité la Vallée de la Mort, une fois. À côté de ce bled, c'était des vacances.

À quatre pattes sous un siège, il était sur le point de se relever quand un reflet rouge attira son attention. Il allongea le bras. Ses doigts tâtonnèrent jusqu'à toucher une surface lisse, l'agrippèrent et la ramenèrent à lui. Il l'examina, le cœur battant. Un simple coup d'œil avait suffi : il ne s'était pas trompé.

Il plaqua l'objet contre sa poitrine, escalada la fenêtre par laquelle il était entré et se laissa glisser à terre.

19

Thomas s'immobilisa, surpris par le retour – et surtout l'attitude – de Karen et Cole : la jeune interne et le surfeur à la chemise hawaïenne l'attendaient de pied ferme.

– Alors ? dit Cameron. On joue au petit détective ?

Tom prit l'extincteur et le lui envoya dans les mains. L'autre fut obligé de le saisir au vol.

– Putain ! Vous êtes dingue !

– Lourd, hein ?

– Bien sûr que c'est lourd !

– Justement. Ça ne va pas.

Cameron le regarda sans comprendre.

– Au début, je me demandais comment c'était possible, dit Thomas. Comment un bus en feu avait pu parcourir plusieurs kilomètres avant d'échouer ici.

Cameron ouvrit la bouche. Karen lui fit signe de se taire.

– Et vous avez trouvé ? demanda-t-elle.

– Oui.

– Et ?

– La réponse est simple : ça ne se peut pas. Un véhicule en train de brûler ne roule pas aussi longtemps. Donc, le bus n'était pas en feu quand il a quitté la route. Je dirais même plus : il ne l'était toujours pas en arrivant ici. Comme l'atteste cet extincteur.

Il reprit l'objet des mains de Cameron et ôta une goupille en plastique.

– Voyez : la sécurité n'est même pas enlevée.

Il actionna la poignée. Une giclée de mousse blanche jaillit.

– Ce truc est plein. Il n'a jamais servi.

Cameron haussa les sourcils.

– Qu'est-ce que ça prouve ?

– Que le véhicule a brûlé, oui, mais après notre arrivée. Ce n'est pas un accident : quelqu'un a allumé l'incendie. Et cette personne n'avait aucune envie de l'éteindre, elle voulait juste être certaine qu'on ne pourrait pas repartir.

– Vous voulez dire qu'on nous a coincés exprès dans ce trou ?

– Oui. L'habitacle du chauffeur est pratiquement intact, mais la radio a fondu. On s'est arrangé pour qu'on ne puisse pas prévenir les secours. Et ce n'est pas tout.

– Ah ?

– Nous avons été drogués. C'est pourquoi personne ne se souvient de rien.

– Allons bon.

Cameron croisa les bras. Karen se mit à marcher de long en large, sans quitter Thomas des yeux.

– C'est Elizabeth qui m'y a fait penser lorsqu'elle m'a raconté l'épisode de Lenny. Il s'est étouffé en buvant son café. Les Thermos : c'est de là que ça vient. Il y avait quelque chose dedans.

– Je ne vois pas comment, dit Karen sur un ton agacé. S'il s'agissait d'une drogue ou d'un médicament, ça aurait dû se mélanger, non ? Comment Leonard Stern aurait-il pu s'étouffer avec quelque chose de liquide ?

– Avec un comprimé. Si un comprimé se trouvait

dans le verre de Lenny, il n'a peut-être pas eu le temps de se dissoudre. Par exemple, si le coupable l'a fait tomber au milieu des gobelets en carton en effectuant sa petite préparation.

– Pourquoi le café ?

– Tout le monde en a bu, sauf Peter. Or, c'est le seul à être resté lucide pendant l'agression à la station-service.

– Un épisode que tout le monde a raté, sauf vous, ironisa Cameron.

– Et pour cause, je n'ai presque pas touché au café. (Il haussa les épaules.) Trop d'alcool à l'hôtel. J'étais nauséeux.

– Admettons, dit Karen. Et après ?

Thomas joignit ses mains et les posa sur sa bouche pendant quelques secondes.

– Peut-être que le côté pseudo-religieux de l'émission a heurté des sensibilités. Ou provoqué la haine d'un groupuscule extrémiste. Ou excité un cinglé solitaire. Peut-être que quelqu'un veut nous donner une leçon et montrer son pouvoir. Tout est possible ! Même faire du chantage auprès de la chaîne, pourquoi pas ? En tout cas, il a choisi de ne pas nous tuer. Donc, c'est un kidnapping.

Karen interrompit ses allées et venues.

– Sauf qu'il existe une autre possibilité. Et vous le savez.

Il la regarda avec méfiance. Pourquoi souriait-elle ainsi ?

– Si vous avez une meilleure hypothèse...

– J'en ai une : c'est que vous délirez à pleins tubes, mon vieux !

Thomas sentit sa mâchoire se contracter.

– Si personne ne nous a drogués, articula-t-il lentement, comment expliquez-vous notre perte de mémoire ? La fatigue anormale de Pearl ? Le sommeil prolongé d'Elizabeth ? Ce sont les effets manifestes d'une substance qui...

– Ou les symptômes d'une intoxication par fumées de combustion.

Thomas se redressa. Il n'avait pas pensé à ça.

– Écoutez plutôt, dit Karen. Le bus a un accident, ou un problème technique pendant qu'on dort. Il prend feu. Frankie maîtrise les flammes – seul, ou grâce à un autre extincteur, peu importe – mais le groupe est déjà asphyxié. Le chauffeur emprunte une bretelle de sortie pour chercher de l'aide. Il arrive ici et nous sort du véhicule. Nous sommes inconscients, il part chercher les secours. Qu'est-ce qui est le plus probable : cette situation cohérente, ou votre kidnapping absurde, sans témoins, sans preuve et, accessoirement, sans kidnappeur ?

– Je sais ce que j'ai vu.

– Votre cerveau alcoolisé et en manque d'oxygène à cause de la fumée a parfaitement pu fabriquer tout ça.

Cameron ricana.

– Vous êtes grillé, Lincoln.

Thomas se sentit vaciller. Est-ce qu'il avait pu se tromper à ce point ?

– Bien, bien, dit Leonard, je crois qu'il est temps que je vous montre quelque chose.

Il sortit de sa poche un mouchoir en soie et le déplia avec soin.

– C'est quoi ? dit Cameron. Votre dentier ?

Le dandy saisit un fragment blanchâtre.

– Voici la chose que j'ai avalée de travers. Au début, je pensais à un fragment de gobelet ou de petite cuillère en plastique. Mais ça a tendance à fondre.

Docteur Lincoln (il insista volontairement sur le titre), voulez-vous nous dire ce dont il s'agit ?

Thomas saisit la chose entre le pouce et l'index.

– Bon sang, Lenny, vous êtes génial !

– C'est quoi ? demanda Elizabeth.

– Un morceau de cachet.

– On dirait qu'il y a des lettres.

Thomas le fit tourner dans la lumière.

– Oui. Un R, un O, et le début d'un C, je crois. Le chiffre 1, entouré d'un cercle, est noté en dessous.

– ROC 1 ? Qu'est-ce que ça signifie ?

– Qu'il peut s'agir d'un médicament, admit Karen. La plupart des fabricants incluent un signe ou une abréviation pour permettre aux aveugles et aux gens qui ne savent pas lire de les reconnaître.

Thomas le lui tendit pour qu'elle l'examine.

– Dans le cas présent, dit-il, ce n'est pas le nom du médicament lui-même, mais celui du laboratoire qui le synthétise : ROCHE. C'est européen. Le chiffre indique le dosage : 1 milligramme.

Cameron décroisa les bras.

– Ah oui ? Et comment le savez-vous ?

– Vous n'êtes jamais allé à Miami pour *spring-break* ?

– Les étudiants qui envahissent les hôtels pour les vacances de printemps et se couchent à pas d'heure ?

– Ce genre de comprimé circule un peu partout. C'est du *Flunitrazepam*. Le nom commercial est Rohypnol. Interdit aux États-Unis.

– J'ai lu un article là-dessus, dit Elizabeth. On appelle ça les *roofies*, la drogue du viol d'après les journaux.

– La drogue du viol, oui. À cause de l'amnésie qu'elle provoque. C'est une benzodiazépine d'action rapide. Dix fois plus puissante que le Valium. Les étudiants qui font la fête s'en servent notamment pour éviter la redescente après avoir pris de la cocaïne. Les nouveaux comprimés colorent l'eau en bleu, de façon qu'on les repère. Mais dans le café...

– C'est bon, dit Cameron, la Floride, c'est chez moi. J'en ai entendu parler, de votre truc. Le trafic de *roofies* existe dans la plupart des États, je vous signale. Et vous prétendez qu'on aurait été drogués avec ça ?

– Tout colle.

– Tout est loin de coller ! Parce qu'un vieux chnoque tousse un machin blanc aux lettres illisibles dans son mouchoir, vous en déduisez qu'un terroriste nous a kidnappés ? J'ai d'autres hypothèses à vous soumettre : et si vous confondiez avec un autre médicament ? Et si papy se shootait ? Et si c'était vous qui l'aviez glissé dans son café ?

Thomas prit une inspiration.

– Vous insinuez quoi ? Que je raconte des salades ?

Cameron jeta un coup d'œil vers Karen. Elle hocha la tête en signe d'assentiment.

– Très bien, dit Cameron, si vous tenez vraiment à ce qu'on en parle en public... Apparemment, ça fait longtemps que vous n'exercez plus la médecine. Vous êtes accro à la bouteille. Fauché comme les blés. Menteur. Violent. Sans parler de vos démêlés avec la justice...

– Et donc ?

– Donc oui, vous pouvez raconter n'importe quoi. Alors si ça ne vous ennuie pas, avant de boire vos paroles comme du petit-lait, on va réfléchir un peu.

20

Pour la septième fois de la journée, Harold Krump composa le même numéro sur son téléphone. Il s'apprêta à laisser un nouveau message, lorsque quelqu'un décrocha.

– Harold, quand cesserez-vous de me harceler ?

– Hein ?

Il fut surpris qu'on s'adresse à lui en premier.

– C'est vous, Doc ?

– Qui voulez-vous que ce soit ?

– Comment avez-vous deviné que j'étais en train d'appeler ?

Soupir à l'autre bout.

– Votre nom et votre numéro s'affichent sur mon écran, Harold.

– Ah.

– Et vous m'avez laissé cinq messages.

– Heu... six.

– Je ne les ai pas comptés.

– Mais vous ne m'avez pas recontacté, dit-il d'un ton de reproche.

– Je suis très pris. Que puis-je pour vous ?

Harold jeta un coup d'œil au menu du Burger King. S'il se lançait dans une grande discussion maintenant, il allait devoir sauter son tour dans la file.

– C'est que je me trouve dans un fast-food. Je n'avais pas prévu d'en parler tout de suite...

– Venons-en au fait.

Harold changea son combiné d'oreille.

– Seth est parti.

Un blanc.

Il avait prononcé la phrase du bout des lèvres. L'indulgence de son interlocuteur était proverbiale, mais elle n'allait peut-être pas jusque-là. Harold se demanda si l'autre allait conserver son calme. Et lui, la prime spéciale qu'on lui versait, en plus de son salaire de chef de la sécurité de l'hôtel Bonaventure.

– Comment ça, parti ?

– Ben, parti. Envolé. Il a pris un sac.

– Il a dit où il allait ?

– « En voyage ».

– Juste ça ?

Harold repensa au doigt d'honneur que Seth lui avait adressé dans le hall de l'hôtel. « Passez le message à mon psychiatre. »

– Ouais, c'est tout.

Il guetta une réaction à travers le combiné. Rien.

Est-ce que c'était bon signe, ou plutôt l'inverse ?

Devant lui, la mère de famille qui le précédait dans la file d'attente régla sa commande et quitta le comptoir avec un menu enfant et une figurine « Bob l'Éponge ». Harold se retrouva seul face à une employée de cent vingt kilos. Il esquissa un geste d'impuissance. Elle les jaugea, son téléphone et lui, avec à peu près autant de sympathie qu'un couple de rats installés sur la table de son salon.

– Ce n'est pas grave, entendit-il dans son écouteur.

– Quoi ?

Il n'en revenait pas. Après tout le mal qu'il s'était

donné pour surveiller les allées et venues de Seth, vérifier la moindre de ses sorties, évaluer ses progrès...

– Je suis au courant.

Cette fois, ce fut à Harold de laisser un blanc.

– Seth m'a averti de son désir de changer d'air, poursuivit son interlocuteur. J'ai moi-même approuvé cette démarche.

– Dans ce cas, pourquoi n'avoir rien dit ? rétorqua Harold, vexé. Je croyais que – et là, je vous cite – « dans le cadre d'une étude psycho-comportementale en milieu ouvert, je devais assister le patient lors de toutes les étapes de sa réinsertion ». En clair : ne pas le lâcher d'une semelle.

– Considérez ça comme une expérience.

– Excusez-moi, Doc, mais je connais Seth Gordon. Ce n'est pas le genre de type avec qui on tente des expériences.

L'employée pianota sur le comptoir de ses doigts épais.

– Vous êtes psychiatre ? susurra le combiné.

– Heu, non.

– Alors contentez-vous de faire votre travail. Et remplissez bien vos fiches d'évaluation.

Harold sentit quelqu'un tapoter sur son épaule.

– Dites, c'est pour aujourd'hui ou pour demain ?

Il se retourna pour estimer l'étendue des dégâts. Une demi-douzaine de personnes s'impatientaient. Il grimaça un sourire d'excuse.

– Bon, Doc, je dois couper. Faudra qu'on reparle...

– Je vous en prie. Passez me voir quand vous voudrez.

– J'y compte bi...

Son interlocuteur avait déjà raccroché.

Harold regarda son téléphone.

– Enfoirés de toubibs.

Les voix de plusieurs clients s'élevèrent.

– Ça va, ça va ! grogna Harold. De toute façon, cette bouffe est mauvaise pour votre cholestérol. (Il se tourna vers l'employée.) Donnez-moi une salade. Avec une sauce allégée et un Coca light. C'est pour emporter.

Elle leva un sourcil dédaigneux.

– Rien d'autre ?

– Si. Des vacances à Hawaï et un caleçon à fleurs. Vous avez ça ?

Elle tapa sa commande en soupirant.

Harold était furieux. Seth avait abandonné son poste au service d'entretien depuis la veille. On était samedi soir, le chef technique de l'hôtel n'avait reçu aucune nouvelle – Harold avait vérifié – et ça ne dérangeait personne.

Il récupéra son sachet à emporter, sortit du restaurant et se dirigea vers la station de métro de la Septième Rue en sirotant son Coca à la paille.

Le cas de Seth Gordon était vraiment à part.

Harold pouvait tirer un trait sur les diverses vexations, insultes et autres menaces qu'il devait subir de sa part – participer à un programme de réhabilitation en tant qu'agent de surveillance avait ses inconvénients, et la prime qui allait avec. Cependant, il suffisait d'observer Seth pour comprendre que son rôle de costaud débile sonnait faux.

Les programmes de réinsertion mis au point par les instituts privés, le département de la Justice et le California Youth Authority, Harold y participait depuis des lustres pour arrondir ses fins de mois. Mais Seth, lui, donnait l'impression d'en connaître tous les rouages. Et savait en tirer parti. Le problème, avec les petits malins dans son genre, c'était qu'on ne pouvait pas leur faire confiance.

Il jeta son gobelet dans une poubelle et composa un nouveau numéro.

– Carlos ?

– Krump ? J'entends des klaxons. T'es pas rentré ?

– Je traîne dans le secteur.

– Marcia va faire la gueule.

– Marcia fera ce que je lui dirai.

– C'est toi l'homme, *hombre*. Qu'est-ce que je peux pour toi ?

– Je me demandais si t'avais encore ton trousseau.

– Mon passe-partout ? Il n'est plus valable. On a changé les serrures de tous les locaux techniques de l'hôtel au mois d'avril.

– Pas tous.

– Tu farfouilles ?

– Je m'intéresse à un gars.

– Dis plutôt que tu veux zieuter dans son casier.

Harold évita de répondre.

– Tu connais le tarif, dit Carlos.

– Quatre oreillers « duvet et plumes » et autant de paires de draps. Je t'ajoute deux peignoirs.

– Ma belle-sœur sera contente. C'est bientôt son anniversaire.

– On dit demain ?

– Demain.

Harold raccrocha.

Dimanche, il retournerait à l'hôtel. Mais pas pour travailler.

21

Thomas frappa à la porte.

La réponse tardant à venir, il laissa son regard errer par la lucarne. Le ciel avait perdu sa clarté aveuglante à l'approche de la nuit. Un nuage violet fendu en son milieu s'étirait d'un bord à l'autre de l'ouverture. On se serait cru devant le rideau d'un théâtre.

Il frappa à nouveau.

– Jeanne ?

Un bruit de papier froissé lui parvint.

– Une minute, répondit-elle.

Il fixa le sol.

– Allez, quoi, descendez. On a fait un feu dehors. (Il marqua une pause.) Je... hum, je suis venu m'excuser à propos de mon attitude autoritaire de cet après-midi. Je ne voulais pas vous donner des ordres. (Il essaya de prendre une voix détendue.) Vous pourrez vous venger en m'infligeant un châtiment corporel, si vous voulez. La flagellation fesses à l'air, ça ira ?

Normalement, ça devait la faire sourire. L'autodérision, ça marchait toujours. Il guetta une réaction, mais aucun son ne lui parvint, comme si Jeanne s'était arrêtée pour l'écouter.

– D'accord, reprit-il, « faites ci, faites ça », ça devait être lourdingue à entendre. Mon ex-femme répétait tout le temps que j'étais un tyran.

Jeanne ouvrit la porte.

– Parce que vous avez été marié ?

Thomas se retrouva à quelques centimètres de son visage.

– Trois mois. C'était il y a longtemps.

– Je parie que c'est elle qui est partie.

– Elle m'a flanqué dehors. L'appart était à son nom.

Il l'examina. Elle avait les yeux rouges et tenait une brochure froissée enroulée dans sa main. Il désigna le papier.

– Vous comptez me fracasser le crâne avec ce truc ?

– Si je voulais vous fracasser le crâne, ce serait déjà fait.

Tom en profita pour observer l'intérieur de la pièce. Elle comportait deux matelas posés par terre, une chaise et une bassine en plastique. Un poster jauni des différentes positions du *Kama-sutra* était scotché au plafond. Il hocha la tête d'un air appréciateur.

– Sympa, votre chambre. Dans la mienne, un trou dans le mur donne directement sur les chiottes. Vous devriez venir voir ça. Un panorama pas croyable.

Jeanne réduisit l'ouverture, le forçant à reculer. Il remarqua d'autres brochures étalées sur le sol.

– Vous bouquinez ?

– C'est pas vos affaires.

– Vous devriez descendre. Elizabeth a préparé un chili...

– Je déteste ça ! Comme je hais cette chambre, cet endroit ! (Le regard de Jeanne s'embua.) La chance était de mon côté, elle l'était, bon sang, j'avais la main ! Pour une fois, c'était tombé sur moi...

Il comprenait ce qu'elle voulait dire.

– La chaîne vous a refilé vingt mille dollars, dit-il. C'est déjà pas mal.

– J'aurais pu obtenir beaucoup plus. Vous avez vu les journalistes ? Ils étaient prêts à monnayer la moindre de nos déclarations. Si seulement l'émission avait eu lieu, on aurait tiré un max rien qu'en interviews.

– Vous parlez comme si vous aviez déjà tout claqué.

Elle baissa les yeux.

– La roue peut encore tourner, ajouta-t-il.

Elle le repoussa.

– Ouais, c'est ça, Lincoln.

La porte lui claqua au nez.

– Comme si vous y connaissiez quelque chose.

Thomas redescendit l'escalier, traversa la salle principale du Pink's et sortit sur l'arrière. Les autres n'avaient pas voulu s'installer côté rue. Trop pénible, selon eux. L'arrière-cour – cent mètres carrés d'herbe rase et de déchets variés – était encore préférable à la contemplation déprimante de l'épave du bus. Ils n'avaient pas tort.

Il s'avança pour réchauffer ses mains à la lueur du feu. La température extérieure ne rendait pas la chose nécessaire, mais il trouvait que le geste avait quelque chose de réconfortant.

– Jeanne arrive ? demanda Nina.

Il haussa les épaules.

Peter n'avait pas bougé du vieux siège auto – une chose en skaï rouge crevée par une paire de ressorts – où il s'était installé. Ses yeux fixaient le feu. À côté était allongée Karen, la nuque calée contre la cuisse de Cameron, au milieu des cadavres de jus de lychees qu'ils venaient de descendre. Leonard marchait un peu plus loin, guettant les étoiles naissantes. Quant à Kaminsky, Pearl et son pompiste de fan, aucun d'eux n'était réapparu.

Cameron lâcha un rot sonore.

– À la vôtre !

– Vous êtes répugnant, dit Elizabeth.

La jeune femme surveillait le contenu de sa poêle d'où montait une odeur de chili.

– Hé, c'est la nature !

– Ce n'est pas une raison pour être grossier.

– Peut-être qu'on devrait le punir ? suggéra Karen.

Cameron sourit.

– T'oserais faire du mal à un superbe spécimen de Floride tel que moi ?

– D'où, exactement ?

– Naples, sur la côte Ouest. Royaume des rupins et des golfeurs. (Il rajusta des lunettes de soleil imaginaires.) Je connais tous les bons coins de pêche, figure-toi. Les spots de plongée, les plages pour le surf et même les petites criques où s'envoyer en l'air. C'est moi le prince de la côte, baby !

– Vous gagnez bien votre vie ? demanda Elizabeth, surprise de s'entendre poser une telle question.

– J'ai une bonne petite affaire d'excursions en mer. Deux mille par semaine à la haute saison, sans forcer. Et ça demande qu'à grimper. Devriez venir me filer un coup de main : en bikini sur mon bateau, vous feriez un malheur.

Elizabeth esquissa un sourire.

– Bon, lâcha Karen avec une pointe de jalousie. À part ça, où sont passés les autres ?

– Moi je sais, dit Nina.

Les têtes se tournèrent vers elle.

– Ils sont au lit. Tous les trois. Pearl est venue me

demander des préservatifs. Je lui ai indiqué la bonbonnière sur le comptoir du Pink's. Elle est repartie avec – tenez-vous bien – une poignée entière.

Cameron s'esclaffa.

– Nom d'un chien ! Cette fille récupère à peine, qu'elle a déjà les fesses en action !

Elizabeth lui fit les gros yeux en désignant Peter, mais l'enfant ne semblait pas avoir entendu. Elle tendit une cuillère à Thomas, qui trempa ses lèvres dans le liquide. La saveur des tomates et du lard lui parut extraordinaire, tellement il avait faim.

– Jeanne est fâchée ? demanda Elizabeth.

– Elle se met facilement en colère. Surtout si on lui demande de bosser. Marrant, non ? Elle est serveuse, après tout.

– Non mais je rêve ! Parce qu'elle est serveuse elle devrait jouer les boniches ! Vous les hommes, vous avez une fichue tendance à nous refiler le rôle !

Cameron leva un doigt.

– Dure loi de la supériorité masculine.

– Des clous ! rétorqua Elizabeth. Si les femmes cuisinent, lavent vos chemises et s'occupent de vos enfants c'est uniquement par amour ! Et lorsque l'amour s'en va, elles continuent de le faire par sens du devoir. Parce qu'une femme préfère que sa maison soit bien tenue, même si c'est la dernière chose qui lui reste dans la vie !

Elizabeth avait brutalement reposé sa poêle. Thomas remarqua que ses mains tremblaient.

– Ça va, dit-il. Ne vous mettez pas dans un état pareil. En fait, je m'étonnais de l'attitude de Jeanne pour une autre raison.

Lenny s'était rapproché pour écouter.

– Tout à l'heure, dans sa chambre, elle lisait des revues sur les jeux de casino.

– C’est une accro, dit Nina. Ça la fascine drôlement.

– Ou la dégoûte.

– Je ne vous suis pas.

– Sa lecture était un guide, un classique de l’association Les Joueurs Anonymes. Le genre qui vous aide à décrocher.

Thomas repensa au thème initial de l’émission. Les secrets des candidats.

– Peut-être que Jeanne suit une thérapie. Qu’elle s’entraîne à *ne pas jouer*, justement.

– Ça expliquerait sa nervosité, suggéra Karen.

– Je pense surtout qu’elle est malheureuse, dit Elizabeth. C’est pour ça qu’elle est agressive.

– Pas malheureuse : malchanceuse, Barbie.

Jeanne se tenait derrière eux, les poings crispés sur la fameuse brochure.

– De la chance, j’en ai jamais eu. Fric, famille, domicile : j’ai plus rien.

– Jeanne, fit Nina. On ne savait pas que tu étais là...

– Oh, boucle-la, Rodriguez. J’en ai marre des mensonges, de toute façon.

Elle jeta le magazine dans les flammes et le regarda se consumer. Sa voix se brisa.

– Vous savez, je ne suis pas vraiment serveuse. (Ses yeux étaient brillants de larmes.) En fait, je ne suis même pas Jeanne Leblanc.

22

– Mon véritable nom, c'est Paula. Paula Jones.

Elle se tenait les épaules voûtées. On aurait dit un petit immeuble sur le point de s'écrouler.

– Si vous êtes Paula Jones, qui est Jeanne Leblanc ? demanda Thomas.

– C'était mon amie. Elle est morte. Il y a cinq mois.

Thomas ouvrit la bouche pour faire un commentaire, puis se ravisa. Il regarda les autres. Dans l'ensemble, ça leur avait cloué le bec.

Paula renifla.

– Jeanne Leblanc m'hébergeait. Elle travaillait comme serveuse dans un bar minable près de l'aéroport MacCarran. Elle se droguait et se prostituait un peu, à l'occasion. Elle a connu une ou deux fois la prison pour femmes de North Las Vegas, sur Smiley Road. Mais rien de méchant. (Elle leva des yeux implorants.) C'était pas une mauvaise personne. On était comme deux sœurs, vous comprenez ?

Elizabeth s'approcha, la prit par le bras et, d'une délicate pression des doigts, l'invita à s'asseoir près du feu. Paula se laissa faire, puis reprit :

– Ce jour-là, on venait de faire cracher le Colossus, au Caesar's Palace. Un super jackpot. On est parties toutes les deux se faire une virée dans le désert complètement défoncées. On était là, on rigolait comme des malades, je fumais de la marijuana et Jeanne se tapait ligne sur ligne. Et puis il y a eu ce serpent. Jeanne était tellement allumée qu'elle a voulu le sucer. « Je vais le sucer à mort », elle a dit. J'en pouvais plus de rire. Je croyais qu'elle plaisantait. Le serpent l'a mordue à la lèvre. Elle est morte deux minutes après.

Elle s'essuya le nez sur sa manche.

– Je ne savais plus quoi faire. C'était une sacrée merde. J'ai eu peur, j'ai paniqué. Alors, je... je suis partie.

Cameron leva les bras au ciel.

– Quoi ? Vous avez abandonné votre amie en plein désert ? (Il claqua des doigts.) Juste comme ça ?

– Elle était morte ! Rien n'aurait pu la ramener...

Il lui jeta un regard de mépris.

– Mais quel genre de femme êtes-vous ?

– C'est bon, intervint Thomas. Racontez-nous la suite.

Elizabeth emprunta le mouchoir de Lenny et le tendit à la femme, qui se moucha bruyamment avant de continuer.

– Je n'ai rien calculé. C'est pas ma faute, c'est arrivé, c'est tout. Jeanne n'aurait pas agi différemment. Je ne pouvais pas prévenir les flics. Pas avec toute cette drogue, alors que j'avais déjà des ennuis. Des dettes...

Thomas désigna sa chemise verte représentant un tapis de jeu. Elle ne l'avait pas quittée depuis le départ.

– Vous êtes joueuse de poker ?

– Non. Le poker, c'est un truc d'homme, comme le duel ou la bagarre. Les femmes, elles, préfèrent les jeux de chance. Ce qu'elles veulent, c'est fléchir le destin. Trouver une échappatoire.

– Une échappatoire ?

– On fuit tous quelque chose. Une jeunesse difficile, une vie sans intérêt. Quand on joue, on est en transe. (Sa voix se fit plus douce, comme si la scène se rejouait devant ses yeux.) Je me souviens de ma première fois, les pièces dégringolaient les unes après les autres. J'ai continué à jouer l'après-midi entier. J'ai tout reperdu mais c'était incroyable...

Thomas demeura silencieux. Il comprenait ce qu'elle voulait dire. Certains métiers procuraient cette combinaison d'hypnose et d'adrénaline.

– C'est débile ! intervint Cameron. Tirer sur un levier de jackpot pendant des heures, on est certain de perdre au bout du compte ! Tout le monde sait ça !

– Vous ne comprenez rien, dit Paula. L'objectif n'est pas de gagner. C'est de fuir.

– Vous avez une famille ? souffla Elizabeth.

Paula la fixa un moment avant de répondre.

– Oui.

– Où est-elle ?

– Un jour, j'ai trouvé un papier sur la porte. Mon mari a obtenu la garde de ma fille, vendu l'appartement pour payer mes dettes, et ils sont partis. (Son regard replongea dans le feu.) Après ça, je suis allée vivre chez Jeanne.

Lenny prit la parole.

– Comment avez-vous fait pour *L'Œil de Caine* ? Il y avait un casting, des contrôles...

– C'est vrai, fit Karen, rien que pour les présélections, on a dû signer des contrats.

Paula secoua la tête.

– Jeanne me ressemblait. En moins rembourrée, plus jeune. On nous prenait pour deux sœurs, je vous l'ai dit...

– Ça ne suffit pas, insista Thomas. Comment avez-vous pris sa place ?

Elle baissa les yeux. Cameron sourit.

– Facile.

Les autres se tournèrent vers lui.

– Vous n'avez jamais déclaré son décès. Pas vrai ?

– Ça ne s'est pas fait comme ça.

– Mais c'est bien tombé. Vous n'aviez plus de domicile. Des dettes à gogo. Il suffisait d'échanger vos identités. Récupérer les papiers de Jeanne Leblanc, son numéro de Sécurité sociale, modifier un peu votre look et imiter sa signature. Son passé n'était guère reluisant, mais elle n'avait pas de dettes. Vous pouviez remettre le compteur à zéro. Vous remettre à jouer. Du tout cuit.

– Ça ne s'est pas fait comme ça !

Elle avait crié. Les autres se turent.

– Je devais un paquet de fric, d'accord. Mais je n'ai pas volé l'identité de Jeanne. Pas au début, en tout cas. J'avais réussi à intégrer un groupe de thérapie. Les hommes jouent pour l'action, vous savez, mais quatre-vingt-dix pour cent des femmes sont du type « fuyard » comme moi. Le jeu compulsif, voilà le nom de cette maladie. Un moment, j'ai cru que j'allais m'en sortir. Puis j'ai replongé.

– Les gens de ShowCaine, dit Thomas.

– Oui. Il y a un mois, on sonne à ma porte – à la porte de Jeanne. Je n'avais rien mangé depuis six jours, juste fumé pour m'aider à tenir le coup. J'étais paumée. Donc on sonne, j'ouvre, et là je tombe sur deux filles super-classe qui m'expliquent qu'elles cherchent des candidates pour une nouvelle émission de télé-réalité. Elles disent qu'elles sont sur la piste d'une ex-taularde, Jeanne Leblanc. Elles demandent si je la connais. Je fais oui de la tête, et elles me balancent l'histoire des vingt mille dollars. (Elle leva les mains en signe d'impuissance.) Qu'est-ce que je pouvais faire ? J'ai pas réfléchi. J'ai dit que c'était moi. À partir de là, les choses se sont enchaînées. J'ai pris ses papiers, passé les auditions. Et vous savez quoi ? Les recruteurs n'ont jamais fait la différence. Alors j'ai cru que c'était le destin. La chance que j'avais toujours attendue.

– Sauf qu'au final, vous avez atterri ici, dit Thomas. Quelle ironie, hein ?

– Et votre histoire, dit Elizabeth, le secret ? Qu'est-ce que vous leur avez dit ?

– J'ai inventé n'importe quoi. Des bribes du passé de Jeanne, des bouts du mien, je n'ai eu qu'à piocher. Ils m'ont demandé si je tiendrais le coup devant les caméras. Je leur ai répondu que pour vingt mille dollars, il n'y aurait aucun problème.

– Vous n'avez plus de dettes, alors ?

De nouvelles larmes se mirent à rouler sur ses joues.

– Bien sûr que si, dit Cameron. Elle a déjà tout rejoué. Tout perdu !

Paula parut se ratatiner sur elle-même, secouée par les sanglots.

– Vous êtes pitoyable, dit Cameron.

Thomas regarda le repas abandonné dans la poêle. Plus personne n'avait faim.

23

Paula Jones demeura près du feu bien après le départ des autres.

Elle savait qu'elle avait touché le fond. Elle s'était rendue coupable de pas mal de choses répréhensibles ces dernières années. Vols, tricheries, chèques sans provision, arnaques à la petite semaine, n'importe quoi pour retourner jouer. L'heure était venue de passer à la caisse.

Elle observa ses mains. Elle n'avait pas tué Jeanne Leblanc – oh, ça non –, elle l'avait juste plantée en plein désert, les narines encore blanches de coke, le visage hideusement congestionné. Depuis, l'image revenait chaque nuit. À peine avait-elle éteint que le spectre de Jeanne était là. Dans la minute. Tout sourire.

« Regarde ce que tu m'as fait, Paulaaaaa... »

Elle tritura les braises mourantes à l'aide d'un morceau de fer. Quelque part, sa situation actuelle avait du bon. Maintenant qu'elle avait avoué le vol d'identité, les flics ne tarderaient plus à venir la cueillir. Les peurs qu'elle fuyait depuis des années la rattraperaient enfin. Elle ne reverrait pas sa fille, ni son mari, mais sa vie redeviendrait simple. Il suffisait de se faire à l'idée de la prison.

C'est terminé. La reine est morte, vive la reine !

Elle observa les étoiles une dernière fois, jeta un peu de terre sur les braises, puis se dirigea vers la porte arrière du Pink's.

L'intérieur était noir et silencieux.

Elle cligna les yeux : elle pouvait à peine deviner les contours de la cuisine et les ombres de la réserve. Elle entra, songeant qu'elle avait été stupide d'éteindre le feu. Le premier couplet de *Stand By Me* lui vint aux lèvres, comme lorsqu'elle était toute gamine et que son père la forçait à descendre à la cave chercher une énième bouteille d'alcool. Elle avança à tâtons, main gauche en avant – la droite tenait encore le mouchoir en soie de Lenny.

No, I won't be afraid
Oh, I won't be afraid

Heureusement qu'elle logeait au premier étage avec Rodriguez. Elle n'aurait jamais eu le courage de dormir seule.

Elle fredonna le couplet suivant et contourna une table encombrée de casseroles, en réfléchissant au déroulement de cette journée bizarre.

Onze personnes bloquées dans ce trou perdu. Un accident, qu'ils disaient. Le problème, et Paula le sentait bien, c'était qu'un truc ne tournait pas rond. Ses soucis à elle étaient une chose. Pour le reste, on s'était acharné à éviter toute discussion à propos de l'accident. Tom Lincoln en tête, mais les autres aussi. Il suffisait d'évoquer le sujet pour se mettre à dos Karen et Cole. Stern paraissait trop calme. Et miss O'Donnel trop inquiète. La tension grimpait en flèche. Et de l'avis de Paula, ces cinq-là cachaient une information. Elle se demandait bien quoi.

Elle pénétra dans la salle principale et fit courir sa main le long du comptoir, lorsqu'elle entendit un grincement. La porte côté rue était entrebâillée. Ses yeux parcoururent la salle et s'arrêtèrent sur une ombre verticale près du mur, côté juke-box.

Son cœur cessa de battre.

Quelqu'un se tenait là-bas, en train de la regarder.

Elle attendit, pétrifiée.

Rien ne bougea.

Au bout d'un temps infini, un coyote hurla dans le lointain. La porte grinça de nouveau et un rayon de lune vint éclairer la scène : Paula réalisa qu'elle était en train de contempler la pile de valises qu'ils n'avaient pas fini de ranger.

– Merde. Quelle conne.

Elle s'appuya sur le comptoir et se donna une minute pour reprendre son souffle. Dans la glace située derrière le bar, son double lui rendit un regard piteux.

Cinquante et un ans, et elle se tirait la tronche d'un cadavre. Le mouchoir en soie de Lenny lui échappa des mains. Elle se baissa pour le ramasser. Lorsqu'elle se redressa, le reflet d'un homme se tenait debout à côté d'elle dans le miroir.

Une main se plaqua contre sa bouche.

Une onde de terreur pure lui traversa la colonne vertébrale, telle une coulée de glace. Elle sentit un objet appuyer contre son cou. Il y eut un grésillement électrique. Elle voulut crier. La main l'en empêcha.

– *Ne crains aucun mal*, dit la voix.

24

Dimanche

Le cri réveilla Thomas. Il lui parvint dans un demi-sommeil, alors que ses pensées allaient et venaient sans trouver la paix. La voix lui parut familière.

Karen ?

Sa main se tendit instinctivement du côté de la table de nuit à la recherche de l'interrupteur. Où était cette foutue lampe ? Ses yeux s'ouvrirent. La table de nuit n'était pas là. Le reste non plus. Sa penderie, son halogène noir sur pied, son bureau Ikea flambant neuf, avec sa bibliothèque assortie – patiemment assemblée et vissée au mur pour ne pas crouler sous le poids des bouquins –, son frigo recouvert de Post-it (choses à faire, choses déjà faites, choses qu'il ne ferait jamais), ses photos d'Afrique. Tout avait disparu.

Thomas louait une chambre chez Mme Gurevitch depuis un an. Cinquante dollars par semaine. Une bénédiction, étant donné la dèche financière dans laquelle il se trouvait.

Mme Gurevitch était gentille. Elle habitait un minuscule pavillon. La première fois que Thomas lui avait livré ses courses, elle avait timidement ouvert sa porte. Par pure espièglerie – et aussi pour voir s'il en était encore capable – il lui avait décoché un sourire ravageur. Elle avait ri. Proposé un thé et des petits gâteaux. Depuis, il habitait chez elle.

Elle fournissait le logement, lui le soutien. Courses, ménage, les choses de base. En ce moment, Tom était auxiliaire de vie pour personnes âgées. Mais il changeait souvent de boulot. Un mois par-ci, un autre par-là. Mme Gurevitch ne disait rien lorsqu'il se saoulait à mort. Lui l'écoutait marmonner ses histoires. Ils étaient bien. Ils pouvaient rester ensemble des heures sans rien faire. Combien de couples pouvaient en dire autant ?

Il cligna les yeux et l'appartement de Mme Gurevitch disparut dans un tourbillon de poudre dorée. Trois murs lépreux retombèrent à la place. Une chambre éclairée par intermittence, soleil, ombre, soleil, façon lampe de projecteur super-huit. Un effet produit par le ballottement du rideau en plastique devant la fenêtre.

Le quatrième mur était percé d'un énorme trou et donnait sur un endroit pompeusement appelé « toilettes » : en réalité, un siège en fonte dépourvu d'abattant. L'ensemble avait dû connaître des jours meilleurs. Le contraste avec l'occupant n'en était que plus saisissant.

Sur la cuvette se tenait Lenny Stern. Impeccable.

– Ravi que vous soyez réveillé, dit le dandy.

Il était habillé et rasé de frais. Le chiotte lui servait simplement de chaise. Il griffonnait sur un carnet à dessin, genoux croisés, jetant de temps à autre des coups d'œil vers son compagnon de chambre.

Le cri retentit à nouveau, dehors, et une voix féminine lança une remarque salace. Des rires masculins lui répondirent. Thomas se passa une main sur le front tandis que les dernières vingt-quatre heures lui revinrent subitement en mémoire.

– Merde.

– Bonjour à vous aussi, répondit Lenny sans lever la tête de son carnet.

Tom ferma un œil à demi.

– Très chic, votre tenue. Vous déjeunez en ville ?

– Je suis allé faire un tour ce matin. Dans le désert, les couleurs de l'aube sont absolument fascinantes. Bien dormi ?

– Quelques cauchemars.

– Vous n'avez pas cessé de marmonner.

– Je dis des choses intéressantes ?

– Une prière, je crois.

– M'étonnerait.

Lenny haussa les épaules sans lâcher son crayon.

– Votre subconscient est plein de ferveur, mon vieux.

– Laissez mon subconscient où il est. (Thomas désigna la fenêtre.) Qu'est-ce qui se passe, dehors ?

– Pearl s'amuse avec Cecil et Vector. Ils sont tout excités.

Tom se leva et écarta le rideau. Le soleil l'éblouit. La chambre au deuxième étage du Pink's donnait sur le côté. Il pouvait voir l'avenue grimper en pente douce. Il se pencha et aperçut le flanc de la chapelle avec ses pignons et ses fenêtres ovales. Sa blancheur était telle que les collines arides en paraissaient presque ternes. Il consulta sa montre.

– Dix heures et demie ?

– Oui. On dirait que vous aviez besoin de sommeil.

La chaleur commençait déjà à devenir accablante. Dans l'arrière-cour, isolée de la rue par une palissade, Thomas repéra les cendres du feu et le siège en skaï rouge, auxquels vinrent s'ajouter – lumière du jour oblige – une pile de pneus, un énorme container à ordures et de vieux piquets reliés par des cordes à linge.

Un enchevêtrement de tuyaux jaillissait du mur de l'autre maison. Trois pommeaux de douche étaient branchés dessus. Thomas se prit à rêver d'une cascade d'eau fraîche, lorsqu'un couple de silhouettes apparut : Cecil et Pearl, progressant à pas de loup. Une attitude pour le moins curieuse, mais moins que leur tenue : caleçon chez l'un, culotte et soutien-gorge pour l'autre.

Kaminsky – en slip – surgit soudain de derrière le container à ordures. Les autres poussèrent un cri. Kaminsky agrippa le sous-vêtement de Cecil et tenta de le baisser. Le pompiste parvint à se dégager et fila dans l'autre sens. Pearl hurla de rire.

– Ils décompressent, fit Lenny.

– J'avais deviné.

Thomas se rassit au bord du lit, alluma une cigarette, tira une bouffée et rejeta la fumée par le nez.

Lenny leva son crayon.

– Fini.

Il avait l'air satisfait.

– Qu'est-ce que vous dessinez ?

– Vous.

– Sans rigoler ?

– Je n'ai jamais été aussi sérieux.

– Faites voir.

Stern lui tendit l'esquisse. Thomas fut stupéfait. Son double le contemplait, à l'exception peut-être du regard, trop halluciné pour être le sien.

– Vous avez un bon coup de crayon.

– Je me débrouille.

– C'est votre métier ?

– Simple hobby. J'aime bien dessiner les gens.

Thomas examina encore son portrait.

– J'ai l'air aussi angoissé que ça ?

– Quand vous dormez, oui. Pardonnez-moi de vous avoir représenté les yeux ouverts, mais ça donne de la vie au personnage.

– Je comprends pourquoi je fais des cauchemars, à présent. On dirait un type en pleine crise de parano.

Lenny le dévisagea longuement.

– Vous êtes quelqu'un de hanté, Lincoln. Où que vous alliez, vos spectres vont avec vous.

Thomas s'habilla et descendit dans la salle commune. Une cafetière fumante l'attendait sur le comptoir.

– Elizabeth a déniché un camping-gaz dans la réserve, dit Lenny.

Tom se choisit un mug *Sex And The City*, l'essuya sur son T-shirt et le remplit du liquide brûlant.

– Où est-elle ? demanda-t-il.

– Votre petite copine Karen ?

Question étonnante. Il décida de ne pas relever.

– Non. Je parle d'Elizabeth.

– Partie en expédition.

Stern se servit à son tour comme si de rien n'était. Thomas lui jeta un regard en coin. Sa remarque à propos de Karen n'avait pas été anodine, il en aurait mis sa main au feu.

– Elizabeth, Nina Rodriguez et le Dr Walsh sont parties au château d'eau ce matin, reprit le vieil homme.

Il expliqua que les filles s'étaient levées tôt avec l'intention de résoudre le problème de l'eau potable et du réservoir. Nina y avait beaucoup réfléchi. Elle s'y connaissait en mécanique, apparemment.

– Elles ont prévu de rentrer vers midi. Tout comme Cameron.

Leonard avait croisé ce dernier quelques heures plus tôt, passablement énervé. Le roi de l'excursion nautique avait quitté le Pink's en maugréant quelque chose à propos de la lenteur anormale des secours. Lenny s'était permis de suggérer qu'il valait mieux rester groupés. Cameron lui avait recommandé d'aller se faire foutre. Un échange délicieux.

– Et Peter ?

– Il parle toujours aussi peu. Pour l'instant, il s'amuse avec les trois autres dans la cour. Je crois que ça lui fait du bien. Chacun à tour de rôle garde un œil sur lui. Ma seule inquiétude, en fait, concerne Paula Jones.

– Pourquoi ?

– Personne ne sait où elle est. Rodriguez pense qu'elle boude quelque part.

Thomas examina le fond de sa tasse. Après une soirée pareille, que Paula se tienne volontairement à l'écart n'était pas impensable.

– Rien d'autre ?

– Rien sur votre kidnappeur fantôme, non, si c'est ce que vous voulez dire.

– Vous pensez que je suis parano ?

– Disons que je réserve mon opinion, susurra Lenny. Comme dirait Kurt Cobain, ce n'est pas parce qu'on est paranoïaque que des gens ne sont pas *réellement* après vous.

Ils discutèrent encore un moment, puis transportèrent les dernières valises dans les chambres, remirent de l'ordre dans la pièce, la débarrassèrent du bac à friture et de tout ce qui ressemblait de près ou de loin à des déchets. Ils achevèrent la matinée par un coup de balai.

Lenny récupéra son mouchoir en soie qui traînait sur le comptoir et s'essuya le front avec.

– Donc, vous avez été marié à Karen Walsh ?

Thomas encaissa sans broncher.

Il avait prévu que ça finirait par sortir – ce n'était pas un secret, après tout – mais ça lui fit un choc.

– C'est elle qui vous l'a dit ?

– Ce matin. Elle a raconté qu'elle était encore étudiante, mais que vous étiez déjà médecin. La bague au doigt sur un coup de tête. Ses parents n'étaient même pas au courant...

Karen balançait sec.

– Ne faites pas cette tête, dit Lenny. Ce n'était pas dur à comprendre. Dès qu'on vous laisse ensemble cinq minutes, vous vous arrachez les yeux. Votre version, c'est quoi ?

Tom soupira.

– Je revenais de l'étranger. J'avais achevé mollement ma formation de médecin urgentiste, et j'hésitais à poursuivre là-dedans. Alors je traînais sur mon ancien campus à la recherche de nouveauté. Me réorienter en biologie, peut-être, je ne savais pas. À l'époque, à part me taper des bières et des minettes, je branlais pas grand-chose. Karen était jeune. Elle m'admirait. On s'est mariés un soir d'août 97, complètement saouls. Une belle connerie. J'ai pas lâché un goulot de bouteille pendant trois mois. Flirté avec d'autres filles. Bref, ça n'a pas tenu le coup.

– Elle a demandé le divorce ?

– Mieux que ça : elle s'est arrangée pour que je sois radié de l'Ordre des médecins. « Une œuvre de salubrité publique », elle a dit.

Lenny arrondit les lèvres.

– Aouch !

Le dandy n'avait pourtant pas l'air impressionné. Il

tripotait le diamant à son oreille, l'air songeur, comme s'il se livrait à un petit calcul mental.

– Si je me souviens des chiffres qui étaient inscrits sur les cartes à jouer, vous avez trente-sept ans. Elle vingt-six. C'est bien ça ? En 97 elle avait quoi, dix-huit ans ?

Thomas en avait marre d'être mis sur la sellette.

– Allez-y ! Dites-le, Stern ! Oui, Karen était mineure à l'époque où on s'est connus. On a couché ensemble, je vous signale que ça arrive chaque année à des millions de gens. Ce n'est pas le problème.

– Ah bon ?

– Son père est professeur. Un big boss dans la recherche médicale. Le genre qui fait la pluie et le beau temps.

– Donc, si je comprends bien, le brave homme s'est bêtement vexé que sa chère fille – mineure – se fasse (Stern compta sur ses doigts) : un, sauter, deux, passer la bague, trois, sans son avis, et quatre, par un confrère cavaleur et alcoolique notoire ?

– Ce que j'apprécie chez vous, Lenny, c'est la délicatesse.

– Et vous dites que cet homme est responsable de votre radiation ?

– Oui.

– Je ne vous crois pas.

– C'est la vérité ! s'indigna Thomas.

– Concernant votre histoire, sûrement. Mais pour la radiation, j'en doute. Il faut, je suppose, que votre faute provienne plutôt d'une erreur médicale, un délit grave ou quelque chose de ce genre. Ne le prenez pas mal, je fais juste des suppositions.

Thomas se rembrunit.

– Qu'est-ce que Karen vous a raconté ?

La porte s'ouvrit. Pearl apparut. Elle avait remis ses vêtements de starlette et semblait en pleine forme.

– Hé ! C'est super-chouette, ici ! Vous permettez que je boive un coup ? On crève de chaud.

Elle s'empara du dernier carton de cocktail aux lychees disponible, l'ouvrit, et traversa la pièce que Tom et Lenny venaient de nettoyer en semant des gouttelettes derrière elle. Thomas se demanda s'il devait s'énerver tout de suite ou lui laisser encore un peu de temps. Elle se retourna pour lui adresser un clin d'œil.

– Au fait, Tommy, Cam est revenu ?

Thomas détestait qu'une gamine s'adresse à lui d'une façon aussi familière. Signe indubitable qu'il devenait un vieux con.

– Non, *Pearly*. Et toi, tu sais où il est ?

– Bien sûr. Il est parti chercher les secours.

Elle disparut dans l'escalier. Thomas et Lenny échangèrent un regard.

– On a compris la même chose ?

– Oui. Cet abruti de Cameron est parti tout seul dans le désert.

25

Thomas retira son T-shirt et le noua autour de sa tête, façon turban. Une coulée de lumière brûlante enserra son torse. Il respira lentement, les poumons en feu.

Pas sûr que cette balade pour retrouver Cameron soit une bonne idée, en fin de compte.

Le cri d'un faucon pèlerin traversa les collines inondées de soleil. Thomas disposa les pans du T-shirt de façon à couvrir ses épaules. Curieusement, l'odeur de sable chaud lui rappelait des après-midi de balançoire sur la plage de Santa Monica.

Lenny le regarda faire, sourire aux lèvres, derrière sa paire de lunettes noires Salvatore Ferragamo à cinq cents dollars.

– Vous me faites penser à ce film, *Lawrence d'Arabie*, dit-il.

Le vieil homme avait passé une élégante veste de lin blanc aux manches retroussées. Un chapeau de paille ballottait dans son dos, retenu par une cordelette.

– Vous, ce serait plutôt le genre touriste dans *Mort sur le Nil*.

– Ah, *le distingué Hercule Poirot*, fit Lenny en imitant l'accent belge.

– Je pensais plutôt au rôle tenu par Angela Lansbury.

Le sourire de Lenny s'élargit encore. Il désigna le T-shirt.

– Je croyais que les peaux noires ne prenaient jamais de coups de soleil ?

– Vous feriez mieux de vous couvrir aussi. À la vitesse où on se déshydrate, je ne pourrai même pas pisser dans un verre pour vous désaltérer.

– Vous me voyez touché par tant de sollicitude.

Lenny planta son chapeau sur sa tête et en lissa le bord entre le pouce et l'index.

– O.K., Lawrence, dit-il. C'est parti pour le désert.

Ils dépassèrent le bâtiment blanc en forme de bunker et quittèrent le village par la route. Du sommet de son panneau, le Roi Crapaud les regarda s'éloigner.

– Vous avez noté la bestiole ? dit Thomas.

– Kermit se paye notre tête. Faites comme si de rien n'était.

– BMC signifie Bullfrog Mining Company. L'exploitation est arrêtée. Je me demande quel genre de gens habitaient là, et ce qu'ils sont devenus.

Des figures de films lui traversèrent l'esprit. Vieillards édentés, joueurs de banjo, types armés de tronçonneuses et autres familles de dégénérés vaguement cannibales.

Trop de vidéos, mon pote. Trop de vidéos.

– C'est une ancienne mine de borax, fit Lenny.

– De quoi ?

– Un minerai qui ressemble à de petites boules de coton. Il sert à tout. Poudre à laver, insecticide, jusqu'au revêtement des navettes spatiales. Au XIXe siècle il fallait deux chariots et vingt mules pour le transporter dans le désert Mojave. Aujourd'hui, les exploitations sont sillonnées par des engins hauts de cinq étages guidés par satellite.

– Vous avez l'air de vous y connaître.

– L'une de mes sociétés travaillait là-dedans.

– Des sociétés ? Vous êtes un riche homme d'affaires, alors ?

– Un riche retraité. J'ai tout vendu. (Il sourit.) Comme ça, j'ai le temps de me promener avec vous.

Ils atteignirent le creux d'une cuvette et remontèrent la pente. Une autre attendait derrière, puis une autre encore. On aurait dit les fronces d'un tapis blanc et ocre de plusieurs dizaines de kilomètres carrés. Thomas essaya d'oublier la température. Ses bottes s'enfonçaient dans la terre comme à travers la croûte d'un gâteau.

– Vous êtes d'où ? demanda-t-il.

– New York. Je possède un petit appartement au 740 Park Avenue. L'immeuble de Jackie Kennedy.

– Ça doit pas être donné.

– Cent cinquante.

– Cent cinquante mille dollars ? Ça paraît honnête.

– Millions. Si votre compte bancaire affiche en dessous, le conseil syndical rechigne. Notez qu'il faut aussi satisfaire à certains critères moraux. Un voisin, ça se sélectionne.

Thomas déglutit.

– Ah. Et, heu, vous vous sentez bien, ici ? Je veux dire, sans une demi-douzaine de valets, ni même une petite limousine ?

– Mon médecin m'a recommandé la marche.

– Vos proches ne s'inquiètent pas ? On a quand même disparu depuis deux jours.

– Je vis seul. Pas de famille. Quant à mes affaires, elles tournent sans moi. À vrai dire, mon absence ne les affecterait pas plus qu'une mouche sur le cul d'un éléphant.

Ils continuèrent de progresser tandis que Thomas ruminait en silence. Trente-six heures qu'ils galéraient et pas l'ombre d'un véhicule, d'un hélico ou d'un avion. C'est vrai, quoi, que fabriquait la cavalerie ?

Le vieil homme désigna un massif de cactus : une carcasse de voiture gisait en dessous, au milieu des buissons.

– Cette épave est en meilleur état que moi. Si on se reposait à l'ombre tous les deux ?

– Lenny ?

– Mmmh ?

– Arrêtez de me draguer.

– Ça se voit tant que ça ?

– Je suis hétérosexuel. Vous êtes blanc. Moi, noir. Avec trente ans d'écart au bas mot.

Lenny secoua la tête d'un air navré.

– Vous n'avez aucune fantaisie.

– Je ne vous ai pas forcé à venir.

Thomas se baissa pour examiner la route. Des marques de pneus avaient gaufré la terre.

– Regardez, dit-il, ça ressemble aux traces du bus.

– On en distingue d'autres plus petites. Vous croyez qu'il y a du passage ?

– Aucune idée. Les traces peuvent être là depuis des mois. Une fois, en Afrique, j'ai suivi ce genre de marques avec mon 4 × 4. Je croyais rouler sur une piste. En fait, j'étais au milieu de nulle part et je suis tombé en panne.

– Qu'avez-vous fait ?

– La même erreur que Cameron : partir à pied au lieu d'attendre les secours. Des nomades toubous m'ont retrouvé trois jours plus tard, sec comme un bout de bois mort.

Lenny se tamponna la bouche avec son mouchoir.

– Et ici, on est loin d'un endroit habité, selon vous ?

Thomas observa les collines. Pas un bruit à part le souffle du vent. Il envoya une tape d'encouragement dans le dos de son compagnon.

– En tout cas, on est moins serrés que dans un concert de Madonna.

Ils se remirent en route. Au cours de la demi-heure qui suivit, le dandy le pressa de questions à propos de l'Afrique. Thomas s'y attendait, et se demanda encore une fois ce que le vieux pouvait bien savoir. Karen avait-elle raconté autre chose ? Des choses terribles de son passé ? Il préférait ne pas y penser et répondit de façon évasive. Mais Lenny n'avait pas l'intention de lâcher aussi vite.

– Alors comme ça, vous avez travaillé dans l'humanitaire ?

– Vous ne vous arrêtez jamais de parler, hein ?

Lenny haussa les épaules.

– Je fais simplement la conversation.

Thomas soupira.

– D'accord. J'ai travaillé pour diverses ONG. Fait une campagne de vaccination au Niger, et quelques rapatriements sanitaires en avion – un truc qui, soit dit en passant, payait plutôt bien. Mais j'ai arrêté. L'humanitaire, c'est comme une fièvre. Un tas de personnes dépendent de vous. Au bout d'un moment vous devenez accro. Vous commencez à croire que vous possédez une sorte de pouvoir. Sauver des vies, vous voyez. Changer les choses. C'est une phase dangereuse.

– Pourquoi ?

– Contrairement à une idée reçue, les gens qui vivent dans ces bleds ne nous envient pas. Ils tiennent à leur mode d'existence. Lorsqu'ils sont malades, ils préfèrent laisser courir jusqu'au point de non-retour, ou bien se soigner de façon traditionnelle. Vouloir changer, ça peut vous monter à la tête. À Bukavu, au Zaïre, j'ai vu un missionnaire italien de soixante ans pratiquer des exorcismes sur les fidèles. Une vingtaine par jour, sans manger ni dormir. Il était tellement frêle avec son étole et ses petites lunettes carrées. En vérité je ne sais pas qui, de lui ou d'eux, était le plus possédé.

Lenny fit la grimace.

– On croit changer les choses, mais en fin de compte ce sont les choses qui vous changent, pas vrai ?

– Tout juste.

– Au fait, je vous dois des excuses... (Son costume était trempé de sueur.) J'ai surestimé mes forces. Je n'aurais pas dû vous accompagner.

Il faillit s'écrouler. Thomas dut le rattraper par le bras.

– C'est à moi de vous faire des excuses, dit-il. Cameron est un crétin, il s'est mis tout seul dans la merde, il n'a qu'à se débrouiller. Rentrons.

Ils prirent le chemin du retour tandis que le souffle chaud caracolait autour d'eux. Ils repassèrent devant le squelette de la voiture. Une rafale de vent coucha les buissons. Lenny s'arrêta, une main crispée sur le poignet de Thomas.

Il gisait là. À quelques mètres à peine de l'endroit où ils s'étaient arrêtés tout à l'heure.

Et dire qu'ils avaient failli le rater : un corps, caché parmi la végétation.

26

– Cameron !

Ils se précipitèrent. Le blondin aux épaules carrées gisait face contre terre. Thomas se pencha sur lui.

– Il est mort ? souffla Lenny.

– Non.

– Son cou et ses épaules sont écarlates.

– Coup de soleil.

– Quand je pense qu'on ne l'avait pas vu. Un peu plus, il était cuit.

– Vous m'ôtez l'expression de la bouche.

Thomas le sortit des buissons tout en le maintenant à l'ombre, et le retourna avec précaution. La peau de ses lèvres était craquelée. Un filet de salive avait séché sur sa joue.

– Cole, vous m'entendez ?

Cameron gémit.

Thomas introduisit un doigt dans sa bouche et le passa à l'intérieur de la cavité buccale. La langue et les joues étaient à peine humides.

– Il est complètement sec. Il faut le ramener. Tenez, donnez-moi un coup de main...

Il chargea le bras de Cameron sur son épaule et saisit l'aisselle opposée.

– Je dois soulever ce type ? fit Lenny.

– C'est pas le moment de faire votre délicat. Je

vous demande juste de servir de béquille. C'est moi qui vais tout porter.

Le dandy s'exécuta à contrecœur.

Ils firent quelques pas en trébuchant, puis Lenny y mit du sien et ils finirent par adopter un rythme de marche acceptable.

– Il va mourir ?

– Non. C'est juste une insolation. Il est parti sans gourde, sans même un chapeau. Une chance qu'il ait trouvé un coin d'ombre avant de s'évanouir.

Le chemin leur parut interminable. Le soleil avait quitté le zénith et commençait à redescendre mais la température n'était pas près d'en faire autant. Des dizaines d'aiguilles chatouillaient la gorge de Thomas. Il se força à déglutir.

– J'espère que les filles auront déniché de l'eau potable. Sinon, on est dans la merde.

– Parce que là, c'est la planque ?

– Épargnez-moi vos sarcasmes.

– J'ai rien dit, fit Lenny. C'est lui.

– Hein ?

Cameron souleva une paupière.

– Vous me faites mal aux côtes...

– Ça fait longtemps que vous êtes réveillé ? Vous vous rendez compte qu'on vous trimballe par 40° à l'ombre ?

Cameron dodelina de la tête.

– M'en veuillez pas... Trop naze pour répondre...

– Bon. On va marquer une pause avant que ce soit moi qui crève, si vous n'y voyez pas d'objection.

– Pas d'objection, dit Lenny qui avait déjà lâché.

Thomas shoota dans un caillou.

– Nom de Dieu ! Mais qu'est-ce qui vous a pris ?

Cameron se frotta le crâne.

– Quoi ?

– De vous tirer sans prévenir !

Cameron s'assit par terre et continua de se masser.

– Je voulais aller chercher les secours...

– Des secours ? Où ça ? Vous voyez pas qu'on est en plein désert !

– Y a forcément une explication, c'est pas possible, on est sans nouvelles de personne...

Thomas l'interrompit. Il saisit la main de Cameron.

– Qu'est-ce que vous avez sur la peau ?

– Où ?

Thomas retourna sa paume : elle était tachée de sang. Un rire nerveux s'échappa de la gorge de Cameron.

– C'est quoi ce truc...

– Laissez-moi regarder.

Thomas se pencha sur sa tête et écarta les cheveux. Il s'en voulait de ne pas l'avoir fait avant. *On ne trouve que ce qu'on cherche*. C'est ce que son mentor lui répétait lors de ses premiers stages à l'hosto. « Arrêtez de faire des examens au hasard, Lincoln. Les radios inutiles, les bilans sanguins de débrouillage, c'est pour les crétins. » Le chef du département des urgences ne mesurait pas plus d'un mètre soixante. Barbichu, yeux minuscules et moustache fine. Personne ne mouftait avec lui. « Vous êtes doué, mon ami, mais ça ne suffit pas. Cherchez quelque chose de précis. On ne part pas à la pêche, la médecine, c'est comme chez les flics : on recueille les faits, on bâtit une hypothèse, on apporte la preuve. »

Alors il chercha. Et trouva. Une bosse, avec une petite plaie dont le sang avait rapidement coagulé. À la jonction des os pariétaux. Pile au sommet du crâne.

– Accouchez, grommela Cameron.

– Une ecchymose. C'est rien.

– Bah, laissez tomber, alors. J'ai dû me faire ça en chutant.

Thomas ne répondit pas. En voyant son expression, Lenny demanda :

– Quelque chose ne va pas ?

– Non, ça ne va pas.

– Pourquoi ? Il n'y a rien de grave, vous l'avez dit vous-même.

– Parce que c'est pas le genre de blessure qu'on se fait en tombant. Pas au sommet du crâne, comme ça. À moins de plonger à la verticale tête en bas.

– J'ai dû faire une pirouette...

Lenny sourit.

– Ou grimpé en haut d'un cactus avant de vous casser la figure. Vous ne seriez pas à une idiotie près.

Cameron lui jeta un regard noir.

– Non, dit Thomas. Cole ne s'est pas évanoui à cause de la chaleur. Pas plus qu'il n'est tombé. Il a des petites particules de plastique orange dans les cheveux. Ça ressemble à des bouts de gaine, ou de tuyau.

Le concerné croisa les bras.

– Attention, Sherlock va encore nous éblouir.

– Ouais... en attendant quelqu'un vous a frappé avec un objet. Quelqu'un qui était au courant de votre arrivée par la route, et qui vous a attendu ici.

Lenny fronça les sourcils. Cole leva les yeux au ciel.

Thomas était certain de ses déductions. Une présence rôdait autour d'eux, il la sentait depuis le début. Ce type dans le bus, il ne l'avait pas inventé. L'histoire du coup sur la tête collait avec le reste. S'il avait voulu tuer Cameron, celui-ci aurait dû se trouver six pieds sous terre. Mais l'objectif n'était pas celui-là : le but, c'était de l'empêcher de partir. Le garder sous contrôle, tout comme les autres. Amoché, mais à l'ombre et en vie.

Thomas se sentait de plus en plus mal à l'aise. Il s'essuya le front, les mains moites.

Ça lui rappela qu'il avait bien besoin de boire un coup.

Ça lui rappela qu'il aurait voulu être ailleurs.

Mais surtout – et c'était curieux – ça lui rappela une très vieille histoire. Celle de Gros Bob et la Triple'O.

27

Il faudrait une clé à molette.

Nina retira ses gants et les laissa tomber sur le sol.

– Ces machins n'ont pas assez de prise, ou c'est moi qui ne suis pas assez forte. Mais dans les deux cas, je ne peux pas y arriver.

Elle était en pantalon de jogging. Torse nu.

Elizabeth lorgna un bref instant la poitrine maculée de graisse : croix en argent pendue entre les seins, scorpion tatoué sous le mamelon droit.

Nina sourit.

– Moins bien que ceux de Pearl, mais ils ont de la gueule, non ?

Karen Walsh lui jeta le haut du jogging.

– Enfile ça, Rodriguez.

Nina s'exécuta en riant.

– J'aimerais t'y voir. On meurt de chaleur à l'intérieur...

Elizabeth voulait bien la croire. Elle était entrée dans la base du château d'eau – une simple baraque en tôle sans fenêtre, plantée entre les quatre piliers de soutènement. La température y était intenable.

– Si on déniche ta fichue clé, tu penses pouvoir rouvrir la vanne de dérivation ? demanda Karen.

Nina acquiesça.

– La pompe à eau fonctionne. Le groupe électrogène aussi et le réservoir de gasoil n'est qu'à moitié vide. Du bon matos, bien entretenu. Trouvez-moi ce qu'il faut, on tire la flotte et on dégage d'ici. *Rápido*.

La petite Latino était sûre d'elle. Elizabeth se sentait d'autant plus inutile.

– Fais pas cette tête, c'est grâce à toi que j'ai la motivation !

Elizabeth leva les yeux.

– C'est vrai, poursuivit Nina. T'as été la seule à soutenir Jeanne – enfin, Paula – alors qu'elle s'était montrée odieuse. Et t'as fait la cuisine. Aidé les autres. Jamais râlé. Tu prends les choses comme elles viennent. Alors j'ai songé que moi aussi je pouvais me rendre utile. J'ai repensé au château d'eau, cogité un brin, et voilà.

Elle essuya ses mains sur son pantalon avant de les fourrer dans ses poches.

– Faut que je t'avoue un truc... À l'hôtel, tu donnais l'impression d'être un peu hautaine. Distante. C'est pour ça qu'on t'a charriée.

– La mode est à la confession, fit remarquer Karen. Lâche-toi, Rodriguez.

– Ouais. Ce que je voulais dire, c'est que Paula, Pearl et moi, on n'a pas été cool. Et donc, je m'excuse.

Elizabeth sourit.

– Ce n'était pas nécessaire. Mais ça me fait plaisir.

Le sentiment d'être inutile.

Dire que Nina avait éprouvé la même chose. Elizabeth réalisa à quel point chacun se sentait isolé. L'impression de solitude produite par cet endroit était tellement forte... Le plus oppressant, c'était l'absence de sons. Bruits de voitures, cris d'enfants, télévision, aboiements de chiens, avions dans le ciel – n'importe quel son du quotidien, en fait.

Elle avait remarqué qu'hommes et femmes réagissaient différemment à ce silence. Les premiers se repliaient sur eux-mêmes, alors que les secondes se serraient les coudes. Leur petite équipée en était l'exemple même.

Nina ne parvenait pas à dormir. Elle les avait rejoints à l'aube dans la salle commune, attirée par l'odeur du café.

– Waou ! Vous avez fait chauffer du jus ?

– Nescafé sous le comptoir, avait répondu Elizabeth. Réchaud sur l'étagère. Eau minérale dans la réserve. Une seule bouteille, dommage.

Karen se trouvait déjà là, avachie sur une chaise.

– Elle maîtrise, hein ?

Nina avait acquiescé.

– Toi, en revanche, t'as une sale tronche.

– Pas fermé l'œil de la nuit.

– Raconte.

– Imagine un peu : tu es dans une chambre pouilleuse, Cameron dans la pièce à côté et Peter deux portes plus loin. Eh ben tu crois que ç'a gêné le trio infernal ? Pas du tout ! Eux, du moment qu'ils baisent !

Karen s'était redressée malgré la fatigue. Furax.

– Pearl fricote dans le porno, ce n'est un secret pour personne. Et Vector est du genre chaud lapin. Mais toute la nuit, *à trois*, avec un pompiste bègue !

– Peut-être qu'il est bien outillé ? avait lâché Elizabeth.

Elle avait rougi. Les trois filles s'étaient regardées. Puis avaient éclaté de rire.

– D'accord, avait dit Nina. On peut rien pour Pearl et sa libido galopante. En revanche, pour ce qui est du problème de l'eau potable, j'ai un plan.

Et de leur présenter l'idée.

Nina venait de San Diego. Elle avait sept frères,

presque tous mécaniciens, et fervents catholiques sans exception. Sa seule solution pour ne pas se retrouver mariée de force avait été de fuir sa famille en devenant chauffeur routier. Il n'empêche, la mécanique chez les Rodriguez, on connaissait.

– Un château d'eau n'est jamais qu'un réservoir. Il peut être contaminé, c'est pas pour autant que la source est fichue.

Nina s'était emparée d'un papier et d'un crayon pendant qu'Elizabeth leur versait trois tasses.

– Le château ne sert qu'à une chose : stocker de la flotte en hauteur pour générer de la pression. C'est comme ça qu'on assure la distribution. Regardez.

Elle avait dessiné deux réservoirs, l'un plein, l'autre vide, reliés en dessous par un tuyau.

– Imaginez que le côté vide soit votre baignoire. Si vous ouvrez un robinet situé entre le château et la baignoire, cette dernière se remplit par simple phénomène d'équilibrage.

– Sauf que le réservoir est contaminé, avait rappelé Karen. Comme je vous l'ai dit, des bidons nagent à l'intérieur.

– Ne pourrait-on pas court-circuiter le système ? Récupérer l'eau avant qu'elle ne soit stockée ?

– Excellente remarque, Elizabeth. Il se trouve justement que oui.

– Comment fait-on ?

– En se branchant à la source. L'eau provient d'un puits. Elle est extraite par une pompe. Il suffit de la trouver, la remettre en route et se servir dessus. On n'aura toujours pas d'eau aux robinets du village, mais on pourra remplir les bidons là-bas et les ramener ici.

Karen s'était pincé le menton d'un air pensif.

– Il est tôt. Fait pas encore trop chaud. Action.

L'affaire s'était révélée un peu plus compliquée. Il avait fallu grimper jusqu'au château, fracturer l'entrée, décrypter le fonctionnement de la pompe et du groupe électrogène, vérifier l'état des batteries et ainsi de suite. Deux heures plus tard, l'essentiel du travail était terminé. Restait à desserrer la fameuse vanne. Mais pour ça, il manquait un accessoire.

Elizabeth tira sur ses manches pour recouvrir ses avant-bras.

– Où est-ce qu'on cherche ?

– La mine, répondit Karen. On y est allés hier avec Cameron. Il doit y avoir ce qu'il faut.

Nina s'assit sur un rocher à l'ombre du réservoir.

– Fourbue, moi. Je vous attends ici.

Les deux autres dévalèrent le chemin en suivant la canalisation d'eau – une conduite à l'air libre sur des plots de béton – et revinrent à la jonction en Y. Sur leur droite, la rue du village était calme. Elles prirent à gauche et s'engagèrent dans le canyon. Elizabeth tomba presque aussitôt sur les rails. Un peu plus loin étaient stationnés des wagonnets rongés par la rouille.

– Ils doivent dater des années 80-90, dit Karen. On les croirait sortis d'un western, pas vrai ?

Cent mètres encore, et le canyon débouchait sur la mine. Celle-ci avait l'aspect d'un cratère aux parois abruptes percées d'une demi-douzaine d'ouvertures. Les rails partaient du sommet et descendaient en spirale jusqu'au fond, avec un embranchement pour chaque entrée.

Elizabeth se pencha au bord.

– C'est haut. Je ne l'imaginais pas comme ça.

Les tunnels d'entrée étaient étroits, cerclés de béton et obturés par des grilles.

Elizabeth observa les ouvertures ténébreuses. Sans

qu'elle puisse déterminer pourquoi, cet endroit lui filait la chair de poule.

– Fais attention, dit Karen, le terrain est glissant. Et il y a une flaque de boue qui attire les moustiques, en bas. Des maousses. Je me suis déjà fait piquer.

– L'eau doit filtrer à travers la roche depuis la nappe phréatique qui alimente le château d'eau. Chaleur et humidité. Les moustiques pondent ici et vivent à l'ombre des tunnels.

Karen leva un sourcil.

– Mouais. Viens plutôt voir les chiroptères, madame l'entomologiste.

Elle l'entraîna vers l'unique construction, une baraque couverte de tôle ondulée. Un poteau, au-dessus, supportait deux boîtiers blancs et une sorte d'antenne noire.

– *Corynorhinus townsendii*, énonça Karen sur le ton d'une maîtresse d'école. Chauve-souris à grandes oreilles de Townsend. Apparemment, des universitaires viennent ici l'étudier. Ces appareils que tu vois sont sans doute des capteurs d'humidité, de température et de pression barométrique.

– Ah.

– La mine est fermée depuis longtemps. Reconvertie en réserve naturelle. Tout est consigné sur des registres à l'intérieur.

Elizabeth se remémora le Pink's, ses posters de filles nues et sa collection de capotes sur le comptoir. Les universitaires ne devaient pas être les seuls à fréquenter le coin. D'autres gens – tels que Dick – s'y arrêtaient sûrement pour un tout autre genre d'étude.

Toutes deux entrèrent. Il n'y avait qu'une seule pièce, remplie de dessins de chauves-souris, posters anatomiques et autres malles débordant de spécimens empaillés. Des casques de chantier gisaient sur une étagère pleine de toiles d'araignées. Le tout éclairé par une minuscule fenêtre.

– Super, dit Elizabeth. Après l'auberge de Scooby-Doo, la maison de Dracula.

Karen se rongeait les ongles, se demandant par où commencer. Elle nota le regard d'Elizabeth.

– Ouais, je me ronge les ongles. Et alors ?

– Je n'ai rien dit.

– De toute façon ça m'arrange. Une chirurgienne doit les garder courts pour ne pas risquer de déchirer les gants. C'est comme pour les cheveux (elle désigna sa coupe de garçonne), plus pratique sous une cagoule de chirurgien orthopédiste.

– Ça consiste en quoi ?

– Les os. Tu me files ta hanche en miettes, je t'en fabrique une neuve. Je suis encore interne. Mes journées, je les passe à clouer et jouer de la perceuse avec des gars qui ont deux fois tes biceps, trois fois ton Q.I. et qui s'affrontent au championnat du monde de la blague de cul. Faut savoir s'imposer.

Elizabeth ignora l'insulte, volontaire ou non.

– C'est drôle qu'une fille telle que vous ait souhaité participer à cette... émission.

Elle ne parvenait toujours pas à tutoyer Karen, contrairement à l'inverse.

– L'idée vient de mon père. Dans son domaine, c'est Dieu. Il est propriétaire d'une chaîne de cliniques privées. La moitié de ses patients vit à Hollywood, l'autre moitié à Washington. Sa théorie – tiens-toi bien –, c'est que ce genre de show peut être bénéfique. Je lui ai répondu que c'était n'importe quoi. On aime bien se lancer des défis.

– En ce qui me concerne, l'idée vient de Dick.

– Qui ?

– Mon mari.

– Oh, je vois.

Karen marqua une pause.

– Il te bat, c'est ça ?

Elizabeth crut avoir mal entendu.

– Je suppose que t'es une femme battue ? dit Karen sur un ton presque nonchalant. C'était ça ton secret ?

Elizabeth ne s'y attendait pas. Pas au détour d'une conversation banale, pas comme ça. L'air parut soudain lui manquer. Elle se mit à trembler comme une feuille.

– Bien sûr que non, bredouilla-t-elle.

– Inutile d'avoir honte, dit Karen. Tu te demandes comment j'ai deviné ? C'est les manches.

– Les manches ?

– Tu portes tout le temps des manches longues. Même lorsqu'on meurt de chaud. Et tu boutonnes tes vêtements au ras du cou. Ce sont les femmes battues qui font ça. Pour qu'on ne voie pas leurs marques.

Elizabeth ne voulait plus l'écouter. Ses joues étaient en feu, elle voulait sortir d'ici.

– C'est un classique. Un médecin repère facilement ce genre de choses. Probablement que Lincoln...

– Vous dites n'importe quoi !

– Tu es en colère parce que tu culpabilises. C'est le piège habituel. Le mec bat sa femme et la pauvre est persuadée que c'est sa faute. J'en parlerai à mon père, si tu veux. Il pourra t'aider.

Elizabeth n'entendait plus rien. Un fleuve rugissant dévalait ses oreilles. Elle s'appuya contre la porte et sortit de la maison avant de se trouver mal. Elle fit quelques pas sur le gravier, respira profondément et alla s'asseoir sur un pneu de camion qui traînait. Ses yeux errèrent un long moment dans le vide, puis se fixèrent sur un puits de mine. L'intérieur était noir comme la nuit. Elle resta là, le regard plongé dans les ténèbres.

Elle avait l'impression de tomber.

Si Karen Walsh avait deviné, d'autres en avaient fait autant.

Ses voisins. Sa famille. Elle entendit la jeune femme fourrager dans la maison.

– Elizabeth, ça va ?

Karen sortit, une bouteille à la main.

– Regarde sur qui je tombe : monsieur *Johnnie Walker* en personne ! T'en veux un coup ?

Elizabeth détourna le regard. Karen glissa la bouteille dans son pantalon.

– Comme tu voudras.

Elle rentra et ressortit presque aussitôt en tirant une caisse métallique.

– Au fait, question outils, j'ai la panoplie entière. On va pouvoir remettre en route les groupes électrogènes du village.

Elizabeth saisit l'autre poignée du coffre. Son tremblement avait cessé, lui laissant une impression de vide. Elle savait pourquoi cet endroit lui donnait la chair de poule, à présent : les puits de mine lui faisaient penser à des yeux. De petits yeux noirs sur la tête d'une araignée.

Et elle n'était qu'un insecte, prisonnière d'une toile dont elle ne sortirait jamais. Exposée, vulnérable. Lorsqu'elle reprit la route avec Karen, elle n'avait toujours pas prononcé un mot.

Seth attendit que les deux femmes aient disparu. Puis repoussa la grille du tunnel et sortit de la mine.

Il fit quelques pas au soleil et considéra les collines

désertiques. Disposer d'autant d'espace était un pur bonheur.

Du bout de l'ongle, il gratta une tache de sang collée à son treillis de camouflage.

Cette journée s'annonçait magnifique.

Il alla jusqu'au pneu sur lequel s'était assise Elizabeth et passa sa paume sur la surface rugueuse. Il fut tenté de se pencher pour humer son odeur intime sur le caoutchouc. Il avait longuement observé la jeune femme depuis l'obscurité du tunnel. Droit dans les yeux, et sans qu'elle s'en doute une seconde.

Ça lui avait collé une érection monumentale.

Il glissa une main dans son treillis pour rajuster son sexe. Puis ramena la sacoche qu'il portait en bandoulière et l'ouvrit pour en vérifier le contenu. Les deux sacs plastique étaient bien là. Le premier contenait un bout de tuyau orange de la taille d'une matraque. Le second, une chemise dont le motif vert représentait un tapis de jeu.

Il soupira d'aise. Maintenant que le sort du candidat N° 1 était réglé, il ne restait plus qu'à passer au prochain sur la liste. Il ferma la sacoche et la remit en place tout en se demandant comment allait réagir le petit Peter DiMaggio.

Il prit le chemin du village en sifflotant. Une belle journée, vraiment.

28

Gros Bob et la Triple'O.

Thomas sourit. Ça lui faisait drôle d'y repenser. Comme de fouiller le grenier et de tomber par hasard sur une valise qu'on croyait perdue.

Lorsque Gros Bob avait reçu la gifle de sa mère, il était parti en arrière avant de percuter un angle de la table de séjour. Rien de grave. Juste une belle trace sur la tempe gauche.

Thomas en avait sifflé d'admiration.

– La vache ! Elle t'a pas loupé, cette fois...

L'empreinte marquait le côté du crâne de Gros Bob entre ses touffes de cheveux éparses. Sa peau faisait une dépression d'au moins trois millimètres.

– Ah ouais ? il avait dit. Ben tu sais quoi ? Même pas mal !

Il avait louché en imitant King Kong. Thomas s'était marré.

Gros Bob et lui jouaient au hockey de rue, cet après-midi-là. C'était l'un de ces dimanches doux et tièdes qui précèdent les vacances. Ils évoluaient patins aux pieds sur l'esplanade près du ponton de Santa Monica. T-shirts pour les buts, bouts de bois en guise de crosses. Roule ma poule.

– C'est chouette que tu sois venu. Les gars de ta bande font pas la tête ?

– Les Faucons d'El Pueblo tirent jamais la tronche, avait répondu Thomas. Et pis c'est moi l'chef.

– Qu'est-ce que tu leur as dit ?

– Que je bossais avec mon paternel. Il travaille avec d'autres types sur le funiculaire d'Angel Flight cet aprèm. Double paye. L'allait pas rater ça.

Il était 6 heures. Le soleil rasait les toits et les palmiers avaient pris une jolie teinte bronze doré. La musique du carrousel des chevaux de bois ronronnait en sourdine. Des odeurs de crêpes montaient du Moby's Dock Restaurant. Les gens en profitaient, des familles entières lézardaient encore.

– Vise un peu La Baleine. Sûr qu'elle a oublié l'heure.

– Pour une fois qu'elle nous fiche la paix.

Angie, dit « La Baleine », la nourrice de Gros Bob, était échouée sur le sable quelques mètres plus loin. Cent kilos de bons et loyaux services. Lunettes de soleil, maillot une pièce, tête calée en arrière. Elle se prenait pour Pamela Ewing dans *Dallas* – sauf que Patrick Duffy avait peu de chances de sortir avec elle.

– Alors, tu roupilles ? avait dit Thomas.

Gros Bob s'était frotté le crâne.

– Attends un peu, j'vais t'écrabouiller !

Il avait foncé sur ses patins. Coup de crosse dans la balle, direct au but. Mais au dernier moment Thomas avait bloqué du talon.

– Loupé !

– Pfff... Chuis naze.

– Tu t'empiffres, ouais.

Gros Bob avait plissé les yeux.

– Minute, papillon. Qui t'a flanqué une raclée la semaine dernière ?

– Le premier arrivé à dix points remporte le match. Et paye un cornet à l'autre, ça va de soi.

Gros Bob s'était démené, mais pas suffisamment. Thomas avait gagné haut la main.

– Je veux la Triple'O.

AbricO/ChocO/PistachiO. Glace à l'italienne, trois couches. Un rêve, et pas qu'un rêve de gosse : Giovanni, le patron du Moby's Dock, était sur le point de faire fortune avec ses recettes maison. Depuis que Robert De Niro s'était arrêté chez lui pour déguster l'une des fameuses Triple'O, la réputation de l'établissement avait fait le tour de la ville.

– Charrie pas, c'est la plus chère !

– T'en as englouti trois tout à l'heure. Et je veux du coulis.

Les épaules de Gros Bob s'étaient affaissées.

– Je me sens pas terrible...

Thomas avait fait mine de le saisir par le col, en vain – son meilleur ami, pourtant plus jeune, le dépassait d'une bonne tête.

– Écoute, Gros, compte pas te défiler comme ça. Si tu me fais un coup pareil, je raconte à tout le monde que tu planques des photos de ta nourrice en petite tenue.

C'est à ce moment-là que Gros Bob lui avait vomi dessus. Sans prévenir.

Thomas en était resté comme deux ronds de flan. Il n'avait pas trouvé ça drôle. Non, pas drôle du tout.

Mais, avant qu'il puisse protester, Gros Bob s'était mis à faire des trucs bizarres. Prononcer des mots incompréhensibles, s'agiter, et – le plus dégoûtant – pisser dans son pantalon. Puis ses yeux avaient roulé en arrière et il était tombé à la renverse. Quelques secondes après, il ronflait tranquillement, le nez dans le vomi de sa Triple'O. C'était complètement dingue. Surtout avec Angie La Baleine en guise de fond sonore qui imitait la sirène des pompiers.

Thomas avait compris des années plus tard.

Lorsque la tête de Gros Bob avait valsé sous la gifle de sa mère et rencontré la table de séjour, la secousse s'était révélée suffisante pour ébranler une minuscule artère à l'intérieur de son crâne, occasionnant un simple « bleu ». Sauf qu'au lieu d'être sur la peau, le bleu en question se situait de l'autre côté, entre l'os et la dure-mère, la membrane qui enveloppe l'encéphale.

On appelle ça un hématome extradural. Le saignement a beau être minime, la différence est cruciale. Un hématome sur la peau grandit autant qu'il veut. Dans le crâne, il n'a qu'une seule possibilité : comprimer peu à peu le cerveau.

Gros Bob était un vrai dur. Il n'avait pas l'habitude de se plaindre, n'avait rien dit de sa migraine ni des vomissements précédents. Lorsque son lobe temporal gauche avait été suffisamment écrasé, son cerveau avait protesté un grand coup. Crise convulsive.

Gros Bob s'en était sorti. Transport au bloc de neurochirurgie du Cedars-Sinai Hospital, drainage en urgence, retour en ville en moins d'une semaine. Comme une fleur, hormis la facture astronomique. Mais bon, les parents de Gros Bob avaient les moyens.

Thomas et lui avaient continué de jouer ensemble. Personne n'avait évoqué la possibilité d'une maltraitance. Pas l'ombre d'une infirmière, d'un flic, pas un adulte quelconque pour oser franchir la ligne jaune des questions gênantes.

Ce jour-là, deux choses étaient devenues claires dans l'esprit de Thomas :

1) Être toubib et soigner un coup sur la tête, c'était drôlement mieux payé que de passer ses dimanches à faire des extra pour assurer le loyer, les mains dans la graisse.

2) De tous les mécanismes de défense mentale, le

déni se trouvait être le plus puissant. Face à l'angoisse, à toutes les souffrances, on pouvait toujours s'en sortir. Il suffisait de se réfugier ailleurs. De fermer son esprit à double tour et de nier les faits.

Les enfants qui se font mal, les enfants à qui on fait du mal, le savent parfaitement.

29

Lenny et Thomas soutenaient Cameron lorsque Pearl jaillit du Pink's tel un boulet de canon (à ceci près que les boulets portent rarement un T-shirt mouillé tendu à craquer sur des tétons en pointe). La starlette était poursuivie par Nina, armée d'un jerrican d'eau. Elles disparurent dans une maison en riant.

– Regardez-moi ces p'tites poules... ! ricana Cameron.

Lenny le laissa tomber par terre.

– Bien. Je vois que le problème de l'eau est résolu. Et vous voici tiré d'affaire, Cole.

Les filles avaient gagné leur pari. Plus de risque de mourir de soif à présent.

Ils entrèrent dans la salle commune où tout le monde s'était rassemblé. Avant d'avoir eu le temps de dire « ouf », Thomas se retrouva un verre à la main. Il huma le contenu couleur ambre, surpris.

– Du whisky ?

– Quoi, tu veux dire que t'as pas l'habitude ? railla Karen.

Il s'apprêtait à rétorquer mais Lenny l'en dissuada d'un geste, désignant Cole du menton. Celui-ci n'avait pas l'air plongé dans la détresse : Karen lui versait des rasades d'eau dans la gorge et commentait ses coups de soleil. Les verres circulaient. Rires, plaisanteries, grandes claques dans le dos.

Lenny s'approcha de Thomas pour lui chuchoter :

– Tout va bien, Lincoln. Lâchez du lest. Le compte rendu de notre petite aventure peut bien attendre cinq minutes, non ?

Petite aventure ? Thomas se laissa choir dans un coin.

Nina et Pearl revinrent, hilares et trempées jusqu'aux os. Karen s'était lancée dans un discours, promettant de rétablir l'électricité avec l'enthousiasme d'un candidat à l'élection présidentielle. Kaminsky lançait des vannes salaces auxquelles Cecil répondait en bégayant. Peter *souriait.* Et Lenny – Lenny, qui, sacré nom d'un chien, semblait pourtant avoir compris la gravité de la situation ! –, Lenny badinait, tout miel. Thomas n'arrivait pas à y croire.

En dehors d'Elizabeth, silencieuse, le monde entier paraissait frappé d'amnésie.

Fermer son esprit à double tour. Face à la souffrance, nier les faits.

Dans un rêve, il se vit se lever. Réclamer un instant d'attention pour porter un toast. À cette chère Paula Jones dont on n'avait plus aucune nouvelle. Disparue. Évaporée. À Frankie et à Jeanne Leblanc, sans doute en train de pourrir quelque part et, hein les gars ? À tout ce foutu bordel ! Il se vit aussi fracasser son verre de whisky contre le mur et sortir sous les yeux médusés de son auditoire. Mmm, grandiose...

Mais bien entendu, il ne fit rien de tout ça. Il eut seulement un petit rire pour lui-même, se leva et quitta la pièce.

Personne ne se donna la peine de l'arrêter pour lui demander où il allait.

30

L'air frais de la chapelle lui fit du bien. Son regard se perdait dans la poussière entre le V de ses bottes écartées. Il pouvait presque entendre le chuchotement des anges au-dessus de sa tête.

Thomas était assis sur un banc, face à l'autel et aux carcasses de valises. Le sang battait contre ses tempes. On aurait dit un cœur cognant dans une boîte en carton.

Il sortit la bouteille de Johnnie Walker qu'il avait discrètement escamotée sur le comptoir du Pink's.

Ça faisait deux jours qu'il n'avait rien bu. Est-ce qu'il allait faire un syndrome de sevrage à cause du manque d'alcool ?

Il bascula la bouteille de droite à gauche, considérant le niveau du liquide.

Ça pourrait être drôle. Voir des éléphants roses et tout casser. D'un autre côté, il n'avait jamais fait de véritable syndrome de sevrage, à croire qu'il n'était pas si intoxiqué que ça. Ou alors, il buvait trop pour se retrouver en manque ! Peut-être qu'il était temps de s'arrêter. Au moins d'essayer. Il dévissa le bouchon pour se mettre à l'épreuve.

On lui tapota sur l'épaule.

La bouteille faillit lui échapper des mains.

– Peter ! Tu m'as flanqué une de ces trouilles !

L'enfant lui tendit un sachet en plastique. Son autre main était cachée derrière son dos.

– C'est pour vous, monsieur, dit le gamin.

Le sachet contenait un objet de couleur orange. Un tuyau, ou une gaine d'isolation rigide. Thomas mit un certain temps avant de comprendre de quoi il s'agissait. Puis lui arracha le sachet des mains.

– Où t'as trouvé ça ?

Le manche du tuyau était sale et souillé d'une substance noire, séchée, d'allure ancienne. Mais l'autre extrémité était différente. Humide et imprégnée d'un liquide poisseux qui avait coulé à l'intérieur du sac.

– Du sang, Peter ! C'est du sang, tu comprends ?

Ce tuyau orange était l'objet avec lequel on avait frappé Cameron à la tête. La couleur des débris retrouvés parmi les cheveux correspondait. Thomas en était absolument certain.

L'enfant eut un mouvement de recul.

– Pardon, Peter. Je ne voulais pas te faire peur. Mais tu dois me répondre. C'est très important.

Il tenta de maîtriser ses nerfs, de s'exprimer calmement.

– Qui t'a donné ça ?

– Il a dit que vous le sauriez.

Thomas tourna et retourna le sachet. Cette fois, les autres seraient bien obligés de le croire.

– Il veut vous rencontrer, ajouta Peter. Cette nuit. À 3 heures pile. Tout seul.

– Me rencontrer ?

– Il dit qu'on est prisonniers. Que personne ne nous retrouvera. Il veut vous montrer pourquoi.

Thomas protesta de façon quasi instinctive. Il détestait se sentir manipulé.

– Ah oui ? Et si je refuse ?

Peter ramena l'autre main de derrière son dos et lui remit un second sac.

– Si vous ne venez pas, Paula mourra. Si quelqu'un vous accompagne, Paula mourra. Si vous en parlez à qui que ce soit, Paula mourra.

Le sac plastique contenait une chemise roulée en boule. Facilement reconnaissable. Mais cette fois, il y avait beaucoup, beaucoup plus de sang.

– Seigneur, murmura Thomas.

Il leva les yeux vers le jeune garçon dont les lèvres tremblaient à peine. En dehors de ça, Peter ne montrait pas la moindre trace d'émotion.

– Est-ce qu'il t'a... fait du mal ?

– Non.

– Mon Dieu, souffla encore Thomas.

Il prit l'enfant dans ses bras.

Quelle espèce de salopard pouvait demander à un gosse de délivrer un message pareil ? Quelle sorte de putain d'enfoiré ?

Il dut faire un effort pour ne pas foncer directement au Pink's en brandissant les deux sacs plastique. Son cerveau s'était remis en route pour carburer à grande vitesse. Et si le psychopathe bluffait ? Et si c'était un piège pour, mettons, l'attirer à l'écart et s'occuper tranquillement de lui faire la peau ? Qu'est-ce qui se passait dans la tête d'un dingue ?

Doucement. Une chose à la fois.

– C'est bien le type de l'autre nuit ? Le géant avec le masque en toile de jute ?

Peter acquiesça en silence.

– Comment je fais pour le trouver ?

– « Va où elles voient sans yeux. » C'est ce qu'il a dit. (L'enfant le contempla d'un air triste.) Tu sais ce que ça veut dire, Thomas ?

C'était la première fois que Peter le tutoyait, et aussi

qu'il l'appelait par son prénom. À vrai dire, c'était la première fois qu'il parlait autant.

– Non.

– Moi non plus.

« Va où elles voient sans yeux » ? Qu'est-ce que ça signifiait ? Une sorte d'énigme ?

Thomas attendit encore un moment. Peter n'était pas un véritable autiste. Seulement un gamin replié sur lui-même, un enfant qui utilisait une autre façon d'évacuer sa souffrance et de communiquer. Peut-être que s'il lui donnait un peu de temps, il livrerait de nouvelles informations.

Mais rien ne vint. Thomas passa une main dans les boucles blondes.

– Merci, Peter. Je te trouve très courageux.

L'enfant lui prit la main et ils se dirigèrent vers la sortie. Sur le perron de la chapelle, Peter marqua un temps d'arrêt.

– Il a raconté autre chose.

– Ah ?

– Oui. J'ai promis de le répéter : « Tom Lincoln ne doit pas avoir peur. Il sait ce qu'est la souffrance, parce que lui aussi, il a beaucoup, beaucoup tué. »

31

Harold Krump gara sa voiture en maugréant dans le sous-sol de l'hôtel. Marcia venait de lui prendre la tête au téléphone pendant au moins une demi-heure, tout ça parce qu'il partait faire des heures sup un dimanche soir. Comme quoi il saisissait la moindre occasion de s'absenter. Qu'il avait sûrement une maîtresse. Bla. Bla. Bla.

Et qui payait les factures ?

De toute façon, leur mariage battait de l'aile depuis un moment. Ou alors c'était la faute à son régime amincissant à lui. Nerveux, que ça le rendait. Sur le qui-vive.

Il referma la portière de sa Lincoln Town Car – « une voiture à la pépère », se moquait cette idiote de Marcia – et laissa les clés sur le contact à l'intention du larbin de service.

– Tu me la bichonnes, j'en ai pour dix minutes.

S'il réussissait à régler son affaire vite fait, il aurait le temps de passer voir Lilly. À cette pensée, une onde d'excitation fusa vers son bas-ventre. Il se voyait déjà le nez entre ses seins. « Lilly la tigresse », comme il l'appelait.

Il grimpa l'escalier quatre à quatre et trouva Carlos en train de bouquiner une revue automobile derrière l'un des comptoirs.

– Dis donc mon cochon, ça turbine sec !

– Comme tu vois.

– Au fait, je t'ai montré ma dernière caisse ? Une Town Car. Sacrée bagnole...

Carlos tapota la revue.

– Tu dois confondre. Les voitures, c'est ces choses qui tiennent la route quand on dépasse les 100 kilomètres-heure.

– Très drôle. T'as ce que je t'ai demandé ?

– Bien sûr. Quel gars t'intéresse ?

– Tu n'as pas besoin de le savoir.

Carlos haussa les épaules et fit glisser la revue sur le comptoir jusqu'à Harold, qui s'empara du passe-partout dissimulé entre les pages.

– Pas de bêtises, dit Carlos à voix basse. Je suis pas censé avoir conservé ce truc. Encore moins le prêter à quelqu'un.

– Sage comme une image.

Les petites magouilles arrondissant leurs fins de mois à tous les deux, mieux valait ne pas les ébruiter.

Harold Krump franchit la porte réservée aux employés et se rendit directement au vestiaire. Il ne croisa qu'un seul collègue, qui se découvrit pour le saluer. Harold, en retour, le toisa d'un regard méprisant – chef de la sécurité, ça avait ses petits avantages. Il s'arrêta devant le casier de Seth. Attendit que le collègue disparaisse. Puis ouvrit.

L'intérieur du casier était propre. Deux tenues d'entretien repassées et pliées, une chemise blanche, un hors-série du *National Geographic* (« Les mines du Nevada », en parfait état), et une boîte de médicaments.

Harold examina l'étiquette : Rohypnol. Normalement interdit, mais le nom du prescripteur figurait dessus avec une dérogation en bonne et due forme.

Rien d'autre.

Il claqua la porte et composa le numéro de sa maîtresse, histoire de se calmer les nerfs. Mais Lilly était sur répondeur.

– Merde.

Il regagna le hall. Carlos leva le nez de sa revue.

– Seth, dit Harold. C'est lui qui m'intéresse. File-moi la clé de sa suite.

– Seth Gordon ? Tu plaisantes ?

– Non.

– Tu sais ce que tu risques ?

– Écoute, je mène une enquête...

L'autre se fendit d'un sourire, ce qui ne manqua pas d'énerver Krump.

– Magne, Carlos. Ou bien l'enquête, c'est sur les vols qui ont lieu dans les casiers de tes collègues, que je la mène.

Harold ne savait pas pourquoi il s'acharnait ainsi. Sans doute parce qu'il n'avait rien de mieux à faire. D'un autre côté, il n'était pas normal que Seth puisse filer sans laisser d'adresse. Le plus suspect, c'était l'attitude du psy. On aurait dit qu'il couvrait son patient. Le programme de réinsertion impliquait un contrôle judiciaire. Le toubib était au sommet, et Harold un maillon de la chaîne, essentiellement chargé de noter les allées et venues de Seth et de vérifier qu'il pointait à son boulot.

D'accord. Mais ça n'impliquait pas qu'on prenne Harold Krump pour un parfait imbécile.

Il monta dans l'ascenseur, sortit la clé et entra dans l'appartement.

L'endroit était immense. Légué par le père, feu John Gordon III. Un cas particulier au sein de l'hôtel : en tant qu'architecte responsable de sa conception, il y avait séjourné plusieurs années en compagnie de sa famille. On n'avait jamais reloué la suite après le drame qui s'y était déroulé en 1983, et Seth avait fini par la récupérer. La « Suite du Fantôme » comme l'appelaient les femmes de ménage.

Détail curieux, l'endroit ne comportait pas de mobilier et aucune décoration. Le désert. Mais cela ne surprenait pas Harold. Les schizophrènes détestent les espaces confinés parce que ça augmente leur angoisse. Rien d'exceptionnel à ce que Seth fasse le vide autour de lui. Non, ce que Harold trouvait aberrant, c'était de vivre dans l'endroit même où sa mère était morte. En particulier quand on se trouvait être le meurtrier. Comment Seth pouvait-il surmonter pareil drame familial s'il vivait dans le décor d'origine ? Enfin, c'était le problème du psy. Pas le sien.

Il visita les pièces une à une, ouvrit les placards, examina la salle de bains, puis redescendit.

Cette fois, Carlos l'attendait dans le hall.

– Alors ? Comment c'est chez le Fantôme de l'Opéra ?

– Propre. Ou bien il est extrêmement méticuleux, ou bien il ne vit pas ici. J'ai passé un doigt dans sa baignoire : pas la moindre crasse.

– Gordon est un drôle de type. À la fois employé et résident. Mais c'est le meilleur homme à tout faire qu'on a jamais eu. Ascenseur en panne, problème de clim, tu peux le contacter à n'importe quelle heure, il ne met pas plus de cinq minutes à débarquer. Il *vit* là, je peux te l'assurer.

Harold sortit un rectangle noir de sa poche.

– J'ai trouvé ça.

L'objet avait le format d'une carte de crédit. Le logo de la société U-STORE-IT figurait sur le plastique. Quelqu'un y avait rajouté un numéro à trois chiffres au marqueur blanc indélébile.

– C'était caché derrière une photo de moi, dans un cadre, ajouta Harold.

– De toi ?

– Ouais. Figure-toi que ce taré collait ses chewing-gums dessus. La seule déco qu'il y avait là-haut. Bon, tu sais ce que c'est ?

– Une carte magnétique.

– Bien sûr, crétin, mais ça vient d'où ?

– Doucement, Krump. Tu vas trop loin. Et je ne parle pas que de l'insulte.

Les moustaches rousses de Carlos frémissaient telles deux queues de renard planquées dans le terrier de ses énormes narines. Il hésitait manifestement à hausser le ton. Trop de témoins. Et Krump ne lui avait toujours pas rendu son passe-partout.

– U-STORE-IT est une société de garde-meubles, tu le sais, finit-il par dire. Ils louent des hangars dans tout le pays. Le numéro à trois chiffres doit correspondre à un box. Mais la carte ne comporte pas d'adresse. Elle peut provenir de n'importe où.

Harold réfléchit. Une idée lui vint.

– Lorsque Seth Gordon est arrivé, il a fait déménager les meubles qui appartenaient à ses parents.

– Et c'est tant mieux. Les filles avaient horreur d'astiquer ces vieilleries.

– Où sont passés les meubles ?

– Comment veux-tu que je le sache !

– Tu supervises l'équipe de jour. Fais fonctionner ton imagination.

Les queues de renard s'affaissèrent.

– Pas loin, en tout cas. Les déménageurs faisaient l'aller-retour en dix, quinze minutes. Ils m'ont d'ailleurs laissé le double de la clé, que Seth n'est même pas venu récupérer...

Carlos se tut soudain, conscient d'en avoir trop dit. Harold sourit.

– Eh ben voilà.

Convaincre Carlos de lui donner la clé du garde-meubles n'avait pas été plus difficile que le reste. Quant à l'adresse, Harold s'était contenté d'ouvrir l'annuaire. Des U-STORE-IT situés à moins de quinze minutes, il n'y en avait qu'un : à deux blocs de l'hôtel.

Il fila dans la rue au pas de course, fier de son ingéniosité. Avec un peu de chance il pourrait boucler l'affaire rapidement et avoir encore le temps de jouer le coup avec Lilly.

Tout en parcourant le chemin à petites foulées – simple mise en jambes, sa forme physique s'améliorait de jour en jour –, il réfléchit au délit qu'il s'apprêtait à commettre. Normalement, il n'avait aucun droit de fouiller le box de Seth Gordon. Pour ça, il fallait être flic et disposer d'une commission rogatoire. Mais policier, Harold aurait presque pu l'être s'il n'avait pas raté l'examen d'entrée. Quant à la commission rogatoire, il s'en tamponnait. Il était sûr de débusquer un truc louche. Pas plus tard que demain, il irait trouver le toubib et lui poserait le dossier sur la table. On verrait bien la tête qu'il ferait devant les manigances de son petit protégé. Si ça se trouvait, des journalistes de la télé voudraient interviewer Harold. Et la télé, ça payait drôlement bien, ces temps-ci.

Huit minutes plus tard il franchit la porte de l'U-STORE-IT. Le hangar était vraiment proche. En fait, on devait l'apercevoir depuis les étages de l'hôtel. Il questionna l'employé en se faisant passer pour le locataire légitime et se vit confirmer le numéro de box indiqué sur la carte.

Il grimpa un escalier en béton, poussa une porte antifeu et parcourut un couloir dépourvu de fenêtres jusqu'au box. Il se retrouva devant un rideau de fer équipé d'une serrure. Sur le côté était encastré un lecteur magnétique. Il réfléchit un instant, sortit la carte et la glissa dedans. Le voyant passa du rouge au vert.

– Une alarme, murmura-t-il entre ses dents. Voilà pourquoi Seth ne s'est pas soucié de récupérer sa clé ! Sans la carte qui va avec, tripatouiller la serrure doit déclencher l'alarme et rameuter les flics. Si ça se trouve, ce taré l'a fait exprès, rien que pour voir si quelqu'un tenterait le coup...

Il inséra la clé, libéra le verrou et tendit l'oreille.

Pas de sirène.

Il remonta le rideau.

L'intérieur du box était plongé dans le noir. Krump décrocha la lampe de poche qui se balançait en permanence à son ceinturon de service et l'alluma. Un sifflement franchit ses lèvres. La pièce était plus grande qu'il ne l'aurait cru.

Trois mètres sur huit, bien remplis : meubles en chêne, fauteuils en cuir, fontaine décorée de mosaïques et autres machins Art déco pour riches snobinards des années 80. Sur sa droite brillaient les reflets d'une vitrine remplie de crucifix et d'objets religieux en argent. Il se demanda si ça valait la peine d'en escamoter quelques-uns. Lilly avait des goûts de luxe, peut-être qu'en refourguant ces trucs, il pourrait l'emmener en week-end ?

Sa lampe balaya le mur et s'arrêta sur une série de diplômes dans des cadres. Harold s'approcha, surpris : tous étaient au nom de Seth Gordon.

Génie civil. Droit pénal. Brevet d'électronique. Un autre de mécanique... Il savait que les années avaient transformé Seth, mais pas qu'il avait décroché autant de diplômes. La communication était loin d'être leur fort : Krump détestait Seth, et l'autre le lui rendait bien.

Le faisceau se posa ensuite sur une boîte de gants chirurgicaux jetables. La boîte était ouverte et la moitié du contenu avait disparu.

– « Gants en vinyle, lut Harold à voix haute, pour sujets allergiques au latex ».

Seth était allergique au latex ? Encore une découverte. Harold se choisit une paire, ouvrit l'emballage et enfila les gants. Puis fourra le sachet vide dans sa poche et se servit du revers de sa veste pour essuyer toutes les surfaces où il avait posé les doigts.

En cas d'enquête, il n'y aurait pas la moindre empreinte lui appartenant. Et comme il n'avait commis aucune effraction, de quoi pourrait-on bien l'accuser ? Se promener le soir dans un garde-meubles ?

Il se sentit tout excité : on se serait cru dans un film !

Son pied buta soudain contre quelque chose. Il dirigea sa lampe vers le sol et découvrit un socle multiprise avec interrupteur. Harold nota que le socle était placé dans un espace dégagé au centre de la pièce, de sorte que l'on était quasiment obligé de tomber dessus. Il se frotta le menton, intrigué.

– Qu'est-ce que je risque ?

Du bout du pied, il appuya sur l'interrupteur. Un grésillement se fit entendre et des lueurs tremblotantes apparurent au fond du box, dans un lieu qu'Harold n'avait pas encore exploré.

Il s'approcha.

Des photophores : de petites bougies placées dans des pots en verre, munies d'un astucieux système d'allumage électrique. Mais ce n'était pas le plus étrange. Le plus étrange, c'était l'autel et la croix posée dessus.

Harold écarquilla les yeux : à la place du Christ, on avait punaisé la photo d'une jeune femme enroulée dans un drap. La trentaine. Cheveux blonds. Tête penchée sur le côté, avec un trou, bien net, dans la tempe gauche.

Harold reconnaissait cette photo. Il l'avait vue dans les archives médico-légales jointes en annexe au dossier de Seth : c'était celle de Lilian Gordon, sa mère, le jour où son fils l'avait assassinée.

– Nom de Dieu de merde...

C'est alors qu'il remarqua la petite porte, peinte de façon à se confondre avec le mur.

– Ceci est une propriété privée ! Éteignez et fichez le camp !

Harold faillit en faire un arrêt cardiaque. En particulier à cause du timbre de la voix, parfaitement reconnaissable.

– Seth ? Heu... Monsieur Gordon ?

L'injonction lui était venue de derrière la porte. Il posa sa main sur la poignée.

– Attention ! menaça la voix de Seth. Éteignez et partez tout de suite, je ne le répéterai pas !

Harold voulut en avoir le cœur net. Il ouvrit.

Il fut d'abord étonné par la taille du réduit – deux mètres carrés maximum – avant de l'être encore davantage par son contenu.

Le lit de camp miteux. Le baquet d'eau pour se laver. Les dessins épouvantables recouvrant les murs. Et surtout, les photos des dix personnes. Dix individus qu'Harold – comme quiconque ayant allumé son poste de télévision depuis trois jours – était obligé de reconnaître.

Ce n'est que dans un second temps qu'il remarqua

la radiocassette et les bonbonnes de gaz, robinets grands ouverts, commandées par système électronique.

Le temps se figea, tandis que la compréhension illuminait son esprit à la vitesse d'une étincelle.

Cliquer sur l'interrupteur produit trois choses : allumer les bougies, mettre en marche la radiocassette, ouvrir les robinets de gaz. Si l'on obtempère et que l'on éteint, tout s'arrête. Mais si l'on ouvre la porte, le gaz arrive au contact des flammes et...

– Salut, Krump ! dit l'enregistrement. C'est pas bien de fouiller chez les gens. Je pensais pas que tu serais con à ce point. Au revoir, Krump !

Harold Vernon Casper Krump, marié depuis treize ans à Marcia Montoya et amant de Lilly la tigresse, traversa alors trois états successifs.

Il fut tout d'abord surpris.

Puis, tandis que l'explosion de gaz détruisait le contenu de la pièce, fusionnait les gants et la chair de ses mains, brûlait ses globes oculaires et carbonisait son crâne, il fut atterré d'avoir été aussi stupide.

Et pour finir, il mourut.

32

Thomas ramena Peter au Pink's. Il dissimula le sac plastique contenant la chemise de Paula Jones, conserva l'autre sur lui, puis retourna dans la salle principale en compagnie du garçon. La fête continuait. Personne ne fit attention à eux.

Il assit l'enfant à une table, sortit une feuille de papier quadrillé et un crayon. Derrière eux braillait le groupe, biscuits secs et bouteilles à la main, tandis que Nina et Pearl se frottaient l'une contre l'autre dans une parodie de danse improvisée. Tom fit signe au garçon de les ignorer.

– Quand j'étais petit, dit-il, je restais souvent seul. Mon père inventait des jeux pour m'occuper l'esprit. Des choses que l'on peut faire quand on n'a pas d'ami à qui parler, par exemple, ou qu'on n'a pas envie de faire la conversation.

Peter l'écoutait avec attention.

– J'aime bien ce jeu-là, poursuivit Thomas. (Il traça une série de points sur le quadrillage.) À chaque tour, tu as le droit de rajouter un point. Le but est de l'aligner avec quatre autres en les reliant par un trait horizontal, vertical ou diagonal. (Il traça une droite unissant cinq points.) Comme ceci. (Il lui tendit le crayon.) L'objectif est d'obtenir un maximum de lignes. Si t'es fortiche, tu peux remplir la feuille entière. Mais attention : c'est plus compliqué qu'il n'y paraît, et ça peut prendre des heures. Il faut se montrer très malin.

Peter le fixait en silence.

– Mon record est de cent quatre-vingt-dix-sept, ajouta Thomas. Tu crois que tu peux le battre ?

L'enfant hocha la tête.

– Bien. Alors vas-y. Si tu as faim, tu n'as qu'à prendre ce que tu veux sur le comptoir.

– Tu pars ? souffla le garçon.

Tom posa les mains sur ses épaules un bref instant.

– Non, chuchota-t-il. Mais je risque d'être absent une partie de la nuit. En attendant, tu restes avec les autres et tu ne racontes rien au sujet de... enfin, du type qui t'a donné les sacs en plastique. D'accord ?

Peter se penchait déjà sur le quadrillage.

– Compris.

Thomas observa les ondulations des collines dans le soleil couchant. À cette heure-ci, la température redevenait supportable.

Il avait quitté le Pink's, marché jusqu'à l'entrée du village et s'était finalement arrêté devant les restes d'un bureau d'accueil. Quatre murs en planches sans porte ni fenêtres. Des éclats de verre jonchaient le sol. La structure craquait dans les courants d'air.

Il s'accroupit et ramassa un galet qu'il fit rouler entre ses doigts. Il espérait que Peter ne lui tiendrait pas rigueur de l'avoir abandonné. Le jeu sur papier quadrillé, c'était tout ce qu'il avait trouvé comme occupation. Thomas éprouvait le besoin d'être seul, loin des autres, pour faire le point. Une tâche trop difficile s'il avait su Peter en danger. Ses pensées revinrent à la situation présente.

C'est bien un kidnapping. Ma théorie tient la route.

Il lança son caillou, qui rebondit trois ou quatre fois.

Donc, leur ravisseur les avait drogués. Attaqués à la station-service, puis isolés ici. Son objectif n'était pas de les tuer mais bien de les empêcher de partir. L'agression subie par Cameron le prouvait. Le psychopathe (Thomas y avait réfléchi : il méritait parfaitement ce qualificatif) avait choisi un coin perdu. Une ancienne mine de borax, vraisemblablement sur le trajet de la route 15 – ce qui laissait aux enquêteurs quelques centaines de milliers de kilomètres carrés dans un territoire allant de la Vallée de la Mort au désert Mojave. Bon. Mais tout ça dans quel but ? Tom n'en avait aucune idée.

Sauf que l'altercation à laquelle il avait assisté dans le bureau d'Hazel Caine comme les rumeurs colportées par Vector Kaminsky laissaient penser qu'une menace pesait sur *L'Œil de Caine* dès le départ. Il repensa aux plaintes déposées par diverses associations religieuses. De nombreux médias s'en étaient faits les échos. Est-ce qu'on avait affaire à un fanatique ? Depuis qu'on balançait des avions contre des gratte-ciel, tout était possible. Mais il pouvait y avoir d'autres explications. L'appât du gain, par exemple. Si ShowCaine était prête à payer vingt mille dollars par personne pour faire concourir dix candidats, combien la chaîne alignerait-elle pour les retrouver sains et saufs ?

Tom poussa un grognement d'insatisfaction. Il possédait des pièces du puzzle, mais demeurait incapable de voir l'ensemble. Sa seule certitude, pour l'instant, était que leur agresseur aimait jouer au chat et à la souris. Un chat apparemment prêt à le rencontrer cette nuit même. À condition de résoudre son énigme.

« Va où elles voient sans yeux. »

Tom lança un nouveau galet. Cette fois, la pierre rebondit à cinq reprises.

– Vous jouez aux ricochets ?

Elizabeth apparut à contre-jour. Tom plaça une main devant ses yeux.

– Oui.

– Je ne savais pas qu'on pouvait faire ça sur une surface en terre.

– Si l'on choisit ses pierres et un terrain plat, c'est possible. Vous voulez essayer ?

– Non merci.

Elizabeth frotta son tailleur, puis renonça à en ôter la poussière.

– Ce vêtement ne m'allait pas à l'origine. Maintenant, je ne ressemble plus à rien.

Elle s'assit sur les marches du bureau d'accueil, dénoua ses cheveux et les secoua dans la lumière.

Thomas l'observa du coin de l'œil.

– Quoi ? fit Elizabeth.

– Rien.

– J'ai une araignée sur le front ?

– Non. Je me disais que vous étiez plus jolie ainsi.

Elle détourna la tête et étudia le bout de ses chaussures.

– Je vais être franche, dit-elle. Je préfère que vous ne me parliez pas de cette façon.

– C'est-à-dire ?

– Je ne suis pas habituée aux compliments. Ça me met mal à l'aise. Les gens me mettent mal à l'aise.

– Comme vous voudrez, fit Thomas. Vous n'aviez pas l'air intimidée, hier soir. Il fallait du cran pour réconforter Paula Jones.

– Le cran n'a rien à y voir.

Il choisit un nouveau caillou et visa une enseigne

de l'autre côté de la rue. Le projectile l'atteignit avec un bruit métallique.

– C'est drôle que vous ayez accepté de vous engager dans cette aventure, dit-il.

– Je n'ai pas fait *L'Œil de Caine* pour l'argent.

– Ni pour lancer votre carrière dans le show-biz.

Elizabeth esquissa un sourire. Thomas songea que, décidément, elle était très séduisante.

– Non, répondit-elle.

– Alors qu'est-ce que vous faites ici ?

Elle avait retiré sa veste pour la déposer, pliée en deux sur ses genoux. Les manches de sa chemise étaient remontées, découvrant les ecchymoses jaunes et mauves de ses poignets.

Les marques d'une maltraitance, Tom le voyait bien.

– Je pensais pouvoir tirer un trait sur mon passé, dit-elle. Mais c'était une erreur. C'est comme les rides : le maquillage ne les masque pas éternellement. Vous pouvez en tartiner des couches et des couches, quelqu'un finit toujours par le remarquer.

– Je ne suis pas un spécialiste en maquillage.

– Ce que je veux dire, c'est que, si l'on veut s'en sortir, il faut parvenir à s'accepter soi-même. Trouver des éléments positifs et s'y accrocher coûte que coûte.

Elle planta ses yeux dans les siens.

– Les gens vous jugent, mais l'important, c'est ce qu'il y a au fond de vous, non ?

Thomas soutint son regard.

– Je suppose.

– Alors comment vous faites ?

– Pour quoi faire ?

– Rester zen.

– Vous me trouvez zen ?

– On dit que vous êtes un sale type. Un ivrogne sans aucune moralité. Ça ne vous dérange pas ?

– C'est la vérité. Je suis comme ça. Tout le monde a signé, non ? « Dix personnes ordinaires, chacune possède un secret. » Crachez votre Valda en direct. Miss Caine ne vous a pas fait son petit laïus ?

– Si. Mais les choses sont devenues tellement bizarres. Je croyais pouvoir dissimuler mes... faiblesses. Mais le Dr Walsh...

– Karen ? Vous devriez vous en méfier.

– Pourquoi ? Elle est plutôt admirable.

– C'est une hypocrite, exactement comme son père.

– Mais continue, Thomas. Je t'en prie. C'est très intéressant.

Le Dr Karen Walsh se campa devant eux. Une énorme clé anglaise pendait au bout de sa main droite.

– Je cherchais quelqu'un pour m'aider à remettre en route les groupes électrogènes, dit-elle. Les autres sont occupés à faire la fête. (Elle eut un sourire pincé.) Tu sais quoi, Lincoln ? C'est fou ce que ta voix porte dans le désert.

Il se leva. Elle s'approcha en faisant tournoyer sa clé d'un air innocent, comme par jeu. Il saisit brusquement l'outil au vol et le jeta par terre. Karen tenta de le repousser. Leurs mains se heurtèrent. L'espace d'un instant, la jeune femme plissa les yeux, telle une chatte prête à mordre.

Puis décida de laisser tomber. Elle se tourna vers Elizabeth.

– Vous avez vu sa réaction ? Ce mec est dingue.

– Il ne fait rien de mal.

Karen mit un genou à terre devant elle.

– Ma chérie (elle prit son visage entre ses mains), Tom Lincoln ne fait *jamais* de mal. Au début. Mais tu ne crois quand même pas qu'il s'intéresse à une fille comme toi ?

– Pourquoi dites-vous ça ?

– Il a été radié. On a jugé qu'il ne devait plus approcher un patient. C'est un médecin véreux et un criminel. Personne ne l'intéresse, sauf s'il peut en tirer profit. Il ne te l'a pas dit ?

Elizabeth demeura muette.

– Allez, viens. On a du travail. Les groupes électrogènes...

– ... se passeront de moi.

– Pardon ?

Elizabeth se redressa.

– Vous allez arrêter de me tutoyer. Et de m'appeler « ma chérie ». J'ai horreur de ça.

Le regard de Karen alla de Thomas à Elizabeth, soupesant les forces en présence.

– Comme vous voudrez, finit-elle par lâcher. Mais je vous aurai prévenue.

Elle leur tourna le dos et s'éloigna d'un pas raide.

– Eh bien, souffla Thomas, on dirait que vous l'avez mouchée.

Elizabeth sourit avant de se rasseoir. Ils demeurèrent ainsi silencieux un bon moment.

Thomas sortit le second sac plastique qu'il dissimulait à l'intérieur de sa veste, et en exhuma le morceau de tuyau orange. Il avait pris soin d'en essuyer le sang de Cameron. En revanche, il n'avait pas touché au reste du manche qui demeurait imprégné d'une sécrétion noirâtre.

– Jetez un œil à ce truc.

– Qu'est-ce que c'est ?

– À vous de me le dire.

Elle approcha le tuyau de son nez et renifla la substance collée dessus.

– On dirait une sorte d'excrément. Comme des déjections d'oiseau.

Thomas soupira.

– C'est ce que je pense aussi.

– Et ?

– Vous aimez les devinettes ? Si je vous dis *« elles voient sans yeux »* et que je vous montre ce qui ressemble à des déjections d'oiseau, à quel genre d'animal pensez-vous ? Des bestioles qu'on trouverait dans le secteur, près d'ici ?

33

Lundi

Le vibreur réveilla Thomas.

Il souleva son drap de façon à masquer la lumière de l'appareil, ouvrit le clapet et lut le message sur l'écran : *« Réveil : actif. Voulez-vous rallumer le téléphone ? »* Il sélectionna la touche *« Non »*. L'écran du portable s'éteignit sans bruit.

Trois heures moins le quart. Pile dans les temps.

La soirée était passée à toute vitesse. Il avait abandonné les autres à leur fiesta improvisée pour se forcer à aller dormir – ou du moins, somnoler – malgré l'excitation. D'expérience, il savait qu'un brin de sommeil pouvait faire la différence lorsqu'on était amené à prendre des décisions rapides.

Des bouts de son ancienne vie lui revinrent en mémoire. Le son du bipeur de garde, sauter dans un pyjama de bloc, attraper un stétho et foncer au déchocage. Plaie par balle ou simple laryngite ? La surprise, comme toujours.

Comme ce soir.

Il s'assit sur le bord du lit et glissa le cellulaire sous son matelas, où il avait déjà caché les deux sacs contenant la chemise et le tuyau orange.

Il était content d'avoir « emprunté » son téléphone à Karen. Pas plus difficile qu'un tour de passe-passe. Bien sûr, il aurait pu lui demander la permission – après tout, il n'avait eu besoin que de la fonction réveil. Mais c'était tellement meilleur ainsi.

Il saisit sa paire de bottes, s'assura que Lenny ronflait et descendit l'escalier sur ses chaussettes, en veillant à ne pas faire craquer les marches. Il sortit dans la rue et s'assit sur le perron pour enfiler ses bottes.

La lune était ronde, aussi frêle qu'un disque de papier suspendu dans le ciel, déposant des gouttes d'encre bleue sur les toits. La maison voisine où dormait le reste du groupe paraissait calme. Le trio infernal avait peut-être décidé de faire relâche.

Il vérifia que le couteau à pain était bien scotché sur le côté de son mollet. Les dents lui entamaient la peau. Il déplaça le manche fixé sous la triple couche de ruban adhésif.

Ridicule. Et ça lui tirait les poils. Mais dans la catégorie « arme blanche », il n'avait ni le choix ni le temps de se montrer exigeant. De toute façon, ça ne servait pas à grand-chose. Juste à lui donner l'illusion de maîtriser sa peur.

Il se leva, jeta un dernier coup d'œil en arrière et se demanda pour la dixième fois s'il n'était pas en train de faire une connerie monumentale. Pour la dixième fois, il conclut que oui.

Et prit la direction de la mine.

Vector Kaminsky ne réagit qu'à la deuxième secousse.

– Qu'est-ce qui y a ? dit-il d'une voix ensommeillée.

– Debout.

Il se tourna de l'autre côté.

– Chuis crevé...

– Viens, répéta Pearl en le secouant de plus belle.

Vector grogna et finit par s'asseoir. Il voulut se frotter les yeux mais constata que son poignet droit était encore attaché au barreau du lit à l'aide de sa cravate Omer Simpson. Il lâcha un soupir et s'attela mollement à défaire le nœud en s'aidant de sa main gauche.

– Écoute, ma poule, on s'éclate bien. T'es une bombe. Une vraie. Mais là, tu vois, j'en peux plus...

– Cecil a entendu un truc.

– C-c'est v-vrai, soutint le rouquin.

Vector observa le pompiste : il portait son caleçon.

– Mec, qu'on s'amuse ensemble, c'est une chose. Mais que tu portes mes sous-vêtements, c'en est une autre.

– Un c-c-cri.

– Quoi ?

– Mais putain t'es sourd ou quoi ? s'énerva Pearl. Cecil te dit qu'il a entendu crier.

Thomas s'était attendu à des difficultés, mais non. Les indications d'Elizabeth étaient précises. Rue principale, fourche en Y, canyon de gauche, puis suivre les rails jusqu'à la cuvette de la mine.

Le paysage était tout en nuances de gris, bleu et mauve, comme dans les romans d'épouvante de Lovecraft. À part ça, on y voyait comme en plein jour.

Il observa la silhouette sombre de la baraque en tôle. L'air nocturne était chargé d'effluves. Odeurs de terre, de buissons, et d'autre chose, plus étrange. Des relents sucrés.

La maison était silencieuse. Il en fit le tour sans

repérer de lumière. Alla jusqu'à la porte, saisit la poignée et tourna lentement. Le bois grinça.

– Il y a quelqu'un ?

Pas de réponse. Il passa la tête : la pièce était déserte. La bonne blague, à quoi s'était-il attendu ? À la fanfare de la Fête nationale ?

Il relâcha sa respiration, regagna l'esplanade et tâcha de se dégourdir les jambes. Il faillit buter contre un pneu de camion et s'arrêta au bord de la cuvette. Les rails s'y enfonçaient comme au cœur d'un maelström. Sur les bords, les tunnels de béton marquant les entrées de la mine luisaient sous la lune.

Thomas ne parvenait pas à calmer sa nervosité.

Une silhouette se détacha soudain des profondeurs et s'éleva en papillotant. La forme passa au-dessus de sa tête dans un frémissement d'ailes de cuir.

Une chauve-souris.

La voilà, la réponse à l'énigme de Peter. Elizabeth avait mis moins d'une minute à la trouver, avant de lui raconter son équipée avec Karen et leur découverte de la cabane aux chiroptères.

Thomas mâchonna l'intérieur de ses joues.

Les fientes de bestioles, l'énigme, tout conduisait ici. Alors, pourquoi l'autre ne se trouvait-il pas au rendez-vous ?

Le bruit arriva par-derrière. Si fort au milieu du silence, qu'il crut d'abord qu'on raclait du gravier avec une pelle. Il se retourna. Personne.

– Qu'est-ce que...

Grésillement, à nouveau. C'est alors qu'il l'aperçut, posé au pied du pneu.

– Plus près, ordonna le talkie-walkie. Viens plus près de moi, Tommy Boy.

Vector enfila son pantalon en vitesse.

– Mais qu'est-ce que vous foutez ?

– B-ben, on v-va voir.

– Cecil a vu un type marcher au bout de la rue, souffla Pearl.

– Qui ça, un type ?

– Q-q-quelqu'un.

Les deux autres étaient déjà en train de s'éloigner. Vector chaussa une paire de tongs trop grandes – à qui appartenaient ces machins ? depuis le soi-disant tri des affaires, tout était mélangé ! – et alla jusqu'à la porte. Il faillit se prendre les pieds dans son ordinateur portable et sortit en râlant.

– Bordel de bordel, mais attendez-moi, au moins...

Le voyant rouge s'alluma.

– Je suis content que tu sois venu, dit l'appareil.

– C'est ça, connard.

– Si tu veux qu'on discute, il faut appuyer sur le bouton de droite. C'est un talkie-walkie. Rouge : je parle. Vert : c'est à toi.

Thomas cliqua à l'endroit indiqué.

– Quel genre de taré s'en prend à des femmes et des enfants ?

Il relâcha le bouton et attendit.

Bravo. Excellente introduction. Voilà qui allait certainement faciliter leurs rapports.

Nouveau crachotement. Thomas identifia un rire.

– Ton avis, mon petit vieux, je m'en contrefous.

La voix était modifiée par la transmission, mais il la reconnut sans peine : la même que celle du bus.

– Ma devinette t'a plu ?

– Ce n'est pas un jeu.

– Oh que si.

– Où est Paula Jones ?

– Avec moi.

– Je veux lui parler.

– Approche-toi de la cuvette de la mine.

Thomas s'exécuta.

– Observe bien la dernière entrée, tout au fond. Fais attention à ne pas tomber.

Gloussement dans l'appareil. La situation avait vraiment l'air de réjouir le dingue au plus haut point. Une lampe de poche s'alluma au fond de la cuvette. Deux coups brefs, puis un long.

– Je te vois, murmura Thomas entre ses dents.

– Eh bien, qu'est-ce que tu attends ?

– Je l'ai déjà dit. Paula.

– Et moi je t'ai conseillé, une fois déjà, de ne pas faire le malin. Tu crois que tu p...

Thomas éteignit le talkie sans prévenir. Il se força à attendre vingt bonnes secondes – une éternité. Puis le ralluma.

– Alors ? dit-il.

Un instant s'écoula. Il crut entendre le bruit d'une respiration.

– Doucement, Tommy Boy, fit la voix. L'épreuve commence à peine. Il ne faut pas que tu perdes déjà les pédales.

Un cri résonna dans l'appareil. Étouffé. Féminin.

– Tu vois ce que je veux dire ?

Un autre cri. Suivi d'un gémissement.

– Assez ! dit Thomas. C'est bon, je descends. Surtout, ne la touche pas.

34

Il se donna une claque sur le bras pour chasser un moustique. Deux autres lui tournaient autour de la tête. L'odeur sucrée qu'il avait perçue à l'extérieur était forte, à présent. Indéniablement un parfum. Thomas s'approcha de l'entrée.

Le départ du tunnel était constitué d'un cylindre de béton mais les rails avaient disparu. Le cylindre faisait à peine la largeur d'un homme, et moins d'un mètre de long. L'entreprise avait dû l'encastrer devant l'entrée de la mine puis le recouvrir de terre. Une entrée par-dessus l'entrée, en quelque sorte.

– C'est pour bloquer l'entrée des wagonnets, commenta le talkie. Autrement, n'importe qui pourrait circuler à l'intérieur. Les gens sont tellement irrespectueux...

Une large grille protégeait l'ouverture, composée de deux montants verticaux supportant huit poutrelles horizontales. L'ensemble avait été descellé et poussé sur le côté, devant les restes fracassés d'un petit appareil électronique.

Le talkie grésilla.

– Grille « spéciale chauves-souris ». Ça les laisse passer tout en préservant la circulation d'air dans la mine.

– T'as l'air de t'y connaître. L'appareil, c'est quoi ?

Tom se fichait de la réponse. Son unique objectif était de gagner du temps pour examiner les alentours. Repérer les endroits où le kidnappeur pouvait se dissimuler – et inversement, où lui-même pourrait se cacher en cas de besoin. Mais à part un wagonnet couché sur le flanc, à moins d'un jet de pierre, il n'y avait rien.

– Un capteur de luminosité, couplé à un détecteur de mouvement, répondit la voix. Pour savoir à quel moment les bestioles entrent et sortent. De la camelote bas de gamme pour universitaire. Rien à voir avec mes petits gadgets. Vise plutôt...

À nouveau, la lampe de poche s'alluma. Trois mètres à l'intérieur du tunnel.

Thomas s'attendait à voir quelqu'un la tenir à la main, mais elle était simplement encastrée dans un trépied relié à une batterie, avec prise télécommandée. Un système à distance. Le dingue n'était pas là. En fait, il pouvait se trouver n'importe où.

– Pas mal, hein ?

Une autre lampe s'alluma, dix mètres plus loin.

– Avance.

Le ton n'était plus à la badinerie.

Tom se coula dans l'ouverture, franchit le cylindre en béton et se retrouva dans le tunnel.

Il avait imaginé des parois de pierre brute, comme celles d'une caverne, or l'ensemble était parfaitement rectangulaire. Des planches recouvraient les murs et le plafond, enduites de poussière blanche – des résidus de borax, sans doute. Il nota un panneau de contreplaqué couvert de vieilles inscriptions au marqueur, des étagères où s'empilaient des boîtes de clous, et les rails qui reprenaient plus loin. Il leva les yeux. Un panneau rouge, au plafond, annonçait : ATTENTION DANGER.

Il faillit sourire.

Des flaques d'eau imbibaient le sol. Il écrasa un autre moustique, sur sa cuisse, cette fois. Un bourdonnement montait des profondeurs de la mine, faisant penser à un nid de frelons.

Il y eut un nouveau cri dans le talkie-walkie, suivi d'un second puis d'un gémissement. Toujours la voix de femme.

– Et si tu pressais le pas ?

– Voilà, grommela Thomas.

Il dépassa la seconde lampe et découvrit une troisième source de lumière provenant d'une salle située au bout du tunnel. Quelques secondes plus tard, il débouchait sous une charpente d'énormes poutres. Le plafond culminait à quatre mètres et la salle était divisée en deux par une longue bâche de plastique opaque, façon rideau de douche.

Nous y voilà.

L'unique mobilier dans la première partie de la pièce était constitué d'un ordinateur portable posé sur un gros bidon en fer. Dans la seconde, une forme humaine se devinait derrière le rideau, assise sur une chaise.

Le cœur de Tom se mit à cogner contre sa poitrine.

C'était de là que provenaient la lumière, l'odeur de sucré et le bourdonnement. Il résista à l'envie de se précipiter de l'autre côté de la bâche, et chassa les moustiques – plusieurs dizaines à présent – qui l'avaient pris pour cible.

– Va jusqu'à la table, ordonna le talkie.

L'écran de l'ordinateur s'alluma tout seul.

Encore une télécommande.

Il remarqua que le portable était solidement fixé au bidon par du ruban adhésif recouvrant le socle et les bords. Il ne put retenir un rire nerveux.

– T'as peur qu'on te le pique ?

L'écran de l'ordinateur était d'un bleu uniforme, à part une icône au centre qui représentait une tête de mort. D'une originalité folle.

– Ça te fait rire ? questionna la voix dans le micro. Attends, je vais te faire écouter quelque chose. Mets ton doigt sur le pad.

Thomas supposa qu'il parlait du rectangle au milieu du clavier. Il en avait déjà vu : ça fonctionnait comme une souris. Il posa son index et le fit glisser. Une flèche bougea simultanément à l'écran.

– Maintenant, va sur l'icône et clique. Une seule fois.

Tom s'exécuta. Lorsque la flèche eut atteint la tête de mort, il cliqua. Ce qui eut pour effet de produire un son.

Deux cris. Un gémissement. Les mêmes que ceux qu'il avait déjà entendus.

Depuis le début, l'autre lui avait fait écouter la voix *enregistrée* de Paula Jones.

– Chouette jingle, non ?

– Espèce d'enfoiré !

Thomas fonça vers le rideau de plastique.

– Stop !

Il s'arrêta net.

– Reviens immédiatement. Sinon elle est morte.

La silhouette sur la chaise n'avait pas esquissé le moindre geste. Le psychopathe bluffait. Il avait déjà tué Paula. Mais Thomas pouvait-il courir le risque ? La réponse était évidente.

Il retourna vers l'écran.

– Je suis loin d'en avoir fini avec toi. Clique deux fois, maintenant.

Thomas obtempéra, la mort dans l'âme. Un son

feutré se fit entendre. Il reconnut le démarrage d'un CD.

– Vise un peu ça, Tommy Boy. De nos jours, c'est fou ce qu'on peut faire avec un ordinateur et un peu de matériel vidéo.

Sur l'écran, Tom identifia l'hôtel Bonaventure. La foule dans la rue. Un plan rapproché sur les portraits des candidats – le sien en particulier. Puis plusieurs séquences filmées à l'intérieur. La plus saisissante était celle dans laquelle il se vit descendre l'escalier roulant conduisant au parking souterrain. D'après la position du cameraman, l'autre se trouvait à moins de trois mètres.

– Attends, voilà le plus intéressant...

Nouvelle séquence. L'image tirait sur le vert. On aurait dit des lunettes de vision nocturne. Thomas reconnut la station-service, vue de loin. Un bus en train de brûler. Les flammes montaient dans le ciel noir – vert, en fait – et se tortillaient comme des serpents, rampant et s'enroulant autour des pompes à essence. Puis l'explosion. La scène grésilla et disparut.

– Désolé, l'image sature un peu...

Thomas aurait voulu répondre quelque chose, mais sa gorge était trop sèche.

Une vue du désert, maintenant. Plein soleil. Un homme, de dos, en train d'installer quelque chose. Caméra fixe, sans doute posée sur un trépied. Thomas discerna une antenne satellite.

L'homme se débrouillait toujours pour que son visage reste en dehors du champ. Il s'agenouilla et procéda à un réglage. La scène disparut, remplacée par une grille de chaînes de télévision par satellite.

Une retransmission.

– Tu voulais comprendre ? dit la voix. Savoir pourquoi personne ne vient vous chercher ? Eh bien regarde...

Police, pompiers, secouristes, tous évoluaient parmi les décombres. La scène se déroulait en plein jour, mais s'il n'y avait pas eu le panneau MOBIL, Thomas n'aurait jamais reconnu les ruines de la station-service. Il vit des ambulanciers fermer des glissières et emporter des sacs longs et noirs. Des hommes de la police scientifique, et d'autres avec des blousons portant les lettres jaunes du FBI dans le dos. L'image zappa sur plusieurs chaînes. Des familles en pleurs, Hazel Caine harcelée par les journalistes...

– Si personne ne vient vous chercher, c'est parce qu'on vous a déjà retrouvés. Dans une station-service à la frontière du Nevada. Dix corps, presque impossibles à reconnaître. Hélas, le bus et les indices que j'ai semés laissaient peu de place au doute.

Thomas était totalement sonné. Il avait l'impression d'être enfermé dans un train fonçant vers un précipice.

– Je t'annonce que t'es mort, mon vieux. Officiellement.

Le rire secoua le talkie-walkie.

Dix cadavres. Dix cadavres dans un bus identique. Et dire qu'il ne l'avait pas vu venir.

– Il y aura des tests ADN, articula-t-il d'une voix blanche. Des empreintes dentaires. On découvrira la supercherie...

– Je n'en doute pas. Mais il faudra au moins une semaine. Peut-être deux. Et entre-temps, tout sera terminé. Regarde, je t'ai laissé le meilleur pour la fin.

Thomas ne voulait pas voir, mais ses yeux demeurèrent écarquillés.

Séquence.

Paula Jones.

Paula bâillonnée. Ligotée sur une chaise, torse nu,

avec son gros ventre flasque qui déborde. La chaise est posée au centre d'une bâche en plastique. La bouche et les paupières de Paula sont scotchées par du chatterton. Les paupières maintenues ouvertes. À côté d'elle, un spot halogène. Un œil envahit soudain le cadre de l'image, en gros plan. Énorme. L'œil recule et devient un visage masqué. C'est l'homme du bus, avec sa carrure impressionnante et sa cagoule en toile de jute. Il fait un signe, pouce en l'air. « Ça tourne... »

Séquence.

Paula s'agite. Le géant danse autour d'elle. Il a l'air de s'amuser. Il la choque avec son pistolet électrique. Plusieurs fois. Elle ne bouge plus, mais il continue. Il sort ensuite un récipient, badigeonne son corps à l'aide d'un pinceau, puis s'en va.

Séquence.

L'image est brouillée, de petits parasites volettent en tous sens. Paula revient à elle avec difficulté et se tortille. Une main gantée passe devant la caméra. Elle tient un couteau et le tapote contre l'objectif, pour que le spectateur n'en perde pas une miette.

Séquence.

Le géant tourne autour de Paula. Il tient le couteau dans une main et un livre dans l'autre. Il lit des passages et, entre deux, donne de petits coups de couteau à Paula. Il y a beaucoup de moustiques, attirés par la lumière, le sang et, sans doute, par le produit qui la recouvre. Au bout d'un moment, l'homme revient vers l'objectif pour qu'on observe son livre : c'est une Bible ordinaire, du genre de celle qu'on trouve dans la commode d'un hôtel. La bouche de Paula réussit soudain à trouver une ouverture dans le chatterton. Elle pousse un interminable hurlement. L'homme la laisse faire. Puis revient vers elle et replace l'adhésif, satisfait.

Séquence.

Paula remue de moins en moins. L'homme est contrarié. Il agite son couteau pour éloigner les insectes et, ce faisant, blesse Paula. Il examine la plaie béante qui en résulte. Ce qu'il voit lui plaît. Il recommence, cette fois volontairement.

Séquence.

L'homme a retiré une partie du chatterton. Ça n'a pas été facile, à cause du sang sur ses gants qui l'empêche d'avoir une bonne prise. Il poste un micro près de la bouche de Paula. Il l'enregistre. Comme elle ne réagit pas, il la menace de son pistolet électrique. Elle crie faiblement une fois. Deux. Puis ne bouge plus du tout. L'homme la pousse du doigt, sans succès. Il a l'air un peu déçu. Il récupère la chemise verte qui traîne dans un coin et s'essuie les mains avec, avant de la fourrer dans un sac en plastique. Puis s'approche de l'objectif et appuie sur le côté de la caméra.

Fin de la bande.

– Merveilleux, non ? susurra le talkie.

Un haut-le-cœur secoua Thomas. Il se força à avancer, les jambes tremblantes. D'abord l'une, puis l'autre, et ainsi de suite jusqu'à la bâche. Il fallait qu'il soit sûr.

Il l'écarta.

Paula était bien sur la chaise. Morte et saignée à blanc. Recouverte d'une horrible mixture de miel, d'insectes et d'hémoglobine coagulée. Même aspect que sur la dernière vidéo, à un détail près : sur ses genoux reposait une caisse d'explosifs, reliée à un afficheur digital.

– Seigneur, qu'est-ce que...

L'affichage annonçait 31 secondes.

30.

29.

– On s'est bien amusés, ricana la voix. Allez, tchao, Tommy Boy !

Le talkie-walkie s'éteignit.

L'espace d'un battement de cœur, Thomas fut pétrifié.

La sortie du tunnel se trouvait à plus de trente mètres. Trop tard pour tenter quoi que ce soit. Peut-être trop tard pour s'en tirer. Il fallait se mettre à courir. Tout de suite. Courir, et sauver sa peau.

Il fixa le compte à rebours.

24.

Fous le camp.

23.

Folie. Pure folie.

22.

Thomas s'assit par terre, arracha les bandes sur sa jambe et s'acharna à récupérer son couteau à pain.

35

La première explosion surprit Vector Kaminsky, mais moins que le nuage de poussière qui surgit de la mine.

On aurait dit le souffle d'un dragon.

Il se jeta à terre.

– Nom de Dieu !

– Cecil ! hurla Pearl.

– Couche-toi ! cria Vector.

Il l'attrapa par les cheveux et la força à s'abriter derrière la carcasse du wagonnet gisant sur le flanc.

– On ne peut plus rien ! gémit-il, accroupi derrière leur barricade de fortune. Merde, qu'est-ce que Cecil est allé faire à l'intérieur ? Les anciennes mines peuvent toujours contenir de vieux bâtons de dynamite. Cet abruti ne le sait pas ?

Une seconde explosion fit trembler le sol.

– Là, qu'est-ce que je disais ?

– V-venez nous aider !

Avant que Vector puisse la retenir, Pearl avait bondi hors de sa cachette.

– Cecil !

Le pompiste apparut, tenant quelqu'un par l'épaule. Les deux avançaient, toussant à travers la fumée.

– V-vite ! L-Lincoln... Il est avec m-moi...

Pearl les aida à courir. Ils n'eurent que le temps de s'abriter à nouveau.

Une troisième explosion, proche de l'entrée, projeta dans les airs les débris d'un panneau accompagnés d'une multitude d'éclats de bois. Il y eut un tremblement terrible, puis la fumée se dissipa peu à peu.

Thomas risqua un œil : le tunnel s'était effondré.

– Le fils de pute... Ah, l'enfoiré...

– De qui il parle ?

– Je crois qu'il est sous le choc.

– Lincoln, ça va ?

– Il a voulu me tuer. Il avait piégé tout le tunnel. Jusque sous le panneau. C'était moi le deuxième sur sa liste...

– Bon Dieu, mais de qui est-ce que vous parlez ?

Thomas sourit.

Deux yeux noirs au milieu d'un visage blanc.

– Il croyait que j'allais crever sans vous prévenir...

Il fourra la main dans son pantalon et en sortit un objet.

– Seulement cette fois, je le tiens.

Dans la paume de Thomas, éraflée et à demi couverte de poussière, reposait la forme brillante d'un CD-ROM.

36

Thomas se laissa tomber dans le fauteuil et posa ses bottes pleines de poussière sur la table basse.

– Quelle nuit !

Vector lui souleva les pieds en grommelant et retira le costume qui se trouvait dessous.

– Si tu permets, mec... Costard en soie. À peine moins cher que ta bagnole.

– Oh, pardon.

Thomas regarda autour de lui. C'était la première fois qu'il voyait la chambre du trio. Au centre, deux lits rapprochés n'en faisaient plus qu'un. Des fanions d'équipes sportives étaient alignés au mur, et des grilles de résultats tapissaient le dos de la porte. Sur un meuble reposaient plusieurs gants de cuir, ainsi qu'une vieille batte en bois. Une chose était certaine : ceux qui avaient habité ici aimaient le base-ball.

Son regard alla jusqu'à la fenêtre, où le ciel commençait à pâlir.

– Si j'ai bien compris, dit Pearl tout excitée, on serait à la merci d'une sorte de tueur psychopathe ?

– Ouais.

– Un dingue qui nous aurait enlevés pour nous faire subir des trucs épouvantables ?

– C'est ça.

– Nous découper en morceaux ? Nous crever les

yeux comme dans les films ? Nous couper les doigts, les faire frire à la poêle et nous forcer à les manger ensuite, des trucs dans le genre ?

Thomas leva un sourcil.

Cecil pouffa.

– P-p-putain, qu'est-ce que tu p-peux déconner...

Vector tournait en rond en se lissant les cheveux en arrière.

– Je le savais, putain, je le savais... Jamais j'aurais dû me laisser embarquer dans cette histoire !

– Moi, je trouve ça excitant, dit Pearl.

Vector s'arrêta devant elle.

– Le problème avec toi, poulette, c'est que tout est excitant.

– Je suis pas ta poulette.

– Ça dépend à quelle heure.

– Je baise avec qui je veux.

– J'avais remarqué.

– D-doucement, intervint Cecil.

– HÉ !

Le cri de Thomas les fit sursauter tous les trois.

– Ça y est ? Vous avez fini votre scène de ménage ? On peut envisager de passer à des choses plus importantes ?

Ils baissèrent le regard.

– Je vous signale qu'il faut réveiller tout le monde. Branle-bas de combat !

Cecil croisa les bras, soudain sérieux.

– D-d'abord, d'où vous savez que c'est un p-p-ps... un ps-ps-ps...

– Psychopathe. Regardez le CD, vous allez comprendre. Vector ?

– Mec ?

– Ta bécane fonctionne toujours ?

– Nickel chrome.

– Alors, c'est parti.

Kaminsky s'installa en tailleur sur le lit, ouvrit son portable sur ses genoux et appuya sur le bouton de démarrage. Thomas lui remit le disque. Kaminsky souffla dessus et le glissa dans la fente latérale. Les autres se rapprochèrent pour observer par-dessus son épaule.

– Une question me turlupine, dit-il en s'adressant à Thomas.

– Oui ?

– Si tu savais que t'avais affaire à un fou, pourquoi y aller tout seul ?

– Pas le choix. Il menaçait Paula Jones.

Tom n'avait pas eu le temps de leur raconter l'histoire entière durant le trajet de retour. Juste que le tueur lui avait donné rendez-vous à la mine – en omettant l'énigme de Peter, la chemise sanglante et *tutti quanti*.

Le CD s'arrêta soudain. Les sourcils de Vector se rapprochèrent.

– Un problème ? demanda Thomas.

Les doigts de Kaminsky coururent sur les touches.

– Ne me raconte pas qu'il est abîmé. J'ai découpé une demi-tonne de chatterton pour l'éjecter de l'autre ordinateur, mais j'en ai pris soin. Le CD était sous ma chemise pendant les explosions. À part un peu de poussière, il ne devrait pas avoir une éraflure...

– C'est pas ça.

Vector tapa de l'index sur une touche et tourna le portable vers lui.

– Regarde.

Au centre de l'écran, une fenêtre affichait : « ENTREZ VOTRE CODE ».

– Qu'est-ce que ça veut dire ? demanda Thomas.

– Tu le vois comme moi : le disque est protégé.

Merde. Il n'avait pas prévu ça.

– T'inquiète, fit Vector. C'est rien qu'un contretemps. Je m'en occupe.

Ses doigts se remirent à pianoter.

– C'est quand même dingue, fit Pearl, dont l'excitation était retombée. Vous êtes vraiment sûr de vous ? Y compris pour le cadavre de Paula Jones ?

– Vous croyez que je m'amuse à me lever en pleine nuit pour aller me faire sauter tout seul dans un puits de mine ? (Tom s'interrompit.) Au fait, et vous, pourquoi étiez-vous dans le coin ?

– Cecil nous a réveillés.

– J'ai ent-t-tendu un bruit. Y avait q-quelqu'un dans la rue.

– Et vous m'avez vu, moi ?

– Non. P-p-plus grand.

– On a réussi à suivre la silhouette jusqu'à la mine, poursuivit Pearl. Mais on l'a perdue. C'est là qu'on a remarqué de la lumière dans le tunnel situé tout en bas.

Thomas écrasa son poing dans sa paume.

– Bon sang, bien sûr : le tueur n'a jamais été *devant* moi, mais derrière ! Voilà pourquoi il suivait chacun de mes mouvements.

– On d-dirait que j'suis arrivé pile-poil p-pour vous aider à sortir, hein ?

Le sourire du pompiste découvrit ses dents plantées de travers. Avec ses touffes de cheveux éparses, Thomas lui trouvait un air franchement niais.

Franchement niais, mais drôlement bien réglé quant au timing de son intervention.

– Pile-poil, oui, répondit-il.

– Et pour les autres ? demanda Pearl.

– Évitons de nous séparer. Avec ce type qui rôde, l'endroit est devenu très dangereux.

Thomas récupéra la batte de base-ball.

– Prenez ça pour vous défendre. Cecil et vous, réveillez tout le monde. N'en dites pas trop, évitez de les affoler et rassemblez-les au Pink's. Dès que Vector sort une image, on arrive.

Les deux disparurent. Thomas se renfonça dans le fauteuil, fourbu. Toute la pression accumulée lui tombait d'un seul coup sur les épaules.

Il observa Vector : ce dernier ne faisait plus attention à lui. Il tapait à toute vitesse, l'œil écarquillé, la bouche entrouverte. On aurait dit un accro au crack en train de prendre son pied.

Thomas laissa vagabonder son esprit, et à nouveau lui vint l'image du type en vidéo dans le bureau d'Hazel Caine.

Peut-être qu'il ne devrait pas faire confiance à Vector. Pas plus qu'à Cecil le pompiste, d'ailleurs. Ni même à qui que ce soit.

37

Bonjour, P'a !

Seth accroche son gilet sur le portemanteau et regarde autour de lui. Tout est si lumineux, si clair. Un rayon de soleil tombe de la fenêtre et vient englober l'aquarium tropical. L'eau décompose les couleurs et crée des reflets miroitants sur le mur. Un véritable tableau vivant. Il a beau être dans un rêve, il est capable de discerner chaque détail avec une précision inouïe. Les fauteuils en cuir. Le parquet ciré. Les fleurs fraîchement coupées et disposées avec élégance sur la console en marbre, dans l'entrée. Il croit même sentir l'odeur de l'herbe.

Tout respire le calme et la douceur, comme dans ces photos de David Hamilton dont Seth a trouvé un livre, l'autre jour, sur une étagère de la bibliothèque.

L'univers est limpide.

– Bonjour, mon fils, répond John Gordon en levant les yeux de sa table à dessin. Comment va Gordon junior ?

– Super.

– Après-midi agréable ?

La voix de son père est déjà lointaine. Son regard est retombé parmi les croquis, sautant d'un schéma technique à un autre.

– Super, répète Seth. On a joué à un tas de trucs.

– Bien. Je suis content que tu te sois fait des amis. C'est important, les amis. Il n'est pas bon de rester enfermé alors que tu viens nous voir seulement le week-end.

Son père ne décèle même pas le paradoxe contenu dans ses mots. Comment Seth pourrait-il voir ses parents durant le week-end, s'ils l'obligent à sortir dès son arrivée ?

D'un autre côté, il n'a pas à s'en plaindre. Au moins, il n'est plus à Sainte-Foy. Il n'a plus à supporter les moqueries que provoque son poids. Les professeurs ne l'humilient plus. Jake, le surveillant de nuit, n'essaye plus de le peloter quand il va aux toilettes. Il peut même arrêter de prendre ses médicaments. (D'ailleurs, il ne s'est jamais senti malade.)

La voix de son père s'élève à nouveau.

– On m'a rapporté que tu ne parlais à personne. Sainte-Foy est pourtant un endroit agréable, même si tes camarades sont un peu...

– Cinglés ?

– Caractériels, corrige son père. Les enfants qui vont là-bas sont caractériels. Tu n'es pas chez les fous, mon fils, ajoute-t-il d'un ton de reproche.

– Je n'ai pas besoin de leur parler. Il y a d'excellentes séries à la télé.

– Passer son temps devant un écran n'est pas une occupation saine pour un enfant. Nous nous faisons du souci pour toi, mon fils.

Par « nous », il entend lui et sa femme. La mère de Seth. Le garçon frissonne.

– Pas la peine de t'inquiéter, P'a. Je vais beaucoup mieux, à présent.

Son père ne répond pas. Il est absorbé. Probablement un détail à régler. Comme toujours depuis qu'ils habitent ici. Depuis 1980. Trois ans déjà.

– Tu viendras avec nous ? demande Seth. J'aimerais te présenter quelqu'un...

John Gordon marmonne quelque chose d'inaudible. Le grattement de son crayon sur le papier produit un son à la fois doux et familier. Ce bruit berce Seth depuis son enfance. Aussi loin qu'il se souvienne, son père a toujours griffonné des dessins d'architecture. Sur un carnet de notes, sur un coin de nappe dans un restaurant, sur une page de livre. C'est sans doute le premier son que Seth a perçu à sa naissance, avant le moindre mot de sa mère.

– P'a ?

– Mmmh ?

– Tu viendras ?

– Où ça ?

– À la plage.

Son père secoue la tête.

– Pas le temps, mon fils. Je dois livrer cet ouvrage dans les délais, ce sera le plus...

– ... grand hôtel de la ville, soupire Seth. Oui, je sais.

Son père sourit. Lève à nouveau ses yeux vers lui. Ils sont gris. De fines rides partent du coin de ses paupières. Ses cheveux sont d'un blond presque blanc. Ses pommettes anguleuses soulignent son teint hâlé, acquis lors des longues heures passées sur les échafaudages. Pour tout ce qui concerne son travail, John Gordon III supervise le moindre détail. Il n'a l'air ni vieux, ni riche, ni puissant. On dirait un jeune homme.

– Tu devrais aller l'embrasser.

Il n'a pas cessé de sourire.

– Je n'ai pas envie, répond Seth.

Le sourire de John ne varie pas. Sa douceur est infinie. Il doit se douter de ce qu'il se passe. C'est forcé.

– Fais un effort, Seth.

Inutile de discuter. Si Seth ne s'exécute pas, son père est capable d'appeler le chauffeur pour le renvoyer immédiatement à Sainte-Foy. Cela s'est déjà produit.

– Elle en a besoin, insiste son père. Elle va mal. Elle t'a réclamé à plusieurs reprises.

Les pupilles grises sont posées sur lui. Elles ont l'éclat d'un couperet. Est-ce qu'il se rend compte que son regard est aussi précis qu'une arme ? Est-ce pour cela que Seth n'a jamais vu personne désobéir ?

– Elle est dans son bureau. Elle t'attend.

Seth tremble à peine. Il contracte les poings. Ouvre la bouche. Cette fois, il va tout lui dire. Lui balancer en pleine figure. Ses poumons se gonflent, les veines saillent sur son cou. Ça va être une véritable explosion.

– D'accord, P'a.

– Parfait.

Les yeux gris retournent au dessin. Le bruit du crayon reprend.

Seth attend. Rien d'autre ne se produit. Peut-être que s'il reste comme ça, sans bouger, son père va l'oublier.

Le crayon s'arrête.

– J'y vais, s'empresse de dire Seth.

Il traverse l'appartement. Une suite de luxe aussi vaste qu'un château – dans le rêve, les distances lui paraissent toujours immenses : couloir, portes, d'autres portes, un second salon.

Seth arrive sur le seuil du bureau. Les fenêtres sont toujours là, mais étrangement, la lumière a diminué, comme si on avait baissé le niveau d'une lampe halogène.

Il frappe. La porte s'ouvre presque aussitôt.

– Je t'attendais.

Elle lui sourit. Ses cheveux dénoués reposent sur ses épaules. Un crucifix en or pend à son cou. Elle sent bon. Son parfum habituel. Elle a l'air si douce.

– Bonjour, Seth, murmure sa mère.

Elle porte déjà ses gants en latex. Elle n'aime pas le toucher de ses mains nues. Le latex lui procure une sorte de distance. Comme si ce n'était pas elle qui agissait.

Le regard de Seth se perd dans le vague. Il est déjà quelqu'un d'autre. Ailleurs, sur la plage. Il a chaud. Il est bien.

– Je suis contente que tu sois venu, dit-elle.

Elle l'attire à l'intérieur, puis ferme à clé derrière lui.

Seth se redressa sur son lit de camp.

Il essuya le coin de ses paupières et demeura assis quelques secondes, le temps de reprendre son souffle. Un miroir était posé sur la table. À l'intérieur se trouvait un homme chauve, en train de l'observer. Une tête massive, des pupilles bleu pâle, un nez étroit et fin – bien qu'un peu aplati vers le bout – et un cou puissant avec des muscles semblables à deux énormes pistons.

Rien à voir avec le bébé obèse qu'il avait été. Aujourd'hui, beaucoup de femmes lui trouvaient du charme. On le prenait souvent pour un flic.

Seth passa une main sur son crâne lisse, avec l'impression de caresser une boule de démolition.

– Tu peux sortir, dit-il.

– Tu m'as entendu ? fit la Voix, surprise.

– Je ne dors jamais vraiment.

– Tu pleurais ?

– Non.

– On aurait cru.

– Laisse tomber.

Seth se leva. Il était entièrement nu. La température à l'intérieur de son abri souterrain était réglée sur dix-sept degrés pour ménager les systèmes électroniques, mais cette fraîcheur ne le gênait pas.

Il s'allongea face contre terre, écarta les coudes, posa les paumes à plat, puis exécuta une rapide série de pompes. Il s'arrêta à cent. Prit dix secondes pour souffler et en exécuta cinquante de plus – sur un seul bras, cette fois.

– Impressionnant, commenta la Voix.

Seth marqua une pause. Les veines saillaient sur son cou.

– Qu'est-ce que tu veux ?

– Rien. M'assurer que tout se déroule comme prévu.

– Ils ont découvert l'autre cadavre ?

– Non.

Seth reprit ses exercices.

– Eh bien, crois-moi, dit-il, ils ne vont plus tarder.

38

Lorsque Thomas rouvrit les yeux, Vector Kaminsky avait disparu.

– Chiotte.

Lincoln aurait pourtant juré ne s'être assoupi qu'un instant. Il vit alors que l'ordinateur manquait lui aussi.

– Re-chiotte.

Une latte du plancher craqua dans son dos. Il voulut se lever, mais une poigne décidée l'en empêcha. Il sentit un objet épais passer devant son cou.

La batte de base-ball.

Avant qu'il ait eu le temps de réagir, deux bras tirèrent la batte en arrière, ce qui eu pour effet de le plaquer dans le fauteuil en lui écrasant le larynx.

– Assis !

Thomas sentit l'air lui manquer. Il s'accrocha à la batte et parvint à se dégager de quelques millimètres.

– Cameron ! Mais qu'est-ce qui vous prend !

Le blondin se contenta de raffermir sa prise. Tom étouffait. Kaminsky apparut dans son champ de vision, accompagné de Cecil et Pearl. Tous les trois paraissaient gênés.

Vector parla en se tortillant les mains.

– Désolé, Lincoln. La batterie de mon ordinateur était à plat. J'ai dû aller voir les autres...

– Allez à l'essentiel, grogna Cameron.

– On a réveillé tout le monde, mec, reprit Vector. Comme t'avais dit. C'est là qu'on a trouvé les sacs plastique. Dans ta piaule.

Le sac plein du sang de Paula. Merde.

Thomas rua des pieds pour se dégager, mais les bras du surfeur étaient deux piliers de béton.

– Dites-lui... de me lâcher... Racontez pour la mine...

– On l'a fait, s'excusa Vector. Mais avec cette histoire de sacs, tu vois...

Cameron serra un peu plus et Tom cessa de s'agiter. Le sang n'arrivait plus à son cerveau. Sa vision devint trouble. Le visage de Karen lui apparut soudain au milieu d'un voile rouge. Elle fit signe à Cameron de relâcher la prise.

– Doucement, il ne faudrait pas qu'il s'évanouisse.

Thomas toussa et déglutit. Un arrière-goût métallique traînait dans sa gorge. Il mit un moment à comprendre que c'était son sang.

Karen lui colla un sac plastique sous le nez. La chemise de Paula était à l'intérieur.

– Tu peux nous expliquer ça ?

Thomas avala sa salive, en se massant le larynx. Il hocha la tête.

– On a trouvé trois sacs dans ta chambre, renchérit-elle.

– Si vous m'en aviez laissé le temps... je vous aurais expliqué...

Il s'arrêta net.

– Attendez, combien de sacs ?

– Trois. Ils débordaient de sous ton matelas. Difficile à louper.

Une sueur glaciale dégringola dans son dos.

– Le second... dit-il, le second contenait un tuyau orange.

– Oui.

– Et le troisième ?

– Tu le sais très bien : le débardeur kaki de Nina Rodriguez. Celui qu'elle portait durant le voyage, avec NINA imprimé dessus.

Karen le fixa d'un œil plus dur encore.

– Et comme par hasard, cette fille reste introuvable.

39

Thomas se gratta le cou. L'étiquette de sa nouvelle chemise le démangeait : une Dolce & Gabbana lie-de-vin, flambant neuve, offerte par Lenny pour remplacer la sienne. C'était tout ce que le dandy avait trouvé parmi ses affaires de rechange.

– Regardez, dit-il en plaçant un miroir devant Thomas, elle vous donne un petit air Robbie Williams tout à fait sexy. Et un type sexy a toujours l'air moins coupable.

La chemise émettait des reflets chatoyants dans la lumière matinale.

– Mais je ne suis *pas* coupable.

– Ça tombe sous le sens.

Le dandy reposa le miroir et rajusta le tissu au niveau des épaules. Thomas s'énerva.

– Pour autant que je sache, ça pourrait très bien être vous le responsable. Vous dormiez dans ma chambre. Vous auriez pu découvrir les sacs, en ajouter un, faire n'importe quoi, vous aviez le champ libre !

L'autre eut une moue indulgente.

– Ts ts ts... Je vous rappelle que c'est grâce à moi qu'on ne vous a pas lynché.

– N'exagérons rien. J'allais leur expliquer la situation quand vous êtes entré dans la chambre en poussant des cris de poulet qu'on égorge.

– Ils commettaient une injustice.

– Qu'est-ce qui vous fait croire que je suis innocent ?

– J'ai fait une balade ce matin. Je suis très matinal, vous vous souvenez ? Quand je me suis levé, ni les sacs ni vous n'étiez visibles.

– Ils étaient pourtant bien en évidence lorsque Cameron et les autres sont tombés dessus. D'après eux, il y avait du sang jusque sur mon matelas.

– Preuve qu'un individu les a sortis exprès pour qu'on vous accuse.

Thomas grommela quelque chose d'inintelligible.

– Allons, courage, dit Lenny, ça va bien se passer. Vous avez un plan ?

– Fuir au Mexique.

Le dandy eut un sourire pincé.

– O.K. Dire la vérité, rectifia Thomas.

– Bien. Mais vous pouvez faire encore mieux.

– Comment ça ?

– Attaquez.

Cameron avait tenu à ce que le groupe se rassemble dans la chapelle. « Pour une simple mise au point », avait-il dit. En réalité, Tom avait l'impression qu'on réunissait un tribunal.

Un vent de sable s'était levé, diminuant encore la lumière qui s'insinuait avec peine à travers les petites fenêtres rondes. À l'intérieur, les bancs avaient été disposés en cercle pour accueillir les gens – excepté Thomas, qui avait droit à son tabouret personnel rien que pour lui. Au centre du cercle.

Vector, Cecil et Pearl se tenaient sur sa gauche ; Peter, Elizabeth et Lenny sur sa droite ; Karen et Cole lui faisaient face. Quant aux sacs, ils attendaient sur l'autel, telles des pièces à conviction sur le bureau d'un juge.

Un oiseau passa par le trou de la toiture, battit des ailes et alla se percher sous la voûte. Cameron Cole se mit debout et fit tranquillement le tour du tabouret. Thomas songea qu'il devait être tombé amoureux de sa batte, parce qu'il ne la lâchait plus.

– Lincoln, vous êtes dans une mauvaise passe, commença-t-il en roulant des épaules, à la façon du frappeur devant la balle.

– Ah bon ?

– Eh oui.

– Expliquez-moi ça.

– Les détails accablants s'accumulent autour de vous comme des mouches sur une merde, mon vieux.

– Mince alors. Je devrais peut-être prendre un avocat ?

Cameron brandit un index.

– Je vous conseille d'arrêter de faire le mariole. Au début, je ne voulais pas croire à vos histoires, mais j'ai changé d'avis. Il y a bien une menace ici, et c'est vous !

Personne ne broncha.

– Je suis curieux d'entendre votre version, dit Thomas.

– Ma version, c'est que depuis le début vous nous racontez des salades. Le bus brûle et Frankie disparaît, unique témoin : vous. Paula Jones disparaît : on retrouve sa chemise pleine de sang sous votre lit. Nina Rodriguez disparaît : encore un vêtement sous votre lit.

Tom sourit.

– À croire que je suis vraiment crétin de les planquer là, hein ?

Quelqu'un pouffa.

– Il n'y a pas de quoi rire, monsieur Stern, lâcha Cameron. Trois personnes peuvent témoigner que Lincoln rôdait en pleine nuit. Seul. Dans une mine interdite au public, où il a fait sauter des explosifs.

– Ce n'est pas moi ! s'insurgea Thomas.

– Vous avez conscience, je suppose, que c'est exactement le genre de phrase que sortent les délinquants ? N'importe où ailleurs, les flics vous auraient déjà coffré.

– Dommage, je n'en vois pas la queue d'un. Une telle déception, ça doit être terrible à vivre, hein, Cameron ?

– Détrompez-vous.

Cole planta son visage à quelques centimètres du sien.

– Il se trouve que je suis flic, justement.

Quelqu'un émit une exclamation étouffée. Thomas battit des paupières.

– Je pratique *également* les sports nautiques, poursuivit Cameron. Mais je n'ai jamais prétendu que c'était mon métier. C'est une occupation parallèle dans le cadre du Sporting Club de la police de Naples, en Floride.

Cette fois des murmures parcoururent le groupe. Il se tourna pour les faire taire.

– Oh, n'y voyez aucun machiavélisme. Je me suis contenté de suivre l'avis de la production. On m'avait conseillé de la boucler pour ne pas influencer mes rapports avec les gens. Je dois dire que j'ai trouvé ça plutôt instructif. Mais ce n'était pas un secret. (Il sortit un étui de sa poche.) Voici ma plaque, vous pouvez vérifier. En outre, Mlle Chan était au courant depuis le début.

Pearl hocha la tête.

– Oui. En fait, heu... l'inspecteur Cole connaît mon

père. C'est son guide de pêche à Naples. Chaque été depuis dix ans. C'est... c'est comme ça qu'il a été recruté pour l'émission.

Vector les dévisagea tour à tour, ébahi.

– Ah ben d'accord, mec, bonjour la neutralité du casting !

Une bourrasque entraîna une tuile de la toiture, et l'oiseau s'envola. Quelques visages inquiets se tendirent vers les hauteurs.

Cameron revint vers Thomas.

– Mettons les choses au clair : l'émission, les secrets, j'en ai rien à branler. Vous voulez connaître le mien ? Violence au cours d'un interrogatoire.

– Sans blague.

Cameron ignora le sarcasme.

– C'était un accident. Le prévenu souffrait d'une défaillance cardiaque. Il a fait une crise, il est mort. Point. L'enquête interne a conclu que je n'avais rien à me reprocher. Mais il y a toujours des petits cons pour colporter des bruits de chiottes.

– Les gens sont vraiment mesquins.

Cameron posa sa batte sur l'épaule de Lincoln.

– Revenons au sujet principal, voulez-vous ? Votre présence ici soulève tellement de questions passionnantes.

– Telles que ?

– Où est passée Nina Rodriguez ? Où sont les autres ? Qu'est-ce que vous foutez avec des vêtements pleins de sang sous votre lit ? De quoi vous a-t-on accusé par le passé ? De meurtre, c'est bien ça ?

– Mes antécédents n'ont rien à voir avec les événements actuels. Vous n'avez pas à les connaître. En revanche, si vous voulez bien arrêter de vous astiquer le nombril cinq minutes, je peux vous raconter ce qui s'est passé cette nu...

Cameron lui assena une gifle. Thomas tomba du tabouret. Cameron fit deux pas en avant et le saisit par le col.

– Vous mentez ! Vous êtes au centre de tout ! Mon instinct ne cesse de me le répéter depuis le début !

Elizabeth se redressa.

– Lâchez-le.

Cameron plaça une main derrière son oreille.

– Je vous demande pardon ?

– Vous avez très bien entendu. Tom Lincoln n'est pas un saint, mais ça ne vous autorise pas à le maltraiter. Les maltraitances, ça suffit.

Les yeux de Cameron se plissèrent dangereusement.

– Cet homme est un criminel, madame O'Donnel. Il cache des choses, et mon boulot consiste à savoir lesquelles. Allez vous rasseoir. Tout de suite.

– Vous me menacez ?

Lenny se racla la gorge.

– Inspecteur Cole, cette pièce déborde d'émotions. Vous qui êtes un professionnel, aidez-nous à les maîtriser. Je suis certain que M. Lincoln ne se sauvera pas si vous le lâchez. Elizabeth va regagner son banc et vous poursuivrez votre interrogatoire – sans violence, s'entend. Nous sommes neuf personnes, chacune n'aura qu'à être le témoin des actes des huit autres. Cela devrait suffire à maintenir une situation saine.

Il marqua une pause. Cameron ne bougea pas.

– Des témoins, reprit Lenny, ce sont des gens ordinaires qui peuvent rapporter des faits, tels que de la violence gratuite. Devant un juge, à la barre d'un tribunal par exemple. Vous saisissez ce que je veux dire, n'est-ce pas ?

Leurs regards s'affrontèrent durant cinq bonnes secondes. Puis Cameron relâcha Lincoln.

– Très bien. Qu'il s'explique. Mais je vous préviens, il a pas intérêt à se défiler !

Thomas se rassit sur son tabouret. Prit une seconde pour rajuster sa chemise et rassembler ses esprits, adressa un hochement de tête à l'intention d'Elizabeth et Lenny, puis démarra.

Il procéda dans l'ordre, commençant par l'attaque de la station-service, l'usage du Rohypnol et son hypothèse de kidnapping. Sa voix avait repris de l'assurance, mais il évita cette fois de donner dans le sarcasme. Il décrivit comment Lenny et lui avaient retrouvé Cameron dans le désert. Puis raconta son entretien avec Peter, la remise des sacs et l'énigme des chauves-souris – partie de l'histoire à laquelle Elizabeth apporta sa contribution. Peter fut alors questionné, mais l'enfant préféra se taire et plonger une fois de plus dans le mutisme. Plutôt que de laisser les autres l'accabler, Thomas passa au chapitre de la mine et décrivit – sans détails inutiles – les tortures subies par Paula, avant de conclure par les extraits vidéo.

– Voilà toute l'histoire, dit-il enfin. Personne ne nous recherche parce qu'on est morts. Officiellement.

– Ça soulève un problème, commença Karen.

Kaminsky se frappa le front.

– Rien qu'un ? Vous trouvez ?

– Laissez-moi deviner, intervint Lenny. Nous sommes censés avoir péri dans un accident. Ce qui signifie : le kidnappeur n'a pas fait ça pour obtenir une rançon.

– Tout juste, reprit Thomas. Sa mise en scène implique qu'il n'a aucune intention de réclamer de l'argent. Ni de se livrer à un chantage. Ni de revendiquer son acte au nom d'une cause politique ou religieuse. Ni de se venger de la chaîne, ou un truc comme ça.

– C'est complètement dingue, dit Pearl. Pourquoi quelqu'un nous enlèverait si ce n'est pas pour obtenir quelque chose ?

– Il reste un mobile.

– Lequel ?

– Son plaisir à lui.

– Hein ?

– C'est un prédateur. Il aime les énigmes. Dans la mine, il a employé le mot « épreuve ». Je crois que c'est ça, sa motivation. Choisir ses proies et jouer avec. Comme un chasseur.

– Conneries ! tonna Cameron. Vous inventez au fur et à mesure !

– Tout est sur le CD ! Qu'est-ce que vous attendez pour aller voir ?

– Oh, nous allons le faire. Mais en attendant, je vous garantis que vous ne sèmerez plus la panique ! Je ne laisserai personne foutre le bordel ici ! Je vous interdis de mettre le nez dehors ! Compris ?

– Mais je viens de démontrer que...

– Vous n'avez rien démontré du tout. Les seuls éléments dont nous disposons, ce sont les faits. Et que disent-ils ? Ils disent qu'il est impossible de vous faire confiance.

Cole se tourna vers les autres.

– Parce que vous êtes un voleur (il brandit le téléphone portable de Karen), comme l'atteste cet appareil retrouvé dans vos affaires. Parce que vous êtes un dissimulateur de preuves (il brandit le tuyau orange), comme le prouve cet objet qui a servi à me matraquer. Parce que vous ne respectez rien et que vous frappez les journalistes en plein hall d'hôtel. Parce que, si vous soupçonniez que Paula Jones était vraiment en danger, votre devoir était de nous avertir, *docteur*. Parce que vous avez déjà été condamné, radié, et que votre ex-femme ici présente vous considère elle-même comme un individu dangereux.

Un long silence s'ensuivit.

– Alors je vous le demande : si vous étiez à ma place, honnêtement, quelle opinion auriez-vous d'un type pareil ?

– Quoi, vous allez sortir une carte en plastique et me lire mes droits ?

– Je n'en ai pas. Mais je ne veux prendre aucun risque. La sécurité de neuf personnes est en jeu. Et jusqu'à preuve du contraire, le principal suspect, c'est vous.

Le visage de Cameron se fendit d'un sourire.

– Vous resterez bouclé le temps que la crise soit résolue. À partir de maintenant, Lincoln, vous êtes en état d'arrestation.

40

Le soleil filait déjà vers l'horizon lorsque Elizabeth pensa à consulter sa montre.

18 h 30.

Incroyable.

Elle n'avait pas vu le temps passer.

Elle posa son menton dans le creux de ses mains et appuya ses coudes sur son jean – le tailleur, les escarpins et tout le reste, elle les avait flanqués une bonne fois à la poubelle. Elle considéra à nouveau Cameron.

– Redites-moi ça ? fit-elle.

– Demain, nous aurons quitté les lieux.

Le policier n'avait pas l'air de se moquer d'elle. De l'enthousiasme, voilà ce qu'on pouvait lire sur son visage. De l'enthousiasme et de la détermination.

– Demain ?

– Oui.

– Ce n'est pas un peu optimiste ?

– On a tout ce qu'il faut. Fouiller les bâtiments nous a fourni le nécessaire. En fait, on aurait dû commencer par là.

– On aurait dû, effectivement, lâcha-t-elle sur un ton amer.

Elle n'avait pas envie de se montrer agréable. Elle n'aimait pas cet homme, la violence contenue en lui.

Il lui rappelait trop de mauvais souvenirs. Cameron lui entoura doucement les poignets.

– Vous n'acceptez pas que Lincoln soit bouclé dans la chapelle. Mais c'est indispensable. Voyez le bon côté des choses : au moins, il est au frais.

Elle retira ses mains.

– Lâchez-moi.

– Vous avez peur ?

– Non.

Cameron soupira.

– Vous nous avez aidés. Quand j'ai demandé à tout le monde de ratisser les maisons pour rechercher les disparus et collecter des objets utiles, vous avez suivi. Pourquoi ce revirement ?

– Je n'apprécie pas vos méthodes.

Il haussa les épaules.

– Vous avez peur.

Ce n'était plus une question.

– Bien sûr, qu'est-ce que vous croyez !

– La menace décrite par Lincoln est peut-être bidon.

– Ni Paula Jones ni Nina Rodriguez n'ont refait surface.

– Elles ont pu prendre le large.

– Ben voyons, en stop, par exemple ?

– Bon. Admettons. Mais j'ai pris les précautions nécessaires, on se déplace par groupes de trois...

– ... Comme ça, si un agresseur se présente, deux font face pendant que le troisième prévient les autres. Je sais. Et chacun s'est muni d'une arme, telle que le terrifiant canif de Vector Kaminsky.

Elle sortit de sa poche un petit couteau suisse et le jeta aux pieds de Cameron. L'objet ne dépassait pas six centimètres.

– Sauf que ce truc ridicule ne découperait pas du pain de mie, poursuivit-elle.

– C'est vous qui l'avez choisi. Vector, lui, a pris un manche de pioche.

– Oui. Et il a planté dessus une vingtaine de clous pour en faire une masse à pointes. Comme au Moyen Âge.

Le policier leva les yeux au ciel et poussa un soupir théâtral.

– Et alors ? Si porter une arme l'aide à maîtriser son stress, je n'y vois aucun inconvénient. Je vous signale que Lincoln a flanqué la trouille à tout le monde, chacun menace de péter une Durit, ici !

Elizabeth préféra se taire. Elle bouillait. Les armes, quelles qu'elles soient, elle en avait horreur. Son premier mari n'en détenait aucune à la maison. Surtout avec les enfants. Dick avait changé cette règle en introduisant chez eux un fusil à pompe, deux revolvers et une collection de couteaux de chasse qu'il sortait régulièrement pour l'entretien. En oubliant de les ranger. Dick avait changé beaucoup de règles.

– Vous êtes rouge de colère, dit Cameron.

– C'est le bronzage.

– J'ai remarqué votre changement depuis que vous êtes ici. En fait, vous avez une sacrée...

Elle vit ses yeux posés sur la courbe de son jean.

– ... personnalité. Karen dit la même chose, d'ailleurs. (Il s'approcha.) Cessez d'être sur la défensive. Dans un jour ou deux, vos gosses joueront avec vous. Promis.

Elle demeura impassible, espérant qu'aucun voile ne viendrait embuer ses yeux.

N'y pense pas.

Elle en avait tellement envie. Tellement besoin.

Ils sont entre de bonnes mains. À l'heure qu'il est,

ils doivent être en train de faire les fous dans une aire de jeux. Ils s'amusent. Tu ne leur manques pas. Tu ne les as pas abandonnés non plus.

Elle essaya de faire le vide dans son esprit. Si elle s'engageait dans cette voie, elle risquait de ne plus rien contrôler.

– J'ai des gamins, reprit Cameron. Une fille de dix-sept ans et un garçon de dix. Ils vivent avec leur mère, à Miami. Blonds tous les deux. De vrais petits Cole.

Il lui reprit la main.

– Allez, venez.

Elle se laissa faire, quitta la chaise sur laquelle elle s'était avachie et abandonna le bureau pour regagner l'intérieur du hangar.

Le Frigo, c'était le surnom que Cameron avait donné à cet endroit. Il l'avait découvert en début d'après-midi. Le bâtiment ne payait pas de mine : long et plat, il était construit un peu en retrait, à l'entrée du village. Sol en béton, murs blancs, lumière crue fournie par une armée de néons. Des empilements de palettes quadrillaient la pièce, maculés de résidus de poudre blanche. Un ancien hangar de stockage et de conditionnement pour le minerai de borax, d'après Lenny.

Cameron l'avait choisi pour deux raisons : un, il avait une porte avec verrou et clé (qu'il s'était aussitôt adjugée) ; deux, le bâtiment possédait un groupe électrogène en parfait état de marche. Ils n'avaient eu qu'à appuyer sur un bouton pour disposer d'un éclairage et d'une climatisation.

Elizabeth frissonna.

Blanc et froid, comme le réfrigérateur d'un boucher.

– Regardez ça, fit Cameron. Chouette, non ?

Trois personnes s'affairaient autour de bâches posées par terre. Elle s'approcha de la première. Le mot « Lumière » avait été inscrit au marqueur dans un coin du tissu. Sur la toile étaient répartis différents objets classés par catégories. Elizabeth vit des lampes électriques, un carton d'ampoules, un autre de rallonges, des briquets, bougies et boîtes d'allumettes, ainsi que plusieurs spots dont Karen était occupée à vérifier le fonctionnement, tournevis à la main.

La jeune femme leva son outil en signe de bienvenue.

– Salut.

– Salut, répondit Elizabeth.

– La fraîcheur est agréable, vous ne trouvez pas ?

Sourire sympathique. Aucune trace de rancœur.

– Agréable, en effet.

Apparemment, la chirurgienne avait tiré un trait sur leurs chamailleries.

– On a une surprise à vous montrer.

– Par ici, ajouta Cameron.

Il entraîna Elizabeth vers le monticule suivant.

« Boissons et nourriture », c'était son intitulé. Cecil y évoluait au milieu de petites allées de boîtes de conserve, canettes de soda, jus de fruits, paquets de lait stérilisé sous cellophane et autres packs de bière. Pearl était assise sur une pile de *Docteur Pepper*, occupée à se limer les ongles.

Le mannequin ne leva pas la tête.

– Évitez de lui adresser la parole, lui glissa Cameron.

– Humeur massacrante ?

– Plutôt. Pas bougé ses fesses de la journée.

Il désigna la troisième et dernière bâche. Celle-ci supportait un énorme bloc-moteur entouré de pièces détachées classées dans des boîtes. Un objet volumineux était caché sous un drap, derrière.

– Voilà la chose.

– Qu'est-ce qu'il y a sous le drap ? demanda Elizabeth.

Karen se rapprocha.

– Notre ticket de retour.

– On dispose de quatre jerricans d'eau potable de cinq litres chacun, dit Cameron. C'est ce qu'on a de plus gros. Ça fait vingt litres. Avec les boissons en canettes, on peut tripler le volume. Quadrupler si on récupère tous les récipients possibles, jusqu'à la moindre casserole.

Karen opina.

– Ce qui nous fait quatre-vingts litres, poursuivit-elle. Si on marche de nuit et qu'on se rationne au maximum, on peut descendre notre consommation individuelle à deux ou trois litres par vingt-quatre heures. Nous sommes neuf. Ça laisse environ quatre jours. L'autoroute ne peut pas se trouver bien loin.

Elizabeth les dévisagea tour à tour.

– Sérieusement ? Partir à pied, c'est ça votre plan ?

Le policier écarta les bras, paumes vers le ciel.

– Vous voyez une autre solution ?

– Je ne sais pas. Peter et Lenny ne pourront pas marcher beaucoup, et...

– Surprise, fit Karen en retirant le drap, révélant un curieux véhicule, sorte de croisement entre une moto et un petit tracteur.

– Un quad ?

– Oui. Il traînait dans un coin du hangar. Cecil pense que l'endroit servait de garage aux gens du Pink's. Il a presque fini de le réparer. Peter et Lenny pourront voyager dessus. On fixe le chargement, quelques bidons d'essence et (elle porta la main à sa tempe) *Ciao Baby* !

Pearl Chan rangea sa lime dans sa trousse à maquillage et se leva.

– Votre plan, c'est de la merde, dit-elle le plus tranquillement du monde.

Les trois autres la regardèrent, interloqués.

– Vous ne croyez quand même pas que je vais me taper le désert à pied derrière votre bécane à la con ?

– Pearl..., commença Cameron.

– Y a pas de Pearl ! Il est où, le plan ? Et si votre machine tombe en panne ? Ou bien qu'on se perd ? On se bouffe les uns les autres, comme ces types sur le drapeau de la Méduse ?

– Le radeau, rectifia Karen.

– Ouais, radeau ou ce que vous voulez. N'empêche que je reste ici.

– Nous sommes sous pression, dit Elizabeth. Vous ne croyez pas qu'il vaudrait mieux...

– Oh, la ferme ! Tu crois qu'une plouc dans ton genre va me donner des conseils ? (La voix de la jeune femme grimpait de seconde en seconde.) Mon père va venir me chercher ! J'en ai rien à foutre de Lincoln et son histoire ! Papa s'apercevra bien que mon corps n'est pas dans le bus. Celui qui espère copier le corps de Pearl Chan, il est pas encore né !

Elizabeth se demanda s'il fallait rire.

– Papa possède une armée d'avocats ! C'est le patron du plus grand groupe de presse du pays ! Hazel Caine, il va lui arracher la tête et jouer au football avec ! Sa chaîne va crouler sous les procès !

Pearl s'arrêta pour reprendre sa respiration. Remit de l'ordre dans sa coiffure. Puis jeta un regard royal sur ses sujets.

– Regardez-moi ça. Cent mille dollars de prime, et je couche avec des amateurs.

– Vingt mille, rectifia Elizabeth. C'est ce que chaque candidat a reçu. Et personnellement, je ne les ai pas touchés. Mais vous avez raison, payer dix *cents* pour coucher avec vous, c'est encore trop.

Pearl la considéra avec surprise, puis éclata de rire.

– Parce que tu crois que j'ai signé au même tarif que toi ? Attends, c'est trop drôle ! Laisse-moi deviner, je parie que tu pensais aussi que j'avais un secret ?

Elizabeth fronça les sourcils.

– Mais je ne possède aucun mystère débile, moi ! poursuivit Pearl. Rien à cacher. Je suis là pour l'Audimat. Contrat exclusif avec ShowCaine. Les bouseux dans ton genre, on les met pour la déco. Au cas où t'aurais pas remarqué, t'es la fermière de service, ma vieille !

Il y eut un bruit sec.

La main d'Elizabeth était partie toute seule.

Pearl porta la main à sa joue, tituba et tenta de se rattraper au bras de Karen – qui l'esquiva – et elle se retrouva dans la poussière.

– Je ne suis pas vieille, énonça Elizabeth. Quant à toi, tu es une petite fille gâtée. Très malpolie. Et maintenant, la fermière te conseille de la fermer. Vu ?

Pearl la regarda, bouche grande ouverte.

Karen se frotta les mains avec bonne humeur.

– Bien. Tout ça m'a donné super-faim. On rentre becqueter ?

41

Ils fermèrent la porte du hangar à clé et prirent le chemin du retour.

Des tourbillons de poussière ocre parcouraient la rue et se mélangeaient aux couleurs du soir. Encore quelques heures, et la faune sortirait de son sommeil.

Elizabeth l'avait remarqué : la nuit rendait vie au désert. On entendait des trottinements dans l'obscurité, des grattements, les cris des rapaces nocturnes qui fondaient sur leurs proies dans un froissement d'ailes avant de disparaître dans les ténèbres.

La nuit appartenait aux prédateurs.

– Tiens ? fit Karen. Ce n'est pas un lézard ?

Une silhouette tout en longueur grimpait le long d'un mur et filait sous un toit.

– Si, répondit Elizabeth.

Toutes deux marchaient en tête.

– Première fois que je vois un être vivant, dit la chirurgienne. C'est le désert lunaire, ce coin.

– Parce qu'on sort durant le jour. Au zénith, seuls les lézards et les autres reptiles sont encore en mouvement. Ce sont des animaux à sang froid. Ils subissent tous les écarts de température extérieure. Pour maintenir leur organisme en bon état ils doivent constamment se mouvoir de l'ombre au soleil, et vice versa.

Karen la jaugea.

– Vous avez fait des études ?

Elizabeth haussa les épaules.

– Un peu. Pour devenir institutrice.

– Pourquoi avoir arrêté ?

– Mon mari, mes enfants. Les hasards de la vie.

– Vous avez de la chance.

Elizabeth l'observa à la dérobée. Mais Karen ne semblait pas ironique.

– Pour les enfants. Moi, je ne peux pas en avoir.

– Ah.

– Bah, je n'aurais pas le temps de m'en occuper de toute façon.

Elles marchèrent un moment en silence. Cameron et Cecil discutaient derrière. Pearl boudait de l'autre côté de la rue.

– Vous voulez savoir comment on s'est rencontrés ?

Karen avait lancé ça tout de go.

– Thomas et moi. Vous voulez que je vous raconte ?

– Je... Oui, d'accord.

– C'est mon père qui l'a connu en premier. Deux caractères forts, de vraies têtes de cochon. Ils se sont entendus tout de suite. (Un sourire lointain et un peu amer flottait sur son visage.) Je suis fille unique. Je crois que Tom était un peu le garçon que mon père aurait voulu. J'avais treize ans la première fois qu'on s'est rencontrés. Lui, vingt-quatre. Mon père dirigeait le département de médecine à la fac.

– Los Angeles ?

– UCLA. Thomas était un étudiant brillant. Atypique aussi. Un bagarreur sorti du ghetto. Ma famille l'a pris sous son aile.

– On dirait que vous parlez d'un enfant abandonné.

– Son père était mécano. Un bosseur, mais qui

n'était jamais là. Sa mère, une Mexicaine, n'a eu que ce gamin et s'est tirée peu après sa naissance. Ce qui fait que Thomas a plus ou moins grandi seul. Ça l'a marqué. Il a fricoté avec les gangs d'ados, mais son véritable truc, c'était de s'occuper des gosses sans parents. Des laissés-pour-compte. Il « jouait au grand frère », comme il aimait dire.

– Je ne comprends pas.

– Il regroupait les plus jeunes et leur trouvait des occupations. Il frappait aux portes pour obtenir des crédits, construire une piste de skate, organiser des matchs de hockey, des concours de jeux vidéo, ce genre de trucs. Faire en sorte que les gamins ne se retrouvent pas dans la rue. Je me souviens d'avoir lu une étude de l'organisme Child Trends : trois millions d'enfants de moins de treize ans seraient livrés à eux-mêmes une partie de la journée.

Elizabeth acquiesça.

– Ça doit être vrai, dit-elle. Les crèches privées sont rares et chères. Quand on est une mère seule, qu'on n'a ni famille ni les moyens de payer une baby-sitter, travailler devient un épouvantable casse-tête. Soit vous laissez vos enfants se débrouiller seuls en priant pour qu'il ne leur arrive rien, soit vous abandonnez votre boulot et vous vous remettez avec quelqu'un.

Karen hocha la tête.

– Bref. Thomas n'était pas un garçon banal, ça se voyait au premier coup d'œil. Et mon père, lui, l'a remarqué. Il l'a sorti de son milieu et propulsé en fac. Réglé ses frais de scolarité. Obtenu une bourse, un logement sur le campus et tout le tremblement.

Elizabeth repéra l'entrée du Pink's, à une cinquantaine de mètres. Elle ralentit le pas, Karen l'imita.

– Votre père est un homme généreux.

– Il aime les défis originaux.

– Comment s'est passée l'université ?

– Tom paraissait heureux. Il profitait des installations sportives, consacrait son temps à lire, écouter de la musique et regarder des films d'horreur en dévorant des pizzas. Il ne dormait presque pas. On aurait dit qu'il rattrapait la jeunesse qu'il avait loupée. (Elle lâcha un soupir.) Mais côté intégration, ce n'était pas le grand bonheur. Peu d'étudiants en médecine, quelques filles mises à part, s'entendaient avec lui. Beaucoup venaient de milieux aisés. Pour eux, leur premier cadavre, c'était celui du cours de dissection.

– Tom Lincoln arrivait d'un monde beaucoup plus dur.

– Il faisait figure de vaurien. Auprès des étudiantes, ça peut conférer une certaine aura. Mais pour ce qui était des autres garçons...

Karen marqua une pause. Elle marchait courbée, les mains dans les poches, comme si l'on venait de poser un sac sur ses épaules.

– Lorsqu'il a réussi ses examens, reprit-elle, mon père l'a invité à venir avec nous au lac Tahoe pour faire de la voile. Il n'était jamais parti en vacances. On aurait dit un gosse tellement il était émerveillé. La fête au lac était une sorte d'intronisation. Une façon pour mon père de propulser son poulain dans la cour des grands. Les internes qui se trouvaient là étaient les futurs chefs de service du pays.

– Il devait y avoir des jalousies ?

– On avait organisé un buffet au bord de l'eau, avec des joutes nautiques. Thomas a voulu essayer un jet-ski. Des étudiants ont trafiqué sa bécane. Pour rire. Au premier virage, le guidon s'est bloqué et Tom s'est crashé contre un ponton.

Elizabeth se mordit la lèvre.

– Et ?

– Rien.

– Pas de blessures ?

– Un vrai miracle. Il est sorti de l'eau, il beuglait et son arcade pissait le sang. C'est tout.

– Comment a-t-il réagi ?

– Les autres riaient. Alors il s'est dirigé vers le buffet, s'est emparé d'une énorme louche et leur a cassé la figure avec. Le temps qu'on parvienne à le maîtriser, onze personnes étaient bonnes pour l'hosto.

Elizabeth étouffa une exclamation.

– Onze ?

– Les blessures étaient superficielles. Mon père a enterré l'affaire. Pas de plainte, ni d'un côté ni de l'autre. Personne n'avait envie de se retrouver en première page d'un journal titrant « Bizutage raciste à l'université ».

– Et Thomas ?

– Vous auriez dû voir ça, il poussait des cris de fureur et brandissait sa louche face à tous ces types. J'avais treize ans. Il incarnait le rebelle, le Chevalier noir. Qu'est-ce que je pouvais faire, à part en tomber amoureuse ?

Elizabeth baissa les yeux.

– Vous êtes sortis ensemble très tôt.

– Sûrement pas ! Mon père a les idées larges, mais dès qu'il s'agit de sa famille, il serait plutôt vieille école. Non, une fois ses études terminées, Tom a voyagé. De toute façon, il n'avait plus vraiment le profil pour monter un cabinet avec ses ex-petits camarades.

– Où est-il allé ?

– En France, d'abord, où il a travaillé pour une organisation appelée Médecins Sans Frontières. Puis il a essayé différentes ONG et s'est embarqué pour l'Afrique. Mon père avait toujours un œil sur lui. On n'est sortis ensemble qu'à son retour. J'avais dix-sept ans.

– Et toujours amoureuse.

– Pour être honnête, j'avais surtout envie d'expériences. Tom était devenu accessible. Moins fanfaron. Plus fragile. Il avait perdu pas mal d'admiratrices. L'alcool date de cette époque-là.

– Il a eu des ennuis ?

– Assez graves. Au Niger, durant sa dernière mission. Mon père a tenté de le protéger pendant un moment.

– Jusqu'à votre mariage.

– C'était une bêtise. On était ivres morts. Ma famille s'est fâchée et j'ai rompu.

– Vous ne l'aimiez plus ?

Elles étaient arrivées au Pink's. Karen s'arrêta sur les marches pour se tourner vers elle.

– Comprenez-moi bien, Elizabeth. Malgré toute l'estime que nous avions pour lui, ma famille n'aurait pas accepté que je me lie pour la vie avec un garçon de sa... condition.

– Ça sonne comme une trahison.

Karen secoua lentement la tête.

– Peut-être. Vous avez sans doute raison. Mais ce n'est rien à côté du reste. Une réunion s'est tenue à huis clos. Des membres du Conseil de l'Ordre, des avocats et les représentants de deux grands laboratoires pharmaceutiques ont négocié durant plusieurs heures. Tout est resté extrêmement secret. Mais à la fin, Tom a été radié.

– Ça a dû être terrible... Que s'est-il passé en Afrique ?

– Il y a eu des rumeurs. On a parlé d'une campagne de vaccination. D'un accident. Difficile d'en savoir plus. Vous ne pouvez pas imaginer la puissance des laboratoires, c'est colossal. J'ai posé des questions, mais mon père les a balayées d'un geste. « Il ne s'est rien passé, il a dit, oublie cette histoire. »

Les épaules de Karen s'affaissèrent.

– Mon père n'en a jamais reparlé. Et Tom non plus. Simplement, il a disparu de ma vie.

42

Il sursauta. Se demanda si le bruit avait été réel. Ses paupières papillotèrent dans le noir. Il entendait encore l'écho dans sa tête. Un claquement puissant, comme une porte que l'on referme. Est-ce qu'il avait rêvé ? Lorsqu'on se trouve à la lisière de la conscience, un son peut paraître plus fort, ou déformé. Et même provoquer un rêve en quelques secondes.

Thomas écrasa ses globes oculaires entre le pouce et l'index et les massa longuement.

Ça l'avait tiré de son sommeil, c'était ça l'évidence.

Les spectres habituels – taches de couleur rouge, petits cadavres noirs, badges de flic jaunes – retournèrent dans leur tombe.

– À la nuit prochaine, lâcha-t-il à leur intention.

Il se concentra. Il se trouvait toujours bouclé dans la sacristie – ou quel que soit le nom que l'on refile à cette pièce. Dans l'obscurité la plus totale. La bougie qu'il avait allumée lors de sa conversation avec Elizabeth gisait à ses pieds.

Pas besoin de lumière dans l'immédiat.

Il se leva, chercha la porte à tâtons et se retrouva le nez dessus. Il la secoua pour vérifier, des fois que.

Toujours bloquée.

Ses bras retombèrent le long de son corps. Il resta là, immobile. À peine en colère. Peut-être que Cameron avait raison. Peut-être qu'il méritait ce qui lui arrivait. De toute façon, il en avait marre de faire les mêmes cauchemars chaque nuit. Assez de se retrouver devant des hordes de gamins. Des petits enfants noirs aux grands yeux, venus l'implorer en silence.

Les gosses étaient morts. Et leurs parents avec. Personne ne pouvait les ramener. Alors, qu'ils retournent dans leurs saloperies de petits cercueils.

La vérité, c'est qu'un criminel a la possibilité d'être jugé. Mais la culpabilité, ça ronge. Te grignote petit à petit tel un rat dans ton sommeil. Quand tu te réveilles, l'os est déjà à nu.

Tom shoota dans la bougie et l'entendit heurter le mur dans les ténèbres.

Il massa ses muscles endoloris. Il avait dormi sur le sol toute la journée. C'était ça ou taper du poing contre les murs. Il caressa les écorchures sur ses phalanges. Oh, il avait bien cogné quand même. Mais droit, pour éviter la fracture de la tête du cinquième métacarpien. La « fracture du crétin », comme il l'appelait. Parce qu'il n'y a qu'un crétin pour taper de rage contre un mur. C'est très facile à faire : on dévie légèrement le poing vers l'intérieur, toute la force du coup part sur la base du petit doigt – hop, cassé. Thomas se trouvait bien placé pour le savoir, il se l'était déjà faite. Deux fois.

– Cameron ! Espèce d'enfoiré de fils de pute ! se mit-il soudain à beugler.

Il assortit sa tirade de coups de pied dans la porte et hurlements divers, pour faire bonne mesure, puis finit par se calmer.

Bien. Bon.

Maintenant, il pouvait saisir toutes les nuances de l'expression « se comporter comme un homme de

Neandertal ». Il chassa une mouche qui lui tournait autour, s'adossa contre le mur et se força à réfléchir.

Primo, Cameron l'avait enfermé. La porte de la sacristie s'ouvrait vers l'intérieur et comportait, au-dehors, une solide poignée métallique en forme de demi-lune. Le flic n'avait eu qu'à glisser une longue barre de fer dans ladite poignée pour que Thomas ne puisse plus tirer le battant.

Deuzio, il disposait d'une bouteille d'eau minérale et d'un paquet de gâteaux. Techniquement, il ne mourrait ni de faim ni de soif.

Tertio, eh bien... il était coincé.

Il avait beau retourner le problème, son unique espoir passait par Vector Kaminsky. Il fallait attendre. Prier pour que l'informaticien soit aussi doué qu'il le prétendait et décrypte le CD-ROM. Les autres verraient enfin. Et il serait innocenté.

L'unique point positif était que l'électricité fonctionnait à nouveau. Thomas l'avait compris en entendant de la musique, vers 1 heure de l'après-midi. *Thriller*, de Michael Jackson. Le souvenir du juke-box du Pink's avait resurgi. Les groupes électrogènes fonctionnaient enfin ! Grand moment d'exaltation.

Après quoi Thomas s'était tapé en boucle les tubes des années 80 durant cinq heures d'affilée.

– Merde.

Il tournait en rond. Impuissant. Et ça le rendait fou. Il chassa une autre mouche – trop de mouches, par ici, elles devaient venir chercher l'air frais – et repensa à Peter, Karen, Lenny. Puis s'arrêta sur l'image d'Elizabeth. D'elle, il ne savait quoi penser, sinon qu'elle possédait quelque chose d'apaisant. Le sentiment exact était indéfinissable. Il émanait de la jeune femme un mélange de douceur, de souffrance et de volonté de vivre. Elle en avait bavé, mais demeurait capable de poursuivre sa route et de pardonner aux autres autant qu'à elle-même. Elle refusait de courber l'échine.

Le genre de qualités que lui ne possédait pas.

Pourtant, Elizabeth ne semblait pas consciente de sa force. Comme d'autres choses. Sa beauté, par exemple. Cette dernière pensée étonna Thomas. Il prit le temps de l'examiner.

Rien de désagréable. Juste un peu bizarre et inattendu. Il se demanda s'il devait creuser plus loin dans cette voie. Elizabeth éprouvait-elle quelque chose de similaire ? Il lui avait semblé surprendre dans son regard, à une ou deux reprises, une lueur qu'il n'avait plus aperçue dans les yeux d'une femme depuis des lustres. Un espoir infime. Un reflet de l'ancien Lincoln.

Il en était là, lorsque son pied heurta l'objet. *Qu'est-ce que c'est ?* crépitèrent ses synapses. *Pas la bougie, ni l'eau minérale ni le paquet de gâteaux à l'autre bout de la pièce...*

Thomas tâta de la pointe de sa chaussure. Mou comme un coussin, en plus dense. Composé de parties différentes. Il repensa au bruit qui l'avait tiré de son sommeil – le son d'une porte que l'on referme – et son cœur s'accéléra brusquement. Il s'accroupit dans le noir et ses doigts vinrent à la rencontre de l'objet.

Il n'eut aucun mal à l'identifier.

C'était un sac en plastique. Différent des précédents.

Cette fois, il y avait quelque chose de nouveau à l'intérieur.

43

Vector Kaminsky l'appela de derrière la porte.

– T'as crié, mec ?

– Ouais.

– Y a un problème ?

– Vingt minutes que je m'égosille.

– J'aime travailler la musique à fond.

– Michael Jackson, je sais. Bon, t'en es où ?

– Au milieu de l'album. *Thriller* est déjà passé. Après ça, il y a...

– Vector ! Je parle du CD-ROM.

– Oh pardon. Je n'ai pas pu contourner le mot de passe, je suis obligé de faire un déplombage par parties. Les premières images vont bientôt sortir. Mais plus je progresse, plus je me demande si j'ai vraiment envie de voir ce qu'il y a dessus.

Des pas résonnèrent.

– Lincoln, tout va bien ?

Thomas reconnut Lenny.

– Vous êtes venu ?

– Et comment !

Il entendit son rire franc et joyeux. Ça lui fit du bien.

– Consignes officielles. On ne se déplace qu'en groupe. Cameron monte la garde dans la chapelle, et on est tous armés. Enfin, si on peut dire. J'ai hérité d'une matraque en bois. Quant à Vector... eh bien, je vous laisse la surprise.

– C'est ça, Stern, foutez-vous de ma gueule. N'empêche qu'avec mon engin, le premier qui s'approche, je lui défonce la tête !

Tom rapprocha ses lèvres de la porte.

– Faut qu'on parle, Kaminsky.

– Tout ce que tu veux.

– C'est toi qui as déposé le sac ?

Une pause.

– Quoi ? quel sac ?

– Le sac plastique avec les fringues dedans.

– Sous ton lit ? Tu délires !

Thomas se retourna pour observer les éléments étalés sur le sol. Deux vêtements, cette fois. Et deux objets, qu'il avait examinés dans les moindres détails à la lueur de la bougie. Il fit en sorte que sa voix ne tremble pas.

– Écoute, je sais que personne ne me fait confiance. Mais j'ai besoin de savoir. Réponds-moi simplement : est-ce que tu as touché à cette porte ? Est-ce que tu l'as ouverte pour, disons, me remettre quelque chose ? Si c'était une blague, une façon de me faire comprendre que je pompe l'air à tout le monde, je te promets de ne pas me fâcher.

– Te fâcher ? Et qu'est-ce que j'en aurais à cirer ? Ouvrir ta cellule, je risque pas !

Sa voix sonnait sincère aux oreilles de Thomas. Un peu trop, même.

Lenny intervint.

– Vector n'est pas venu ici. Nous sommes restés au Pink's avec Peter. Les autres viennent de rentrer, ils ont passé la journée ensemble. (Il y eut une pause.) Désolé. Cole nous a interdit de vous rendre visite et personne n'avait envie de se retrouver, heu... en prison.

– Vector, t'as peur de Cole ?

Tom avait lancé ça à brûle-pourpoint. Pour voir.

– Peur ? Non !

– Il a peur, confirma Lenny.

– Oh, ça va ! C'est pas parce que j'ai eu quelques...

– ... soucis légaux ? termina Thomas. Des petits démêlés avec la justice, je me trompe ?

Silence de l'autre côté. Thomas avait l'impression d'être devant un parloir. Sauf que les rôles du flic et de l'accusé venaient juste d'être inversés.

Il revint à la charge.

– Je ne te menace pas. Je veux que tu saches que j'ai vu l'enregistrement dans le bureau d'Hazel Caine. Tu t'es disputé avec elle avant l'émission, mais il y avait une caméra. Elle a tout filmé. C'est toi qu'on voit dessus.

C'était du bluff. Il n'avait absolument pas identifié la personne sur ce fameux enregistrement. Il ne possédait même pas la certitude que ça ait un rapport. Mais il devait savoir s'il pouvait faire confiance à Kaminsky.

– Hein ? Non et non ! Qu'est-ce que vous racontez ? (Sur le coup de l'émotion, Vector était repassé au vouvoiement.) C'est vrai que j'ai eu des problèmes, mais ça n'a rien à voir !

Thomas l'entendit s'éloigner puis revenir, comme pour s'assurer que Cameron ne se trouvait pas dans les parages.

– Bon, à vous deux, je peux bien le dire. Si vous la bouclez.

– Une véritable tombe, susurra Lenny.

– Pareil, renchérit Thomas.

Vector poussa un soupir digne d'un tragédien.

– D'accord. J'ai un peu trafiqué sur Internet, il y a quelques années. Je voulais lâcher les études et ces crétins de profs pour monter ma propre entreprise. C'est que je suis un homme d'affaires, moi ! J'ai pas le temps de...

– Allons au but, Vector.

– Ouais. Donc, j'avais pas un rond et j'ai dû trouver des sponsors. En, heu... les forçant un poil.

– T'as fait du racket ?

– Non ! Enfin, les sommes étaient dérisoires. Deux cents dollars par-ci, cinq cents par-là. Faut juste demander aux bonnes sociétés.

Lenny émit un son étouffé. Thomas ne put déterminer s'il s'agissait d'un rire ou d'une exclamation.

– Des sociétés ?

– Des petites boîtes de commerce *on-line*. Celles qui gèrent les paris sportifs, par exemple. On se connecte au site, on parie sur n'importe quel événement sportif, on perd, ou bien on ramasse la mise. C'est aussi sécurisé qu'une banque.

– Si c'est le cas, comment tu leur extorquais de l'argent ?

– Pas besoin de craquer le système. La méthode est simple. Imagine que trois cents personnes se connectent en même temps, mais qu'aucune n'effectue de pari. Ça bloque toutes leurs lignes. Si ces centaines de connexions ont lieu à un moment précis, tel que la finale de la NBA ou le SuperBowl, et qu'elles se prolongent durant plusieurs heures...

– Le chiffre d'affaires de la société chute en vrille, poursuivit Lenny. Aucune connexion, aucun pari, aucun bénéfice. Une fortune perdue en un rien de temps.

– Voilà.

Thomas écarquilla les yeux.

– T'avais des centaines de complices ?

– Mais non. Il suffit d'un cheval de Troie. Tu balances un virus sur Internet, il s'infiltre dans un tas d'ordinateurs *via* leur courrier électronique et te permet ensuite de les activer à distance. Rien de sophistiqué. L'objectif n'est pas d'aller farfouiller chez monsieur et madame Machin. Juste obliger leur bécane à se connecter au site.

Thomas se demanda si Vector avait déjà entendu parler des pirates informatique qui croupissaient en prison, mais préféra s'abstenir de l'interrompre.

– Imagine un peu, mec. T'es dans ta chambre d'étudiant, t'actives trois cents ordinateurs à la fois. Ils se connectent tous à un site basé au Costa Rica et le bloquent. Puis t'envoies un mail au responsable et tu lui annonces que, s'il te vire pas quatre cents misérables dollars sur un compte anonyme, tu continues de bloquer. Qu'est-ce que tu crois qu'il va faire ?

– Payer.

– T'as tout compris. Du moment que tu restes modeste, que tu changes de cible à chaque fois et que tu fiches la paix aux sociétés américaines, t'as toutes les chances que les autorités ne s'intéressent jamais à ton cas.

– Mais tu ne fais plus ça.

– Terminé. Rangé des voitures. Je suis un type respectable !

Thomas sourit.

– Et tu comptais révéler ton petit secret au cours de l'émission ?

Vector se racla la gorge.

– À vrai dire, non. J'espérais juste palper l'argent et me faire un peu de pub. Lancer ma boîte, quoi.

Thomas aurait pu ajouter que lui non plus, il n'avait jamais eu l'intention de révéler son secret. Il avait menti à Hazel Caine : empocher l'argent pour régler les frais hospitaliers de son père, c'est tout ce qu'il voulait. Le reste, sa vie, ses erreurs, ça ne regardait que lui.

Même si la présence de Karen était venue corser l'affaire.

– O.K., Vector. Je te crois. Maintenant, je voudrais que tu me laisses parler à Lenny. Seul à seul.

– Hé, c'est pas cool ! Je vous ai raconté mon histoire !

– Je sais.

Vector finit par regagner la chapelle en râlant.

La poutre glissa contre la porte. Le battant s'ouvrit, et Thomas dut lever une main pour se protéger de la lumière du couloir.

Lenny lui assena une claque sur l'épaule.

– Content de vous revoir. La jeunesse n'est plus ce qu'elle était.

– À qui le dites-vous.

Il aurait bien prolongé la discussion, mais il n'en avait pas le temps.

– Leonard ?

– Lincoln ?

– Vous avez confiance en moi ?

– Je viens de vous ouvrir.

– Alors je dois vous montrer quelque chose, avant que Cameron se demande ce qu'on fabrique.

Il entraîna le dandy à l'intérieur.

– Regardez.

Deux vêtements se trouvaient étalés sur le sol. Une veste, un pantalon.

– C'est le costume de Kaminsky ?

– La veste seulement. Le pantalon appartient à Karen.

– Comment c'est arrivé là ?

– Dans ce sac en plastique. (Thomas le lui tendit.) Inutile de demander : il est identique aux précédents. Quelqu'un a ouvert la porte, l'a déposé, puis refermé. Et ce n'est pas tout.

Il lui remit un flacon blanc surmonté d'un pulvérisateur, et une feuille de papier au format A4.

– Le flacon ressemble à un produit ménager pour nettoyer les vitres, en plus bizarre. Il reste un fond de liquide à l'intérieur. Quant à la feuille...

Lenny vit qu'une phrase était notée dessus. Le papier sortait d'une imprimante et l'encre avait un peu bavé. Il lut à voix haute : *« Que la lumière soit. »*

Il rendit le papier à Thomas.

– Qu'est-ce que ça signifie ?

– Que le tueur n'a pas fini de jouer avec nous.

– Il faut en parler aux autres.

– Attendons un peu. Je préfère éviter les ennuis tant que Cameron n'a pas visionné ce fichu disque. Et puis, si le psychopathe a déposé ces objets ici, c'est qu'il a une raison.

– Laquelle ?

– Je ne sais pas. Mais j'y travaille. (Thomas examina les vêtements d'un air songeur.) En tout cas, Cameron n'a pas tort : il faut rester groupés. Ne lâchez ni Karen, ni Vector d'une semelle.

– Pourquoi ?

– Vous ne voyez pas ? Chaque fois que le dingue fait disparaître quelqu'un, on récupère un objet personnel dans un sac en plastique. Son message est clair : il nous annonce que Vector et Karen sont ses prochaines victimes.

44

L'agent Sparkley gara sa voiture devant l'entrée du Georgian, sans se préoccuper du fait que le stationnement était interdit. Un portier descendit aussitôt les marches de l'hôtel pour protester. Sparkley baissa sa vitre et lui colla son badge du FBI sous le nez. Puis ouvrit la portière de la Grand Am, l'obligeant à battre en retraite. Après quoi il déplia son impressionnante carrure hors de l'habitacle.

Sparkley était un peu moins large qu'un réfrigérateur double porte, ce qui, par contraste, faisait paraître sa tête curieusement petite. Ce détail physique lui avait valu quelques quolibets de la part des filles, à l'époque où il participait aux championnats interuniversitaires. Mais dès qu'il entrait sur la pelouse d'un stade, les critiques se transformaient en acclamations. Sparkley avait laissé tomber le football depuis longtemps, arrêté l'haltérophilie et gagné quelques kilos de graisse. Pourtant, sa silhouette produisait toujours le même effet.

Il fit le tour de la voiture pour aller ouvrir la portière à l'agent Boss.

– D'humeur galante ? fit-elle, sourire aux lèvres.

Sparkley haussa les épaules. Boss sortit et s'étira. Sparkley huma l'air chargé d'iode. Il n'aimait pas Santa Monica. Il n'aimait pas la faune locale, qu'il estimait essentiellement composée de rupins bohèmes et de jeunes branleurs. Il n'aimait pas l'eau. Et, par-dessus tout, il n'aimait pas les psys.

Il monta les marches et traversa la terrasse, slalomant entre les lanternes rétro et le mobilier en teck disposé sur le carrelage blanc et noisette. Il dépassa un couple de touristes et leur enfant, une fillette aux cheveux blonds, et se rendit deux tables plus loin. Un homme seul était installé, tranquille, un exemplaire du dernier *L.A. Times* déployé devant lui.

– Bonsoir, docteur.

L'autre leva les yeux et le fixa par-dessus son journal. Il portait des petites lunettes en écaille. La cinquantaine, taille moyenne, costume neutre. Rien d'impressionnant.

– Vous devez être l'agent Sparkley.

– Qu'est-ce qui vous fait dire ça ?

– Ma secrétaire. Elle m'a prévenu que vous étiez passé à mon cabinet. « Les agents Sparkley et Boss », a-t-elle dit.

– Je pourrais être Boss.

– Si vous citez deux noms désignant un homme et une femme, une tendance inconsciente vous pousse à placer celui de l'homme en premier. Amusant, si l'on considère les efforts accomplis pour lutter contre le sexisme, non ?

Sparkley se tourna vers sa coéquipière.

– Tu vois, je te l'avais dit. Ces toubibs se prennent pour des putains de types intelligents.

La jeune femme tendit la main à l'homme sur la chaise.

– Agent Valeria Boss, dit-elle.

L'autre replia son journal, le posa sur la table et serra la main tendue. Sparkley se détourna pour ne pas avoir à participer à l'échange de civilités. Il détestait les courbettes. À la place, il alla jusqu'à la table des touristes et leur demanda de bien vouloir s'éloigner un brin.

Les parents répondirent dans un anglais approximatif. Français, d'après leur allure. Il désigna son badge du FBI. La fillette ouvrit de grands yeux et posa une question à son père. Sparkley crut comprendre qu'elle voulait savoir s'il était *pour de vrai* l'agent Jack Bauer de la Cellule antiterroriste. Le père expliqua que non, sourit à Sparkley et emmena sa petite famille un peu plus loin.

Sparkley rejoignit sa coéquipière en songeant aux ravages de la télévision.

– J'étais en train d'expliquer le but de notre visite, dit Boss.

– Si je comprends bien, tout ceci est purement informel ? demanda l'homme assis. Il n'est pas question d'interrogatoire ?

Sparkley sourit.

– Pour l'instant, non.

– En quoi puis-je vous aider ?

– Vous êtes bien le médecin personnel de M. Gordon, n'est-ce pas ? Seth Gordon ?

– Oui.

– Alors vous allez pouvoir nous renseigner.

– Dans la mesure de mes modestes compétences.

Sparkley fixa le personnage. L'homme pesait plusieurs dizaines de millions de dollars. L'un des plus influents médecins de Californie. Pour ne pas dire du continent.

– Où se trouve Seth en ce moment, docteur ?

Il détacha bien chacun des mots, étudiant sa réaction. L'autre ne bougea pas un cil.

– Chez lui, je suppose.

– Vous supposez.

– Il y passe tout son temps.

– Pas cette fois. Nous venons de l'hôtel Bonaventure : Seth Gordon n'a pas regagné la chambre qui lui tient lieu de domicile. En fait, il n'y a pas remis les pieds depuis vendredi.

Le psychiatre joignit ses mains – dotées de doigts longs et fins, parfaitement manucurés – et les posa devant sa bouche.

– Bizarre.

Sparkley le jaugea. Il rêvait, ou une lueur d'ironie flottait dans son regard ?

– D'après la convention passée entre le département de la Justice et votre établissement, vous êtes censé savoir où se trouve votre patient.

– Faux. Simplement m'entretenir avec lui. Tous les quinze jours.

– Vous voulez nous faire croire que vous ne savez rien des allées et venues de Seth Gordon ?

– Est-ce que j'ai des cheveux longs, agent Sparkley ? Est-ce que je porte une paire de seins ?

Sparkley haussa un sourcil.

– Non, dit Boss avec un sourire.

– Donc, il doit être évident – même pour vous – que je ne suis pas sa maman.

Sparkley fit quelques pas pour se calmer. À l'autre bout de la terrasse, la femme discutait avec son mari. Elle était jeune et élégante. Il vit que la petite fille l'observait par-dessus le dossier de sa chaise. Il lui adressa un clin d'œil et retourna à la table.

– J'ai l'impression que vous n'avez pas très envie de coopérer.

– Je coopère avec les forces de l'ordre chaque fois que j'en ai l'occasion.

– Les forces de l'ordre ? Je croyais que votre truc, c'était plutôt les médias. Les journalistes.

Sparkley avait pratiquement craché le mot. Sur son échelle personnelle des êtres nuisibles, les journalistes se trouvaient tout en bas, juste au-dessus des cafards. Mais il se demandait si les psychiatres n'étaient pas en train de les battre.

Boss prit le relais.

– Mon collègue est un peu sur les nerfs. Excusez-le. Nous participions à une investigation concernant une affaire de terrorisme lorsque nous avons été déplacés sur cette enquête.

– Le terrorisme, de nos jours, il n'y a plus que ça, hein ?

Boss fit une pointe avec sa bouche, puis sourit.

– Ce que je veux dire, c'est que le patron du FBI de Los Angeles a considéré l'affaire suffisamment importante pour nous déplacer. Il se trouve qu'Harold Krump, l'agent de surveillance de M. Gordon, a été tué hier soir dans l'explosion d'un local loué à Seth Gordon.

Le psychiatre battit brièvement des paupières, mais se reprit aussitôt.

– Laquelle explosion pourrait, selon les premiers éléments de l'enquête, ne pas être accidentelle, poursuivit Boss. Or, certains détails portent à croire que Seth Gordon pourrait avoir quitté la Californie. (Elle se pencha vers le psychiatre.) De là à voir un lien entre ces deux faits, il n'y a qu'un pas...

– Ça fait beaucoup de « pourrait », agent Boss.

Sparkley s'appuya des deux poings sur la table, bras tendus.

– Si vous me passez l'expression, docteur, vous feriez mieux d'arrêter de jouer au con.

– Et vous de secouer ma table.

– Où se trouve Seth ?

– Pas la moindre idée.

– Vous mentez.

– Ah bon ?

– Vous connaissez Seth depuis plus de vingt ans. Il était sous votre garde.

– Il ne l'est plus.

– Un dangereux psychopathe, d'après nos archives. Vous le laissez se balader en pleine nature ?

– Schizophrène.

– Quoi ?

– Seth est schizophrène. Rien ne prouve qu'il soit psychopathe.

– Il a tué sa mère de sang-froid lorsqu'il était gosse. C'est quoi le nom médical pour ça ?

– C'était un enfant battu. Victime de violences et d'abus sexuels.

– Il a été emprisonné à l'hôpital psychiatrique d'Astacadero. Et avant ça chez vous, à l'Institut Sainte-Foy – dont, soit dit en passant, il s'est évadé à plusieurs reprises.

– Des erreurs de jeunesse. (Le psy articula lentement, tel un instituteur s'adressant au demeuré de la classe.) Depuis, Seth a subi une multitude d'évaluations. Acquis plusieurs diplômes. Trouvé du travail. Il a prouvé sa reconnaissance envers la société et souhaite vivre en paix. Seth Gordon est un patient stable, qui bénéficie d'un programme de réinsertion spécial l'autorisant à...

– Assez !

Sparkley en avait suffisamment entendu.

– Que vous soyez le plus éminent spécialiste dans votre domaine, ou le pape en personne, j'en ai rien à cirer. Selon votre « programme spécial », comme vous dites, Seth ne doit pas franchir les limites de cet État. Si vous l'avez aidé à se tirer, ou couvert d'une quelconque manière, vous êtes coupable de délit fédéral.

Sparkley était énervé.

Il observa le couple de touristes et la fillette traverser la rue, longer Palissade Park et prendre en direction de la jetée où les feux de la fête foraine clignotaient joyeusement au loin, au-dessus des vagues. La fillette se retourna pour lui faire un signe de la main.

– Pour l'instant, reprit Sparkley, nous ne disposons pas d'éléments qui vous mettent en cause. Mais mon petit doigt me dit que ça ne va pas tarder.

Le psy désigna quelque chose derrière eux.

– Vous avez remarqué ces plaques commémoratives ?

Valeria Boss se retourna. Trois plaques, deux noires et une dorée, étaient vissées sur le côté gauche de la porte d'entrée.

– Vous attendez que je les lise ?

– Ne vous donnez pas cette peine. Elles parlent du passé. L'hôtel Georgian est chargé de vieilles histoires. Tout comme cette plage, ce ponton. (Son menton pointa en direction d'une table.) Clark Gable et Carole Lombard déjeunaient là-bas en écoutant du jazz. Quant au gangster Bugsy Siegel, il occupait votre place. (Il sourit.) Les Fameux et les Infâmes ont toujours aimé fréquenter les mêmes recoins.

Le psychiatre sortit un carré de tissu et entreprit d'essuyer les verres de ses lunettes, ignorant le visage de Sparkley qui s'assombrissait à vue d'œil.

– Le passé est une chose très importante. Chacun de vos actes, de vos émotions, est conditionné par votre passé. Son étude est fascinante. C'est là que tout commence. Et, en un sens, que tout se termine.

– Où voulez-vous en venir ?

– Au fait que le passé se répète. Robert De Niro et Oliver Stone sont également venus ici. De même que John Gordon III, le fameux architecte qui, comme vous le savez, était l'un de mes amis. Et le père de Seth. Tous des gens très bien, je peux vous l'assurer. Comme cet acteur qui est devenu gouverneur.

– Laissez-moi deviner : encore l'un de vos amis ?

Le psy se contenta de hocher la tête.

– Ce que je veux dire, c'est qu'à la base, les gens adoptent les mêmes comportements et commettent les mêmes erreurs. Les mêmes causes engendrent les mêmes effets. Mais il est possible de briser ce cercle. La psychiatrie, telle que je la conçois, est une science qui vous libère du passé. (Il replaça ses lunettes sur son nez.) Seth mérite sa chance. Il a payé. Rien ne prouve qu'il ait commis un nouveau crime.

Sparkley le dévisagea longuement.

– Puisque vous en êtes si certain, pourquoi n'iriez-vous pas répéter ça à la famille d'Harold Krump ? Son cadavre était tellement carbonisé qu'on a eu du mal à le reconnaître.

Sur quoi Sparkley lui tourna le dos, indiquant que l'entretien était terminé, avant de redescendre les marches avec sa coéquipière.

Le psychiatre les regarda monter dans leur voiture, démarrer puis s'éloigner. Il attendit un moment.

La montée du soir était paisible sur Santa Monica. D'ordinaire, il appréciait beaucoup cet instant. Il sortit son téléphone, composa un numéro et porta le combiné à son oreille. Comme les fois précédentes, il bascula sur la messagerie.

« Ici le répondeur de Seth Gordon. Parlez après le bip. »

Froid. Impersonnel.

Comme les fois précédentes, il ne laissa aucun message. À la place, il sélectionna un autre numéro.

– Allô ? fit la standardiste.

– Bonsoir, mademoiselle. Auriez-vous l'amabilité de me passer le bureau d'Hazel Caine, je vous prie ?

– Bien sûr. Qui dois-je annoncer ?

– Le Dr David Walsh. Le père de Karen Walsh.

45

Ça commençait à prendre forme. Thomas ne voyait pas encore où le tueur voulait en venir, mais à force d'analyser les indices, les choses se précisaient. Surtout depuis qu'il avait compris l'usage du pulvérisateur.

Sa réflexion fut interrompue par un bruit de pas. Il souffla la bougie et alla se plaquer contre le mur.

Il s'était préparé à ça. Position sur le côté de la porte, en embuscade.

Il vérifia l'heure à sa montre. 23 h 30. Il ne risquait pas de s'endormir, ça non. Son cœur cognait contre sa poitrine et maintenait tous ses sens en alerte.

C'était le tueur qui avait déposé le sac et les indices dans la pièce. Lui et personne d'autre. Il s'était tenu à côté de Thomas, l'avait observé pendant qu'il dormait. Tom pouvait visualiser le masque en toile de jute, la fermeture Éclair cousue et le sourire plein de chicots pourris en dessous – il ne savait pas pourquoi, il imaginait des chicots pourris.

Trop de films vidéo, vieux, je l'ai déjà dit.

Les pas se rapprochèrent.

Un frisson le parcourut.

Il tendit la ceinture de son jean entre ses poings. Il l'avait retirée et s'apprêtait à l'utiliser comme une arme. Le reste de ses vêtements, enroulé à l'autre bout de la pièce, était supposé imiter son corps endormi.

Il fut soudain saisi d'une terrible envie de pisser. Génial. Un Noir en slip, la vessie pleine, une ceinture à la main. On aurait dit un film de Ben Stiller.

La porte s'ouvrit, il s'apprêta à bondir. Une ombre s'allongea dans la pièce mais personne n'entra.

La silhouette n'était pas très large d'épaules. Bon point, ça. En revanche, sa main tenait une massue hérissée de pointes.

– Ah ben, je crois qu'il est mort, dit Kaminsky.

– Hein ? Pousse-toi.

Karen entra dans la pièce. Thomas fut tellement soulagé qu'il faillit se faire pipi dessus.

– Je suis là, dit-il dans un souffle.

Karen se retourna. Son regard décrivit un aller-retour dans le sens vertical : jambes nues, slip, torse nu, retour sur le slip.

– Tu peux nous dire ce que tu fabriques ?

– Jogging sur la plage. Ça se voit pas ?

Thomas nota le couteau de cuisine taille XL passé à sa ceinture.

– T'es libre, annonça-t-elle.

– Hein ?

Cameron entra derrière Vector.

– Inspecteur Cole..., dit Thomas.

À sa grande surprise, l'autre lui tendit la main.

– Veuillez accepter nos excuses.

Sa poigne était ferme, sans chaleur excessive.

– Donc, vous l'avez vu, fit Thomas.

Les yeux du flic tombèrent sur son slip.

– Le film sur le disque.

– Pardon ? Ah, oui. Nous l'avons visionné. On a vraiment affaire à un fou.

Vector trépignait sur place. Sa masse cloutée heurta

involontairement le mur et il sursauta. Il faisait penser à une grenade dégoupillée.

– J'ai tout piraté, mec, tout le CD ! C'est dingue, positivement incroyable ! Attends de voir ça, tu vas halluciner...

Son visage traduisait au moins une demi-douzaine d'émotions. Mais celle qu'on y lisait le mieux, c'était la peur.

– Il est shooté ? demanda Tom à Karen.

– Non. Comparé à tout à l'heure, il serait plutôt calme. (Elle cherchait ses mots.) Je... Il y a du nouveau, Lincoln. On a découvert d'autres images sur le disque. En plus de celles que tu nous avais décrites.

– Quoi ?

– Nina. Elle est morte. Il l'a noyée.

La gorge sèche, il se repassa une seconde fois la vidéo.

Même style que pour Paula Jones. Plusieurs séquences en noir et blanc mises bout à bout, entrecoupées d'intervalles.

La petite Latino flottait au fond d'une cuve, mains attachées dans le dos. Nina n'était pas bâillonnée. Elle criait et se débattait pour demeurer à la surface, mais une perche entrait régulièrement dans le champ de la caméra pour lui appuyer sur la tête, le torse, et la replonger sous l'eau.

La perche prenait son temps. Parfois, la jeune femme avait le temps de respirer, l'espace de vingt ou trente secondes, et on passait à une nouvelle séquence. L'angle de vue changeait un peu. Le psychopathe filmait caméra à l'épaule, poussant la perche de l'autre main. Aux derniers instants, Nina avait supplié, les yeux grands ouverts, cependant que ses poumons se gorgeaient de liquide. Puis on ne la revit plus.

Thomas éteignit l'ordinateur.

– C'est épouvantable, dit-il. Je me suis couché vers 22 heures. À quelle heure...

– Nina est montée dans sa chambre à minuit, répondit Cameron. Vous avez récupéré le disque vers 3 heures du matin. La scène a été filmée entre les deux.

– Entre les deux, répéta Thomas.

Cela signifiait que lorsqu'il s'était levé pour se rendre à la mine, Nina était déjà morte. Ou sur le point de l'être. Il était passé devant sa chambre. Si seulement il y avait jeté un coup d'œil, s'il s'était levé plus tôt, il aurait eu une chance de remarquer son absence. De la sauver.

Un tic nerveux agita la mâchoire de Cameron Cole.

– Nous sommes restés tard dans la salle à manger du Pink's. Entre minuit et 3 heures, Stern a fait plusieurs allers-retours jusqu'à votre chambre. Karen l'a même accompagné deux fois. Tous les deux le confirment : durant cette période, vous étiez là. Vous avez dormi tout ce temps.

Le flic lui avait lâché ça sans desserrer les dents.

Voilà pourquoi il se retrouvait libre. Horrible à dire, mais c'était l'horaire du meurtre de Nina qui avait apporté la preuve de son innocence.

– Elle a disparu sans aucun témoin ? Pas le moindre bruit ?

– Non.

– Ce type est parvenu à la kidnapper sous nos yeux sans que personne s'en rende compte, dit Karen. C'est incompréhensible.

– Où a été tournée la scène ? demanda Thomas.

– L'image est en noir et blanc, mais on voit que

l'eau est teintée. C'est une cuve. Et ça ne laisse qu'un endroit possible. Le château d'eau.

Bon sang. Bien sûr.

– Et le corps ?

– On a grimpé au réservoir avec des lampes de poche, poursuivit Cole. Emprunté la trappe de surveillance et longé la passerelle métallique qu'on aperçoit dans la vidéo.

– Son corps flottait ?

– On a sondé sur un mètre, mais rien. On pense que le tueur l'a lestée. C'est pour ça qu'elle a eu tant de mal à rester en surface.

– Oui, on voit qu'elle lutte pour ne pas couler, ajouta Karen. Il a dû lui mettre des pierres dans les poches, ou lui attacher un poids au niveau des jambes. Son cadavre doit se trouver au fond.

Thomas imagina Nina, dans l'eau, seule dans le noir. Avec le poids qui l'attirait vers le fond. Elle savait qu'elle allait mourir, pourtant elle s'était débattue pour aspirer la moindre goulée d'oxygène jusqu'à la dernière seconde. Quelle lutte atroce ça avait dû être.

– Moi aussi j'ai quelque chose à vous montrer, dit-il en repoussant les images qui l'assaillaient.

Il raconta la découverte du troisième sac. Montra la feuille, le pulvérisateur et les vêtements. Puis, avec une délicatesse extrême, comme on explique à un patient qu'il est atteint d'une maladie incurable, fit part de son hypothèse quant aux deux prochaines cibles.

Karen se raidit. Mais Vector, lui, changea carrément de couleur.

– Mec, non, c'est impossible ! J'ai rien fait ! Pourquoi un fou furieux irait s'en prendre à moi ? J'ai rien fait !

Il continua de répéter « j'ai rien fait », pleurnichant presque jusqu'à ce que Cameron lui demande d'aller faire un tour dans la chapelle.

– Les autres attendent à côté, expliqua Karen, la voix tendue. Depuis qu'on a regardé le disque, plus personne ne se sépare.

À l'évidence, l'annonce lui avait fichu un coup, même si elle tentait de se maîtriser. Thomas avait l'impression d'évoluer au milieu d'un champ de mines. Cameron relut la feuille à voix haute : *« Que la lumière soit. »* Il prononça la phrase plusieurs fois. Comme s'il refusait d'y croire.

– Pas la peine de chercher, dit Tom, je l'ai résolue.

– Quoi ?

– L'énigme. En observant les mouches. Elles rentrent et se posent toujours sur le mur du fond. Comme si quelque chose les attirait là-bas. Quelque chose qu'on ne peut pas voir à l'œil nu.

Il tendit le pulvérisateur à Cameron.

– Raison pour laquelle le tueur nous a confié ce produit.

Les yeux du policier s'agrandirent.

– Qu'est-ce que c'est ?

– Du Luminol.

– Comment le savez-vous ?

– J'ai essayé.

Cole se passa la langue sur les lèvres.

– Et ça marche, ajouta Tom.

Karen leva les mains au ciel.

– Bon sang, mais de quoi est-ce que vous parlez ?

Cameron se tourna vers elle.

– Le Luminol est un produit qui a de nombreux usages. On en trouve dans les bijoux luminescents, les gadgets pour Halloween, les bâtonnets de signalisation. Mais il est surtout employé par les services de police.

– Il sert à repérer les traces de sang, précisa Thomas.

46

La préparation avait demandé moins d'une minute, le temps de dégager les vêtements et le moindre objet dans la pièce. Cameron se campa devant le mur, pulvérisateur calé dans la main droite.

– Il suffit que le Luminol entre en contact avec du sang pour émettre de la lumière. Le fer contenu dans l'hémoglobine sert de catalyseur. Une trace infime, même ancienne, déclenchera la réaction.

Une grimace déforma son visage.

– Chimiluminescence de base. Comme les lucioles, mais réservé aux meurtriers.

Il se tourna vers les deux autres.

– Prêts ?

– Prêts.

Thomas tira la porte. On ne distinguait plus qu'un filet de lumière. Cole actionna la gâchette du récipient. Chacun retenait son souffle.

Silence absolu, en dehors des pulvérisations régulières.

Les premières taches apparurent au bout de cinq secondes. C'était beau. D'un bleu-vert extraordinairement lumineux dans le noir. On aurait dit des spectres. Il y en avait partout, sur le sol, les murs et même le plafond, par giclées entières.

Thomas sentit le sol vaciller sous ses pieds.

La quantité de Luminol dans le pulvérisateur n'était guère abondante, et il n'avait procédé qu'à un simple essai. Il réalisait à présent que cette pièce, le sol sur lequel il avait dormi, avait été le décor d'un véritable carnage.

Une envie de vomir monta dans sa gorge. Ses oreilles se mirent à bourdonner.

– On dirait que notre tueur n'en est pas à son premier meurtre, souffla Cameron.

– Mon Dieu, dit Karen d'une voix blanche, je... je crois que c'est leur sang. C'est eux.

– Qui ?

– Les anciens occupants du Pink's. Les habitants qui ont disparu.

Thomas comprenait l'enchaînement des choses, à présent.

Il dut s'asseoir tellement ses jambes tremblaient. Il revoyait les corps carbonisés dans le second bus. Évidemment. Les dix cadavres, il avait bien fallu que le tueur se les procure quelque part. Pour préparer son coup, il avait dû chercher un endroit tranquille, et il était tombé sur cette mine à l'abandon. Quoi de plus parfait ?

Tom visualisa la chose. Une poignée d'habitants accrochés à leur village avec, parmi eux, une ou deux femmes pas farouches. Certains endroits de ce genre prospéraient dans le Nevada. Certaines bourgades n'étaient en réalité que des hameaux de caravanes survivant grâce à la prostitution avec autorisation légale en bonne et due forme délivrée par l'État du Nevada.

Dans le cas présent, les circonstances avaient même fourni une clientèle régulière, des universitaires venant étudier les chauves-souris dans les mines. Du tout-cuit pour les derniers occupants du coin.

Sur ce était arrivé le tueur.

Thomas exposa sa théorie. Karen l'écouta, muette, tandis que Cameron se refermait peu à peu derrière un masque de rage froide. Quand Tom eut terminé, le flic se remit à pulvériser le mur sans le moindre commentaire.

Nouvelles taches. Nouveaux spectres. Il y en avait tellement, impossible de ne pas imaginer des scènes d'abomination. Est-ce que le psychopathe avait attiré ici les habitants un par un ? Est-ce qu'il avait drogué leur eau avant de les regrouper dans cette sacristie pour les massacrer, tels des veaux à l'abattoir ?

Probablement.

Tom se dit qu'ils feraient mieux de quitter la pièce. Se planquer quelque part, et ne plus sortir.

Ou bien se saouler à mort. Ou encore filer à pied dans le désert. Les options stupides ne manquaient pas.

Les premières lettres apparurent à cet instant. Un N. Puis un E. Et, plus loin, un C.

Les tempes de Tom se remirent à palpiter. Il sut immédiatement ce qu'il allait lire. Cette phrase, le tueur l'avait prononcée dans le bus avant de l'envoyer au pays des songes.

Cameron termina de pulvériser les dernières gouttes, jeta le flacon sur le sol et fit un pas en arrière. Puis ils contemplèrent les mots. Ces mots qu'on avait écrits avec le sang d'une dizaine de victimes.

NE CRAINS AUCUN MAL

– Seigneur, fit Karen.

– Bordel de bordel, ajouta le flic. Ce cinglé flingue une dizaine de personnes, et se fout de notre gueule en nous laissant des énigmes sur les murs !

– Ce n'est pas une énigme.

La voix venait de l'entrée.

Ils se retournèrent : Elizabeth. La jeune femme se tenait sur le seuil.

– C'est une prière, ajouta-t-elle.

– Qu'est-ce que vous faites ici ? aboya Cameron.

– Je... Vous tardiez à revenir... On devenait nerveux.

Thomas alla jusqu'à elle et l'effleura doucement. Les yeux d'Elizabeth étaient embués de larmes.

– On l'a récitée pour l'enterrement de mon premier mari. Il s'agit d'un psaume de David. Le Psaume XXIII.

– Je m'en souviens, dit Tom. *« Lorsque j'erre dans la vallée de l'ombre de la mort, je ne crains aucun mal, car tu es près de moi, Seigneur. »*

Il repensa au message précédent, *« Que la lumière soit »* : un passage lui aussi tiré de l'Ancien Testament. Il se le rappelait parce que les enseignants du catéchisme commençaient souvent leurs cours par celui-là.

Il revoyait aussi les images, le tueur tournant autour de Paula Jones, une Bible à la main.

Ce n'était pas un hasard. Le tueur semait des indices.

– Je me suis trompé, fit-il en se tournant vers les autres. Ce n'est pas un simple prédateur. Les choses qu'il nous fait subir ont un sens précis.

– Une suite logique ? demanda Karen.

Cameron Cole secoua la tête.

– Doucement, on s'emballe pas ! La plupart des serial killers obéissent à leurs pulsions, comme le tueur de la Green River. Ils sont incapables d'établir un plan à long terme. Pulsion et planification, ça fait mauvais ménage. Les médias adorent fantasmer sur de nouveaux Hannibal Lecter, mais la réalité, c'est que le sniper de Washington, soi-disant un super-génie du crime, n'était qu'un duo de pauvres minables.

Thomas eut un rire sans joie.

– Dans ce cas, notre ami le tueur est spécial.

– Super, dit Karen. Givré, intelligent, et il suit un plan.

– Plutôt un rituel, dit Thomas.

– Vous délirez ! gronda Cole.

Lincoln ne se laissa pas démonter.

– La religion, voilà la clé. Il y revient sans cesse.

– Peut-être qu'il essaye de nous dire quelque chose, intervint Elizabeth. Les gens qui aiment faire souffrir les autres n'ont pas besoin de se justifier. Ici, on dirait effectivement un message.

Le flic croisa les bras, paupières mi-closes.

– Vous êtes *profiler* ?

– Elle fait juste preuve de logique, coupa froidement Thomas. Et vous savez quoi ? Le psaume en question... On le prononce aux enterrements. Le tueur nous dit que « la vallée de l'ombre de la mort », c'est ici. Qu'il se trouve près de nous, qu'il nous surveille. Et qu'on ne doit craindre aucun mal. Parce que tout ce qu'il souhaite, c'est nous aider à crever.

47

Mardi

Seth déboucha le bidon d'essence en sifflotant et arrosa tranquillement le bas de l'échafaudage.

Il l'aimait bien, ce nouveau boulot. Pas trop d'effort. De l'action juste ce qu'il fallait, peu de réflexion. Impec pour lui. Il détestait perdre son temps en analyses stériles, ça lui rappelait les interminables séances à l'Institut Sainte-Foy.

Il se revoyait face au Dr Walsh. Un gamin de dix ans et son psychiatre, tout sourire, séparés par un bureau en acajou.

– *Salut Seth.*

– *Salut David.*

– *Tu fais toujours des cauchemars ?*

– *Non.*

– *Tu as des idées bizarres à propos de ta maman ?*

– *Non.*

– *« Enfant, jouet, école, peluche, homicide. » L'un de ces mots est un intrus. Tu peux me dire lequel ?*

– *Non.*

Le Dr David Walsh, si fameux soit-il, n'avait rien vu venir. Seth n'était qu'un sujet d'expérience. Un de plus. Avec le recul, ça le faisait bien rire.

Il termina de répartir l'essence sur le bois et le sol, veillant à ne pas en mettre sur son imperméable. Il faisait bon. C'était encore le petit matin. Seth avait de la chance de pouvoir en profiter.

Il se souvenait de son transfert après le meurtre de sa mère. Du relatif confort de l'Institut Sainte-Foy – avec son architecture victorienne, ses dortoirs à quatre lits et ses jardins –, il était passé à l'enfer total. California State Hospital d'Astacadero. Plus d'un millier de malades, meurtriers et auteurs de crimes sexuels.

Dès son arrivée, Seth avait été interné sous le numéro de code 5100 : déficient mental, responsable de ses actes. Par chance, sa stature imposante et son origine sociale avaient intimidé les autres ados. Durant les cinq années de son traitement, personne n'avait tenté de le sodomiser. Son père était mort d'un cancer du foie en lui léguant une fortune importante. L'argent autorisait des arrangements. Seth avait fait preuve de discipline, passé des examens, obtenu ses diplômes avec mention, et son code était repassé de 5100 à 5567 : dangereux, mais non responsable de ses actes au moment des faits. La folie passagère, en somme. Un état curable. Il lui suffisait de suivre une thérapie, de prendre ses médicaments et d'aller mieux pour quitter Astacadero.

À dix-huit ans, le California Youth Authority l'avait remis dans un circuit moins sévère. Le choix de l'administration s'était tout naturellement porté vers son ancien psychiatre, le Dr Walsh. Seth avait enchaîné les cliniques psychiatriques et peu à peu retrouvé ses marques. Poursuivi sa thérapie en même temps qu'une formation universitaire. Et, pour finir, il avait trouvé du travail. Quelque trente-cinq années après le jour de sa naissance, il avait reconquis sa liberté.

Seth toucha machinalement la vieille croix de Sainte-Foy sous ses vêtements.

Il était un Phénix resurgi de ses cendres. Un survivant. L'un de ces êtres d'exception à qui on a accordé une seconde chance. Normal qu'il veuille, lui aussi, améliorer la vie de son prochain.

L'illuminer, même.

Il posa le bidon à terre, retira ses gants et s'essuya soigneusement les mains avec le chiffon. L'odeur de l'essence était tenace, elle aurait pu le faire repérer. Mieux valait être prudent.

Il se dirigea vers l'échelle d'entretien, plaça un pied sur le premier barreau en fer, puis s'arrêta pour jeter un coup d'œil sur le moniteur portatif Wescam accroché autour de son cou.

Une petite merveille d'ingéniosité, cet appareil. Pas de fil, transmission parfaite jusqu'à cinquante kilomètres, cryptage automatique. L'écran restituait en alternance les images des douze caméras dissimulées dans le village et alimentées par batterie ou capteur solaire. Des yeux-espions, fonctionnant aussi bien en basse luminosité qu'en infrarouge et d'une discrétion à toute épreuve. Les unités de police appelaient ça « surveillance tactique en temps réel ». Seth préférait dire « le Cafard » en regardant le moniteur avec son gros corps noir et ses antennes. Un insecte tapi dans l'ombre.

Il prit quelques secondes pour examiner le défilement des images sur l'écran. Les endroits stratégiques qu'il avait sélectionnés étaient déserts. Tous ses invités étaient occupés ailleurs.

Parfait.

Seth grimpa les échelons avec agilité. Son corps était souple. Ses années d'enfermement n'avaient pas été inutiles. Il s'était entretenu, jour après jour, luttant contre l'apathie provoquée par les pilules. Le jour de sa sortie, il était prêt.

Il atteignit les derniers barreaux de l'enseigne publicitaire, s'avança jusqu'au bord et s'assit, jambes pendues dans le vide. La brise matinale caressa son visage. Le spectacle, depuis le sommet du crapaud géant de la Bullfrog Mining Company, valait son pesant d'or.

Les collines alentour se déployaient dans une alternance majestueuse d'arêtes saillantes, d'aiguilles et de creux, de plages brillantes et de cuvettes sombres. Le soleil levant ravivait les teintes chaudes : jaune, rouge, orangé, ocre. Seth observa le dégradé du ciel. Bientôt se profileraient les couleurs diurnes, avec leur cortège de blanc et de gris. Il ne put s'empêcher d'être ému. Cette vue, il l'avait déjà contemplée à plusieurs reprises lors des journées de préparation. Mais il était toujours aussi séduit.

Parfois, son odorat sensible parvenait à déceler dans l'air quelques traces d'hydrocarbure, une vague odeur de pot d'échappement ou de pollution. Quand le temps était lourd, les vents venus du Pacifique poussaient les relents des grandes villes sur des distances inimaginables. Un véritable mirage olfactif.

Seth lâcha un rire. Il était bien placé pour savoir qu'il n'y avait pas la moindre trace de civilisation à des kilomètres à la ronde.

Un mouvement le fit sortir de ses pensées. Il se tourna, agacé. La forme ligotée au sommet de l'échafaudage écarquilla de grands yeux vers lui.

– Quoi ? dit-il. Vous n'appréciez pas le spectacle ?

La personne émit un murmure étouffé. Le rouleau adhésif que Seth avait appliqué sur sa bouche était très efficace. Il se leva et s'avança vers sa victime, en prenant garde de ne pas glisser.

– Cessez de vous tortiller une seconde.

Il vérifia encore une fois la solidité des liens et l'ensemble du système de bascule et de fixation. Puis leva ses mains en signe d'impuissance.

– Je sais, c'est inconfortable. J'en suis sincèrement désolé, croyez-moi. (Il approcha son visage du sien.) Mais je ne voudrais pas que vous vous mettiez à crier avant le bon moment. Ça gâcherait la surprise. Vous comprenez ?

48

Elizabeth lui tendit l'emballage plastique.

– Mangez. Il faut prendre des forces.

Thomas considéra le sachet avec méfiance. Il déchira un coin d'un coup de dents et huma le contenu. La viande séchée n'avait pas l'air avariée. Il en détacha un bout et le mâchouilla. Le goût rappelait celui d'un pneu – un pneu qui aurait roulé sur une tranche de bacon.

Il batailla pour en déchirer un autre morceau.

Elizabeth sourit.

– Ça s'avale, hein ?

– Quand on a faim...

Elle avait des cernes. Pas beaucoup dormi. Son jean et ses cheveux étaient pleins de poussière. Thomas était prêt à parier qu'elle aurait donné un an de son existence pour une simple douche. Pourtant elle se tenait là, calme, comme si de rien n'était.

Durant son ancienne vie de médecin, il avait observé que dans les moments difficiles les femmes sont capables de se concentrer sur l'essentiel. L'homme qui débarque aux urgences avec un doigt entaillé s'évanouit fréquemment. La femme qui amène son gamin couvert de sang gère d'abord le problème. S'assure que sa progéniture se trouve en de bonnes mains. Et s'effondre plus tard.

– Peter se régale, fit remarquer Elizabeth.

Le garçon s'était entouré d'une muraille de paquets de chips qu'il crevait les uns après les autres en essayant de produire le plus gros « pop » possible. Après quoi les victimes – fromage/peperoni – terminaient dans sa bouche, entre deux gorgées de lait stérilisé. Se sentant observé, il leva la tête.

– Ça va ? demanda Tom.

Il ne s'attendait pas à recevoir de réponse de l'enfant autiste. Mais Peter lui sourit largement.

Thomas sentit une bouffée de chaleur et d'optimisme l'envahir. Malgré la tension des derniers jours, la vie pouvait encore réserver de bonnes surprises.

Le gamin lui tendit une liasse de feuilles de papier quadrillé.

– Trois cent cinquante, annonça-t-il.

Tom considéra les feuilles, époustouflé. Chacune d'elles était recouverte de lignes reliant des points.

– Record battu, précisa l'enfant en retournant crever d'autres paquets de chips.

– Qu'est-ce que c'est ? demanda Elizabeth.

– Un jeu entre nous.

Il lui en expliqua le principe.

– Il a dépassé votre score ?

– Pulvérisé.

– Ce gosse est brillant, dit Elizabeth, j'en étais sûre.

Elle esquissa un sourire, comme si elle-même venait d'obtenir une victoire sur l'existence.

Thomas considéra les autres membres du groupe. Chacun était occupé à grignoter, le regard dans le vague – ou plutôt tourné vers l'intérieur. Vers ses propres inquiétudes.

Il leva son sachet de viande séchée.

– Ma fortune contre un hamburger ! lança-t-il à la cantonade.

Cameron le regarda avec des yeux ronds.

– Une bouteille de vin ! enchaîna Karen.

– Une omelette aux œufs bio ! proposa Lenny.

Cameron ricana.

– Des œufs bio ? Tu parles d'un snobinard ! J'ai vu ça à la télé : on les ramasse en plein air avec mille précautions pendant que les bestioles les pondent. Limite s'il ne faut pas leur torcher le cul.

Il y eut des rires. Thomas s'ouvrit une Corona.

Viande séchée, bière tiède. Le petit déjeuner des champions.

En sortant de la chapelle, ils s'étaient directement réfugiés au Frigo, sans s'arrêter au Pink's, sans d'ailleurs se concerter. Certains s'étaient mis à courir. Les plus courageux avaient trottiné, lampe-torche à la main. Cameron avait sorti sa clé, ouvert, refermé derrière eux. Et ils s'étaient affalés.

L'aube avait tardé à venir tandis qu'ils cherchaient le sommeil, couchés à même le sol.

Le Frigo, songea Thomas. À bien y regarder, leur groupe faisait effectivement penser à des carcasses de viande.

Elizabeth tira une bâche sur ses jambes.

– Il fait un peu froid, dit-elle.

Pas étonnant. Ils avaient réglé la clim au maximum, sans se préoccuper des réserves du groupe électrogène. Au diable les économies d'énergie ! De toute façon, ils avaient résolu de se tirer du village pour tenter leur chance sur la route, en plein jour, avec ou sans quad. Au diable les plans !

– Vous voulez que je vous réchauffe ? proposa Tom.

Elizabeth posa ses yeux verts sur lui.

– De quelle façon ?

– Je suis un expert mondialement reconnu du massage d'orteils.

Leurs regards s'attardèrent plus que nécessaire.

– Il faut qu'on parle.

La phrase venait de Karen. Elle s'était levée et rapprochée de lui.

– Viens, insista-t-elle.

– Mais je...

– Tu flirteras plus tard. Ça ne peut pas attendre.

Elle le força à se redresser et l'entraîna malgré ses protestations. Ils tournèrent à l'angle de la pile « boissons/nourriture ». Elle en profita pour attraper un shake Gatorade multivitaminé qu'elle lui envoya dans les mains, puis ils s'enfoncèrent entre les rangées de palettes.

Thomas examina la canette.

– C'est fou ce qu'on se soucie de mon alimentation, ces temps-ci.

– Je te connais. Quand un truc t'angoisse, faut que tu tripotes.

– Où on va ?

– Nulle part. Marcher.

Ils déambulèrent un moment.

– Nina Rodriguez, fit Karen.

– Oui ?

– Elle était lesbienne.

Elle avait dit ça comme ça. En guise de préambule.

– Et alors ?

– Elle voulait faire son *coming out*. Elle me l'a confié pendant notre expédition au château d'eau. Tu savais qu'elle avait sept frères, dont deux prêtres ?

– Non.

– Elle est devenue chauffeur de poids lourds pour s'enfuir et changer de destin. Dans sa famille, ils ne l'auraient jamais accepté. C'est pour ça qu'elle a fait cette émission. Elle voulait qu'ils sachent. Et maintenant elle est morte. (Elle marqua un silence.) Parfois, on tarde à dire les choses, et après, il est trop tard.

– C'est vrai.

– Je suis désolée pour ce divorce. Tout ce fiasco. Enfin tu sais.

À lui d'être silencieux. Il ne s'attendait pas à ça. Comme quoi, l'histoire de la plaie qui ne cicatrise jamais...

– Ça remonte à loin, dit-il.

– Mais tu n'as rien oublié.

Thomas serra involontairement les poings.

– Non.

Karen prit une inspiration.

– Ce n'était pas de l'amour, ce mariage. Ça aurait été stupide de poursuivre.

– Tu n'étais pas obligée de tout balancer à ton père.

– Divorcer sans lui en parler ?

– On s'est bien mariés sans lui en parler.

– J'ai dû lui dire. Je n'ai pas pu faire autrement.

– Le *célèbre* Dr David Walsh m'a retiré sa confiance.

Elle baissa les yeux.

– Ç'a été dur ?

– Professionnellement, j'aurais pu tout aussi bien me tirer une balle dans la tête !

Elle s'arrêta de marcher.

– À l'époque tu étais déjà ivre du matin au soir !

– Alors pourquoi tu t'es mariée avec moi ?

– On était jeunes ! C'était une toquade idiote et tu le sais ! Est-ce que tu t'es demandé, ne serait-ce qu'une seule fois, ce que je pouvais ressentir ?

– Radié. J'ai payé le prix fort, tu ne crois pas ?

– Je n'ai fait que pousser à la roue. Toi, qu'est-ce que tu as commis en Afrique ?

Touché. Au tour de Thomas de baisser le regard. Il imprima ses doigts dans la canette de Gatorade, qui émit des grincements pitoyables.

– Ça pourra te paraître stupide, dit-il, mais ton père, c'était presque le mien.

– Il s'en est voulu.

– Piètre consolation.

– Il a tenté de se rattraper.

– Ah oui ? Il a dû être drôlement discret.

Karen changea de sujet.

– Comment ShowCaine t'a contacté ?

– Comme les autres. Casting sauvage, épluchage des coupures de presse. La production nous l'a dit : ils ont mis une véritable brigade dessus. Journalistes, détectives, rabatteurs. Les candidats ont été sélectionnés parmi des milliers.

– Non.

– Comment ça, non ?

– Pas tous.

Thomas la fixa, incrédule. Puis un éclair le traversa – littéralement.

– David Walsh est...

– Le conseiller médical de la chaîne. C'est lui qui a donné ton nom.

Il dut s'adosser contre une palette. Abasourdi.

– Il a contribué à sélectionner chaque candidat, poursuivit Karen. Étudié chaque dossier. Il a une théorie, ça s'appelle les thérapies brèves. En psychiatrie, c'est un champ de recherche important. Soigner les gens en un minimum de temps. Il pensait que cette émission pouvait aller en ce sens, en confrontant les gens à leur passé. Une sorte d'électrochoc qui pouvait les aider à résoudre leurs problèmes et...

– Il nous a *choisis* ?

– Il y a participé.

– Et entraîné sa propre fille ?

– J'étais volontaire, lâcha-t-elle avec aigreur. Moi aussi j'ai des choses à régler avec mon passé, figure-toi.

Tom ne l'écoutait plus. Il était saisi de vertige. Ou bien était-ce de la colère ?

– Comment la chaîne a-t-elle pu accepter ça ?

– Engager un psy comme consultant, c'est monnaie courante. David est une pointure. Il a seulement voulu te venir en aide.

– M'aider ? Bon sang, Karen, regarde un peu où on se trouve !

– Tu voulais mourir.

– Qui t'a raconté ça ?

– Ton alcoolisme, ton isolement progressif, c'était un vrai suicide. Du reste, ta logeuse l'a confirmé. Mme Gurevitch a dit à mon père qu'elle t'a surpris un jour avec le canon d'une arme dans la bouche. Ce qui t'a sauvé, c'est que t'étais ivre mort.

Le Dr David Walsh avait parlé à Mme Gurevitch. De mieux en mieux.

– Mon père ne t'a jamais oublié. Comment crois-tu que ton paternel, avec son Alzheimer, a pu avoir une place dans un endroit aussi réputé que la Maison Biltmore ? David a toujours gardé un œil sur toi. Cette émission, outre l'argent, c'est ta chance de faire la paix avec toi-même. Une thérapie brève. Du moins il le croyait.

Tom demeura silencieux.

– Je suis désolée, dit-elle. C'est notre faute, à mon père et moi, si tu te retrouves ici. Il pensait que tu étais sur le point de te suicider. Personne n'aurait pu prévoir... personne n'aurait cru... (Une larme roula sur sa joue.) Si David le pouvait, je sais qu'il te demanderait pardon. Je voulais juste que tu le saches.

Elle tourna les talons. Tom la regarda s'éloigner. Le Gatorade n'était plus qu'une petite chose torturée entre ses doigts.

Il pensa à sa vie. À tout ce gâchis. Comment avait-il pu en arriver là ?

La canette explosa soudain, arrosant le sol entre ses bottes.

– Et merde.

Il la laissa choir dans une pluie de gouttelettes scintillantes et multivitaminées. Puis revint, le dos courbé, les mains dans les poches.

Elizabeth se leva pour aller à sa rencontre. Il lui fit comprendre d'un signe de tête que tout allait bien. Elle s'apprêtait à lui répondre, lorsqu'on tambourina à la porte.

– Pas de panique, dit Cameron. C'est juste Cecil, Vector et Pearl. Ils ont dû récupérer un bidon d'essence pour remplir le réservoir du quad.

Le flic s'interrompit en même temps qu'il ouvrait. Cecil se tenait bien là, mais seul. Le front ouvert. Le visage en sang.

– P-Pearl, bégaya-t-il. Pearl est b-b-blessée.

Alors retentit le hurlement.

49

Thomas bondit le premier et se retrouva dans la rue à peine éclairée par l'aube naissante. Les autres s'éparpillèrent à sa suite tel un vol de moineaux effarouchés. Reconnaître la voix ne leur avait posé aucune difficulté : c'était celle de Kaminsky. Il avait crié sans discontinuer pendant trois bonnes secondes.

Un hurlement à vous glacer le sang.

– Par là ! indiqua Thomas. Il y a de la lumière sur l'un des toits !

Non, pas de la lumière. Des flammes.

Il se mit à courir. Une silhouette fila sur sa droite. Il vit du coin de l'œil qu'il s'agissait de Cameron.

– Ça vient d'où ?! lâcha le flic.

En fait, Cameron n'attendait pas de réponse précise. C'était juste une façon de se défouler. L'origine des flammes était évidente : l'enseigne de la Bullfrog Mining Company – le crapaud géant, avec son sourire goguenard, perché en haut de son bunker – était en train de brûler. De belles langues rousses léchaient le ventre de la bête. Certaines attaquaient déjà le menton.

– Là-haut ! cria Elizabeth.

Thomas ne comprit pas tout de suite. Il galopait comme un dératé, priant pour ne pas se ramasser sur un obstacle. La visibilité était mauvaise. L'aube avait beau être là, l'ombre des collines recouvrait encore la cuvette du village, comme si la nuit refusait de lâcher prise.

Des jets écarlates éclatèrent soudain en hauteur. L'odeur d'essence était nette, à présent.

– Là-haut ! La tête ! cria de nouveau Elizabeth.

Tom leva les yeux sans cesser de courir. Les flammes grimpaient en flèche. Impossible de distinguer quoi que ce soit. Il jeta un regard en arrière : Elizabeth suivait de près. Plus loin venaient Peter et Lenny. Cecil et Karen demeuraient invisibles. Le hurlement retentit de nouveau. Tom se retourna. Et faillit percuter Cameron.

Il fit un bond de côté, l'évitant à la dernière seconde. L'autre l'avait dépassé avant de piler net.

– Nom d'un chien..., haleta Thomas.

Cameron se tenait les côtes, nez en l'air.

– C'est lui, fit-il en pointant un doigt.

Au niveau de la tête du crapaud une silhouette à peine visible s'agitait au-dessus des flammes. Elle toussait et se tortillait de façon bizarre, sans se déplacer ni bouger les bras.

– Vector est coincé là-haut !

Les choses étaient allées très vite.

Cameron avait ordonné qu'on aille chercher de l'eau pour éteindre l'incendie. Le Frigo et ses réserves se trouvaient à moins de cinquante mètres. Elizabeth s'était mise à trembler. « Trop de flammes... », avait-elle hoqueté. Le cou de Cameron s'était tordu dans tous les sens comme pour guetter un miracle, l'arrivée soudaine d'un camion de pompiers, ou un généreux volontaire pour prendre sa place.

Nouveau hurlement de Vector.

Thomas avait foncé.

L'édifice qui soutenait l'enseigne ressemblait à un cube de six mètres de haut, sans porte ni fenêtres, coincé entre deux bâtiments plus petits. Côté rue, un immense volet métallique était baissé. Thomas le secoua : verrouillé, bien entendu.

Il ne perdit pas de temps à s'exciter dessus. Il piqua un sprint, contourna le bâtiment par la droite et déboula dans une ruelle étroite encombrée de poubelles et de bidons mangés de rouille.

Deux lucarnes s'ouvraient dans le mur, à mi-hauteur. Pas d'autre issue en vue.

– Zut.

Ces lucarnes étaient trop hautes pour qu'il les atteigne, et pas assez larges pour le laisser passer de toute façon.

Il reprit sa course, contourna l'angle suivant et atteignit la façade arrière. Nouveaux bidons, monceaux d'ordures, bouts de ferraille sur le sol – et toujours pas de porte. Il leva les yeux et découvrit une baie vitrée. Superbe. Mais à cinq mètres de hauteur.

– C'est pas vrai !

Il se remit à cavaler. Les flammes débordaient du toit et des braises virevoltaient telles de petites lucioles dans le ciel pâle.

Dernier côté. Dernière chance.

Il ne demandait pas grand-chose, juste un escalier de secours, une échelle ou une simple gouttière. Il devait bien y avoir ça, comment Kaminsky serait-il monté là-haut, sinon ?

Il faillit glisser sur un parpaing et se rattrapa de justesse. Pas de veine, il avait commencé par le mauvais côté de l'édifice. S'il avait pris l'autre, il serait déjà sur le toit à l'heure qu'il est. Il prit le dernier angle et parcourut la paroi des yeux. Son cœur s'arrêta de battre.

Un mur lisse.

Sans échelle. Sans issue.

Pendant quelques secondes, le cerveau de Thomas pédala dans le vide. Le temps parut se dilater. Des images défilèrent dans sa tête. Vector Kaminsky en train de hurler au milieu des flammes. Sa chair noircie et ratatinée comme les cadavres du bus. Le visage du jeune informaticien transformé en crâne aux orbites vides...

– Non !

Il pivota sur ses talons, rebroussa chemin et stoppa devant les bidons. Son regard grimpa jusqu'à la baie vitrée, redescendit sur les monceaux de ferraille qui jonchaient le sol, puis revint aux bidons.

– Ça ne marchera jamais, grinça-t-il entre ses dents.

Il attrapa le premier container et le fit rouler jusqu'au mur. Puis entassa les bidons à toute vitesse, du mieux qu'il put. Il s'arrêta, essoufflé, pour tester sa pyramide. Franchement instable. Mais s'il parvenait à rester en équilibre au sommet ne serait-ce qu'une seconde, il aurait gagné quelques mètres.

Il ôta sa chemise, choisit un morceau de fer et l'attacha à l'extrémité d'une manche. Il considéra le résultat : pitoyable comme grappin.

Tant pis.

Il bloqua sa chemise entre ses dents et entreprit d'escalader la pyramide tandis que les bidons oscillaient sous ses pieds. Il tendit une main, ramena un genou, avança l'autre main. Un mètre de gagné. Deux. Ça y était presque...

Vector poussa un nouveau cri. Tom faillit tout lâcher. La pile tangua. Il s'immobilisa et les oscillations ralentirent.

– Dou-ce-ment...

Il se redressa, saisit sa chemise-grappin, lui fit

décrire un mouvement pendulaire, puis l'expédia de toutes ses forces vers le haut. Il y eut un fracas de verre brisé et une pluie d'étoiles dégringola. Il tira pour éprouver son grappin de fortune – ça tenait bon. Son cœur se mit à cogner contre sa poitrine.

– Mon Dieu, murmura-t-il, faites que ça marche, et je promets de retourner à la messe de temps en temps.

La chemise émit un craquement sinistre.

– O.K., grommela Thomas. La messe tous les dimanches.

Il ôta ses bottes et se hissa, pieds nus, contre le mur. La chemise se tendit à craquer sans pour autant se déchirer. Il atteignit la fenêtre, soufflant comme un bœuf, et opéra un rétablissement. Ses orteils rencontrèrent le sol et les débris de verre.

Mais il était dans la place.

Seth avait cru entendre un bruit. Ce n'était pas évident avec ce qui était en train de se passer sur le toit, mais ça ne semblait pas normal.

Il pianota fébrilement sur les touches du Cafard pour faire apparaître les différents angles de vue. Où se trouvaient-ils ? Il les localisa, les uns après les autres, et se sentit rassuré.

Une minute. Et Tom Lincoln ?

Il refit un passage. Examina chaque plan avec attention, pour s'arrêter finalement sur une vue arrière du bâtiment.

Et là, il poussa un juron.

Tom était sur une passerelle qui faisait le tour du bâtiment à cinq mètres du sol. L'édifice était vide : une seule pièce, immense, étonnamment propre. Son regard glissa sur les photos jaunies qui recouvraient le mur d'en face. Vues de chantier, équipes d'ouvriers, photo du patron de la compagnie, dans un cadre.

Il avisa le mur où la passerelle se transformait en palier étroit. Deux escaliers en partaient : l'un menant au rez-de-chaussée, l'autre sur le toit. C'est là qu'il le vit.

Il se tenait sur les dernières marches, accroupi près du plafond, aussi silencieux qu'une araignée, son coupe-vent étalé autour de lui. Il avait dû entendre le bruit et descendre aux nouvelles. Sous la capuche, les ténèbres fixèrent Thomas un instant, puis la silhouette bondit dans l'escalier et disparut à travers la trappe.

– Bon sang !

Tom s'élança sur la passerelle. Des rouleaux de brume se coulaient et ondulaient le long du plafond, une vision plutôt esthétique, n'eût été le fait que s'il respirait ces émanations, Tom serait mort en quelques minutes. Il plaqua une main contre son visage, atteignit les marches et les grimpa quatre à quatre. L'air libre, enfin ! Puis son pied nu se posa sur une braise. Il s'entendit crier. La fumée envahit sa gorge. Il se força à regarder entre ses doigts, poitrine en feu. Des pans entiers de l'enseigne s'écroulaient sur la terrasse noire de cendres. L'ensemble n'allait pas tarder à se volatiliser. Se pouvait-il que Kaminsky soit encore en vie au milieu de cette fournaise ?

– Impressionnant, Tommy Boy.

L'homme émergea du chaos. Sans se presser.

– Je ne m'attendais pas à te trouver ici.

Il avança d'un pas.

– Il va falloir que je révise mes plans.

Un autre pas.

Tom suffoquait mais se mit en garde. Le tueur ôta

sa capuche. Il portait toujours son masque. Comment parvenait-il à respirer ?

– Je ne pars pas sans Vector, annonça Thomas.

Un rire sec. Un pas, encore.

– Tu peux te marrer, Tête-de-Sac, n'empêche que...

Thomas n'eut pas l'occasion de terminer. Un voile de fumée passa devant ses yeux. La seconde suivante, un choc explosa au creux de son estomac, suivi d'un second au menton. Puis le tueur le poussa en arrière.

Le ciel bascula. La terre monta à sa rencontre.

– Ne me menace pas, dit l'homme.

La tête de Thomas heurta quelque chose de dur.

– Seul un crétin menace.

Des fulgurances noires s'élancèrent vers lui, en vagues monumentales. Il lutta pour ne pas être englouti. Dans les profondeurs l'attendaient les spectres. Il ne voulait pas plonger.

Ses mains battirent l'air, agrippèrent un morceau de toile et tirèrent. Tom ouvrit les yeux : il tenait le masque entre ses doigts. Un nouveau choc éclata près de son oreille droite et les bruits s'atténuèrent, remplacés par un grondement continu. Il sentit qu'on le soulevait. Toute notion de temps avait disparu. Son corps fut déplacé, puis déposé ailleurs. Un visage flou descendit à sa rencontre.

– C'est contrariant, murmura le tueur.

Ses traits devinrent visibles.

– D'un autre côté, j'imagine ta surprise...

Les fonctions vitales de Thomas étaient des petites ampoules qui grillaient l'une après l'autre.

Impossible, cependant, de ne pas voir.

De ne pas regarder.

Car l'homme penché sur lui était Frankie. Le chauffeur du bus.

– Que du bonheur, hein, Tommy Boy ?

Le visage de l'homme chauve parut s'éloigner à grande vitesse tandis que Thomas se sentait partir. Au bout du long tunnel, Frankie lui adressait un sourire.

– Qu'est-ce que tu dis de ça, hein ? Qu'est-ce que...

50

– Qu'est-ce que tu mates ? Casse-toi ! crache le gamin.

Tom n'en revient pas que l'autre lui sorte un truc pareil. Ce morveux a quoi ? dix ans ? Ça fait deux de moins que lui. Un bébé. Pourtant, il n'a pas la trouille. Pas une seconde, il ne s'inquiète du fait que Tom est plus grand et va lui casser la figure.

– Hein ? J'ai pas bien compris, là.

Les quelques mètres de sable sous les piliers du ponton, c'est *son* coin. Son territoire. On y est à l'abri des regards de la plage et – bien entendu – la police municipale de Santa Monica interdit strictement d'y jouer, d'y faire l'abruti, ou quoi que ce soit d'autre, ainsi que le proclament plusieurs panneaux.

C'est là que Tom se réunit avec les Faucons d'El Pueblo tous les dimanches soir. Ce coin est à eux. Les durs de durs viennent y régler leurs comptes entre bandes. Et ce n'est pas un petit morveux de Blanc qui va changer ça.

– Dis donc, tronche de cake...

L'autre le regarde. Il est jeune, mais plus grand. Et beaucoup, *beaucoup* plus gros.

Un tas de graisse avec un walkman autour du cou. Un Sony. Sympa. Tom le refilera aux petits de sa bande, ça leur fera un cadeau de Noël. Ce gosse de riche n'aura qu'à claquer des doigts pour en obtenir un neuf. Enfin, quand il sera sorti de l'hôpital.

Tom s'avance, poings serrés. Il a un bon jeu de jambes. Bruce Lee dans *La Fureur du dragon*. L'autre n'essaye même pas de reculer.

Bizarre.

– Hé, t'as compris, Gros ?

– Compris quoi ?

– Que j'allais te péter les dents ?

– Ouais.

Quelqu'un crie sur la plage. Tom se penche pour voir au-delà des poteaux qui soutiennent le quai au-dessus d'eux. Il y a un homme, au loin. Il déambule en costume, avec ses chaussures, et porte des lunettes rondes.

– Bobby ? Mon petit Bobby, où es-tu ?

Tom a envie de ricaner. Mais tout ce qui sort de sa gorge, c'est un gloussement nerveux.

– On dirait que papa te cherche, « petit Bobby ».

– C'est pas mon père.

– Ben tu ferais quand même mieux de le rejoindre.

– Et toi de ficher le camp.

Le bébé pourrait crier, appeler au secours – qui est ce type sur la plage, si ce n'est pas son père ? –, mais il ne le fait pas.

– T'es sur mon territoire, môme. Les règles sont strictes ici.

Sourire niais de la part de l'autre. Si ça se trouve, c'est un simple d'esprit.

– Les règles de qui ?

– Celles qu'on écrit jamais. Les règles explicites.

– Implicites, tu veux dire ?

Ah, ce morveux veut jouer au malin...

– Attends un peu, Gros, heu...

Tom arme son poing. Le nez de l'autre va éclater

comme une fraise trop mûre. C'est alors qu'il voit la corde. Le garçon suit son regard.

– Tu disais ? chantonne le gamin comme si de rien n'était. T'en étais à gros-quelque-chose. Gros con ? Gros derche ?

Tom fixe toujours la corde. Il se rend bien compte qu'il s'agit d'un nœud coulant. Il en a déjà vu. Dans *Le Bon, la Brute et le Truand*, Eli Wallach reste pendu un moment à ce truc, jusqu'à ce que Clint Eastwood le décroche. Mais là, Tom ne comprend pas.

– Qu'est-ce que tu comptes faire avec ça ?

Pour la première fois, le garçon paraît décontenancé. On dirait que Tom vient de frapper à une porte. Il n'en faudrait pas beaucoup pour qu'elle s'ouvre en grand et que l'autre lui parle.

– Bobby ! appelle encore la voix sur la plage.

Une ombre passe sur le visage du gamin. La porte s'est refermée.

– C'est un nœud coulant, dit-il. Tu veux que je t'explique à quoi ça sert ?

– T'allais te pendre ? Saperlipopette ! C'est bien ça que t'allais faire ?

Tom fronce le nez. D'où lui vient un juron pareil ? Il se dandine d'un pied sur l'autre. Il n'est plus très sûr d'avoir envie de se battre, finalement. L'autre est vraiment bizarre.

– Matez les deux petits pédés.

Tom reconnaît la voix. Il se retourne d'un bloc.

– Vous venez vous bécoter sous le ponton, les petits pédés ?

Henry DeLuca. Ceux de son gang l'appellent « Locomotive ».

– Salut, Henry. Tu pètes toujours de la fumée par le trou de ta bite ?

Le reste de sa bande se gondole. Mais pas de la

blague de Tom. Parce qu'ils savent qu'ils vont leur faire passer un sale quart d'heure.

– Ah ! Ah ! fait Henry. Regardez-moi ça, si c'est pas la déchéance de l'Amérique.

Henry ne sait même pas de quoi il parle. Il pique les mots à son père, un flic de Venice. Ce qui fait que dans le secteur, la Loi, c'est lui.

– Un gros Blanc qui se fait enfiler par un Négro. Dis-moi Négro, est-ce que le gros Blanc couine quand tu l'enfiles ?

– Moins que ta sœur, Henry.

Henry rigole et tourne la tête vers les autres. Il vérifie que son public le soutient. Puis il a un rictus, il en baverait presque de ce qu'il s'apprête à leur faire subir.

– Cent dollars que le Négro aplatit ta tête de bâtard, lance soudain le môme au nœud coulant.

Le rictus se fige sur la tête d'Henry. Il n'en revient pas.

Il faut dire qu'Henry est effectivement un bâtard. Sa mère se tape le commissariat entier, et tout le monde le sait. C'est pourquoi traiter Henry de bâtard revient à signer son arrêt de mort.

– Et trois cents de mieux que ta mère suce le Négro.

Le gamin s'est positionné à côté de Thomas. Il a plongé une main dans la poche de son pantalon et tiré une liasse de billets qu'il a calmement déposée sur le sable.

Les mâchoires s'allongent. Il y a près de quatre cents dollars par terre.

– Alors Henry-le-bâtard, t'as perdu ta langue ?

Henry sort un cran d'arrêt.

– Vous allez mourir.

Tom se demande soudain dans quoi il a mis les

pieds. Une bagarre de mômes, c'est une chose. Mais ça, c'est complètement différent.

Ce qui va arriver, ça s'appelle un meurtre.

– Déconne pas, Henry.

– Je vais vous saigner, Lincoln. Je vais vous saigner tous les deux.

– Mais je connais même pas ce gosse ! C'est un malade !

– Non ? Sans rire ?

Henry s'avance sur eux. Le gros s'accroupit à nouveau, cette fois pour poser son walkman. Ça doit pas être évident avec toute cette graisse qu'il a sur le ventre. Mais il n'a pas l'air essoufflé. Quand il se relève, il tient deux longs bouts de bois. Il en place un dans la main de Tom.

– Alors, comme ça, tu t'appelles Lincoln ?

– Thomas. Thomas Lincoln.

Tom ne sait pas quoi répondre d'autre.

– Moi c'est Bob, dit le gamin. Gros Bob.

Il tient son bâton à deux mains, comme une batte de base-ball.

– On va mourir, tu sais ? articule Tom.

– Peut-être bien, dit Gros Bob.

Les autres hurlent et montent à l'assaut. Bob sourit toujours. On dirait qu'il attend ça avec impatience.

– ... Ou peut-être pas. C'est ça qui est marrant, hein, *Tommy Boy* ?

51

Un faucon dans le ciel, voilà la première chose que revit Thomas.

Pas de spectre. Pas de cadavre. Juste un faucon pèlerin qui planait, paisible. Le ruban de fumée ne vint qu'ensuite... Il ondula au ralenti, poussé par le vent, tira toute une flopée de souvenirs dans son sillage... Et Tom comprit qu'il ne rêvait plus.

Deux visages se trouvaient penchés au-dessus du sien : Lenny – décidément, ça devenait une habitude – et Elizabeth.

Il s'assit et se massa le crâne. Ses fesses écrasaient la poussière de la rue. Il examina le sommet du bunker : plus aucune trace du crapaud BMC. Pas le moindre reste d'incendie, à part des fumerolles et quelques nuages gris.

Il ouvrit la bouche.

– Comment... ? croassa-t-il, avant de produire une horrible quinte de toux.

Lenny sourit.

– On vous a entendu crier, dit le dandy. Puis plus rien. On a cru qu'on vous avait perdu.

– Vous pouvez le remercier, dit Elizabeth d'une voix tremblante. Il vous a sauvé la vie.

Stern haussa les épaules, modeste.

– Au lieu de paniquer comme tout le monde, poursuivit Elizabeth, il a eu l'idée de ramener des outils. On s'est acharnés sur le volet roulant qui masque l'entrée côté rue. On a réussi à le soulever de cinquante centimètres. Vous vous trouviez juste derrière.

Thomas avala sa salive. Un goût d'essence traînait dans sa bouche.

– Au rez-de-chaussée ? dit-il.

– Oui.

Il se souvenait d'avoir été transporté. Et aussi du visage sous le masque. *Frankie*.

– On a juste eu le temps de vous sortir de là avant que le toit ne cède. Tout s'est effondré à l'intérieur du bâtiment.

– Et Vector ?

– C'est... C'est horrible. Il a cessé de crier... Et puis il a disparu dans les flammes. Il est mort. (Elizabeth tortillait nerveusement ses mains, en proie à une vive émotion.) Mais ce n'est pas tout. Le tueur s'est enfui à bord d'un 4 × 4.

– Hein ?

– On ne sait pas d'où il est sorti, ni comment il a fait pour planquer le véhicule. Il a surgi d'un coup dans la rue, foncé et disparu dans la plaine.

Thomas avait du mal à le croire. Le tueur avait mis les voiles ? C'était formidable !

– Il y a un problème, reprit Lenny en se mordant les lèvres. Apparemment, votre agression et celle de Kaminsky n'étaient qu'une diversion.

– Qu'est-ce que vous racontez ? Le tueur aurait mis le feu et assassiné Vector simplement pour s'enfuir ? Ça ne tient pas debout !

– Pas pour fuir. Pour nous occuper, dit Elizabeth.

Les mains de la jeune femme étaient tellement serrées que les jointures avaient blanchi.

– Pendant qu'on bataillait pour vous sortir de là, il

a eu Karen et Pearl. On les a vues quand le 4 × 4 est parti. Elles hurlaient à l'intérieur et tapaient contre la vitre arrière.

– L'assassin est parti. Vous n'êtes plus en danger. Alors, s'il vous plaît, allez faire un tour.

Voilà ce que Thomas avait osé demander à Elizabeth, Peter et Lenny.

À leur grande surprise.

– Allez-y, avait-il insisté. L'inspecteur Cole et moi devons discuter avec Cecil.

Son ton avait de quoi surprendre. Blesser, même. Mais tous trois s'étaient exécutés sans broncher.

Thomas avait détesté faire ça. Mais il n'avait pas le temps de leur expliquer. Les événements qui venaient de se produire changeaient complètement la donne. Avant d'aller plus loin, il devait éclaircir un point. Il avisa les deux hommes.

– Vous, suivez-moi.

Cameron fronça les sourcils mais obtempéra. Cecil se laissa faire, hagard, le pas aussi léger que s'il déambulait dans un rêve. Sa blessure au front avait cessé de saigner. Tom l'entraîna jusqu'au Pink's, l'installa sur une chaise à l'ombre, colla un chiffon propre sur sa plaie et un verre d'eau entre ses mains.

– Mais qu'est-ce que vous foutez ? finit par lâcher Cameron.

Thomas l'ignora pour se tourner vers le pompiste.

– On t'écoute.

– M-m-moi ?

– T'es parti avec Vector et Pearl. Tu reviens seul, la tête en sang. Raconte.

Ils mirent près d'une demi-heure à reconstituer les faits, tant Cecil bégayait. Le jeune homme était désorienté et son corps parcouru de tremblements. La disparition de Pearl, bien plus que sa blessure, semblait l'avoir vidé de toute énergie.

Sa version donnait ceci : Vector, Pearl et lui étaient repassés à leur chambre dans la maison voisine du *Pink's*, tôt dans la matinée. La jeune femme voulait récupérer ses affaires. Vector Kaminsky avait alors été saisi d'une envie pressante. Il se trouvait au petit coin quand le dingue leur était tombé dessus. Le tueur était armé d'un shocker électrique. Il avait neutralisé Pearl d'une seule décharge, puis s'était tranquillement dirigé vers les toilettes dont il avait extrait Kaminsky, hurlant, le pantalon sur les jambes. Cecil avait tenté de s'interposer, et récolté le coup qui lui avait rouvert l'arcade et l'avait expédié une fois de plus dans le coltar. Quand il s'était réveillé, Vector et le tueur avaient disparu. Pearl ne bougeait plus. Il avait paniqué et s'était aussitôt précipité vers le Frigo. Fin de l'histoire.

– Kaminsky a crié à cet instant précis, dit Thomas. On a tous filé au bunker en flammes, mais toi, au lieu de nous accompagner, tu as demandé à Karen de te suivre ?

– J-j'étais terrifié. Je v-voulais soigner P-Pearl... C-comprenez, elle p-paraissait morte. V-vous étiez tous p-partis.

– Mais quand vous êtes arrivés sur place, Pearl avait disparu.

– V-voilà.

– Comprends pas, grogna Cameron Cole. Disparu comment ?

– Ben, elle était p-p-plus dans la chambre.

– Pourquoi vous êtes-vous séparés, Karen et toi ?

– E-elle m'a d-d-dit d'aller v-vous aider. Qu'elle c-chercherait P-Pearl t-t-toute seule...

– Tiens donc. Et tu l'as laissée ? dit Cole.

– B-ben oui.

Le policier secoua la tête. De petits nuages noirs s'amoncelaient sur son visage, à mesure que celui de Cecil pâlissait.

– Et le tueur ? demanda Cole, très calme. Comment a-t-il réussi à vous surprendre ? Qu'est-ce que vous foutiez, Pearl et toi, pendant que Kaminsky se trouvait aux toilettes ?

Cecil murmura quelque chose.

– J'entends rien ! aboya le flic.

– O-on s'embrassait.

Cole posa ses deux mains sur les épaules du jeune homme.

– Je suis un peu perdu, là. Il faudrait m'expliquer. Tous les trois vous étiez supposés sortir cinq minutes et rapporter un simple bidon d'essence. Et en prenant toutes les précautions vu qu'un dangereux psychopathe rôdait en liberté. Mais non. Au lieu de ça, vous récupérez les chiffons de la demoiselle, traînez aux toilettes, et faites bisou-bisou dans la chambre. Et maintenant, on a trois morts et deux disparus sur les bras. Je résume bien comme il faut ?

Cecil se ratatina sur lui-même. Cameron empoigna la batte de base-ball passée à sa ceinture.

– Cole ! dit Thomas.

– Lincoln, restez en dehors de ça, je vous prie.

Le flic força Cecil à saisir la batte.

– Mon pauvre Cecil, tu es un abruti total. Un moins que rien. Le zéro absolu. Alors maintenant, tu prends ça et tu montes la garde à l'entrée du village. Le cinglé se repointe avec son 4 × 4 : tu nous avertis. Un truc bouge dans la plaine : tu nous avertis. Une seule mouche qui pète...

– ... j-je v-v-vous avertis.

– Monsieur l'inspecteur.

– M-monsieur l'inspecteur.

– Bien. Soyons clairs : j'en ai rien à foutre que le tueur te découpe en rondelles. Si je te vois faire *quoi que ce soit* d'autre que surveiller l'horizon, c'est moi qui te tue. De mes propres mains. Et maintenant, dégage.

Ils regardèrent le jeune homme s'éloigner dans la rue, traînant la batte derrière lui d'un air misérable.

– Qu'est-ce que vous en pensez ? interrogea Thomas.

– Que c'est un petit con, dit le flic.

– Et à part ça ?

– Il ment.

– Vraiment ?

– Je viens de vous le dire.

Thomas réfléchit.

En vérité, c'était ce qu'il pensait aussi. L'enchaînement des événements se tenait. Et la disparition de Pearl avait bouleversé Cecil, aucun doute là-dessus. Pour autant, sa présence sur les lieux tombait pile, une fois de plus.

Il cachait quelque chose. Restait à savoir pourquoi.

– Vous auriez pu le cuisiner un peu, grommela Thomas.

– Je le ferai, répondit Cole. Crachez d'abord votre Valda.

– Quoi ?

– Ne faites pas l'innocent. Vous vous êtes arrangé pour qu'on se retrouve seuls tous les deux. Et entre nous, c'est le grand amour. Alors, qu'est-ce que vous avez à me dire ?

Tom hocha la tête.

– D'accord, soupira-t-il. Pendant que j'étais dans le

coltar j'ai fait un rêve. Un rêve qui m'a rappelé un épisode de jeunesse.

– Et ?

– Le tueur. Je l'ai déjà rencontré. En fait, lui et moi, on se connaît très bien.

52

La sonnerie du téléphone tira l'agent Sparkley de son sommeil.

Il émit le grognement d'un bouledogue à qui on aurait piqué son os et examina de près son réveil. Ses sourcils se froncèrent.

Charlene tira le drap sur elle.

– Hmm ?

– C'est rien, chérie. Rendors-toi.

Il se leva.

Le bipeur reposait sur sa table de nuit, à côté de son Glock 17 rangé dans son étui. La sonnerie provenait du téléphone. Du combiné portatif, plus exactement. Celui qu'il avait oublié dans la cuisine.

Si ça continuait de sonner, cet abruti allait réveiller les enfants.

Il traversa la pièce, manqua de glisser sur un robot Power Rangers et passa devant la chambre de Scott. Un coup d'œil par la porte lui apprit que son fils dormait toujours. D'ordinaire, Shanon était debout à l'aube. Mais Scott, un tremblement de terre ne l'aurait pas tiré des draps.

La sonnerie retentit à nouveau.

– Ça va, ça va, grommela-t-il, j'arrive...

Il pénétra dans la cuisine. Surprise : Shanon était là, téléphone contre l'oreille.

– Allô ? dit la fillette.

Sparkley contourna la table.

– Non, monsieur. Ici c'est Shanon Sparkley.

– Donne-moi ça, Shanon.

– Oui, mon papa est là.

Il lui prit le combiné des mains.

– Sparkley.

– David Walsh.

Le visage de bouledogue s'allongea encore. S'il avait pu boulotter le téléphone...

– Donnez-moi une minute. (Il plaqua une main contre le combiné.) Retourne te coucher, Shanon. Il n'est pas encore l'heure.

Elle avait son cartable sur le dos. Mais pour le reste, elle était encore en pyjama, les yeux ensommeillés.

– Ooooh, s'il te plaaaît...

D'habitude, elle aurait insisté jusqu'à obtenir gain de cause. Mais cette fois-ci, quelque chose dans l'expression de son père l'en dissuada. Elle poussa un énorme soupir, et Sparkley regarda ses petites fesses s'éloigner. Il soupira lui aussi et reprit le combiné.

– Nom de Dieu, comment avez-vous eu ce numéro ?

– Mes relations, répondit Walsh.

– Vous avez vu l'heure ?

– Je dois en savoir plus.

– À propos de quoi ?

– Seth Gordon et Harold Krump. Cette histoire d'explosion. Que s'est-il passé *exactement* ?

Le Dr Walsh raccrocha le téléphone trois minutes plus tard et s'accouda à la balustrade de sa terrasse.

Le jour se levait sur la baie. En bas, un type faisait du jogging avec son chien. Depuis le toit de son loft,

David Walsh possédait une vue superbe, même si l'agglomération de Venice n'était plus que le pâle reflet de sa beauté d'antan.

Dans la matinée la rue deviendrait bruyante. Des étalages viendraient proposer toute une quincaillerie bon marché et on entendrait tonitruer les musiques de cinquante nationalités différentes. Jazz, rap sud-américain, chants indiens, *country*... Chaque étalage arborait son thème et son temps pour marquer son territoire, et peu importait la cacophonie de l'ensemble.

David se dit que cela devait se passer comme ça dans la tête des patients schizophrènes. Plusieurs voix. Une cacophonie. Et pour en débrouiller le sens, en temps ordinaire, il était le meilleur. Mais là, tout en composant le numéro, il se demanda s'il n'avait pas commis la plus grosse erreur de sa vie.

Il laissa sonner la ligne de Seth. C'était presque devenu une habitude, depuis hier soir. Trois sonneries puis il raccrochait. Inutile de laisser de message. Si Seth ne décrochait pas, c'était qu'il ne voulait pas l'entendre. Les messages étaient inutiles : il les aurait effacés sans même les écouter.

Un. Deux. Tr...

– Oui ? dit-on à l'autre bout.

– Seth ?

– David ? (Un rire.) Ça fait plaisir de vous avoir au téléphone !

Il percevait un bruit de moteur. Seth se trouvait dans une voiture.

– Où es-tu ?

Un blanc.

– Ah ! désolé, Doc, je vous entends mal. La friture.

David sentit son cœur s'accélérer.

– Qu'est-ce que c'est que cette histoire avec Krump ?

– Krump ? (Nouveau rire.) Ça, c'est mes affaires.

– Il n'a jamais été question de...

– Attention, coupa Seth. Pas de connerie. Personne ne doit rien savoir à mon sujet. Je ne dois apparaître nulle part. On est bien d'accord ?

– Ce sont des menaces ?

– Bien sûr que non. Simple conseil. À propos, j'ai ici quelqu'un qui voudrait vous parler.

Le Dr Walsh entendit qu'on passait le combiné, et une onde glaciale, quasi prémonitoire, l'envahit.

– Papa ? souffla la voix de Karen dans son oreille.

53

Cameron sortit deux bières du frigo. Thomas pianota quelques instants sur le panneau du juke-box, avant d'opter pour une sélection de morceaux de Bruce Springsteen. Ils s'assirent face à face. Cameron jeta son insigne sur la table. Ses cheveux blonds étaient aplatis. Son air de surfeur avait depuis longtemps disparu. Son visage était aussi sombre que la crasse recouvrant les murs du bordel.

– Et maintenant ? dit-il.

Thomas s'alluma une cigarette – la première depuis longtemps. Tira une longue bouffée, puis souffla la fumée vers le plafond.

– Le tueur s'appelle Seth, dit-il.

Silence.

– Seth Robert Gordon, voilà le nom complet. Quand j'étais gamin, il se faisait appeler Gros Bob.

– Gros Bob ?

– À l'époque, il était obèse.

Cameron plissa les yeux.

– Vous connaissiez donc l'assassin.

– Vous aussi.

– Comment ça ?

– C'est Frankie, le conducteur du bus. Du moins, c'est comme ça qu'il s'est présenté lorsqu'on l'a rencontré. Je suppose qu'il devait y avoir aussi un véritable Frankie quelque part. Un authentique conducteur, à qui il aura emprunté ses papiers. Mais si vous voulez mon avis, ce Frankie-là n'en a plus besoin.

Cole le fixa un long moment.

– Donnez-moi une cigarette, dit-il enfin.

– Vous fumez ?

– Je viens juste de m'y mettre.

Tom s'exécuta. Le flic aspira une bouffée, tandis que la guitare de Bruce attaquait *Blood Brothers*.

– Avant qu'on aille plus loin, dit Cameron, pourquoi me raconter ça à moi ? Je peux pas vous blairer.

– « Les ennemis de mes ennemis sont mes amis. » Quelque chose comme ça.

– Ah.

– Du reste, il y a trop d'éléments bizarres. Je n'ai confiance en personne.

Cole hocha la tête. Thomas décapsula sa bière, se passa la bouteille sur le front et rassembla ses souvenirs.

– C'était il y a longtemps. Au début des années 80. On était gamins. Seth et moi, on s'est rencontrés à Santa Monica. Il avait défié une bande de petites frappes. On s'est battus côte à côte et on a fini à l'hosto. Triple fracture pour moi. Luxation de l'épaule et vingt-trois points de suture pour Seth.

– Pas mal.

– La tronche des autres était pas mal non plus. Après ça, on s'est plus quittés.

– Vous étiez amis ?

– Seth venait de la haute. Pourtant, ça ne l'empêchait pas d'être un enfant battu. Maltraité par sa mère. Abusé sexuellement. Personne dans son entourage ne se posait de questions. Ou bien personne ne voulait rien voir. Quand sa mère est tombée enceinte pour la seconde fois, Seth a été envoyé dans un institut privé pour gosses à problèmes. Un endroit qui s'appelait Sainte-Foy. Il n'en sortait que le week-end.

– Que lui est-il arrivé ?

– Son père, John Gordon, espérait que la naissance d'un deuxième enfant arrangerait les choses. Mais c'est l'inverse qui s'est produit. Après son accouchement, Lilian Gordon est devenue de plus en plus folle. Son trip, c'était de se mortifier. Elle s'infligeait des tortures quotidiennes pour éprouver sa Foi, sans que quiconque soit au courant. Elle a entraîné Seth là-dedans. Tortures, inceste, viols : Seth a fini par craquer. Elle était antiquaire. Un matin de 1983, il lui a volé un pistolet de collection et lui a tiré dessus. Elle s'en est pas sortie.

Thomas descendit quelques gorgées de Corona en fixant l'extrémité rougeoyante de sa clope. *« I'll keep movin' through the dark with you in my hearth »*, fredonnait Springsteen.

– On a retrouvé Seth caché dans un placard, l'arme du crime à ses pieds, des résidus de poudre sur les mains. Il n'a jamais commenté son geste. En fait, il n'a simplement... plus rien dit.

Cole s'ouvrit une bière à son tour.

– Il était fou, lui aussi ?

– Schizophrénie latente. D'après les experts, cet événement a été le coup de grâce. Seth a été obligé de s'inventer une autre personnalité pour supporter le choc – ou bien cette autre personnalité existait déjà, et c'est elle qui a tiré avant de se remettre en sommeil.

– « Elle qui a tiré » ?

– Le cas est fréquent chez les schizos. Si vous vous attaquez à sa personnalité faible, une autre plus forte va émerger et prendre le contrôle pour vous rendre la monnaie de votre pièce. Dès qu'on n'a plus besoin d'elle, elle retourne quelque part dans les cavernes de l'esprit, jusqu'à ce que les circonstances la rappellent. Certains individus peuvent trimballer comme ça quinze ou vingt personnalités différentes. Des jeunes, des vieux, même de sexes opposés.

– Qu'est devenu Seth ?

– On l'a interné. Je ne l'ai plus revu. Je ne l'ai pas reconnu dans le bus, son aspect physique a beaucoup changé.

– Cette histoire a plus de vingt ans. Quel rapport avec ce qui nous arrive ?

– Son thérapeute était le Dr David Walsh. Le père de Karen. C'est le consultant médical de ShowCaine, la chaîne de télévision qui nous a engagés.

Thomas rapporta sa conversation avec Karen et le rôle de son père dans la sélection des candidats, tandis qu'ils terminaient leurs boissons respectives. Puis Cole se leva pour aller déposer les bouteilles vides dans l'évier.

– Un truc m'intrigue, dit le policier. Seth est votre ami d'enfance, mais vous le perdez de vue. Après ça, vous rencontrez la fille de son psychiatre, Karen Walsh, avec qui vous vivez une aventure. Quel est le lien ?

– C'est Seth lui-même qui m'a présenté David quand nous étions gosses. Je l'ai rencontré sur la plage de Santa Monica. Il habite Venice, pas loin. Il déposait parfois Seth le week-end. C'est un toubib brillant, simple et honnête. Il est devenu mon mentor. Ma vocation pour la médecine date de cette époque.

Cole rumina ces propos en arpentant la pièce.

– Récapitulons, dit-il au bout d'un moment. Un vieux psychiatre de renommée internationale est engagé par ShowCaine. Comme il éprouve pour vous une certaine affection paternaliste, il vous fait entrer dans l'émission à votre insu, espérant vous refiler goût à la vie. Il donne également le feu vert pour que sa fille y participe. Mais l'un de ses anciens patients guette dans l'ombre. Un schizophrène. Matricide. Perturbé par la religion.

– Seth met au point un plan diabolique, poursuivit Thomas qui s'était levé à son tour. Il se fait passer pour Frankie, et nous kidnappe tous. Seth-Frankie simule alors un accident de la route avec d'autres cadavres pour que personne ne nous recherche. Ainsi, il nous tient à sa merci.

Cameron s'arrêta.

– Dans quel but ?

– Il veut se venger du psychiatre qui l'a fait interner. Donc, il s'attaque à sa fille.

– Et pour vous ?

– J'étais son ami. Il doit penser que je l'ai trahi d'une façon ou d'une autre.

Cole dissipa l'hypothèse d'un geste.

– Ça ne tient pas. Pour éliminer quelqu'un, il suffit de lui mettre une balle dans la tête. Pourquoi ce plan tordu ? Et pourquoi s'attaquer aux autres candidats ?

– Nous avons peut-être un point commun ?

– Par exemple ?

– Je ne sais pas, moi, un élément de notre passé... ?

Cole se gratta la tête.

– Nos âges, milieux, origines, histoires sont tous différents. Non, notre seul lien, c'est l'émission. S'il y a une piste à creuser, c'est celle-là. (Il vrilla son œil sur Tom.) Vous ne m'avez toujours pas dit pour quelle raison vous avez été radié. Vous maintenez que ça n'a aucun rapport ?

– L'événement s'est produit sur le continent africain, et dix ans plus tard. Seth n'a rien à voir là-dedans.

– Et le psy ?

– Il a usé de son influence pour me protéger, jusqu'à un certain point. Il m'a lâché ensuite, mais il reste étranger à l'affaire.

– Qu'est-ce qui m'oblige à vous croire ?

– Rien. Sauf qu'on est là pour essayer de comprendre. Si je pensais que ça puisse avoir le moindre rapport, je vous le dirais.

La porte du Pink's s'ouvrit avec une telle violence qu'elle faillit sortir de ses gonds.

– Un avion ! vociféra Lenny sur le seuil.

Le dandy avait le regard fou et les cheveux en bataille.

– Hein ?

– Un avion ! Dehors ! Là !

Thomas et Cole se bousculèrent pour sortir, manquant de renverser le vieil homme.

Peter se tenait au milieu de la rue et fixait le ciel. Un petit appareil faisait des loopings au-dessus des collines pendant qu'Elizabeth criait et dansait sur place pour tenter d'attirer son attention.

– I-inutile de s'exciter, dit Cecil. Y p-peut pas nous v-voir.

– Nous, peut-être pas, dit Cameron. Mais ça ?

Il pointa le doigt vers le bunker BMC, d'où la fumée s'échappait toujours en un mince filet sombre.

– Compris, fit Thomas. Que tout le monde récupère les bouteilles d'alcool du Frigo et du Pink's. Tout ce qui est inflammable, n'importe quoi !

Ils s'exécutèrent et filèrent en trombe jusqu'au bâtiment.

– Et maintenant ? dit Elizabeth.

– On met le feu, répondirent en chœur Cameron et Thomas.

Ils jetèrent les bouteilles et les matériaux inflammables sous le volet en fer et par-dessus le toit pour les plus habiles. Les braises encore chaudes se ravivèrent, et une fumée noire monta bientôt dans le ciel.

Ils cherchèrent l'avion des yeux.

– C'est f-foutu, annonça Cecil. Il est p-p-parti.

Trente secondes plus tard, le petit appareil passait au-dessus du village sous les acclamations du groupe. Ils poussèrent des hurlements en sautant comme des hystériques, et l'avion exécuta un second passage en basculant ses ailes tantôt à droite, tantôt à gauche. Après quoi il s'éloigna et finit par disparaître à l'horizon.

– Vous croyez qu'il va prévenir les secours ? demanda Elizabeth, pleine d'espoir.

Lenny sourit.

– Avec le ramdam qu'on a fait ? Au minimum, il est obligé de signaler notre présence. Les autorités enverront quelqu'un.

– Ça veut dire qu'on va rentrer chez nous ? fit Peter.

Chacun se tourna vers lui, surpris d'entendre le son de sa voix. Thomas coinça la tête du gamin sous son coude et lui ébouriffa les cheveux.

– Absolument ! dit-il en riant.

La suite de la matinée se déroula dans une ambiance à la fois fébrile et confuse, pleine de rires, plaisanteries vaseuses et déclarations à l'emporte-pièce. Certains, comme Lenny, allèrent jusqu'à préparer leurs affaires, mais la plupart se contentèrent d'ouvrir de nouvelles bouteilles et de les faire passer au voisin.

Tom en aurait presque oublié où il se trouvait.

– Manque plus qu'un barbecue et des hamburgers, lui glissa Cameron entre deux gorgées de bière.

– Ouais, murmura Thomas, ben continuez quand même à ouvrir l'œil. La réaction de Cecil m'a paru bizarre, tout à l'heure.

Le flic ôta le goulot de sa bouche.

– Vous croyez ?

– C'est vous le flic. Vous avez dit qu'il mentait. Peut-être que vous devriez fouiner un peu. De mon côté, je vais vérifier quelque chose. Jusqu'à ce que les secours soient là, restons prudents.

54

Seth était furieux.

Son plan avait foiré. Et dans les grandes largeurs.

D'abord, Lincoln débarque sur le toit au mauvais moment. Ce qui avait forcé Seth à filer par une issue qu'il n'était pas censé emprunter. Du coup, il s'était retrouvé nez à nez avec les trois autres, obligé d'expédier la suite plus vite que prévu et de décamper avec le 4 × 4. Et pour finir, cette saloperie d'avion qui survolait une zone interdite !

Seth était loin du village à présent. Pour y retourner, il allait devoir trouver un autre moyen. Revenir par la route désertique était exclu, il serait immédiatement repéré.

Il se força à se calmer, tapotant des doigts sur le volant. Il se sentait fatigué et nerveux. On était mardi, il bossait depuis cinq heures du matin et il était déjà midi.

Un problème à la fois. Commence par l'avion.

Il avait eu le temps de l'observer : un petit appareil à hélice, avec des flammes vertes sur la carlingue. Le pilote avait effectué un looping. Un as du manche à balai, manifestement.

Il brancha son GPS et sélectionna la fonction « recherche ». Ce genre de coucou ne pouvait pas venir de loin. Quels étaient les aérodromes les plus proches ?

Il entra les coordonnées, choisit un rayon de cinquante kilomètres et tapa sur « entrée ». Quelques secondes après, le GPS lui fournit deux réponses : une localité appelée Sandy, dans le Nevada, et une autre nommée Jean.

Seth se pencha vers l'écran tout en gardant un œil sur la route. D'après les renseignements fournis, Sandy était un bled paumé. Jean, en revanche, se situait sur l'Interstate 15.

Il réfléchit.

Lorsqu'il avait accompli le trajet Los Angeles-Las Vegas les fois précédentes, il se souvenait d'avoir observé des acrobaties aériennes au-dessus de la route. Loopings, chandelles. Il avait trouvé ça impressionnant. Il s'était imaginé avoir affaire à des appareils militaires issus des bases du désert Mojave, avant de remarquer un terrain d'atterrissage proche. Le terrain faisait partie d'un hameau en bordure de route, avec son motel et son inévitable poignée de casinos, tels des cachalots échoués sur un banc de sable. Il vérifia les coordonnées : 115, Jean, Nevada.

C'était bien là.

Il alluma son téléphone satellite, obtint une opératrice et se fit communiquer le numéro.

– Aérodrome de Jean, annonça quelques instants plus tard une voix féminine dotée d'un fort accent du Sud.

– Bonjour ! Je m'appelle Paul Finnegan. Je me rends à Vegas pour affaires et vous êtes sur mon trajet. Je voudrais faire un tour dans l'un de vos appareils à sensations fortes.

– Faut prendre rendez-vous à l'aéroclub.

– J'ai très peu de temps devant moi et...

– Faut prendre rendez-vous à l'aéroclub.

– On m'a parlé de l'un de vos pilotes. Un as !

– Dewey ?

– Il a des flammes vertes peintes sur son avion.

– C'est Dewey.

– Eh bien, dites à Dewey qu'il y a cinq mille dollars pour lui s'il m'embarque en début d'après-midi. (Le ton de Seth se fit suave.) L'argent n'est pas un problème.

– Vous n'aurez qu'à lui dire vous-même, répondit la femme d'une voix lasse. Il termine son vol de mise en forme. Il ne va pas tarder.

Seth nota l'adresse exacte.

– J'arrive ! fit-il avec enthousiasme. Surtout, dites bien à Dewey d'oublier ses affaires en cours et de ne prendre aucun autre client. Je tiens absolument à le rencontrer aujourd'hui.

– Pas la peine, chéri. Pour cinq mille dollars, Dewey oublierait même l'enterrement de sa mère.

– Quel monde merveilleux où chacun comprend l'autre ! dit Seth. Dewey et moi sommes faits pour nous entendre.

55

L'air était empli de joie électrique. Plutôt bizarre, comme sensation, mais c'était la meilleure traduction que Thomas pouvait en donner. Comme si les uns et les autres avaient épuisé leur réserve de stress, et qu'il ne leur restât plus qu'un fond d'hystérie et de rire nerveux.

Depuis l'épisode de l'avion, les blagues lourdingues se succédaient. Cette fois, on en était sortis, c'était sûr. On guettait l'arrivée des secours. On envisageait la suite. On allait se revoir la semaine prochaine, faire la fête – et pourquoi pas passer des vacances ensemble ? Les journalistes allaient s'arracher leurs témoignages. Quelle aventure, n'est-ce pas ?

Le problème était que Thomas n'y croyait pas. Appelez ça de la crétinerie. Ou un syndrome dépressif. Mais le fait était là. Il n'arrivait pas à se convaincre d'un retour à la normale.

En y réfléchissant, il avait aimé ce stress. Ce flot constant d'adrénaline avait réveillé en lui des sensations oubliées, comme sa rencontre avec Elizabeth. En même temps, il était terrifié dès qu'il se mettait à réfléchir au sort de Karen et Pearl. Et puis la réapparition de Seth Gordon dans sa vie le perturbait profondément. À vrai dire, il ne savait plus où il en était.

– Alors on ne risque plus rien ? demanda Lenny.

Ils se baladaient en contrebas du village. La fumée du bunker montait toujours dans le ciel, derrière eux.

– Je suppose, dit Thomas. Le pilote va forcément alerter quelqu'un. Même le plus débile des fonctionnaires locaux déclenchera une enquête.

Ils s'installèrent à l'ombre d'un gros buisson.

– Quand j'étais au Niger, reprit-il, je voyageais à bord d'un petit avion du même genre. On voyait le sol par les trous dans la carlingue, le pilote était un vrai dingue. On effectuait des sauts de puce d'un village à l'autre pour apporter des vaccins. Jusqu'au Nigeria, parfois. Il fallait faire gaffe, les frontières étaient flottantes et la corruption monnaie courante. On se posait n'importe où, de jour comme de nuit. Les terrains, c'était n'importe quoi. Il y avait des balises lumineuses, mais les militaires qui se bourraient la gueule s'entraînaient à tirer dessus.

– C'est drôle, dit Lenny. Je vais presque regretter cet endroit. Ces promenades avec vous.

Le vieillard désigna un cactus.

– À moi de vous raconter une histoire. Vous voyez ce yucca ?

– Celui qui ressemble à un type aux bras écartés ?

– Les mormons l'appellent Arbre de Josué. Savez-vous pourquoi ?

– Non.

– Au milieu du XIXe siècle, les mormons ont quitté le Nebraska pour aller vers l'Ouest fonder leur propre État, hors de la juridiction de l'Union. Ils étaient menés par Young, une sorte de Moïse doté d'un esprit conquérant à la Bonaparte. Ils se sont retrouvés dans le désert du lac Salé, à court d'eau et de vivres, et ils ont failli baisser les bras. Mais ils sont tombés sur ces arbres, des yuccas aux branches tordues. De loin, ils les ont pris pour des gens, les bras grands ouverts.

Young a sauté sur l'occasion pour galvaniser ses troupes. « Là ! il a dit. Voyez Josué qui nous souhaite la bienvenue en Terre promise ! » Le nom est resté. Après ça, les mormons sont repartis et ont bâti Salt Lake City dans l'Utah.

– Je croyais qu'ils voulaient fonder un État indépendant.

– Ça n'a pas marché. Leur territoire était déjà revendiqué par le Mexique. L'année d'après, le Mexique l'a cédé aux États-Unis et l'Utah a réintégré l'Union. Il y a eu pas mal de conflits après ça, mais Young s'en est bien tiré : c'est devenu le seul gouverneur américain polygame. À sa mort, il avait vingt-trois épouses et possédait une fortune.

– Vingt-trois ? Quelle santé !

– N'est-ce pas ? sourit Lenny.

Thomas étudia son profil. Son nez fin, ses cheveux immaculés.

– Vous connaissez bien le désert, hein ?

– Je vous l'ai dit, je possédais des mines de borax dans le temps. Mais ça ne m'a pas intéressé. Lorsqu'on a certains goûts, la vie est plus facile à New York, ou San Francisco.

Thomas acquiesça d'un hochement de tête.

– Merci, dit-il simplement.

– De quoi ?

– Pour votre amitié. Votre soutien. Merci de m'avoir sauvé la vie.

– Oh, il n'y a vraiment pas de quoi. Avec qui aurais-je eu toutes ces intéressantes conversations, sinon ?

Thomas se leva.

– Je dois rentrer au village. Ça ne vous dérange pas si je vous abandonne ?

Lenny rajusta ses lunettes de soleil.

– Je vais soigner mon teint. Le bronzage redevient à la mode. Et il n'y a plus rien à craindre, à présent.

Tom regagna la rue. Tourna à l'angle du bunker et rejoignit la façade arrière. Sa chemise se trouvait toujours là-haut, qui pendait.

Il fallait qu'il vérifie. Qu'il soit sûr.

Il reproduisit sa manœuvre d'escalade, cette fois en prenant tout son temps. Il mit les pieds sur la passerelle. L'intérieur n'était plus qu'un fatras de fer, de béton et de bois.

Un frisson le parcourut en songeant au fait que le corps de Vector Kaminsky se trouvait quelque part en dessous. Puis il alla vérifier ce pour quoi il était venu.

Il n'avait pas eu le temps de bien regarder les photos, la première fois, mais maintenant il n'était plus pressé. Il passa les groupes d'ouvriers et se dirigea vers celle qui l'intéressait. Examina l'homme dans le cadre. Ce regard. Cette façon de sourire. Il était plus jeune, mais on le reconnaissait bien.

Le patron de la Bullfrog Mining Company était Leonard Stern.

56

Dewey referma la porte, surpris de voir qu'une silhouette occupait son fauteuil derrière son bureau.

La lumière filtrait à peine à travers la crasse des stores, mais ça suffisait pour qu'on remarque la largeur de ses épaules.

– Qu'est-ce que vous faites ici ? demanda Dewey.

L'autre retira ses pieds de la table. Il jouait avec un coupe-papier en forme de fusée.

– Dites donc, vous êtes un sacré pro !

De la pointe du coupe-papier, l'homme désigna les trophées aériens alignés sur les étagères.

Dewey sourit nerveusement.

– En principe, dit-il, mes clients attendent à l'extérieur.

L'autre lui rendit son sourire.

– C'est que je ne suis pas un client ordinaire.

– Lorraine m'a parlé d'un homme d'affaires. C'est à vous l'énorme 4 × 4, en bas ?

– Oui.

Dewey essaya de le jauger.

– Ce n'est pas la voiture d'un homme d'affaires.

– J'aime avoir de l'espace. Et puis, on peut mettre tout un tas de choses à l'intérieur. (Il rit.) Si je m'amusais à planquer une paire de cadavres sous une couverture, il y aurait encore assez de place pour faire une partie de tennis !

Dewey ne trouva pas ça drôle.

– Vous n'êtes pas un homme d'affaires.

– Et vous, pas du genre à vous encombrer d'interdictions.

L'homme s'était levé. Debout, il était encore plus impressionnant. Sa tête rasée faisait penser à un obus. Il n'avait toujours pas lâché le coupe-papier.

– Pardon ?

– Vous savez très bien ce que je veux dire, Dewey. Cette zone, ce matin. La vieille mine. Il est interdit de la survoler.

Dewey commençait à comprendre. Il se mordit les lèvres.

– C'est que... je ne voulais pas...

L'homme secoua la tête d'un air ennuyé.

– Vous ne vouliez pas, vous ne vouliez pas, mais maintenant c'est trop tard. Alors, dites-moi un peu, Dewey, qu'est-ce que nous allons faire, tous les deux ?

Seth remonta dans la voiture et s'assura que la couverture à l'arrière n'avait pas bougé. Son téléphone sonna à ce moment-là.

– Il est déjà 15 heures, qu'est-ce que vous foutez ? cria-t-on dans le combiné.

Seth l'éloigna de son oreille.

– J'improvise.

– Pardon ?

– Mon boulot n'est pas facile, dit Seth sans se démonter. Vous voulez qu'on échange ?

– Je vous signale qu'on a de sérieux problèmes !

– L'avion, je sais.

– Pas que l'avion. Deux fouineurs du FBI. Ils posent des questions sur vous. D'après eux...

– Je ne veux pas le savoir, coupa Seth sèchement. On a un accord.

Il y eut un silence.

– Entendu, finit par dire son interlocuteur. Et sur un plan pratique, comment comptez-vous faire pour revenir ?

– Cette histoire d'avion est intéressante. Ça m'a donné une idée. J'ai discuté avec le pilote, un certain Dewey.

– Et ça va me coûter cher ?

– C'est ça qui est bien, dit Seth en démarrant sa voiture. Rien du tout. Un homme très coopératif, ce Dewey.

57

Thomas posa la photo au milieu de la nappe.

Il avait attendu toute la journée pour se décider, cherchant une explication sans parvenir à comprendre. Puis avait opté pour une tactique différente.

Il avait appris que, parfois, il ne fallait pas être gentil avec les patients. Faire abstraction des sentiments qu'on avait pour eux. Les regarder en face et leur annoncer la vérité toute crue, sans se dégonfler. Quelle que soit la peine qu'il en coûtât, à vous, ou à eux.

– J'ai trouvé ça, dit-il presque négligemment.

À part Cecil, toujours de garde à l'entrée du village, ils se trouvaient réunis au Frigo pour le repas du soir.

Les victuailles étaient réparties sur une nappe posée à même le sol, à la façon d'un joyeux pique-nique. Elizabeth avait confectionné des banderoles en papier, coloriées avec l'aide de Peter et accrochées aux palettes alentour – une façon comme une autre d'occuper l'enfant. Le froid avait disparu pour céder la place à un réglage de climatisation plus doux. Des bouteilles attendaient d'être ouvertes et des boîtes de conserve englouties. Pourtant, aucun d'entre eux n'avait vraiment envie de s'y mettre.

Les secours s'étaient fait attendre, un peu, puis beaucoup. Et maintenant qu'on ne voyait toujours rien venir, il régnait un certain malaise que personne n'osait évoquer de front.

L'ambiance était celle d'un goûter d'anniversaire raté.

Elizabeth fut la première à remarquer la photo. Ses yeux l'effleurèrent d'abord sans comprendre, puis s'attardèrent dessus. Elle s'assit.

Puis ce fut au tour de Cameron. Il échangea plusieurs regards avec Tom. Porta la main à sa ceinture d'une façon un peu ridicule – cherchait-il son arme de service ? –, se passa les doigts dans les cheveux, regarda Tom à nouveau, puis s'assit également.

Peter déboucha sa lampe-stylo, s'empara de la photo et, sans un mot, lui ajouta un diamant à l'oreille droite.

Lenny jeta un coup d'œil au résultat.

– D'accord, c'est moi sur cette photo. Et alors ?

Les trois adultes le regardèrent comme s'il venait d'ôter un costume en latex et qu'un Martien se dissimulait dessous.

– De toute façon, vous l'auriez su un jour ou l'autre, dit-il.

– Quoi ! Cet endroit vous appartient ? s'exclama Cameron, au bord de l'apoplexie.

– Rectificatif : il m'appartenait. Comme beaucoup d'autres. Ma compagnie possédait des dizaines de sites de ce genre. Je ne les connaissais pas tous. Pas celui-ci, en tout cas. Quand j'ai revendu, beaucoup ont fermé. Je ne m'y intéresse plus depuis des lustres. Je n'en ai jamais fait un mystère.

Thomas se sentit à la fois furieux et peiné.

– Je crois, dit-il, que ça mérite tout de même une petite explication, non ?

Lenny les jaugea tour à tour.

– Bien sûr. Combien pesez-vous ?

Ils s'entre-regardèrent.

– Qu'est-ce que vous voulez dire ?

– Je parle, sans vouloir vous offenser, de vos fortunes personnelles.

Silence parmi les intéressés.

– Bien, reprit Lenny. Parce que moi, c'est deux milliards et demi de dollars. Un peu mieux que Steve Job, d'après les dernières estimations du magazine *Forbes*.

Le silence se fit plus profond encore.

– La Bullfrog Mining Company n'était qu'une goutte d'eau. Mes avoirs occupent d'autres secteurs d'activité. Imaginez-vous à ma place. Ce kidnapping, ces morts. Qui est la cible, selon vous ?

– Vous croyez qu'on vous vise personnellement ? dit Thomas.

– Avouez que ça pourrait me venir à l'esprit.

– Vous auriez dû nous en parler.

Lenny lui adressa un sourire pincé.

– Et si l'un d'entre vous était complice du tueur ? N'importe qui est suspect, ici. Vous l'avez dit vous-même.

– Je n'ai jamais dit ça !

– Mais vous l'avez pensé très fort.

Thomas détourna les yeux. Il avait effectivement soupçonné Cecil. Vector. Lenny. Et la plupart des autres.

– Ça ne tient pas debout ! tempêta Cameron. Sauf votre respect, mon vieux, des moyens de se débarrasser d'un croûton dans votre genre, il y en a à la pelle ! N'importe quel tueur à la petite semaine vous poussera dans un escalier pour une somme dérisoire. Et je ne parle pas des véritables contrats qu'on peut vous coller sur le dos. Arrêtez de vous prendre pour le centre du monde : à l'évidence, *vous* enlever n'est pas le seul objectif du tueur.

– Et couler une chaîne de télévision, qu'est-ce que vous en pensez ?

Elizabeth prit pour la première fois la parole.

– Pour ça, je pense que c'est déjà fait. Qui que soit cet homme, terroriste ou psychopathe, il a porté un coup fatal à la production en détournant notre bus. Je n'y connais rien, mais je suppose que les retombées médiatiques seront terribles.

– Peut-être, soupira Lenny. Mais la situation est plus compliquée que ça.

– Plus compliquée ?

– Pour moi, oui. Parce que Hazel Caine est ma femme. Et que la production, c'est moi.

58

Mercredi

« Les apparences sont trompeuses. » Existe-t-il pire lieu commun ? Non, songea Elizabeth. Pourtant, la phrase aurait valu d'être placardée à l'entrée du village, bien en vue de chacun des membres de leur petite communauté.

Elle remua le feu avec un tison, termina sa tasse de café et s'en servit une seconde. Elle buvait à petites gorgées, sa Thermos coincée entre ses genoux, les yeux perdus dans l'obscurité du désert.

2 h 15 du matin. Elle venait à peine d'entamer son tour de garde et ne l'achèverait que dans quatre heures. Après quoi ce serait à Cameron Cole de s'y coller.

L'idée était, d'une part, de veiller pour s'assurer que le tueur ne reviendrait pas, d'autre part, de pouvoir illuminer les environs en cas d'arrivée des secours. À cet effet, toute une batterie de spots se trouvait disposée autour d'elle, reliée à deux groupes électrogènes distincts. Qu'un seul bruit se manifeste et Elizabeth, d'un seul clic du pied, déchaînerait des milliers de watts en même temps qu'une sirène bricolée par Cecil.

L'intérêt était qu'en cas de surprise elle se trouverait aux premières loges.

L'inconvénient était qu'en cas de surprise elle se trouverait aussi aux premières loges.

Quelque part au loin, une créature poussa une longue plainte suivie de plusieurs jappements brefs. Elle frissonna. La nuit risquait d'être longue.

– Vous tenez le coup ? demanda une voix.

Clic. Le désert s'illumina. Son pied avait enfoncé l'interrupteur tout seul. Elle repéra l'homme qui avait porté les mains devant ses yeux, complètement ébloui. Elle éteignit le dispositif avant que la sirène ne se déchaîne. Il baissa les bras.

– Vieux. Rejeté de tous. Et maintenant aveugle, se plaignit-il.

– Ne me faites pas rire, répondit Elizabeth.

Lenny lui tendit une couverture.

– Je vous ai apporté ça.

– Trop aimable.

– Bah, je n'en avais pas besoin. J'aurais été incapable de dormir de toute façon.

Il s'assit à côté d'elle près du feu. Elle ne dit rien, mais sentit qu'il l'observait.

– Qu'est-ce que vous voulez ? finit-elle par demander.

– Rien. Un peu de compagnie.

– Lincoln vous a jeté ?

Il garda le silence. Ses épaules, en revanche, s'affaissèrent.

– Quoi, ne me dites pas que vous en pincez réellement pour lui !

Elle avait lancé la boutade en riant, mais vit qu'elle avait fait mouche.

– C'est ridicule, hein ? murmura-t-il.

Elle gratta la terre avec le tison. L'odeur du bois brûlé monta dans l'air.

– Je ne sais pas. Vous nous avez menés en bateau. Thomas, comme les autres, doit se sentir trahi.

– Un jour, il y a longtemps, fit-il d'un air lointain, Hazel a découvert un jeune metteur en scène de cinéma couché dans mon lit.

Elizabeth ralentit son geste.

– Il s'appelait Jean-Jacques. Français. Cultivé. Vingt ans à peine et beau comme un dieu. Depuis, il a connu un certain succès.

– Votre femme a demandé le divorce ?

– Non. Autant que je me souvienne, elle a lancé : « Oh ? Ce n'est que ça ? », et elle est ressortie. (Il secoua la tête.) C'est une battante. Son travail lui prend tout son temps. Je pense qu'en définitive, cette situation lui convient. Nous ne vivons plus ensemble depuis des années. J'habite New York, et elle Los Angeles. Mais nous sommes restés en très bons termes.

– Et c'est tout ?

– Qu'est-ce que vous imaginiez ?

– Je ne sais pas, moi. Vous êtes riche. Puissant. Votre histoire ressemble à un roman de Barbara Cartland. C'était ça votre secret ?

– Anhédonie.

– Je vous demande pardon ?

– « Incapacité psychopathologique à éprouver du plaisir », d'après mon médecin. L'ennui total, si vous voulez. Woody Allen souffre de la même affection.

– Je vois. Participer à *L'Œil de Caine* représentait pour vous un divertissement.

– Plutôt une thérapie.

Elle trouva l'argument gonflé.

– Manipuler les gens vous sert de traitement ?

– Je ne manipule personne. Je vous assure.

– Mais vous avez lu nos dossiers, dit-elle sur un ton agressif.

– Non.

– Vous ne savez rien sur les uns et les autres ?

– Non.

– Ne me dites pas qu'on vous a fait passer les sélections !

– Croyez-le ou pas, j'ai dû me battre pour participer. Hazel refusait de...

– Vous vous fichez de moi ?

Il soutint son regard.

– Encore une fois, non, dit-il lentement. Je ne connais pas votre secret. Ni celui des autres. Je suis actionnaire de ShowCaine, mais je n'y exerce aucune pression. Je ne sais pas d'où sort le tueur, ni pourquoi il a choisi cet endroit, même si la mine appartenait à mon ancienne compagnie. (Il toussota dans son poing.) J'y ai réfléchi, notez-le bien. La seule explication possible est qu'il a eu accès aux informations d'Hazel. Peut-être a-t-il réussi à pirater son ordinateur ? Tous les sites de mes sociétés antérieures y sont répertoriés. Ma femme s'en servait comme base de données pour d'éventuels repérages. En outre, ça expliquerait pourquoi notre ravisseur est aussi bien renseigné. À mon avis, il a dû opérer de l'intérieur. Peut-être l'un de ses proches collaborateurs.

– Et vous croyez que je vais gober cette histoire ?

– Sans doute pas. Mais c'est la vérité.

– Pourquoi ne pas nous avoir prévenus ?

– Parce que ça ne changeait rien. Sauf à me faire passer pour un infâme manipulateur, comme vous l'avez signalé si délicatement.

Elizabeth se remit à gratter la terre. Elle ne savait plus quoi penser. Elle se souvenait d'un film, *The Usual Suspects*. Une phrase, dedans, lui avait plu :

« Le tour le plus rusé que le Diable ait jamais inventé, c'est de faire croire au monde qu'il n'existait pas. » En cet instant, Lenny ressemblait au Diable. Convaincant. Vénérable. Séducteur, dans son costume de lin blanc.

Il l'examina comme s'il lisait dans son esprit.

– Les apparences sont trompeuses, hein ?

Elle cligna les yeux.

– Hein ?

– Et je vais vous confier un autre lieu commun : ce que les autres pensent de vous, mieux vaut n'en avoir rien à foutre.

L'écart de langage la surprit. C'était la première fois qu'elle entendait Lenny s'exprimer de la sorte.

– En vérité, je me fiche pas mal de mourir ici, poursuivit-il. La peur comme le plaisir me sont étrangers depuis longtemps. Au niveau émotionnel, je suis pour ainsi dire anesthésié. Cette émission devait constituer un électrochoc. Une « thérapie brève », d'après ce qu'on m'a dit. Mais c'est raté. Je suis surtout peiné des conséquences pour Hazel. Elle ne méritait pas ça. Pas plus que Thomas. Ou vous.

– Moi ?

– Vous êtes une fille bien. Il serait temps de comprendre.

– Justement, je ne comprends pas.

– Je ne suis peut-être qu'un vieil excentrique, mais je peux vous affirmer que les bons moments d'une vie se comptent sur les doigts de la main. Et ils ne doivent rien au pouvoir ou à l'argent. Alors à votre place, je foncerais.

– Où ?

– Retrouver Thomas.

Elle se troubla malgré elle.

– Vous êtes une mère, poursuivit-il, et vous pensez avoir abandonné vos enfants. Mais ce n'est pas le cas.

Vous ne les avez pas trahis. En venant ici, vous avez fait un choix. Le fait que tout soit allé de travers n'y change rien. Vous avez décidé de rompre avec votre passé.

– Il m'a anéantie !

Elle avait lancé ça à brûle-pourpoint, des éclairs dans les yeux, défiant Lenny de la contredire.

Ce qu'il ne fit pas.

– Mon mari ne se contentait pas de me battre, dit-elle. (Sa voix baissa d'un cran.) Il me ligotait dans le garage. Comme un paquet. Pendant ce temps, lui et ses copains jouaient aux cartes. Il plaisantait à voix haute pour que je l'entende, il racontait que s'il perdait, les autres pourraient abuser de moi en guise de paiement. Ses amis ne savaient même pas que j'étais là. Ils lançaient des plaisanteries sur mon compte, des choses horribles. Des pères de famille que je croisais à l'école, pour certains.

Elle se leva pour faire quelques pas dans le sable.

– En définitive, ils ne m'ont jamais touchée. Ça faisait juste partie du jeu. Un parmi d'autres. Mais ce n'est pas le pire. Le pire, c'est que je m'y étais résolue. Pour ne pas me retrouver à la rue et qu'on ne m'enlève pas mes enfants, j'aurais subi n'importe quoi. Vous me parlez d'apparences ? À un certain degré, il n'y avait plus que la survie.

– Qu'est-ce qui vous a fait changer ?

– Votre femme, répondit-elle sans hésiter.

Lenny n'eut pas l'air étonné.

– Elle s'est penchée sur moi comme une sorcière sur un berceau. Elle m'a soufflé à l'oreille que ce genre de choses n'était pas inéluctable. Et moi, je ne sais pas pourquoi, je l'ai crue.

– Et vous avez bien fait.

Elizabeth s'arrêta de marcher.

– Les hommes sont moches, dit-elle, je le crois sincèrement. Il y a quelque chose en eux. Une faille. Peut-être que ce n'est pas leur faute. La génétique, ou Dieu. Mais je sais qu'ils sont capables de choses qu'une femme ne ferait jamais. (La douleur envahit ses traits.) Pourquoi Tom Lincoln serait-il différent ?

– Il ne l'est pas.

Lenny se leva, s'approcha d'elle et replaça une mèche de ses cheveux roux derrière son oreille.

– Mais il lutte. Il affronte ses démons. Et parfois, il entrevoit une lueur.

– Laquelle ?

– Vous. Il y a quelque chose entre vos deux êtres. Vos âmes sont abîmées, et je suppose que cela vous rapproche. Mais ce n'est pas tout. Il y a une étincelle. Si vous arrêtez d'avoir peur, si vous osez regarder au fond de vous-même, vous la verrez.

Il s'éloigna.

– Et cela n'arrive pas si souvent, lança-t-il pardessus son épaule. Certains passent leur vie à l'attendre. (Sa silhouette se fondit dans la nuit.) Pour d'autres, cela ne se produit jamais.

Elizabeth rumina longtemps ses paroles. Lorsque Cameron arriva, elle constata avec surprise que l'aube s'était levée. Le policier l'interrogea du regard.

– RAS, répondit-elle.

– Vraiment ?

– Oui.

– Vous n'avez même pas l'air fatiguée. Où est passée cette ride qui barrait votre front ?

– Je l'ai jetée aux orties.

Il haussa les épaules.

– Au fait, Lincoln et moi avons bricolé une sorte de douche, derrière le Pink's. Si le cœur vous en dit...

Elle opina et s'éloigna sans un mot.

Ce n'est qu'au milieu de la rue qu'elle l'entendit chanter. La voix se précisa à mesure qu'elle traversait la salle principale, puis la cuisine, et enfin l'arrière-cour. Il ne remarqua pas son arrivée. Pas plus qu'il ne la vit retirer ses chaussures. Il se trouvait sous le filet d'eau ruisselant d'un jerrican percé de trous et judicieusement placé en hauteur. La peau ébène de Thomas était blanche de mousse. Il chantait les yeux fermés.

Elizabeth abandonna son jean et sa chemise. L'espace d'un instant, elle songea à la photo dans sa poche. Au rire de ses enfants. Mais elle ne se retourna pas. Si elle revenait sur son passé, elle perdrait toute trace de courage.

Elle entra sous la douche.

– Qu'est-ce que..., commença Lincoln.

– Taisez-vous, dit-elle en écrasant ses lèvres sur les siennes.

59

Parfois, la vie vous offre un petit miracle. Un instant parfait.

Les événements se combinent dans le bon sens, les tensions s'effacent, les nuages se dissipent comme par enchantement, et le soleil arrive alors que vous ne l'attendiez plus. Dans ces moments-là, les choses viennent à vous d'elles-mêmes, sans forcer. On se surprendrait presque à croire en Dieu.

Voilà ce que Seth ressentait en rangeant le CD-ROM sur lequel figuraient les meurtres de Pearl Chan et Karen Walsh.

Il le glissa dans sa valise en Kevlar antichoc et s'apprêta à la refermer, mais après réflexion il y ajouta un Post-it, nota quelques mots dessus et le colla sur le boîtier du CD. Puis boucla la valise.

Maintenant, c'était parfait.

Il observa le paysage. Le soleil diffusait sa chaleur à travers le pare-brise. L'horloge de bord indiquait 11 heures. Accomplir autant de tâches depuis la veille avait constitué un pari incroyable. Ses deux victimes ne s'étaient guère montrées coopératives, notamment pour l'histoire du fer rouge. Filmer le tout avait exigé pas mal de patience de sa part, et un sacré coup de canif dans son temps de sommeil. Mais il y était parvenu.

Dormir, c'était bon pour les morts.

Il chaussa ses lunettes à verres polarisés, resserra les élastiques derrière ses oreilles et vérifia une dernière fois les sangles. Puis attrapa fermement la poignée de la valise et ouvrit la portière.

Le vent fouetta son visage. Son cœur piqua une brusque accélération. Il fallait être un peu fou pour agir ainsi.

Il régla le volume du walkman à fond – une vieille habitude, la musique avait toujours fait partie des grandes étapes de sa vie, bonnes ou mauvaises – et Robbie Williams l'encouragea d'un solide « *Jump on board, take a ride, yeah !* ».

Son cœur trouva encore le moyen d'augmenter sa cadence tandis qu'il comptait mentalement.

Trois. Deux. Un.

Puis Seth sauta dans le vide.

Son estomac remonta dans sa gorge. Robbie hurla « *Feel the highhh !* » et le petit avion, désormais sans pilote, continua sa course solitaire dans le ciel.

60

Cecil déboula si vite que Thomas eut à peine le temps de tirer un vêtement sur les fesses d'Elizabeth. Les yeux du pompiste décrivirent un rapide aller-retour entre les deux silhouettes. Il arborait une mine hilare.

– Ben vas-y, mon pote, rince-toi l'œil, dit Thomas.

– L'avion ! L'avion !

– Hein ?

– L-l-l'avion ! répéta le jeune homme en agitant les bras.

Mieux que Tattoo, le nain de *L'Île fantastique*, songea Thomas. Puis il entendit le bruit du moteur. Tourna la tête. Et nota qu'Elizabeth avait déjà enfilé ses vêtements.

Elle lui jeta son jean à la figure en riant.

– Dépêche ! fit-elle. Je ne veux pas rater ça !

Vingt secondes plus tard, ils étaient dans la rue. Les autres se trouvaient déjà là. L'avion était facile à reconnaître, avec ses flammes vertes sur la carlingue.

– Nom de nom, murmura Cameron.

– Cette fois c'est la bonne, renchérit Lenny.

Elizabeth se tordit le cou pour mieux l'apercevoir.

– C'est normal qu'il soit tout seul ? Il ne devrait pas y avoir aussi des ambulances ou des hélicos ?

L'appareil volait d'une drôle de façon, vacillant de droite à gauche tel un oiseau bousculé par le vent.

– Je ne sais pas, dit Tom.

Une nouvelle embardée rapprocha encore l'avion du sol.

– Mais qu'est-ce qu'il fout ?

– Il n'est pas trop bas ? dit Lenny.

Cecil pencha la tête de côté et cligna les yeux.

– T-tiens, oui. Si y c-continue comme ça, y v-va...

– Courez ! hurla soudain Thomas.

Il saisit le bras de Peter et l'enfant décolla littéralement du sol. Tom le jeta sur son épaule comme un sac de sable.

– Courez, je vous dis ! hurla-t-il à ses compagnons pétrifiés.

Il y eut un instant de flottement, puis ils s'éparpillèrent comme les éclats d'une mine à fragmentation.

Thomas roula à terre, protégeant Peter de son corps. Il vit les autres s'abriter comme ils le pouvaient. Cecil poussait de petits cris parfaitement ridicules, cavalait en zigzag au milieu de la rue puis finit par plonger dans un tas de cartons, tandis que l'avion le rasait en vrombissant.

Les roues percutèrent une première fois le sol. Redécollèrent. Passèrent au-dessus de la carcasse du bus. Un bout d'aile fut emporté par la chapelle. L'avion chuta encore, continua sa course folle, puis alla s'écraser au milieu des mobil-homes.

Une gerbe de flammes jaillit vers le ciel. Thomas contempla le champignon noir qui s'épanouissait lentement.

L'appareil ainsi que tous leurs espoirs venaient de partir en fumée.

Lenny avait les yeux rivés sur la carcasse fumante de l'avion. Un élément bizarre occupait le tableau de bord : un gros boîtier électronique scotché et relié aux instruments de pilotage et qui faisait penser à une télécommande. Mais le plus choquant, c'était le cadavre carbonisé ligoté au siège passager.

– Il n'en reste pas grand-chose, fit remarquer Thomas.

– Vous voulez le fouiller ? demanda Cameron.

– Hein ? C'est vous le flic !

– Vous étiez toubib. Les cadavres, c'est votre truc, non ?

– J'espère que c'est une plaisanterie.

Cameron Cole soupira, s'avança avec prudence au milieu des débris, retira les restes de la porte et glissa une main vers le macchabée.

– Beurk, fit Lenny.

Cameron sortit un portefeuille, souffla dessus, puis le déplia.

– Dewey Durham. Il a une licence de pilote. Le tampon mentionne l'aérodrome de Jean, au Nevada. (Il exhuma une photo.) Apparemment, il avait une femme et deux enfants. Comment un truc pareil a pu arriver ?

– D'après vous, dit Tom.

– Le tueur ?

– Oui.

– Retrouver l'avion et éliminer le pilote, ça paraît quand même un peu gros. Il doit y avoir une autre explication.

– Bien sûr, fit Lenny. Dewey Durham s'est attaché tout seul à son siège dans un moment de déprime avant de venir se suicider ici.

Cameron Cole hocha la tête, comme s'il mesurait la profondeur de la remarque.

– D'accord, dit-il.

– D'accord quoi ?

– D'accord, on se tire. La télécommande scotchée sur le tableau de bord ressemble effectivement à un système de pilotage à distance, comme pour les avions de modélisme. Ça veut dire que quelqu'un a dirigé l'atterrissage et provoqué le crash. Quelqu'un qui se trouve tout près.

Ils repartirent vers le Frigo en silence. Elizabeth vint à leur rencontre.

– Peter a repéré un parachute.

– Quoi ?

– Quelqu'un a sauté de l'avion avant l'accident.

– C'était à Cecil de monter la garde ! tonna Cameron. Et ce petit branleur n'a rien signalé ?

– Non. Mais Peter l'a vu. Alors on est allés sur place.

Une grimace de crainte déforma les traits de Thomas.

– Tu aurais dû nous attendre, Elizabeth.

– On a découvert les restes d'un harnais en contrebas du village, coupa-t-elle. Et une valise. Cecil était tellement excité qu'il l'a ouverte. Il y avait un truc dedans. C'est... c'est pour toi, Tom. Tu ferais mieux de venir voir.

61

Cecil se tenait devant la valise, les mains sur les hanches, visiblement déçu. Le bagage était posé sur le comptoir du Pink's. L'ordinateur portable de Kaminsky se trouvait à côté, écran allumé.

– Cecil ? dit Thomas.

Le pompiste sursauta et se tourna vers lui.

– Ah... P-pardon. Je c-crois que ça vous est a-adressé.

Tom s'approcha. La valise paraissait solide, conçue pour résister aux chocs. Mais elle ne contenait qu'une chose : un CD dans son boîtier. Il avisa le Post-il collé dessus : *« Bon anniversaire, Thomas. »*

– C'est votre anniversaire ? demanda Cameron.

– Non.

Des gouttes de sueur dégringolèrent dans son dos. Il ouvrit le boîtier, prit le CD et le glissa dans la fente de l'ordinateur.

– Alors pourquoi ce message ?

– Avec Karen, on s'est mariés vers cette époque.

Il enclencha la touche de lecture.

– En fait, je crois bien que la date d'anniversaire tombe ces jours-ci.

Le son était de mauvaise qualité, surtout avec les ridicules haut-parleurs latéraux. Mais lorsque le cri jaillit, tout le monde comprit que l'espoir n'avait été qu'une illusion. Que les plans ne servaient à rien. Que la mince frontière séparant *l'instant d'avant* de *l'instant d'après* venait d'être franchie. Et qu'ils étaient de retour en enfer.

Le programme de lecture ouvrit une fenêtre « plein écran ».

La scène qui s'y déroulait était masquée par une fumée noire qui se dissipa peu à peu, laissant apparaître le visage d'une jeune femme.

Karen Walsh. Les yeux fermés.

Sa joue portait une atroce brûlure. Ses paupières étaient pâles et cernées, profondément enfoncées dans les orbites. Ses cheveux pleins de sueur collaient à son front. La caméra changea d'angle.

– Salut, Lincoln ! lança le masque à la fermeture Éclair, juste devant l'objectif.

Thomas sursauta.

Seth agita l'ustensile qu'il tenait à la main.

– Tu vois ce truc ? C'est un fer à marquer le bétail. Je te montre comment ça marche ?

Il l'appliqua sur la nuque de Karen. Les bras et les jambes de la jeune femme s'agitèrent comme si elle était victime d'une crise d'épilepsie. Seth maintint fermement le fer en place, puis le retira. Karen cessa de bouger. Il s'approcha de l'écran.

– C'est ce qu'elle était pour toi ? Du simple bétail ?

Tom serra les poings. Il entendit Lenny entraîner Peter au-dehors. Et des sanglots du côté d'Elizabeth.

– J-je m'en vais, hoqueta Cecil. Me s-s-sens pas b-bien...

À l'écran, Seth approcha de nouveau le fer de la jeune femme, puis se ravisa. Puis revint, cette fois jusqu'à quelques millimètres de la peau. Puis le retira encore.

– Mon Dieu, murmura Thomas, je vous en prie...

– Quel suspense insoutenable, n'est-ce pas ? dit Seth en se dandinant. Je ne sais pas toi, mais moi, je ne vois pas de meilleur moment pour une page de publicité.

« SURPRISE ! » clama soudain un panneau surgissant à l'écran.

Une autre scène apparut. L'intérieur d'un hangar. Pearl Chan, à demi nue, était suspendue au bout d'une chaîne, les bras attachés au-dessus de la tête. Son corps jadis magnifique était constellé de petites marques rouges.

« PROBLÈMES DE PEAU ? » interrogea un autre panneau en insert.

Gros plan sur la jeune femme : son visage était dévoré de cloques violacées.

« ALLERGIE AUX PIQÛRES D'INSECTES ? »

Une seconde image vint s'insérer en bas : de grosses mouches, probablement des taons, en train de bourdonner sur la carcasse d'un animal.

– Ne vous laissez plus embêter par les vilaines bestioles ! Votre peau fragile mérite ce qu'il y a de mieux. Vous le valez bien ! disait la voix off.

Seth apparut, un chalumeau à la main.

– Sus aux marques disgracieuses ! clama-t-il en posant la flamme de son instrument sur la peau de la jeune femme.

La scène du hangar disparut. L'image du bas, représentant la carcasse d'un animal dévorée par les mouches, grossit jusqu'à envahir l'écran.

Sauf que ce n'était pas le corps d'une bête.

C'était celui de Pearl.

« Mais attention aux effets secondaires, avertit un ultime panneau, sinon Taon Pis ! »

Thomas demeura pétrifié d'horreur.

L'image se brouilla, et l'on revint au décor du début.

Karen était à présent allongée sur le dos, le ventre dénudé.

– Et après ce petit montage vidéo, nous voici de retour sur les plateaux ! lança joyeusement Seth. Nous parlions de bétail, je crois...

Il approcha le fer rouge du nombril de la jeune femme.

– Au fait, Lincoln, dit Seth en se tournant vers la caméra. Tu savais que Karen s'était fait avorter ? Non, hein ? Je parie qu'elle te l'a même pas dit. C'était ça son secret. L'enfant était de toi. Mais comme elle était mineure à l'époque, elle a préféré s'en débarrasser. L'opération a un peu merdé, suite à quoi elle est devenue stérile. Elle t'en a longtemps voulu. Mais sur la fin, elle t'avait pardonné. Enfin je crois : j'avoue qu'elle criait tellement quand je l'ai interrogée que je n'ai pas tout compris. (Il appliqua le fer sur la peau de Karen, qui noircit et se mit à fumer.) Les enfants, quel souci, hein ?

Puis l'écran s'éteignit.

Thomas avait l'impression de chuter dans un gouffre. Il tombait, tombait, et personne n'était là pour le rattraper.

L'écran se ralluma tout seul.

– Oups ! dit le tueur. J'allais oublier notre petit jeu. Écoute bien cette phrase : *« C'est ici qu'il faut de la finesse... Car l'homme doué d'esprit calcule le chiffre de la Bête, et c'est un chiffre d'homme. »* Bon, comme je ne veux pas non plus que tu y passes des heures, je te donne un indice : la réponse est un nombre à trois chiffres. T'en veux un autre ? Demande à Cecil. (Il rit.) Je suis sûr que tu trouveras son avis très intéressant.

62

L'inspecteur Cameron Cole était tout près de résoudre l'affaire. Il en avait l'intuition. Ça l'ennuyait de l'admettre, mais l'idée initiale de Tom Lincoln était la bonne : le prédateur jouait avec eux selon une logique prédéterminée. Les meurtres étaient mis en scène d'une façon trop complexe pour être due au seul hasard. Paula Jones badigeonnée d'un produit puis saignée à blanc. Nina Rodiguez noyée dans une cuve. Vector Kaminsky immolé au sommet d'un toit. Karen et Pearl massacrées, l'une au chalumeau, l'autre au fer rouge. Il y avait une ligne directrice là-dedans. Un monstreux fil conducteur, même s'il ne le discernait pas encore. Il était certain d'une chose : le psychopathe adorait les plier à sa volonté. Il leur donnait des indices, leur parlait de religion, les défiait de résoudre ses énigmes tordues, et en attendant continuait de les abattre un par un.

Cole n'avait pas envie d'entrer dans son jeu.

Il n'est pas nécessaire d'entrer dans le jeu d'un cinglé quand on veut remporter la partie. Il existe d'autres moyens.

Il boucla son attirail et sortit du Pink's.

Cecil avait disparu avant la fin de la vidéo. Tom Lincoln s'était lancé à sa recherche. Les autres, Cameron les avait enfermés à double tour dans le Frigo.

« Pour votre sécurité. » En réalité il n'avait plus confiance en personne. Alors, autant réduire les paramètres et continuer seul. Suivre son instinct.

Il palpa le solide couteau de cuisine glissé dans sa ceinture, referma ses mains sur l'énorme masse cloutée de Vector Kaminsky et entreprit de remonter la rue.

Son badge de flic faisait une bosse dans la poche arrière de son pantalon. Il aurait adoré en sentir une autre sous son aisselle, à l'emplacement de son Colt .45 en acier inoxydable. Tenir sa crosse entre ses mains, coller son canon contre la nuque de ce salopard et régler le problème une fois pour toutes. Voilà ce qu'il désirait.

La vie offrait des solutions simples. Il suffisait d'avoir le courage de les mettre en œuvre. Point.

Il leva le nez et huma l'air chaud de l'après-midi. Le vent charriait des nuages couleur de plomb. Le temps virait à l'orage. Les toits en tôle oscillaient et se répondaient en grinçant, tels les murmures de petites mémés sur le pas de leur porte.

Cameron Cole dépassa un groupe de bâtiments aux vitres brisées et attaqua le secteur des mobil-homes. La maison que le trio avait partagée ne se trouvait pas loin. Apparemment le petit pompiste s'était tiré dans cette direction. Il avait tenté de faire un crochet par son ancienne chambre, mais Lincoln l'avait repéré et pris en chasse.

Après ça, plus de nouvelles.

Cole s'engagea dans une ruelle latérale, longea une palissade et déboucha sur une esplanade. Devant la maison grimpait la pente rocheuse de la cuvette du village ; à gauche, un groupe de caravanes oblongues et grises, calées sur des parpaings, avec antennes-râteaux sur le toit et rideaux *Goodyear* aux fenêtres.

Un mobile constitué de vieux couteaux rouillés tinta doucement sous un auvent. Cole prit dans cette direction.

Il tomba presque aussitôt sur des traces de pneus.

– Tiens, tiens.

Il s'accroupit pour les examiner.

Récentes. Et leur largeur suggérait un gros véhicule, du type 4 × 4. Un petit malin avait pris soin d'en effacer l'essentiel, à tel point qu'on les distinguait à peine. Mais ce n'était pas le plus intrigant : d'après leur direction, les traces allaient directement de la rue principale à la paroi rocheuse.

Cole tripota les poils blonds et rêches qui garnissaient son menton depuis quelques jours.

Le véhicule du tueur était passé par là, c'était évident. Mais la pente était beaucoup trop raide pour qu'un 4 × 4 puisse l'escalader. En outre, personne n'avait jamais repéré de voiture dans le secteur, alors qu'ils l'avaient parcouru à maintes reprises.

Il avança lentement vers la paroi rocheuse, tenant la masse cloutée devant lui.

Il mit quelques secondes à découvrir les empreintes de pas. Celles-là, on ne les avait pas effacées et leur direction était claire : une jolie ligne droite, en provenance de la maison de Cecil. Il fit une estimation rapide. D'après l'écartement des pas, ils étaient deux. Deux individus qui avaient sauté par la fenêtre et cavalé jusqu'ici, après quoi les empreintes s'enchevêtraient dans des traces de lutte.

Les yeux de Cameron revinrent se poser sur la paroi. Il leva sa massue au-dessus de sa tête.

– Sors de là, Cecil.

Les rochers devinrent soudain flasques, et la bâche de camouflage en trompe l'œil – absolument époustouflante – se souleva pour laisser passer le pompiste.

Au fond, Cameron devina une cavité creusée dans la roche.

– Ah, euh... Ins-inspecteur C-Cole...

– Tu te planquais ?

– P-pas du tout... Je v-viens de découvrir c-cet endroit. On d-dirait un ga-garage. Le 4 × 4 du tueur était sûrement c-caché ici.

– Tiens donc.

Cameron s'avança. Cecil semblait terrorisé, livide sous ses touffes de cheveux roux. Sa réaction procura à Cole un agréable sentiment de satisfaction. Il désigna les traces de pas, comme si de rien n'était.

– J'ai un problème avec ces empreintes, mon garçon. Tu veux savoir lequel ?

– O-o-oui.

– Elles représentent deux paires de chaussures. La première doit être du 44 ou du 45 et ressemble assez fortement aux godillots que tu trimbales aux pieds. La seconde est plus légère. Des baskets – du 38, je dirais – et le dessin de la semelle figure une étoile, un peu comme les chaussures que portait Karen Walsh. (Les muscles de sa mâchoire se durcirent.) En fait, *exactement* comme les chaussures de Karen.

Cecil toussa et une perle de sang apparut sur sa lèvre inférieure. Il s'essuya sur la manche de sa salopette.

– J-je... ah bon ?

– Ces empreintes sont très intéressantes : l'un des pieds est constamment de face, alors que l'autre est tourné vers le côté. Tu sais ce que ça signifie ?

– N-non.

– Que Karen courait en regardant en arrière. Comme si tu l'avais poursuivie, par exemple. Différent de ta version d'hier, hein ?

Les yeux de Cecil tournaient en tous sens, tels ceux d'un oiseau affolé. Il esquissa un pas de côté.

– É-écoutez, je suis m-m-malade...

Cameron lui planta la masse cloutée dans le pied. Cecil poussa un hurlement.

– Espèce de petite merde, souffla Cole. N'essaye surtout pas de te défiler.

Le pompiste hurla de plus belle. Un filet de sang lui dégoulina de la narine gauche. Cole se demanda s'il allait le livrer aux autorités tel quel, ou lui cogner un petit peu dessus, juste pour le plaisir.

– Pas la peine de vous défouler, lança Thomas. Ce n'est qu'un complice. En outre, il va mourir.

Cole se retourna.

– D'où sortez-vous ?

– De sa chambre.

Cole vit qu'il tenait une mallette à la main.

– Vous dites qu'il va mourir ?

– Seth l'a empoisonné.

Lincoln jeta la mallette aux pieds du pompiste.

– La réponse à l'énigme du tueur, c'est 666. Le chiffre de la Bête. Un classique tiré de l'Apocalypse. Il se trouve que c'est aussi la combinaison de la serrure à code ouvrant cet attaché-case. Je l'ai trouvé sous ton lit, Cecil.

Les bras du pompiste retombèrent mollement le long de son corps tandis qu'un air de défaite se répandait sur son visage.

– Ce sont tes effets personnels, poursuivit Thomas. Ceux que tu voulais récupérer en entraînant Vector et Pearl. Car Pearl n'a jamais cherché à récupérer quoi que ce soit dans sa chambre : c'était toi.

Tom ouvrit la valise.

– Voyons le contenu. Un flacon de Rohypnol, une bouteille de rhum, vitamines pour tenir le coup, et cinquante mille dollars en liquide. Original pour un pompiste, non ?

Cole appuya un peu plus sur la massue, vrillant le clou dans le pied de Cecil.

– T'as quelque chose à nous dire ?

– Y d-d-devait me laisser p-partir... (Les mots s'entrecoupaient de gémissements.) Il avait p-p-promis... Cent mille d-dollars. La m-moitié dans cette mallette. L'autre dans une va-valise. Celle du p-parachute. Je croyais qu'elle était p-p-pour moi. C'est p-p-pour ça que j'ai rien dit q-quand je l'ai vu t-tomber de l'avion. A-a-après ça, je devais filer...

Cole secoua la tête.

– P-pitié, dit Cecil. L-laissez-m-moi... Je suis m-malade...

Cole retira la massue d'un coup sec et le jeune homme se laissa glisser à terre.

– Tu n'es pas malade, dit Thomas. Je te répète que Seth t'a empoisonné. Mais d'abord, une chose : quand tu es monté dans le bus avec nous à la station-service, c'était une mise en scène, n'est-ce pas ? En réalité, il a toujours été prévu que tu nous accompagnes ?

– P-pouvais rien f-faire... L-le tueur était là avant... Lui fa-fallait un c-complice...

Cecil se tenait le pied et vacillait d'avant en arrière. Il grelottait. Cole le trouva pitoyable.

– Seth nous élimine les uns après les autres, continua Thomas. Et toi, tu l'aides. Pour le kidnapping de Nina en plein milieu du Pink's, tu as refait le coup du Rohypnol en proposant un verre de ta bouteille de rhum. Tu l'as droguée, c'est pour ça qu'on ne l'a pas entendue. Même chose avec Vector et Pearl, je suppose. Mais Karen était plus intelligente. Elle s'est enfuie, et tu as été obligé de la poursuivre jusqu'ici.

Si ça se trouve, tu as essayé de négocier sa vie contre celle de Pearl, hein ?

– Comment ça ? dit Cameron.

Thomas se tourna vers lui.

– Il est tombé amoureux d'elle. Quand il a accompagné Pearl à la mine, c'est elle qu'il tentait de protéger. Pas moi. Mais pas de chance, Seth n'en a rien à cirer.

Du sang suintait des gencives de Cecil.

– À mon avis, ton pote t'a fait avaler des anticoagulants, poursuivit Thomas.

– Q-que... Qu'est-ce que c'est ?

– Les vitamines qu'il t'a refilées. Au lieu d'un stimulant pour t'aider à tenir le coup, il a dû les remplacer par un médicament empêchant la coagulation. On se met à saigner de partout. Dans le cerveau. Les viscères. Par les yeux et les oreilles. Même par le trou de balle. Vraiment horrible, tu peux me croire.

Cameron Cole serait bien intervenu, mais la méthode Lincoln lui convenait.

Tom se pencha vers le pompiste.

– On peut encore te soigner. Seth t'a trahi, mais il n'est pas trop tard. Parle. Qu'est-ce qu'il a prévu ? C'est quoi son plan ?

– Je... je p-peux pas...

– Accouche ! tonna Cameron.

– D-Dieu... Dieu punit les p-pécheurs.

– Hein ?

– Les ch-châtiments. Y s-sont tous dé-décrits... Dans la B-Bible... Ce sont les p-p...

La grenade roula au milieu d'eux et explosa avec un flash aveuglant. Cameron se protégea les yeux. Une silhouette émergea de derrière la bâche, fusil à la main. Elle frappa Cecil et balaya Thomas d'un coup de crosse. Cole n'y voyait plus rien. Il sentit le contact froid d'un canon contre sa tempe.

– Pas de bêtises, inspecteur Cole, dit Seth.

Tom tenta de se relever. Seth pointa son fusil sur lui, tira, et replaça aussitôt le canon sur la tempe de Cameron. L'écho de la détonation avait résonné dans le désert.

– J'ai dit : pas de bêtises.

Par terre, Thomas Lincoln ne bougeait plus.

63

Hazel Caine n'était pas loin de craquer.

Ses cheveux étaient en désordre, elle avait une tête à faire peur, et ce n'était rien à côté de son appartement. Des montagnes de documents, papiers et vidéos se trouvaient empilées un peu partout. Des bouteilles vides traînaient sur le comptoir. Personne n'était passé faire le ménage depuis des jours – depuis les événements elle n'autorisait plus personne à entrer. Elle vivait déjà dans une sorte de retraite. Maintenant, c'était devenu un bunker.

Elle déboucha une bouteille d'eau minérale, avala un calmant, puis, à la réflexion, en descendit deux autres.

Son interphone sonna.

Elle regarda son sabre de collection suspendu au plafond. Elle était déjà dans la panade, un fétu de paille dans le cyclone des médias, mais avec ce que le Dr David Walsh venait de lui apprendre sur ce Seth Gordon, la situation allait devenir absolument incontrôlable.

Nouvelle sonnerie, insistante.

Peut-être qu'elle devrait se faire hara-kiri ?

Elle appuya sur le bouton.

– Quoi, encore ?

– Deux personnes pour vous, madame.

– J'ai dit aucun journaliste !

– Ce n'est pas le cas.

– Alors qui ?

– Les agents Sparkley et Boss. Du FBI. Ils veulent vous parler. Selon eux, c'est très urgent.

Elle fixa encore le sabre.

– Qu'ils aillent se faire voir ! dit-elle en écrasant le bouton *off*.

L'interphone se remit aussitôt à sonner.

Bon Dieu, ce n'était pas le moment. PAS maintenant.

Elle rouvrit l'interphone.

– J'ai dit...

– Ici l'agent Sparkley, fit une voix masculine. Je vous conseille d'ouvrir, Miss Caine. J'ai un mandat de perquisition.

Hazel se mordit la lèvre. Le fil du rasoir, on y était. Voilà ce que symbolisait son sabre. Certains y voyaient une épée de Damoclès. D'autres un symbole de discipline orientale. Mais en vérité, il n'était là que pour une chose : lui rappeler que dans son métier on danse constamment sur le fil du rasoir.

– Suis-je obligée d'être présente ?

Seconde d'hésitation.

– Non. Du moment que vous nous laissez faire notre boulot.

– C'est bon, montez.

Elle raccrocha, puis sélectionna une autre ligne en vitesse.

– Mon hélicoptère est prêt ?

– Il l'est toujours, madame.

– Alors on décolle.

– Quand ?

– Tout de suite.

64

Cole attendit la balle en serrant les dents. Mais celle-ci ne venait pas.

– Vous en faites une tête, dit Seth.

– C'est bon, connard. Finis le boulot.

– Votre pote n'est pas mort, si c'est ce que vous pensez. Mon fusil ne tire que des flash-balls.

Cole sentit le canon du fusil tapoter contre son crâne.

– À cette distance, en revanche, une balle en caoutchouc est potentiellement létale. Mais je suppose qu'un flic sait ce genre de choses ?

Cole ne cilla pas. Si l'autre croyait qu'il allait se dégonfler...

– T'attends quoi au juste ?

– Rien.

Le balayage lui emporta les jambes et il s'écrasa au sol. Sa cheville droite se tordit, lui arrachant un cri.

Le tueur se pencha sur les trois hommes à terre.

– C'est pour Cecil que je suis là. Cet abruti vous a conduits au réseau de passages. La bâche dissimulait l'entrée. Juste assez grande pour y planquer une voiture. Au-delà, les tunnels parcourent le sous-sol du village. Un vrai gruyère. On accède à de nombreuses maisons, jusqu'aux puits de mine près de la cabane aux chauves-souris. À condition d'avoir les plans, bien entendu.

Du pied, Seth poussa la mallette vers Cecil.

– Sors la bouteille d'alcool. Puis balance le fric dans la grotte.

Le pompiste obtempéra, le visage de plus en plus livide.

– Vide le rhum sur ta tête, maintenant.

– Q-q-quoi ?

– Vide.

Cecil jeta à Cole un regard désespéré. Seth raffermit sa prise sur la crosse de son arme.

– Dépêche, on n'a pas toute la vie. (Il sourit.) Surtout toi.

Le jeune homme fit couler l'alcool sur son torse. Il tremblait si fort qu'il arrosait ses chaussures.

– Parfait. Au revoir, Cecil.

– Attendez ! Vous ne pouvez pas faire ça ! cria Cameron.

– Ah bon ? Et pourquoi ?

– Parce que c'est un acte monstrueux !

– Mince alors, vous devez avoir raison. D'autant que j'ai déjà empoisonné ce type. Mais, voyez-vous, je n'ai aucune patience.

Un briquet apparut dans sa main. Il le jeta négligemment sur Cecil, qui s'embrasa comme une torche. Puis il lui administra une violente poussée du pied qui le propulsa, hurlant, dans les ténèbres au-delà de la bâche.

– Espèce de salopard ! vociféra Cole.

Le canon vint s'appliquer entre ses sourcils.

– Vous, je n'ai pas encore besoin de vous tuer. Mais si vous insistez, je peux faire un effort.

Cole considéra sa cheville invalide. Il n'avait pas

d'arme, aucun allié, et pouvait à peine tenir debout. Il détourna le regard.

– Bon chien, approuva Seth avec un sourire féroce.

Le tueur retourna le corps de Thomas, parut fouiller les poches arrière de son jean, puis se redressa.

– O.K. Emmenez-le. Dites aux autres que vous pouvez partir.

– Quoi... Vous... Vous nous laissez en vie ? souffla Cameron.

– J'ai fait ce que je voulais. Partez. Et ne vous retournez pas.

Cole se leva en boitant, passa son bras sous les épaules de Thomas, l'entraîna sur une dizaine de mètres puis s'arrêta pour souffler.

Il regarda en arrière.

Mais comme il s'y attendait, Seth avait disparu.

Une heure plus tard, Cameron était allongé sur une table bancale, dans la petite pièce annexe du Frigo. Tom achevait de bander sa cheville.

– Aïe !

– Petite nature, va.

– Vous serrez comme une brute.

– Il faut que ce soit serré. C'est une attelle de fortune.

Le flic regardait tourner les pales du ventilateur au plafond, essayant de penser à autre chose. Il était à cran. Lincoln s'était réveillé avec un simple bleu au thorax. Négligeable, comparé à lui.

– Terminé, dit le toubib.

Cole posa son pied sur le sol. Son visage se crispa aussitôt et il se rassit.

– Merde, pourquoi ça fait aussi mal si c'est qu'une entorse ?

– Vos muscles refroidissent. L'œdème se constitue et la douleur empire. En outre, la malléole externe est peut-être brisée.

– Comment ça, peut-être ?

– Simple possibilité. Je n'ai pas des yeux à rayons X.

Les toubibs. Toujours à vous annoncer le pire avec le sourire.

– Vous êtes en vie. De quoi vous plaignez-vous ?

Là, qu'est-ce qu'on disait.

– Y a un truc que je pige pas, fit Cameron en s'appuyant sur un coude. Le tueur nous tenait à sa merci.

– Oui. Pourquoi vous laisser filer ? ajouta Elizabeth.

Elle était assise sur le quad et grattait le cuir de la selle avec un ongle. Cameron se haussa un brin pour la regarder. Elle attendait sagement à l'entrée de la pièce, dans la fraîcheur du hangar. Toujours aussi mignonne. Elle avait écouté le récit de l'affrontement. Frissonné en apprenant le rôle joué par Cecil, et sa mort horrible. Refait le point avec le groupe et partagé leurs informations. On baignait en plein film gore, et pourtant elle tenait le coup. Cette poule avait du cran.

– Seth a dit : « J'ai fait ce que je voulais », reprit Cole. Qu'est-ce que ça signifie ?

– Rien de bon, dit Thomas.

Lenny et Peter entrèrent à leur tour. Thomas leur tourna le dos un instant. Cameron remarqua un truc bizarre qui dépassait de sa poche arrière. Il tendit les doigts, mais Peter fut plus rapide.

Le sachet vint avec un froissement sec.

– Sac plastique, dit l'enfant.

Tom se retourna.

– Quoi ?

Cameron revit la scène : Seth penché sur son corps,

en train de lui faire les poches. *« J'ai fait ce que je voulais. »* En fait, le tueur ne cherchait rien. Il mettait en place.

Cameron s'empara du sachet.

– Attendez une seconde, dit Thomas.

Trop tard. Cole déversa son contenu sur la table : une coupure de presse et une photo. Les yeux du groupe s'agrandirent.

– Eh bien, murmura le flic, nous y voilà. Le Dr Lincoln révèle enfin son vrai visage.

65

Thomas eut l'impression qu'on refermait sur lui le couvercle d'un cercueil.

L'espoir est un drôle de sentiment. Il grandit peu à peu. Vous fait baisser votre garde jusqu'à vous redonner goût à l'existence. Et la chute qui s'ensuit – inévitablement – n'en est que plus effroyable.

Thomas regarda le cliché et la coupure de presse. Cette photo, il la connaissait bien. Elle n'était jamais parue dans aucun journal, mais avait pesé lourd au moment de sa radiation. Elle avait été prise par un détective privé dont la société, basée à Londres, travaillait pour le compte d'une grande compagnie pharmaceutique. Le détective avait opéré en avril et mai 1995, dans la région de N'Guimi, proche du lac Tchad.

Son sujet d'investigation était le Dr Thomas Lincoln.

– Qu'est-ce que c'est ? demanda Lenny.

– Ça me paraît clair, dit Cole en pointant son doigt sur le papier glacé. Les deux flics, là et là, essayent de faire redescendre Lincoln, ici, perché sur un monticule de cadavres.

Mouches vertes, flaques rouges, cadavres noirs, badges de flics jaunes.

Thomas se souvenait de l'odeur, terrible, sous le

soleil de midi. Les insectes s'étaient déjà emparés des petits corps, ces enfants morts qu'on s'apprêtait à brûler. Et lui... lui... il ne l'avait pas supporté.

Les deux policiers nigériens l'avaient cueilli sans peine, vu qu'à ce moment-là il était complètement ivre.

Cameron Cole avait raison. La photo montrait son vrai visage, la bouteille d'alcool serrée entre ses mains, la bouche ouverte sur un sourire idiot, son stéthoscope pendouillant sur sa blouse pleine de taches.

Ces villageois, il les avait connus. Eux-mêmes le considéraient comme un type bien. Un peu dingue peut-être (il fallait l'être pour passer ses jours et ses nuits à vouloir aider des gens qui ne demandaient rien à personne), mais digne de confiance.

Voilà pourquoi Thomas s'était révélé incapable de surmonter la situation.

Lorsqu'il avait découvert sa responsabilité dans l'horreur, quelque chose s'était brisé en lui. Alors il avait bu. Était monté en haut de cet abominable bûcher où s'entassaient les corps de familles entières. Bourré, souriant et las. Et il avait tranquillement attendu qu'on y mette le feu.

– Jésus Marie, souffla Lenny.

Thomas aurait voulu dire quelque chose, mais c'était inutile. Le passé finit toujours par se repointer, à un moment ou à un autre.

Cameron s'empara de l'article de presse, provenant d'un exemplaire du *Los Angeles Times* daté de 1995. Il lut à haute voix :

LA CONTREFAÇON S'ATTAQUE AU SECTEUR DU MÉDICAMENT
ET FAIT DE NOMBREUSES VICTIMES EN AFRIQUE
PAR ROBERT HAYES, RÉDACTEUR EN CHEF

On connaissait les contrefaçons en tout genre : sacs, parfums, accessoires de luxe ou d'usage courant, jusqu'aux rasoirs jetables. Mais voici que le phénomène prend de l'ampleur en s'attaquant à un secteur sensible, avec des conséquences dramatiques : celui de l'industrie pharmaceutique.

Les pays défavorisés en sont de plus en plus victimes. Pourtant, ce type de contrefaçon demeure pour les industriels un sujet délicat. Tellement délicat, même, que certains préfèrent l'ignorer ou faire comme s'il n'existait pas, ainsi que le suggère l'exemple suivant.

Au premier semestre de cette année se déclare au Niger une terrible épidémie de méningite, avec quarante et un mille cas enregistrés entre les mois de février et mai. Pour lutter contre ce fléau, les autorités nigériennes mettent en place une vaste campagne de vaccination avec l'appui de diverses organisations internationales. Le Nigeria vient alors en aide à son voisin en lui livrant des dizaines de milliers de doses de vaccins antiméningite, fabriqués par deux grandes compagnies pharmaceutiques.

Les vaccinations commencent. Mais l'équipe belge de l'organisation Médecins Sans Frontières participant à la campagne constate bientôt des anomalies : les vaccins se diluent mal et présentent des filaments noirs. Les échantillons sont alors expédiés en Europe pour analyse. Les résultats reviennent, formels : les vaccins sont des faux qui ne contiennent aucun principe actif.

Selon le rapport d'enquête d'une société d'investigation privée, il semblerait que les vrais vaccins aient été sortis de la chaîne au Nigeria pour être remplacés par des contrefaçons qui n'ont coûté que le prix de l'emballage. L'importation de ces vaccins frauduleux du Nigeria au Niger aurait été réalisée par avion, échappant à tout contrôle grâce à la complicité d'un pilote chargé d'effectuer des rapatriements sanitaires d'un pays à l'autre. Le médecin accompagnateur, d'origine américaine et présent à bord, participait tant aux rapatriements qu'à la campagne de vaccination elle-même. Sa responsabilité dans l'affaire reste à déterminer.

Malgré ces éléments accablants, les deux firmes pharmaceutiques rechignent à livrer les noms et détails de l'enquête, et n'envisagent pas de déposer de plainte internationale.

Paul Bell, ancien président de la Fédération Internationale du Médicament, nous avoue : « Pour nous, les pertes dues aux contrefaçons sont insignifiantes, inférieures aux pertes de la production. Ce qui est grave, c'est l'atteinte à notre image de marque. Vous savez, quand il y a un doute... »

Le refus de porter plainte est fondé sur deux craintes principales : perdre la confiance des professionnels de santé et du grand public, et s'attirer les foudres des gouvernements qui seraient mis en cause par ces révélations. En cas de circulation d'un produit pirate, la sanction économique est en effet immédiate : tous les médicaments originaux du laboratoire visé sont bloqués pendant des mois.

Dans le cas présent, ces faux vaccins ont été administrés à plus de soixante mille personnes. Selon certaines estimations, ils auraient indirectement entraîné la mort de plusieurs milliers de Nigériens ayant contracté la maladie alors qu'ils pensaient être protégés. Au premier rang de ces victimes se trouvent de nombreux enfants.

Si tout le monde est d'accord pour dire qu'il est

urgent de lutter contre cette nouvelle forme de contrefaçon, l'étendue du problème et les moyens de le résoudre demeurent encore des sujets tabous. Quant aux familles des personnes touchées, obtiendront-elles la reconnaissance du statut de victime, ou une forme quelconque de réparation ? On peut se poser la question.

Cole reposa le papier.

– Ces vaccins, c'est vous qui les avez transportés ?

Thomas chercha le regard d'Elizabeth, mais les yeux de la jeune femme étaient fixés sur sa poitrine.

– Oui, dit-il dans un souffle.

– Vous avez fait ça pour de l'argent ?

– Non.

– Alors pourquoi ?

– Je n'étais pas au courant.

Il aurait voulu qu'Elizabeth réagisse. Qu'elle proteste, lui dise quel genre de salaud il était.

– Le pilote était un trafiquant. Avec le régime politique instable, la corruption sévissait partout. On m'a fait croire que, sans mon soutien, les vaccins mettraient des jours et des jours à parvenir aux populations par la route. Tout fonctionnait à coups de bakchichs. Par avion, on coupait à ça – du moins, c'est ce que prétendait le pilote. Pour une somme ridicule, on embarquait les caisses à bord du zinc et on les délivrait sur place, là où les villageois en avaient besoin. Les responsables du trafic cherchaient quelqu'un de facile à manipuler, alors ils m'ont choisi. Parce que j'étais surmené et à côté de mes pompes. Parce qu'ils savaient qu'en me collant une bouteille entre les mains, je ne vérifierais pas la cargaison.

– Des milliers de victimes. Vous ne devriez pas être en cabane ?

– On a négocié pour lui, dit Elizabeth.

Thomas n'essaya même pas de nier.

– Les compagnies pharmaceutiques ne voulaient pas de mauvaise publicité, continua-t-elle. Elles n'ont rien divulgué. Pas de nom, pas de plainte, pas d'affaire. Karen l'avait compris.

La jeune femme ne parvenait toujours pas à le regarder en face. Thomas sentit son cœur se flétrir tandis qu'une douleur immense se propageait dans sa poitrine.

Lenny tenta de lui venir en aide.

– Vous n'étiez qu'un homme de paille. On a profité de vous.

– Non. Vérifier les produits, c'était mon boulot. Je ne l'ai pas fait et ces gens en sont morts. Les laboratoires ont enterré les poursuites, mais il fallait une tête. Quand j'ai perdu le soutien du Dr David Walsh, on m'a... prié de ne plus exercer la médecine.

Thomas se racla la gorge pour masquer le tremblement de sa voix.

– La décision était juste. On ne peut pas prétendre lutter pour une bonne cause et commettre ce genre de crime.

Un long silence s'ensuivit.

– Ainsi donc, le tueur connaissait votre secret, railla Cameron. Je trouve cette situation hilarante. Est-ce que vous comprenez ce que ça signifie ?

– Que Seth a un complice au sein de ShowCaine, capable de fouiller nos dossiers et de lui refiler le renseignement.

– Non. Ça signifie que vous êtes le prochain sur sa liste. Ce sac en plastique, c'est votre arrêt de mort. Et vous savez quoi ? Je n'ai même pas pitié de vous. En fait, ça me filerait plutôt la trique, putain, je bande rien que d'y penser !

Thomas n'avait plus la force de répondre. Lenny entraîna les autres hors de la pièce. Cameron le dévisagea une dernière fois.

– Vous ne méritez pas une fille comme Elizabeth.

– Peut-être. Mais ce n'est pas à vous d'en juger.

– Le tueur n'a même pas besoin de vous descendre.

– Oh ? Et pourquoi ?

– Parce que vous êtes déjà mort, Lincoln. Mort en dedans.

66

Seth adorait ça. Les émotions prises sur le vif, l'âme humaine mise à nu, il n'y avait rien de mieux. Il se rapprocha du moniteur vidéo : Lincoln ronflait sur un banc d'église entouré de bouteilles d'alcool, tel un pochetron. Seth cliqua sur une nouvelle image – un cadavre en salopette rouge, cette fois.

– Le corps de Cecil pue le rat crevé, fit remarquer la Voix.

– Normal.

– C'est une véritable infection.

– Ouais.

– T'étais forcé de le griller ?

Seth haussa les épaules.

– Je ne fais qu'appliquer tes ordres. Je suis le bras, toi le cerveau.

La Voix émit un grognement.

– Certes. Pourtant, je me demande...

– Quoi ?

– Tu as pris beaucoup d'assurance ces derniers temps. De l'indépendance aussi.

Seth perçut une note d'inquiétude inhabituelle. Il fit comme s'il n'avait rien remarqué.

– Ne t'avise pas de me laisser tomber, espèce de salopard !

Les mots dégringolèrent des hauteurs familières, infligeant à Seth leur acidité stridente.

– C'est moi qui ai tout permis ! cria la Voix. Je t'ai sorti de l'hôpital ! Obtenu ce que tu voulais chez Hazel Caine ! Je me suis tapé tout le boulot !

Seth avait son avis sur la question, mais il préféra se taire.

– Bien sûr. Et je t'en suis reconnaissant.

– Ne me laisse pas tomber, fit la Voix plus calmement.

– Je n'en ai pas l'intention.

Seth bâilla. Sa montre indiquait qu'on n'allait pas tarder à passer au jour suivant. Mieux valait qu'il se couche. Les dernières vingt-quatre heures seraient cruciales.

– Je vais dormir, dit Seth.

Il se laissa tomber sur le lit et ferma les yeux. La lueur bleutée des moniteurs persista derrière ses paupières.

– Lincoln en bave, pas vrai ? chuchota la Voix.

– Je croyais que t'étais parti, répondit Seth, la bouche contre l'oreiller.

– Il va falloir le liquider ?

– Possible.

– Tu le protèges ?

– Non.

– Parfois on dirait, murmura la Voix.

Seth sourit intérieurement.

– Ah oui ? Et pourquoi je ferais une chose pareille ?

67

Jeudi

Leonard Stern aligna la carte à côté des autres sur la table. L'aube pointait derrière les stores du Pink's. À cette heure-ci, il était le premier levé.

Il en posa une nouvelle et contempla la photo de Peter imprimée dessus. Celle-ci provenait du paquet fourni par ShowCaine le jour où ils étaient montés dans le bus. Lenny l'avait mélangée à d'autres, constituant un ensemble hétéroclite. Juste pour aligner quelques figures, faire une ou deux réussites, histoire de tuer le temps.

Voilà comment il avait fait sa stupéfiante découverte.

Il sortit la carte ornée de sa propre photo, la retourna et étudia le logo d'un air pensif. Un œil de style hiéroglyphique. *L'Œil de Caine*.

La cohésion au sein de leur petite communauté, si tant est qu'il y en ait eu un jour, avait totalement disparu. Au lieu de les rapprocher, les circonstances dramatiques les avaient divisés. Isolés par la méfiance. Lenny avait l'impression que certaines blessures demeuraient trop profondes pour être colmatées.

Elizabeth s'était évertuée une bonne partie de la nuit

à construire une civière de fortune pour transporter Cameron et sa cheville tordue. Elle n'avait pas desserré les dents, sauf pour annoncer que le policier et Peter voyageraient sur la civière en question. Thomas s'était éloigné du groupe, une bouteille à la main. Cameron entretenait sa mauvaise humeur coutumière, et Peter somnolait. Alors Lenny jouait aux cartes, loin de cette ambiance aussi plombée que le ciel de l'aube par les nuages gris.

Il contempla encore une fois les portraits de ses ex-compagnons. Il les avait disposés dans un certain ordre, et la chose était venue toute seule, comme une évidence.

L'œil égyptien. La religion.

Cole et Thomas lui avaient fait part des ultimes révélations de Cecil. Ses derniers mots avant de mourir concernaient la stratégie de Seth. Apparemment, le psychopathe suivait bien un plan, une série de châtiments dont les étapes étaient décrites dans la Bible.

« Ça ne peut pas être aussi simple », avait d'abord songé Lenny en réfléchissant à sa découverte. Et pourtant, si.

Il entendit la porte grincer dans son dos.

– Entrez, dit-il.

Seth contourna la table et se planta en face.

– Je suppose que c'est mon tour, fit Lenny sans lever les yeux des cartes.

– Oui, répondit Seth.

– Ne vous inquiétez pas. Je ne compte pas résister.

– Content que vous le preniez de cette façon.

– Votre plan est brillant.

– C'est ce que je pense aussi.

– Cela dit, il existe un proverbe yiddish à propos des stratégies trop bien huilées.

– Ah oui ?

– « L'Homme fait des plans, Dieu se marre. »

Seth se rapprocha, le visage fendu par un sourire sinistre.

– Je ne sais pas si Dieu a le sens de l'humour, monsieur Stern. Mais vous allez bientôt pouvoir lui poser la question.

Thomas se réveilla dans la chapelle en fin d'après-midi avec l'impression que son cerveau flottait dans la mélasse. L'avantage de la sobriété, c'est que les effets de l'alcool paraissent deux fois plus puissants lorsqu'on y replonge.

Il tituba et se cogna le petit orteil contre un banc. La douleur prit la forme d'un voile orange vif glissant devant ses yeux. Il se laissa tomber à terre. Tenta de se relever. Retomba. Puis, en définitive, vomit sur son pantalon.

Il resta un long moment prostré, avant de s'essuyer la bouche.

– C'étaient tes amis ? questionna Peter.

Il releva la tête. Le gosse avait posé un genou à terre, près de lui.

– Q-quoi ?

– Les petits Africains sur la photo, t'étais copain avec eux ? Tu leur inventais des jeux, comme à moi ?

Thomas ramena ses jambes en tailleur afin de conserver son équilibre. Jamais sa migraine ne lui avait paru aussi forte.

– Tu pleures ? dit Peter.

– C'est parce que j'ai mal au crâne.

– Tu es triste ?

– Non.

– Il ne faut pas.

Tom faillit s'esclaffer.

– T'es marrant...

– Quand on a fait une bêtise, dit l'enfant, mes parents disent qu'il faut demander pardon. Après, ça va mieux.

Tom se massa les tempes. L'odeur de vomi le dégoûtait. Il se dégoûtait. Et la situation. Et tout ça.

Dégoût et surréalisme total.

– Je l'ai fait, mon gars. J'ai demandé pardon. Je suis retourné en Afrique voir les familles dans les villages. Je m'attendais à me faire lyncher, mais ils m'ont accueilli à bras ouverts. Ils m'en voulaient pas du tout. Ils ont demandé de mes nouvelles, quand est-ce que j'allais revenir les soigner, comme si rien ne s'était produit.

Il cligna les paupières et s'efforça de fusionner les multiples visages de Peter en un seul.

– Chaque fois que j'essaye de faire quelque chose de bien, ça file de travers. (Un hoquet lui échappa.) Comme pour Karen. Je me suis débrouillé pour qu'elle me plaque, je savais qu'elle était pas faite pour moi. Jamais je ne me suis douté qu'elle était enceinte. Bonnes intentions, mauvaises actions, l'histoire de mon existence...

Peter devait le prendre pour un fou.

– « Tom Lincoln veut sauver les autres, répondit le garçon, parce qu'il est incapable de se sauver lui-même. Ce qu'il cherche, c'est sa rédemption. »

– Hein ?

– C'est l'avis de Seth.

Une alarme tinta quelque part dans le cerveau de Thomas.

Il se redressa.

– Qu'est-ce que tu racontes... Tu as vu Seth ? Il t'a parlé ?

– 23 heures. Ce soir. Au Frigo.

– 23 heures, répéta Thomas, hébété.

Peter baissa les yeux.

– Il ne faut pas que tu oublies le rendez-vous, dit-il. Parce qu'il a capturé M. Stern. Et tu sais ce qui arrivera si tu ne viens pas : Seth les tue. Il les tue toujours.

68

Elizabeth l'attendait, adossée au comptoir du Pink's, les bras croisés. Tom avait troqué ses habits souillés contre des vêtements propres, mais il ne doutait pas d'offrir un spectacle pitoyable. Un après-midi ne pouvait suffire à effacer les quantités d'alcool qu'il s'était descendues. Ses mains tremblaient. Le sentiment d'échec, la honte. Toutes ces choses merveilleuses qu'on raffole de montrer aux autres.

– Les cartes étaient disposées sur la table, attaqua directement Elizabeth. Elles n'ont pas bougé depuis ce matin. Depuis que Lenny s'est fait kidnapper, pendant que tu cuvais ton whisky dans l'église.

Tom évita de croiser son regard. Il n'était pas certain de pouvoir affronter ce qu'il verrait dedans.

– Seth va le tuer ? demanda-t-elle.

Sa voix vibrait de colère et de chagrin.

– Je ne sais pas.

– Tu devrais. Ce psychopathe était ton ami. Entre sales types, on se comprend.

– Ce n'est plus mon ami. Et je ne suis pas... Enfin, je ne fais aucun effort pour être un sale type.

– Alors bats-toi ! N'attends pas qu'on nous jette un CD à la figure rempli de nouvelles horreurs ! Un sac en plastique avec mes affaires à l'intérieur ou celles de Peter !

– Seth m'a donné rendez-vous ce soir.

– Je sais.

Il releva la tête.

– Tu sais ?

– Il est venu armé d'un fusil, nous a fait sortir et s'est enfermé dans le Frigo. Lenny est avec lui. Si on tente quoi que ce soit avant 23 heures, il le liquide.

– C'est du bluff. Stern est sûrement déjà mort.

– Peut-être. Mais sans le quad, nous n'avons aucun moyen de quitter cet endroit. Cameron ne peut plus poser son pied par terre. Et je refuse d'abandonner Leonard tant qu'il existe une chance.

Thomas regarda les cartes à jouer.

Ils étaient cuits, et Seth le savait. Il n'y avait aucun espoir. Aucune façon de reprendre la main. Cet enfoiré avait tout prévu. Il allait les dégommer un par un, jusqu'au dernier – et cela sans même une explication.

– Je sais comment le tueur procède, dit Elizabeth. Son plan.

– Hein ?

– Oh, ça ne sert plus à grand-chose, mais si ça t'intéresse...

Tom eut l'impression de dessaouler d'un seul coup.

– Tu plaisantes ?

Elizabeth désigna la table.

– C'est Lenny qui a deviné. Il l'a écrit sur les cartes. Seth ne s'en est pas rendu compte.

Tom se pencha et remarqua un ajout au crayon gris, en haut à gauche de chaque carton. Un mot, puis une lettre suivie d'un chiffre. Ça donnait la chose suivante :

Pour Nina Rodriguez : « sang → P1 »
Pour Vector Kaminsky : « crapaud → P2 »
Pour Paula Jones : « moustiques → P3 »
Pearl Chan : « mouches → P4 »

Karen Walsh : « bétail → P5 »
Et enfin Cecil : « poison → P6 »

Les cartes restantes – Leonard Stern, Cameron Cole, Elizabeth O'Donnel, Peter DiMaggio et Tom Lincoln – étaient dans le paquet, dos retourné, l'œil égyptien bien en vue.

Thomas les prit pour vérifier : elles ne comportaient aucune inscription.

– Ça ne te rappelle rien ? fit Elizabeth.

Il secoua la tête.

– Non. Sauf que les chiffres suivent à peu près l'ordre des meurtres. Cette lettre P, qu'est-ce que ça signifie ?

– Tu te souviens de ce film avec Charlton Heston, *Les Dix Commandements* ?

– Vaguement.

– Les Hébreux sont esclaves en Égypte. Ils veulent s'en aller, mais le pharaon refuse. Alors Dieu, furieux, inflige des châtiments. Et ils les subissent tous, les gentils comme les méchants.

Tom se demanda où elle voulait en venir.

– Réfléchis, dit-elle. L'eau de notre village devient rouge comme du sang et Nina se noie. Paula subit des centaines de piqûres de moustiques. Kaminsky est ligoté à une enseigne représentant un crapaud. Pearl est dévorée par des taons. Karen se fait marquer comme du bétail. Cecil meurt empoisonné.

Elle posa ses mains sur ses hanches.

– Tu nous as dit que Seth était obsédé par la religion, oui ou non ? D'après toi, il suivait un rituel.

Elle tapota de l'ongle sur la table.

– C'est devant nos yeux. L'eau en sang, les grenouilles, les moustiques, les taons, la mort du bétail, la maladie. Ce sont les Plaies, Thomas.

– Le « P » sur la liste.

– Exactement.

– Bon sang... Les Plaies d'Égypte, les châtiments de la Bible... Voilà ce que Cecil voulait nous dire !

Thomas fut obligé de s'asseoir. C'était invraisemblable, et pourtant Seth – ce malade, ce *foutu cinglé* de Seth – était en train de leur infliger les Plaies d'Égypte en guise d'épreuves divines.

Il recompta sur ses doigts.

– On en est à six. Quelle est la septième ?

– Les éléments qui se déchaînent, je crois. La pluie, la foudre. Quelque chose dans le genre.

– La pluie, répéta Thomas.

Le passé le percuta de plein fouet. Tout se connectait.

Le rendez-vous à 23 heures. Seth qui refaisait surface plus de vingt ans après. Les éléments qui se déchaînent.

– Ça te dit quelque chose ? demanda Elizabeth.

Il opina lentement.

– Oui. Seth est venu pour moi.

– Pour toi ?

– La Septième Plaie. Elle m'est destinée.

– Qu'est-ce que tu racontes ? dit-elle, la voix soudain pleine d'angoisse.

– Tu avais raison. Je vais devoir me battre.

– Il va te tuer !

– On verra.

Thomas avait l'impression de contempler enfin le puzzle dans son ensemble. Il manquait encore une ou deux pièces mais ce n'était plus son souci immédiat. Un détail concernant Seth venait de lui revenir. Un détail important, capable de lui redonner l'avantage.

– J'ai peut-être un moyen de le vaincre.

– Il t'a tendu un piège. Il a forcément tout prévu.

– Pas tout...

Il chercha autour de lui. Ses yeux tombèrent sur la bonbonne pleine de préservatifs posée sur le comptoir.

– J'ai passé toute ma vie à fuir. Il faut bien que ça s'arrête un jour.

Il ouvrit la bonbonne.

– Et ce coup-là, on va le jouer à ma façon.

69

Le père de Tom frotte ses mains noires de graisse dans l'évier quand le téléphone sonne.

– Téléphone, dit Tom, qui est en train de regarder un super-épisode de L'Âge de cristal *et qui n'a guère envie de se bouger le cul.*

– J'ai les mains dans l'eau.

– Ah, ben merde...

– Pardon ? Qu'est-ce que tu dis ?

Tom lève les yeux au ciel.

– Ça va, j'y vais...

Il décroche.

– S'lut Tom, dit Seth à l'autre bout.

– S'lut Gros.

– C'est pour moi ? crie Foster Lincoln depuis la cuisine.

– Nan.

Tom reprend le combiné tandis que son père grommelle quelque chose à propos de cette foutue jeunesse qui ne respecte plus rien.

– Chuis occupé, là...

– 23 heures, dit Seth.

– Quoi ?

– Sur la jetée de Santa Monica.

– On est au milieu de la semaine. T'as encore fait le mur de ton bahut ?

– Tu te dégonfles ? ricane Seth.

– C'est pas demain la veille.

– Alors à c'soir.

– À c'soir.

Tom raccroche et regagne le canapé, alors que l'épisode se termine. Logan 23 et Jessica 6 ont repris leur fuite perpétuelle, poursuivis par les implacables Limiers. Il soupire en éteignant. C'est à se demander s'ils parviendront un jour à l'atteindre, leur fameux Sanctuaire.

70

Tout en tripotant machinalement les préservatifs qu'il venait de fourrer dans sa poche, Tom contempla le cadavre de Cecil.

La raison pour laquelle il tenait à voir les restes du pompiste n'était pas très claire dans son esprit. Une façon de se préparer, peut-être. Ou bien une attirance morbide. Après tout, il risquait de se retrouver bientôt dans le même état.

Il crut saisir un mouvement et braqua le rayon de sa torche. Avec une grimace de dégoût, il découvrit une poignée de gros vers blancs rampant sur la dépouille.

– Merde.

Il les observa qui se tortillaient autour des différents orifices, fasciné, jusqu'à ce que l'odeur de charogne l'oblige à se pincer les narines. Il laissa retomber la bâche de camouflage et retourna dans la rue.

Le ciel était d'un noir d'encre. Les nuages s'étaient rassemblés devant la lune et les feux des projecteurs montaient autour du Frigo, tels des spots de la Twenty Century Fox. S'il n'avait pas été mort de trouille, Thomas aurait trouvé le tableau plutôt réussi.

Des étincelles crépitèrent à l'intérieur du bâtiment, derrière les hautes fenêtres.

– Prenez ce truc, dit Cameron en lui tendant sa

masse hérissée de pointes. On ne sait pas ce qu'il trafique, là-dedans. Les étincelles que vous apercevez durent depuis plus d'une heure.

Le flic était assis sur une couverture, le dos calé contre la carcasse du bus, sa jambe blessée étendue devant lui. Peter se tenait sur sa droite, les genoux ramenés contre la poitrine. L'enfant adressa à Tom un petit sourire faiblard, et il sentit son cœur se serrer.

– Je n'ai pas besoin d'arme, dit-il.

– Prenez au moins un couteau, insista Cole.

– Non.

– Vous êtes cinglé.

– Si vous croyez qu'on peut vaincre Seth avec ce genre de choses, c'est vous qui êtes fou.

Cameron parut soupeser l'argument, puis acquiesça d'un hochement de tête. Elizabeth s'avança. Tom faillit avoir un mouvement de recul, mais contre toute attente, elle le prit dans ses bras.

– Bonne chance, dit-elle simplement.

Il respira l'odeur de son corps. Le souvenir de leurs étreintes l'envahit.

– À tout à l'heure, murmura-t-il.

– T'as intérêt.

– Ouais.

Elle le repoussa avec douceur et se détourna.

Un nouvel éclair crépita derrière les hautes fenêtres. L'air était chargé d'ozone, et Thomas eut l'impression d'entendre la houle dans le lointain. Il n'avait qu'à fermer les yeux pour revoir l'océan.

La jetée de Santa Monica, ce fameux soir.

– Si je ne suis pas de retour dans dix minutes, partez. Suivez la route en progressant le plus vite possible.

Il aurait voulu sortir une phrase profonde et intelligente. Expliquer à Elizabeth combien il regrettait de ne pas l'avoir rencontrée plus tôt. La remercier pour sa tolérance – et beaucoup d'autres choses. Mais il était trop tard pour tout.

Alors il marcha jusqu'à la porte...

Il sort.

Tom n'est resté aux toilettes qu'une seconde, le temps de vider sa vessie. Dehors, le ciel est en furie. Le vent souffle et les embruns fouettent son visage. Une voix s'élève près du quai. Il n'entend pas les paroles.

– C'est toi, Gros ?

Quelle idée de lui donner rendez-vous à une heure pareille ! La baie de Santa Monica tout entière oscille dans le vent. Les vagues malmènent le ponton. On dirait qu'un ouragan s'apprête à leur tomber dessus...

Il boutonne son blouson, contourne le restaurant Moby's Dock et avance sur le parking. Il plisse les yeux pour essayer d'y voir. Pas évident. Il y a trois voitures, l'une derrière l'autre. Une Dodge, et deux autres, qu'il distingue mal. Cette tempête est un véritable enfer. Il appelle encore.

Pas de réponse.

Alors il escalade le grillage, saute, et...

Se retrouve dans le Frigo.

Il referma la porte et leva les yeux, surpris. Tout en haut grésillaient les néons. Une pluie fine tombait sur ses épaules.

« Le système anti-incendie », pensa-t-il. Il y avait de la fumée dans le fond du hangar. Les capteurs s'étaient certainement déclenchés. D'où l'arrosage. Sauf que là, les gouttes avaient la couleur du sang.

L'eau des canalisations n'avait pas été purgée.

Thomas avança. Quelle idée d'installer un système anti-incendie dans un endroit pareil ? on se le demande.

Il alla jusqu'aux palettes, puis s'arrêta. Il hésitait à s'engager plus loin. La fumée venue du fond noyait l'espace entre les allées. Un coup d'œil en arrière lui apprit que le quad était toujours là. Trois pas à peine, et il montait dessus.

– T'aurais dû te tirer, dit une voix. Maintenant, c'est trop tard.

– Qu'est-ce que tu dis ?

– Que tu ferais mieux de te tirer avant qu'il soit trop tard.

La voix vient des barrières près de l'océan. D'abord, Tom n'y voit que dalle, rien que des vagues immenses qui s'avancent pour frapper le ponton. Il sent leurs chocs sourds et répétés grimper le long de ses jambes. Une sorte de grue est tombée à la mer, tout à l'heure. C'est elle qui doit cogner, charriée par le flot. Il se demande si les piliers de soutènement sont aussi solides qu'ils le paraissent. Puis il voit la silhouette.

Gros Bob est là, près du bord.

– Hé ! crie Tom...

– ... T'es un putain de psychopathe.

– Tu trouves ? répondit Seth.

Sa silhouette venait d'émerger de l'allée, vêtue d'un treillis de combat militaire. Il balaya le décor alentour d'un geste désinvolte.

– Que penses-tu de ma petite reconstitution ?

Un néon explosa et vint se fracasser sur le sol dans une pluie d'étincelles.

– Je dirais que l'éclairage est naze.

– Pas très gentil. Je me suis donné un mal de chien. Regarde.

Seth exhiba une télécommande et appuya dessus. Un autre néon s'écrasa. Juste à côté de Thomas, cette fois.

– Tu reconnais ? La pluie, les éclairs de feu. On est en plein dans la Septième Plaie. (Il sourit.) Je suis le roi du gadget télécommandé. Tu te souviens du crash de l'avion ? Pas mal, hein, le pilotage automatique ? je l'ai bricolé en moins de deux heures et...

– C'est bon. Où est Lenny ?

– Oh, pardon, dit Seth d'un air désolé. J'oublie que nous avons affaire au Chevalier Lincoln ! L'homme prêt à tous les sacrifices pour sauver ses amis !

Thomas s'avança. Seth exécuta un petit pas de danse.

– Alors tu veux voir ton pote ? Suis-moi...

– Qu'est-ce que tu attends ?

Les mots sont emportés par le vent.

Tom rejoint l'autre gamin, dont les jambes sont suspendues dans le vide tandis qu'il se tient à califourchon sur une poutrelle. Face à eux, l'océan est un immense gouffre noir. Comme la gueule d'un Léviathan.

– Extraordinaire, hein ? dit Gros Bob.

Tom regarde son ami. Son seul, son unique véritable ami. Ses pupilles sont dilatées. Un sourire sauvage danse sur son visage. Il a l'air d'un fou.

D'ailleurs, c'est ce qu'il est.

– Qu'est-ce que tu branles ?

– Mate un peu, Tommy Boy. Il paraît qu'un tas de débris traînent dans les parages. Depuis la tempête de janvier, les gens viennent piller des objets et récupérer des souvenirs...

– Ça fait deux mois. Il reste plus rien.

– Ouais. Peut-être. Une partie du ponton est foutue et le reste est instable. « FOR-TE-MENT dangereux » à ce qui paraît.

– On doit plus venir ici. C'est interdit. Une grue de déblayage vient de tomber à l'eau.

Gros Bob hausse les épaules.

– Parce que tu te préoccupes des interdictions, toi ?

– Non, Seth. Je me préoccupe de toi.

C'est la première fois que Tom l'appelle par son prénom.

Seth se tourne vers lui et le regarde. Dans ses yeux, il y a de la tristesse. Un gouffre infini, plus profond encore que celui de la mer qui rugit devant eux.

Et Thomas sait. Il sait que ce n'est pas du chiqué.

– Lilian Gordon, dit Seth. Tu sais, ma mère...

– Oui ?

– Elle va m'assassiner.

Thomas suivit Seth jusqu'au fond du hangar.

Contre le mur gisait le corps de Lenny.

Ses cheveux blancs étaient sales et poisseux, collés par l'eau rougeâtre, et lui tombaient devant la figure. Son cadavre était allongé, menton sur la poitrine, les bras en croix. Lui qui soignait tellement son apparence.

Thomas reconnaissait la pose, bien sûr. Il se souvenait parfaitement du jour où la mère de Seth avait été retrouvée dans cette position.

– Lui, il n'a pas reçu une balle dans la tête, dit doucement Seth. Je l'ai électrocuté.

Alors, Thomas se redressa et...

... regarde les lumières de Santa Monica.

Il est encore temps de rentrer. De faire marche arrière.

– Tu dis n'importe quoi.

– Je t'assure qu'elle veut me tuer, répond Seth.

– Elle délire.

– Depuis l'arrivée du bébé, elle ne mange plus. Elle roupille de plus en plus. Elle se fringue même plus.

– Elle doit juste être un peu déboussolée. Paraît que ça leur arrive après un accouchement. Ton père...

– Il sait que dalle ! coupa Seth. Ou bien il s'en fout. Y a que son travail qui compte.

– T'en as parlé à ton psy ?

– David ? Nan.

– Tu lui as rien dit ?

– Il croit que c'est moi, le problème.

– N'empêche qu'elle t'aime, répète Thomas en fermant les yeux. C'est ta mère. C'est forcé.

Seth lâche un rire sinistre.

– Tu sais quoi ? J'en viens presque à regretter les moments où elle me tripotait.

– Tais-toi.

– Sans déconner. Au moins, j'étais tranquille. Maintenant qu'elle me frappe, c'est de plus en plus difficile et...

Thomas se bouche les oreilles. Il ne veut pas écouter ça. C'est insupportable.

Seth l'attrape par les épaules et le force à le regarder en face.

Le vent. Les yeux. Le gouffre.

– Elle met des gants en latex. Je te l'ai déjà dit ? Elle ne supporte pas de me toucher de ses propres mains, alors elle enfile ces trucs. Ça me fait bizarre quand elle me caresse avec.

– Arrête...

– La dernière fois, j'ai remarqué de drôles de plaques sur ma bite. Je dois commencer à être allergique à ses gants. Ça gratte, comme quand on touche des orties, sauf que c'est situé sur la peau de mes couilles, elles enflent comme des ballons et...

– ARRÊTE *! hurle Thomas en levant la main.*

Son poing heurta le visage de Seth avec un bruit mat. Ce dernier tituba et fit deux pas en arrière, l'air étonné.

La pluie tambourinait sur son crâne chauve et dégoulinait de part et d'autre de son arête nasale. De la main tenant la télécommande – qu'il n'avait pas lâchée – il frotta sa lèvre fendue.

– Pas mal, dit-il. Rapide, mais tu cognes toujours comme une lopette.

Thomas et lui commencèrent à se tourner autour. La fumée enveloppait les palettes, les faisant ressembler à des vagues stoppées en pleine course. Thomas crut entrevoir des formes humaines, au-delà, mais préféra ne pas regarder. Il n'avait pas envie de voir des fantômes d'enfants morts en train de le supplier de leurs petits bras tendus.

Il plongea les poings dans ses poches, récupéra leur contenu et se remit en garde.

Seth parut n'avoir rien remarqué.

– Tu vois ça ? dit-il en désignant le moniteur Wescam suspendu à son cou. Je vous observe avec. Depuis le premier jour. Vous n'aviez aucune chance de m'échapper, le village est truffé de caméras. Infrarouge, vision nocturne... Il y en a partout. J'ai toujours eu le contrôle, mon vieux. En permanence.

Il retira le moniteur et le jeta par terre. Thomas continua de tourner autour de lui. Seth cliqua sur la télécommande.

– Quant au dernier de mes gadgets, surprise...

Il remua les sourcils.

– Un : armement des explosifs.

Nouveau clic.

– Deux : verrouillage de la porte.

Un large sourire fendit son visage livide strié de rigoles rouges. Il balança la télécommande à son tour, et se mit en garde.

– Voilà. Personne ne peut ni entrer ni sortir, à présent. C'est entre toi et moi, Tommy Boy.

– Pourquoi tu m'as fait venir ?

Tom est en colère. Gros Bob n'a même pas essayé d'esquiver. Ce coup, on aurait dit qu'il l'attendait.

– Quoi ? dit le gamin. On n'est pas bien, là, tous les deux ?

La tempête couvre quasiment leurs voix. Le vent salé leur arrache des larmes. Un éclair déchire le ciel et, l'espace d'un instant, Tom voit distinctement un morceau du ponton, au bout, disparaître dans les vagues.

– Non mais t'as vu ça ? Faut se tirer en vitesse !

– Je reste ! répond Seth. Elle aura pas ma peau !

Une vague approche. Monstrueuse. Thomas la regarde. Il voit que Seth la regarde aussi.

– Un géant arrive, et il va marcher sur Los Angeles ! hurle l'enfant. Cette fois, pas besoin de corde ! Pas de nœud coulant ! N'essaye pas de me sauver !

Son visage est zébré par les éclairs. Tantôt blanc, tantôt noir.

Puis la vague s'abat sur eux.

Tom eut l'impression que sa figure venait d'entrer en collision avec un train. Il vola dans les airs et s'abattit contre une palette. La pile s'effondra derrière lui. Des étincelles dansèrent devant ses yeux. Un instant, il crut qu'il allait perdre connaissance, mais parvint finalement à s'asseoir.

Seth n'avait même pas bougé en lui balançant ce terrible crochet du droit. Il pencha son visage sur le côté et lui adressa un petit signe de la main, paume vers le haut, quatre doigts repliés, pour lui indiquer de revenir à sa rencontre. Bruce Lee dans *Le Jeu de la mort*. Ils avaient adoré ce film. Tous les deux.

Thomas se leva pour retourner se battre.

– Chiotte, gémit-il.

Sur sa gauche le ponton a cessé d'exister. Qu'ils soient encore en vie tous les deux tient du miracle.

Seth n'a pas sauté dans l'eau comme il s'y attendait. Il est encore là, désemparé. Un enfant de treize ans cramponné à un poteau de bois au milieu d'un cyclone. Apparemment, cet abruti préfère mourir plutôt que de laisser sa mère le reprendre. Des débris volent autour d'eux.

Demain, le journal titrera : « 2 mars 1983 : après la tempête de janvier, une seconde, plus terrible encore, s'est abattue cette nuit sur le sud de la Californie. Les deux tiers du ponton de Santa Monica ont été engloutis, emportant les bâtiments, plusieurs véhicules et une grue. Détails et photos pages suivantes. »

Dommage, songe Tom dans un bizarre éclair de conscience. Il avait prévu de filer une cassette de Boy George à son ami. Ils n'auront pas le temps de l'écouter.

Thomas virevoltait comme un diable. Il toucha son adversaire au visage. À la tête. Au cou.

– C'est quoi, ça ? ricana Seth. Des caresses ?

Son poing partit comme un météore. Thomas l'évita sans même savoir comment, passa sous lui et l'effleura à la nuque.

Seth se retourna et lui enfonça la cage thoracique d'un coup de pied.

– Accroche-toi !

Seth tousse et crache, de l'eau salée plein la bouche.

– ... moi la paix ! beugle-t-il.

– Ferme-la, dit Tom.

Il lui assène un nouveau coup de poing, qui lui ferme définitivement son clapet. Puis Tom charge son ami sur ses épaules.

Seth toussait d'une façon curieuse, mais ne souffrait pas. Il pétait le feu, même.

– Fais gaffe, dit Thomas, tu vas finir par t'enrhumer.

Son nez à lui saignait en abondance. La douleur irradiait d'un million d'endroits ; et il ne pouvait plus marcher. Pas grave.

Il effleura Seth encore une fois. L'autre ne fit rien pour l'éviter. Au contraire : il ouvrit la bouche pour lancer un nouveau sarcasme... et lâcha une quinte de toux.

Une lueur d'inquiétude passa dans le regard de Seth.

Il se gratta la nuque et les joues d'un air soupçonneux. Son visage semblait tout à coup énorme. Ses doigts ramenèrent un truc rose et gluant. Ses yeux s'agrandirent.

Puis il s'effondra.

Tom transporte son ami aussi vite qu'il le peut et traverse le parking sur pilotis, la tempête sur ses talons. Le ponton s'écroule par sections entières. La Dodge et les deux autres voitures viennent de partir à la mer, et un énorme camion frigorifique est en train de les rejoindre. À droite, une poubelle en plastique file dans le ciel.

Malgré ça, Tom reste confiant : la terre ferme n'est plus très loin. Le salut est là, devant lui.

Puis une partie du toit du Moby's Dock *s'envole à son tour, et il réalise son erreur : si l'ouragan ne les a pas encore emportés, c'est uniquement grâce à leurs deux poids combinés qui les maintiennent au sol.*

À la seconde où il lâchera Seth, ils mourront tous les deux.

– Une... capote ? articula Seth, au bord du malaise.

Il glissa un doigt derrière son cou et en délogea une autre. Puis une troisième sous son aisselle.

Thomas se pencha au-dessus de son corps affalé par terre.

– Un préservatif, ouais, dit-il en vidant ses poches sur son visage. J'en ai tout un stock. Je suis resté un bon pickpocket, tu sais. Je peux dérober des objets. Et du latex, depuis quelques minutes, t'en as plein sur toi. Ça te rappelle des souvenirs ? Alors, Gros, toujours aussi *mortellement* allergique ?

À présent, la tête de Seth était complètement déformée par l'œdème de Quincke. Un son rauque sortit de sa bouche. Thomas comprit qu'il s'agissait d'un rire.

– Capote... Latex... Choc anaphylactique... Ha ! ha ! ha !...

Il avait l'air sincèrement ravi.

– ... Peux pas me vaincre... Suis le plus fort... (Son cou difforme se tendit vers Thomas.) Suis un géant... Je marche sur Los Angeles, Tom... Retiens bien ça... Si tu veux me revoir... Je... marche... sur Los Angeles.

Il désigna la télécommande. Thomas nota le compte à rebours affiché dessus.

Zut. Les explosifs.

– Bon... T'as gagné, Tommy Boy... Voyons si... tu peux courir, maintenant.

Et Tom court, poursuivi par l'océan.

Il sait que s'il se retourne, ne serait-ce qu'une seule fois, le Léviathan va l'avaler. Le poids de son ami et leurs vies par la même occasion reposent sur ses épaules.

Devant lui, il y a la berge. Sur sa gauche, le carrousel avec ses chevaux de bois. Il n'a qu'une seconde pour prendre sa décision.

La terre ferme, c'est la sécurité, les maisons, le salut. Mais le carrousel tient debout depuis des lustres, malgré les tempêtes du Pacifique.

Du solide.

Il se concentre dessus.

Seth avait verrouillé l'ouverture du Frigo, et son corps bouffi reposait par terre. Un peu tard pour le supplier de rouvrir la porte.

Le cœur de Thomas se mit à cogner comme un dingue. Les chiffres du compte à rebours défilaient à toute allure.

Du calme. Réfléchis. Il reste le quad. Qu'est-ce que tu fais avec ? Tu fonces. Super-idée, sauf que tu peux aller nulle part. O.K., trouve autre chose. Tu t'en sers comme bélier. Pour défoncer la porte ? Oui. C'est débile ! Ouais, super-débile, même. D'accord, mais s'il y a une chance – une toute petite chance – pour que ça marche ?

Thomas se mit à courir.

Le vent hurle. Tom frappe contre la porte. Le carrousel est entouré d'une construction de bois, à peine une véranda, mais il n'arrive pas à l'ouvrir.

– Merde.

Son compagnon pèse des tonnes. Il n'en peut plus.

– Merde merde merde...

Le quad démarra au quart de tour. Il n'avait plus le temps de se poser de question. Il tourna l'accélérateur à fond.

Droit sur la porte.

Il frappe du pied. Du genou. De la tête. Cette satanée putain de porte doit s'ouvrir, sinon ils sont morts.

Trop tard.

La tempête est là. C'est foutu.

Il cogne encore une fois.
Deux.

La porte explosa, libérant Thomas à la vitesse d'une bombe. Les détonateurs s'actionnèrent.
Derrière lui montait le chaos.

71

Vendredi

Elizabeth rassembla leurs affaires et les chargea sur le quad. La nuit tirait à sa fin mais elle ne se sentait pas fatiguée. Au contraire : elle savait qu'elle avait passé un cap. Pendant que Thomas se trouvait à l'intérieur, elle s'était mordu les lèvres d'angoisse pratiquement jusqu'au sang. Maintenant, elle aurait dansé de joie.

Ils avaient survécu.

– La roue du quad est un peu voilée, fit remarquer Cameron depuis sa civière.

Elle sourit.

– Le moteur tourne encore et on a des provisions, non ?

– Ouais. C'est le paradis, dit-il en lui rendant son sourire.

Elle effleura la photo de ses enfants au fond de sa poche.

– Presque, répondit-elle.

– C'est Lincoln qui prendra le volant ?

Elizabeth attacha la civière à l'arrière du quad. À condition de ne pas dépasser quelques kilomètres-heures, ça serait bon.

– Oui.

– Eh bien, soupira le flic, vu sa conduite sportive, on n'est pas arrivés. Vous allez voir qu'il va faire exprès de rouler sur les bosses.

Indifférent à leur échange, Peter jouait avec sa lampe-stylo, les traits bizarrement crispés. Il l'alluma et l'éteignit à plusieurs reprises. Clic. Clic. Clic. Clic. Comme si c'était la chose la plus importante au monde.

– Hé ! Lincoln ! cria Cameron. Vous venez ou il faut que je descende de cette civière vous botter le cul ?

Elizabeth se tourna vers Thomas. Il fixait les débris fumants du Frigo depuis près d'une demi-heure.

Les spots illuminaient toujours la scène. On aurait dit qu'il n'arrivait pas à s'y faire.

– Tom, insista-t-elle doucement.

Ses bras pendaient le long de son corps. Il semblait vieux, tout d'un coup. Vieux et fatigué.

– Rentrons chez nous, dit-elle.

Il hocha la tête, puis fit quelques pas en vacillant. Un instant, elle crut qu'il allait s'effondrer.

– Une seconde, dit-il. J'ai la tête qui tourne.

Thomas s'était déplacé trop vite. Des points noirs papillotaient en bordure de son champ visuel et ses oreilles s'étaient mises à tinter. Il s'allongea par terre et suréleva les jambes.

Clic, clic, poursuivit la lampe-stylo.

– Tout va bien ? demanda Elizabeth.

– Ouais.

Chute de tension, voilà ce qu'il lui arrivait. Trop de nuits sans dormir. Trop de jours sans manger. Trop d'alcool. Trop de café, et trop de tueurs en série.

Ne jamais abuser des bonnes choses.

Tom rassembla ses esprits et cligna les paupières.

C'était quoi, cette ombre sous le bus ? Est-ce qu'il avait vraiment vu bouger ? Il regarda de nouveau, sans parvenir à déceler quoi que ce soit.

Le premier spot s'éteignit à cet instant. Suivi d'un autre. Et les suivants. Jusqu'à ce que la nuit engloutisse le village. L'obscurité totale en un temps record.

Clic, fit une nouvelle fois la lampe de Peter. Allumé.

– Merde, lâcha Cameron. Qu'est-ce qui se passe ?

Le gamin tenait sa lampe à deux mains. Un mince halo dans la nuit. Le dernier rempart face aux ténèbres environnantes. Peter regarda ses compagnons, les yeux curieusement écarquillés. Sa tête, éclairée par en dessous, ressemblait à une citrouille d'Halloween.

Clic. Éteint.

– Putain de bordel, Peter !

Clic. Allumé.

– Du calme, fit Thomas, toujours à terre. Les générateurs ont dû être touchés, c'est sûrement une panne...

Sauf qu'il n'y croyait pas lui-même. Une terreur glacée s'était soudain emparée de lui. Il tenta de bouger, mais ses jambes refusèrent de répondre. Il venait de voir une silhouette disparaître dans l'ombre. Ce n'était pas possible parce qu'il l'avait vu mourir dans le hangar. Pourtant, il n'y avait aucun doute.

– Non, gémit Peter. Ce sont les Plaies...

– Quoi ?

– Les Plaies d'Égypte...

Elizabeth contempla la scène, interdite. L'expression sur le visage de l'enfant n'avait rien à voir avec de la fatigue : c'était de la peur. L'effroi absolu.

– Ne vous inquiétez pas, répéta Thomas d'une voix mal assurée, c'est termi...

– Non ! cria Peter, ce n'est *pas* fini !

Clic.

Cette fois, la lampe ne se ralluma pas.

– Peter... supplia Elizabeth.

L'enfant pleurait dans les ténèbres.

– C'est trop tard, dit-il. Il n'y en a pas sept des Plaies d'Égypte. Vous n'avez rien compris...

– Quoi ?

– Il y en a dix. Dix Plaies : une pour chacun d'entre nous.

Elizabeth perçut un mouvement sur sa droite. Vers Thomas. Il y eut un grésillement électrique. Elle sursauta.

– Qu'est-ce que...

Un autre mouvement, à gauche. Cole poussa un cri bref. Puis ce fut le silence.

– Cameron ! hurla-t-elle.

Plus rien.

– Peter ! Tom !

Personne ne répondit.

– Mon Dieu... murmura Elizabeth.

Des pas crissèrent sur le sable. Quelqu'un s'approchait d'elle dans le noir. Des larmes roulèrent sur ses joues. Elle n'essaya même pas de s'enfuir. Elle continua de pleurer en silence. Il n'y avait rien d'autre à faire.

Un objet froid se plaqua contre sa gorge. Un souffle effleura son cou. Dernier grésillement.

Puis ce fut le noir intégral.

72

– Tu veux des chips ? demanda la Voix.

Tom ouvrit les yeux.

Peter était installé dans un fauteuil roulant. Ligoté. Derrière lui se trouvait une table recouverte de moniteurs vidéo.

– Je sais que t'aimes les chips. Sers-toi, poursuivit la Voix.

La silhouette portait le même masque. Le même coupe-vent miteux. Elle tendit au garçon un paquet de Pringles dont on avait ôté le couvercle.

– Je ne peux pas les attraper, pleurnicha Peter, dont les mains étaient scotchées aux accoudoirs. Ça fait mal...

– Ah oui ? ricana la Voix. Et qu'est-ce que j'en ai à foutre ?

Thomas constata que ses propres pieds étaient encordés aux barreaux du lit. Idem pour ses poignets ramenés dans son dos. Près de son visage, un thermomètre posé sur une pile d'appareils électroniques affichait dix-sept degrés. Ça puait la sueur humaine, des restes de donuts jonchaient le sol.

Il aurait parié sa chemise que Seth avait passé sa semaine ici.

Mais le type qui se tenait là, l'homme qui parlait

avec cette voix étrange et haut perchée, ce n'était pas Seth Gordon.

Le masque se tourna vers lui.

– Ah, dit-il, on se réveille enfin.

– Elizabeth, murmura Thomas, les lèvres tremblantes.

L'autre haussa les épaules.

– Éliminée.

Le son d'un climatiseur bourdonnait dans la pièce. Thomas serra les paupières.

Il le savait. Bien entendu. Ses tripes avaient simplement besoin de l'entendre.

Il rouvrit les yeux.

– Tout comme Cameron, ajouta la Voix sur un ton nonchalant. Quel homme désagréable, celui-là ! Au départ, j'avais prévu de l'enfermer dans un bidon avec une variété de sauterelles venimeuses. Pas mal, pour la Huitième Plaie – les « sauterelles ». Finalement, je lui ai simplement coupé la tête.

Il décolla ses fesses de la table et marcha dans la pièce.

– Bah, un metteur en scène doit savoir faire évoluer son œuvre.

– Vous n'êtes pas un metteur en scène. Juste un malade mental.

– Pour Elizabeth, c'était plus facile. Neuvième Plaie : le monde plonge dans les Ténèbres.

– Où se trouve-t-elle ?

L'homme désigna un trou dans le sol.

– C'est un ancien puits. Ça donne assez profond, je crois. Jusqu'à la nappe souterraine qui alimente le château d'eau. Mais ce n'est pas le plus intéressant. (Il leva un index.) Vous voyez cette trappe au-dessus de nous, à laquelle on accède par une échelle pliante ? C'est l'extérieur du puits. Naturellement, j'ai démoli tout ce qui se trouvait au-dehors pour qu'on ne voie rien du village.

Il écarta les bras d'un air ravi.

– Au-dessus, devinez quoi ?

Tom haussa les épaules.

– Le bus ! poursuivit la Voix. Il suffit de se glisser sous l'épave et d'ouvrir la trappe. Seth et moi passions par là pour transporter nos victimes. Nous avons toujours été sous votre nez. Depuis le début.

Thomas serra les poings. La rage accélérait son cœur. Lorsqu'il les relâcha, il remarqua que la corde liant ses poignets avait du jeu.

– Vous parlez de Seth... votre frère, c'est ça ?

L'autre marqua un temps d'arrêt.

– Bravo, soupira la Voix. D'accord, Seth est mon frère. Mon aîné, pour être exact : nous avons treize ans d'écart. Je me demandais si vous parviendriez à le comprendre.

Tom tordit ses mains avec lenteur. Ça venait tout doucement. S'il pouvait gagner quelques minutes...

– Il était vraiment schizophrène ?

– Bonne question ! Hélas, je ne saurais y répondre. Le Dr David Walsh disait que oui, mais Seth est capable de bluffer la plupart des gens. Il a toujours été malin. Un véritable génie.

– Un génie, mais pas autant que toi, pas vrai... Cecil ?

Le silence dura plusieurs secondes, puis une sorte de hoquet agita le masque. D'abord lentement, puis de façon convulsive, jusqu'à ce que les secousses se transforment en rire.

– Très fort, Lincoln ! Vraiment très fort !

La cagoule atterrit sur la table. Le jeune pompiste lissa ses cheveux roux en arrière et planta ses yeux dans les siens.

Tout d'un coup, il avait l'air beaucoup moins crétin.

– Seth m'avait prévenu que vous étiez intelligent. Mais je dois dire que là, je suis impressionné.

Tom entendit le cliquetis d'un chien que l'on arme : Cecil braqua un revolver sur lui.

– Puis-je vous demander comment vous avez su ?

– La vidéo chez Hazel Caine.

– La vidéo ?

– La dispute entre elle et son employé : ce type, c'était toi.

– Continuez.

– Tu travaillais pour son émission. C'était la chance de ta vie. Et pour assurer ton succès, tu étais prêt à tout, y compris à faire courir des risques aux candidats. Mais Hazel n'a pas voulu suivre, et elle t'a viré. (Tom hocha la tête.) Bien vu, le bégaiement. Je n'ai pas reconnu ta voix.

– J'ai beaucoup travaillé.

Thomas sentit que la corde commençait à céder.

– J'ai toujours eu des soupçons, dit-il, mais je n'avais aucune preuve. Jusqu'à hier soir avec ton « cadavre ».

– Celui qu'on a revêtu d'une salopette rouge ? Il me ressemble, hein ? Lorsque Seth m'a fichu le feu et propulsé derrière la bâche, j'ai dû m'enrouler dans une couverture pour éteindre les flammes. Une cascade superbe. Bien entendu, le cadavre était déjà en place.

– De gros vers blancs rampaient dessus.

– Et ?

– Je ne suis pas médecin légiste mais j'ai déjà vu des corps se décomposer. Lorsqu'un insecte pond ses œufs, les larves mettent du temps à apparaître. Or, les vers que j'ai observés mesuraient déjà un bon centimètre. Aucun d'eux n'aurait pu atteindre cette taille en quelques heures. Donc le cadavre n'était pas le tien : il se trouvait là avant. La preuve que tu n'étais qu'un petit manipulateur.

– Oh, je suis plus que ça... Beaucoup plus...

– Oui. Tu es un fou mégalomane. On t'a viré et tu ne l'as pas supporté. Alors tu as décidé de réaliser ton film dans ton coin. Ton œuvre à toi. Seth m'a montré les caméras dissimulées partout. Le matériel vidéo empilé sur les murs de cette pièce, c'est à ça qu'il sert, pas vrai ? Filmer ton propre scénario ?

– Exact.

– Le désert, les références bibliques, l'idée du tueur qui assassine ses victimes en suivant les Plaies d'Égypte... Tu as trop vu de péplums... Tu as disjoncté, Cecil !

– Les grands réalisateurs sont toujours incompris.

– Tu n'as fait que les copier. Jusqu'au prénom.

– Pour moi, Cecil B. De Mille était le plus grand. Mais je m'en suis bien sorti, avouez-le. Si vous aviez vu la tête qu'a fait Cameron quand je l'ai décapité. D'ailleurs, les deux moitiés de son corps sont toujours là-haut dans la rue. Le *final cut*, si j'ose dire.

Cecil croisa les bras sur sa poitrine.

– Le plus étonnant, c'est que vous n'imaginez pas combien les gens sont prêts à dépenser pour visionner mon magnifique chef-d'œuvre expérimental. Vous balancez ça sur Internet avec un paiement sécurisé et les amateurs affluent.

– Tu es un monstre.

– Nous sommes au XXIe siècle. Je suis un visionnaire. Il faut savoir vivre avec son temps.

– Hazel aurait dû t'écrabouiller comme un insecte. Qu'est-ce qui s'est passé, elle a pas voulu de ton scénario de psychopathe ? Elle était contre l'utilisation de cadavres humains ? Et cette idée de joindre Peter au casting, hein ? Je suppose qu'elle est de toi ?

Tom libéra son poignet gauche. Le droit suivit.

– Bien sûr. J'ai convaincu Hazel de faire participer un enfant et elle n'y a vu que du feu. Il m'en fallait absolument un pour terminer mon histoire.

Thomas interrompit ses efforts.

– Comment ça ?

– Vous ne devinez pas ? Tout bon scénario doit avoir une fin difficile. Une épreuve insurmontable. « Le héros trouve sa rédemption dans la douleur. » La Dixième Plaie.

Le visage de Tom se décomposa.

– L'ultime Plaie d'Égypte, Lincoln : la mort des enfants. Dans chaque famille, un fils doit périr.

– Que... Qu'est-ce que tu veux dire... Tu vas tuer Peter ?

– Pas moi. Vous. C'est vous qui allez le tuer.

La température de la pièce parut chuter de plusieurs degrés.

Thomas vit qu'il ne plaisantait pas.

– Tu es complètement dément.

– Si vous voulez partir de cet endroit, vous devez en passer par là. Il y a dix Plaies et je ne tolérerai qu'un seul survivant. C'est Peter ou vous. Tuez-le, et vous vivrez. Sinon, suicidez-vous. Je peux vous aider si vous voulez, je n'ai qu'à appuyer sur la détente. À ce stade-là, je veux bien faire une entorse au scénario. De toute façon « c'est dans la boîte », comme on dit...

Cecil colla un morceau d'adhésif sur la bouche de Peter et fit rouler son fauteuil jusqu'au bord du puits. Après quoi il revint vers Thomas, lui détacha le pied gauche puis recula, sans jamais lâcher le revolver ni quitter Thomas des yeux. Au bord du trou, Peter s'agita faiblement.

– Voilà. J'ai calculé la distance : vous n'avez plus qu'à donner l'impulsion finale. Tendez votre jambe, un coup de talon et Peter tombe dans le puits. De toute façon il ne se rend compte de rien, je lui ai donné du Rohypnol.

Thomas déglutit. Les mains dans son dos étaient libres. Seule sa cheville droite le retenait encore.

– Allez, Lincoln. Ce gamin est autiste, sa vie est foutue, il finira dans une institution. En le liquidant, ce sont ses parents que vous soulagez.

– Arrête...

– Vous serez un héros. Le dernier survivant. Les journalistes vont adorer ça !

Thomas parut hésiter. Cecil pointa le canon dans sa direction comme s'il lisait dans son esprit.

– Attention, Lincoln : j'ai tué pas mal de gens cette semaine, ne croyez surtout pas que j'hésiterais à recommencer.

– D'accord.

– D'accord ?

– Je ne veux pas mourir.

Cecil abaissa son revolver.

– Je le savais.

– À la place, j'ai une suggestion.

– Oui ?

– Pourquoi t'irais pas te faire foutre, connard ?

Tom se propulsa. Les yeux de Cecil s'écarquillèrent.

L'espace d'un instant, Thomas crut qu'il allait y parvenir. Puis le canon le cueillit au visage et il s'effondra.

– Je vois que vous avez fait votre choix. (Cecil s'approcha de Peter.) Le metteur en scène devra donc achever son travail lui-même.

– Non !

– Il est temps que l'artiste s'efface devant son œuvre. Bravo à vous, mon vieux. Vous avez été un excellent premier rôle. (Il poussa Peter au bord du trou.) Quand vous raconterez votre histoire aux journalistes, n'oubliez pas de citer mon nom.

La douleur clouait Thomas sur place. Il gémit. Supplia, la main tendue. Il pouvait presque toucher la jambe du gosse. Cecil déposa le revolver sur le sol et s'approcha du fauteuil au bord du trou. Il étreignit Peter.

– Adieu.

Et ils sautèrent ensemble dans le puits.

Thomas poussa un hurlement.

Une série de chocs sourds monta des profondeurs, diminua, puis cessa.

Un silence terrible emplit alors la pièce tandis que quelque chose se brisait à l'intérieur de Thomas. Le temps s'étira bizarrement en longueur. L'expérience était étrange parce qu'il souffrait, souffrait, mais qu'en même temps son esprit semblait détaché de son corps.

Il se vit allonger la main vers le revolver.

Tout est si loin.

Saisir l'arme.

Elizabeth. Lenny. Peter.

Placer le canon contre sa tempe.

Flaques rouges, cadavres noirs, badges de flics jaunes.

Thomas actionna la détente.

73

Hazel sauta de l'hélicoptère. Elle n'en pouvait plus d'attendre.

Un assistant s'avança, un verre d'eau à la main, un Caméscope dans l'autre. Elle refusa le verre, s'empara de l'appareil et le régla sur avance rapide. Stop. Lecture.

Thomas met le revolver sur sa tempe. Tire, s'écroule.

– Parfait ! cria-t-elle en renvoyant le Caméscope dans les mains de l'assistant. On conserve celle-là. Et dites au pilote d'arrêter les pales de son engin. Ce sable qui vole est un véritable enfer.

Elle n'avait pas cessé de courir.

Un autre assistant (une femme nommée Paige, brune, les traits tirés, qui n'avait pas bougé du site de toute la semaine, capable d'abattre vingt heures de travail par jour, une bosseuse de première, Hazel devait songer à la prendre comme bras droit ou à la virer, avant qu'elle lui pique sa place), une assistante, donc, déboula à son tour.

– Comment va-t-il ?

Hazel s'était juré de ne pas poser cette question mais tant pis. L'angoisse était trop forte.

– Mal, dit Paige. Il est en réanimation. Ses chances sont assez minces d'après les médecins.

– Merde.

– Comme vous dites.

– Votre avis ?

– C'est un costaud. Je pense qu'il tiendra.

Pas un commentaire sur la catastrophe ou sur les montagnes d'ennuis qui les attendaient. Cette Paige était une pro jusqu'au bout des ongles.

– Parfait. Je veux un rapport complet toutes les quinze minutes.

Hazel s'arrêta devant la trappe. La carcasse du bus avait été repoussée de façon à dévoiler l'accès. Une équipe technique s'acharnait dessus.

Elle pria pour que le FBI ne débarque pas trop vite. Les agents Sparkley et Boss étaient des coriaces. Qu'elle se plante, et ils se retrouveraient tous en prison. Dans le meilleur des cas.

– Bon sang, vous allez m'ouvrir cette foutue trappe, oui ou non !

Thomas sentit qu'on lui relevait le menton.

– C'est fini, dit Elizabeth.

Il ouvrit les paupières. Les yeux verts étaient posés sur lui, pleins de larmes. Il la regarda sans comprendre.

– Je... Je suis mort ?

– Non.

Elle enlaçait son torse avec une délicatesse infinie, comme on berce un bébé. Les pleurs inondaient ses joues.

– Tu as gagné, Tom. Tu es le dernier.

– Le dernier ? balbutia-t-il.

– Tu as gagné... Tu as gagné..., répéta-t-elle en l'étreignant plus fort.

La pièce s'éclaira et des gens entrèrent. Cameron

Cole, Lenny, Nina, Paula Jones, et même ce crétin de Kaminsky avec sa cravate Omer Simpson de travers.

– Oh ! mon Dieu..., souffla Thomas. Oh ! mon Dieu, Oh ! mon Dieu...

Nina Rodriguez rit nerveusement. Lenny tenta de sourire : le dandy faisait des efforts, mais on voyait qu'il était au bord des larmes lui aussi. Des techniciens entrèrent à leur tour, casque sur la tête.

Thomas sentit son esprit vaciller.

Tout ça ne pouvait pas être réel. À coup sûr, le décor allait se fissurer, le cauchemar allait resurgir... Puis Cecil entra, tenant Peter par la main.

Et ce fut trop. Tom explosa en sanglots.

– Espèces d'enfoirés..., enfoirés... oh ! espèces d'enfoirés...

– Bravo, dit simplement Cecil. Vous avez été un excellent candidat.

Un rectangle de lumière aveuglante troua le plafond. Tom fut obligé de protéger ses yeux tandis qu'une silhouette descendait l'échelle de surface. Hazel Caine vint se planter devant lui.

– Formidable ! Vous avez tous été formidables. Vous en particulier, Thomas.

Il en resta coi.

– Ce final, c'est grâce à vous. Vous sacrifier au lieu de tuer Peter, c'était magnifique. Héroïque. Une fin inespérée pour notre émission. Tout n'était pas préparé, vous savez ?

– De quoi est-ce que vous parlez ?

– De *L'Œil de Caine.*

Thomas ouvrit la bouche.

– Vous y participez depuis le début, précisa Hazel. Oh, bien sûr, les difficultés techniques ont été innombrables. Le matériel installé en sous-sol, les caméras partout. Sans compter les antennes, les liaisons satellites, les bestioles volantes, les trucages, et cette saleté de sable qui s'infiltre... Heureusement que Cecil nous a déniché ce coin avec toutes ces galeries pour dissimuler l'équipe de tournage.

Thomas ne parvenait toujours pas à atterrir.

– Les explosions... Les meurtres... Tous ces risques...

– ... étaient parfaitement sous contrôle ! coupa-t-elle. Mais vous avez raison : les risques *financiers* étaient innombrables. Heureusement, nous les avons surmontés. Et aucun animal n'a été blessé, rassurez-vous. Les petites chauves-souris n'ont rien.

Rires parmi les techniciens.

– Tout n'était que trucages, mon cher Lincoln. Cadavres, vidéos, explosions, tout.

Elle planta ses yeux dans les siens.

– Sauf vos secrets. Vos sentiments. Ceux-là, ils étaient bien réels. Je vous l'ai dit : ce n'est pas de la télé-réalité que je veux, mais la réalité tout court.

Thomas en avait le vertige. Il dut se cramponner à Elizabeth pour ne pas tomber.

– ... Peter ? murmura-t-il.

Hazel lui prit les mains.

– Peter DiMaggio était l'unique exception. Lui et ses parents étaient dans la confidence depuis le début. Nous en avions besoin pour faire passer certaines informations et placer des indices sans être vus. C'est un acteur remarquable, promis à un brillant avenir. En fait, depuis quelques jours, il croule sous les propositions de rôles. Mais personne d'autre ne savait. Le secret a été parfaitement gardé. Nous ne sommes qu'une poignée, ici, et tous les candidats sont authentiques, y compris ce pauvre Leonard qui a été pas mal secoué, je le crains.

Hazel croisa les bras sur son chemisier.

– Les choses ont toujours été prévues ainsi. Dix candidats, un seul gagnant. Les épreuves – les « Plaies » – n'étaient là que pour vous départager. L'émission est filmée, montée puis retransmise dans les conditions du direct. Chaque jour, le public fait son choix...

– ... et Seth élimine les perdants, acheva Cecil.

– Exactement. Seth représente le vote du public.

Thomas décida finalement de s'asseoir.

– Dans les émissions ordinaires, le spectateur est roi. Dans la nôtre, il est Dieu. Les gens ont un pouvoir de vie et de mort sur les candidats... Virtuellement, bien entendu. Ce sont eux qui vous ont élu, vous êtes leur héros.

– Attendez.

– Pardon ?

– Doucement, je veux comprendre...

– Quoi donc ?

– L'enlèvement dans le bus, l'explosion de la station-service...

– Trucages pyrotechniques.

– Les cadavres ?

– Mannequins semi-synthétiques. En chair de porc. Une fortune.

– L'explosion dans la mine, l'incendie, le crash de l'avion ?

– Systèmes télécommandés, décors bidon. On a racheté la mine et relogé les habitants, on peut détruire tout ce qu'on veut ! Et même simuler des scènes de crime ou de torture, comme on l'a fait avec les candidats éliminés.

– Nom d'un chien ! Et en cas d'accident ?

– Impossible. Mais bon : poste médical avancé, bloc opératoire, spécialistes. Hors de prix, ça aussi. Je continue ?

Thomas prit une inspiration.

– Et Seth, où est-il ?

Hazel était très forte. Elle tiqua à peine une demi-seconde.

– Il se repose. Son travail l'a épuisé.

– Vous ne répondez pas à la question.

– En compagnie des cascadeurs, je suppose...

La productrice jeta un coup d'œil vers Cecil, qui tira Thomas par le bras.

– Venez par ici.

Ils s'éloignèrent tandis qu'Hazel Caine poursuivait à l'intention des autres candidats.

– Calmez-vous, murmura Cecil, Seth est vraiment mon frère.

– Il jouait le rôle d'un tueur.

– Oui.

– Je n'avais pas le choix, j'ai été obligé de me défendre.

– Bien sûr.

– Son allergie au latex était authentique. Sa réaction aussi. (Thomas saisit Cecil par le col.) Il a fait un choc anaphylactique mortel. Ce qui fait de nous – moi, toi, Hazel Caine et toute votre putain d'équipe – des meurtriers.

Cecil se mordit les lèvres.

– Je... le coup du latex n'était pas prévu. Je ne savais pas que vous étiez au courant de ce détail. Seth n'en a jamais parlé à personne. Il est en vie. Les gars de l'équipe médicale sont des cracks, on peut compter sur eux.

– VOUS ÊTES TOUS CINGLÉS !

– Baissez la voix.

Le ton de Cecil força sa curiosité.

– Qu'est-ce qui se passe, ici ?

– Vous ne savez pas tout... Seth a travaillé à l'ensemble de la conception. Sa rémunération est en rapport avec les risques qu'il a lui-même fixés, je vous assure. Mais son contrat stipulait l'anonymat intégral. Son visage ne devait jamais apparaître à l'écran. D'où le masque.

– Pourquoi ?

– À cause de son passé. Inutile d'étaler dans la presse des choses désagréables, hein ? En outre, il est véritablement en traitement. Le Dr Walsh a soutenu *L'Œil de Caine* parce que nous faisons la promotion de sa technique des thérapies brèves. C'est l'argument médical de l'émission, si vous voulez. Les candidats ont vécu un véritable électrochoc psychique. En quelques jours à peine, chacun de vous en a tiré d'immenses bénéfices. D'ailleurs il n'y a qu'à voir les changements qui...

– Épargne-moi ces conneries.

Le jeune homme poussa un soupir.

– D'accord. On a le FBI au cul.

– Hein ?

– Seth n'avait pas le droit de quitter la Californie.

– J'ai ôté son masque et déballé son histoire. Vos foutues caméras n'ont pas diffusé ça ?

– Les séquences ont été coupées ou retouchées en numérique. Le problème vient d'ailleurs. Il s'est passé quelque chose avec son agent de surveillance, à Los Angeles. Seth est soupçonné de meurtre. Une enquête est en cours.

– Bon sang. (Thomas avait envie de s'arracher les cheveux.) Seth est malade. Qu'est-ce qui vous a pris de l'associer à un truc pareil ?

– Je comprends ce que vous ressentez. Tout cela est extrêmement perturbant, mais c'est fini. De bonnes, de très bonnes choses sont à venir, croyez-moi. Le pays tout entier vous adore. Ne gâchez pas cette chance.

Cecil lui saisit le bras. Sa poigne se fit plus ferme.

– Venez. On y va.

Ils regagnèrent le groupe.

– ... scores d'audience extraordinaires ! était en train de clamer Hazel Caine. Et ce n'est qu'un début, Hollywood vous réclame ! L'adaptation cinématographique est déjà en cours !

– Et je ne parle pas de votre cachet ! embraya Cecil. La chaîne a été très généreuse. *L'Œil de Caine* s'est vendu dans de nombreux pays. Des journalistes vous attendent dehors pour recueillir vos premières impressions et...

Thomas les interrompit.

– Donc, nous sommes filmés ?

– Oui.

– Y compris la scène actuelle ?

– Bien entendu.

– Parfait. Vous voulez mon impression, là ?

Hazel Caine cligna imperceptiblement les paupières.

– Je... Oui ?

Thomas lui colla son poing dans la figure. La productrice alla s'effondrer au milieu des techniciens tandis que les contours de son orbite prenaient instantanément une teinte rouge violacé.

– Voilà, dit-il. *ÇA*, c'est *L'Œil de Caine.*

Il tourna le dos à la scène et escalada l'échelle de sortie.

– Revenez ici ! hurla Cecil.

– Laissez-le, ordonna Hazel.

– Mais il...

– Fichez-lui la paix !

Thomas émergea dans la lumière avec l'impression de sortir d'une tombe. Il leva une main pour masquer le soleil. Un hélicoptère était en train de décoller et plusieurs autres se trouvaient déjà en approche. Tables et tentes avaient fleuri dans la rue où une douzaine de personnes s'activaient au milieu des caisses de matériel. Une jeune femme s'approcha de lui.

– Cigarette ? dit-elle.

Thomas saisit le paquet tendu.

– Pourquoi pas.

– Ça vous ennuie si je m'en grille une avec vous ?

– Non.

Elle plaça une clope entre ses lèvres et repoussa ses cheveux en arrière. Il lui présenta la flamme de son briquet. Elle tira sur le filtre, l'ôta de sa bouche et exhala lentement.

– Ça va ? dit-elle en tenant sa cigarette entre deux doigts.

– Oui. Et vous ?

– On fait aller.

– Comment vous vous appelez ?

– Paige.

– Vous avez l'air crevée, Paige.

Il observa les cernes qui marquaient son visage.

– Et... Ça fait longtemps que vous vivez là-dessous ?

– Sept saloperies de putains de jours, monsieur Lincoln. Si vous me pardonnez l'expression.

Il tira une longue bouffée à son tour sans la quitter des yeux.

– Bien. Merci d'avoir veillé sur nous.

– De rien, monsieur. Ce fut un honneur. Vraiment.

74

Trois mois plus tard, la pression médiatique commençait à peine à retomber.

Thomas regarda les vagues scintiller sous le soleil. Avec sa barbe et ses lunettes noires, personne ne faisait attention à lui. Les verres étaient petits et ronds, cerclés de fer, à vision correctrice. Soixante-quinze dollars en promotion. Elizabeth trouvait, en riant, que ça lui donnait des airs de Denzel Washington.

Il cessa d'écrire et posa son carnet. Ses pieds nus étaient plongés dans le sable. L'air marin lui chatouillait les narines. Une mouette lança un cri et rasa l'écume, tandis que la voiture d'un marchand de glaces s'avançait en faisant tinter sa clochette, poursuivie par une horde de gamins.

Thomas écrivait, donc. Mais rien de précis.

Il n'était pas en train d'accoucher de ses Mémoires – comme Vector Kaminsky, qui les avait cédés aux tabloïds contre une petite fortune. Pas plus qu'il n'envisageait de créer une série policière – l'idée de Cameron Cole, ça. Non, il se contentait simplement d'enchaîner les mots. Des souvenirs, quelques notes, des impressions.

Tout ça n'était pas bien clair, peu importe. Il comptait les garder pour lui.

Leonard Stern, qui avait fait la couverture de

Forbes, l'avait invité à New York avec insistance mais Thomas s'était défilé. Comme il avait refusé les interviews (Peter passait chez Larry King), les « fabuleux tremplins médiatiques » (Pearl Chan beuglait un tube sur MTV), les employeurs aux dents longues (Paula Jones tournait des pubs pour un nouveau complexe hôtelier à Las Vegas) ou l'influence des lobbies (Nina Rodriguez militait pour une association homosexuelle qui faisait un ramdam du diable). Il préférait ne pas précipiter les choses, comme Karen qui était partie travailler à Paris, loin des médias.

Le marchand de glaces parqua son véhicule à quelques mètres. Thomas observa sa dégaine : sourire niais, veste en jean couverte de *pin's* clignotants, tignasse blonde, coiffure rasta et casquette « Mr. Superstar ». Nick et Alex s'en approchèrent avec des mines de conspirateurs. Visiblement, les deux enfants projetaient de lui extorquer des cornets gratuits.

Tom soupira : tels qu'il les connaissait, ces gamins en étaient parfaitement capables.

– Peux avoi' une glasssss ? susurra Tina en tortillant ses petites mains.

– Bien sûr, dit Tom. Ça te coûtera un bisou.

La demoiselle rit. Avec ses yeux verts et ses taches de rousseur, elle n'allait pas tarder à faire des ravages. Comme maman.

– Merci ! lança la fillette en agitant le billet remis par Lincoln.

Elle fila avec ses deux frères et tous les trois regagnèrent le bord de l'eau, munis chacun d'un cornet – plus un second gratuit. Elizabeth les accueillit, impressionnée, et ils se remirent à la construction de leur château de sable.

– Six cornets pour le prix de trois, soupira le vendeur de glaces. Ces gosses sont de sacrés débrouillards. À ce rythme-là, je vais fermer boutique.

– M'en parlez pas, répondit Tom. Hier, ils ont extorqué des entrées gratuites pour un parc d'attractions.

Il se demanda si le marchand l'avait reconnu, mais Mr. Superstar, avachi sur son tabouret, ne faisait déjà plus attention à lui.

Thomas laissa errer son regard sur la plage.

David Walsh et Hazel Caine lui laissaient des messages sur son portable, mais il n'y répondait pas. La productrice avait affronté avec brio la tempête médiatique et Cecil Gordon se trouvait déjà aux commandes de trois nouvelles émissions. On pouvait parier que l'ascension de ShowCaine ne faisait que commencer.

En fin de compte, le seul mystère concernait Seth : il avait disparu.

On avait retrouvé son lit d'hôpital vide. Affaires envolées. Mieux encore : une enquête avait révélé la clôture de ses comptes bancaires, résiliation de sa ligne téléphonique, location d'appartement, abonnement cellulaire, comptes e-mails, tout. Une fuite organisée de longue date selon le FBI, qui le recherchait toujours pour l'interroger au sujet de la mort d'Harold Krump.

Lorsqu'on évoquait le problème devant son frère, Cecil se contentait de hausser les épaules : Seth avait coproduit *L'Œil de Caine*, il était assez riche pour disparaître et changer d'identité si l'envie lui en prenait. On le disait en Europe, ou au Japon. Les autorités n'avaient qu'à se débrouiller avec ça.

Thomas s'étira.

La plage de Santa Monica était calme. Il ferma les yeux et cala sa nuque contre l'énorme sculpture qui se trouvait dans son dos. La chose avait l'apparence d'un gros rouleau compresseur, une œuvre de l'artiste Carl Cheng, d'après la plaque. Un plan de la ville en relief était gaufré sur son cylindre : pour peu qu'un tracteur tire le rouleau dans le sable, il y imprimerait le plan des rues. Tom trouvait l'idée originale. Toujours d'après la plaque, l'œuvre s'intitulait « Marche sur Los Angeles ».

– Sacrée chaleur, pas vrai ? fit le marchand de glaces.

Thomas rouvrit les paupières. L'autre le fixait de derrière sa tignasse blonde.

– Quoi ?

– J't'offre un cornet, man ?

– Non, merci.

– Sympa ta nouvelle tronche. Très artiste intello.

– Je vous demande pardon ?

Thomas abaissa ses lunettes. Mr. Superstar lui tendit une glace.

– Tu devrais goûter, Lincoln. C'est une Triple'O.

Tom le contempla, les traits déformés par la surprise.

– Seth ??

– Ouais, mais sois discret. Les têtes de nœud sont jamais bien loin.

– Qui ?

– Les fédéraux.

Thomas regarda autour de lui sans rien remarquer de particulier. Ses yeux revinrent se poser sur Seth.

– Je... Alors, tu es recherché pour de bon ? Tu l'as vraiment flingué, ce type ?

Seth se frotta le nez.

– Krump était un magouilleur et un abruti. À vrai dire, il s'est zigouillé tout seul.

– Mince ! Tu réalises que...

– Doucement, Tom. Tu n'es pas vraiment bien placé pour me faire la morale.

Sa métamorphose, une de plus, était absolument stupéfiante : il avait maigri au point de devenir filiforme, bronzé à mort, changé la couleur de ses yeux et récupéré cette incroyable perruque blonde et toutes ces breloques.

Le résultat se situait quelque part entre Van Halen et Bob Marley.

– Tu comptes t'engager dans un cirque ?

– Ah ! Ah ! fit Seth. Je suis mort de rire. Mais bon, je suis content que tu sois venu.

Thomas désigna le rouleau compresseur.

– Marche sur L.A., c'est ce que t'avais dit. « Je marche sur Los Angeles, retiens ça si tu veux me revoir. »

– Ma dernière énigme, rien que pour toi. J'étais certain que tu trouverais. (Seth ouvrit un tiroir.) Je vends aussi des clopes, t'en veux ?

– J'ai arrêté. Comme l'alcool.

Seth referma le tiroir.

– Sous l'influence d'Elizabeth ?

– Non. Mais elle m'aide.

– Une super-fille.

– Ouais. (Un silence.) Et... Désolé pour le coup des capotes, ajouta Thomas.

Seth éclata de rire.

Un instant, Tom crut qu'il se fichait de lui, mais non. Le rire était franc et puissant. La réaction d'un homme parfaitement heureux.

– Tu m'as bien eu, dit Seth. En vérité, j'aurais dû m'attendre à un truc de ce genre.

Thomas l'étudia un moment, puis lâcha la question qui lui brûlait les lèvres depuis trois mois.

– C'est toi qui as tout combiné, n'est-ce pas ?

– Bien sûr.

Direct, du tac au tac.

Et Tom qui pensait ne jamais obtenir de réponse.

– J'ai entièrement conçu l'émission, dit Seth. J'y songeais depuis des années. J'ai l'habitude. Lorsque j'étais petit et que j'avais des problèmes, je me réfugiais dans mon esprit et je changeais le scénario. (Il se renversa en arrière et plaça les mains derrière sa nuque.) Tu ne t'es jamais dit en regardant un film : « Bon sang, si seulement je pouvais intervenir dans l'histoire pour en modifier le cours » ?

– Je suppose que oui.

– Eh bien, le jour où Hazel Caine s'est installée à l'hôtel Bonaventure à quelques chambres de la mienne, ça a fait tilt. *L'Œil de Caine* était en place dans ma tête. Il ne restait qu'à concrétiser.

– Grâce à Cecil.

– Oui. Il a commencé par faire des études d'architecture comme notre père, mais il est rapidement passé à la conception de décors de cinéma. Il se débrouille bien, sans compter qu'il possède du charme à revendre. Un séducteur-né, ce garçon !

– Ce qui t'a permis d'approcher Hazel Caine et de lui souffler ton projet. Avec la bénédiction du Dr Walsh et ses programmes d'études comportementales.

Seth sourit.

– Les gens sont tellement prévisibles. Tu leur fais croire que l'idée vient d'eux, et ils font exactement ce que tu leur demandes.

Alex poursuivait Tina avec un seau d'eau. Nick tenta de s'interposer, et ils se rentrèrent dedans en hurlant de rire.

Seth changea de sujet.

– Tu as trouvé le bonheur, Lincoln ?

– Je ne sais pas.

– Un peu que tu le sais !

Thomas soupira.

– D'accord. Peut-être.

– Tu culpabilises ? Tu sais que c'est très judéo-chrétien, comme comportement ? « Judéo-crétin » même.

Tom demeura silencieux.

– Il paraît que tu as refilé la super-prime de Show-Caine aux petits Africains ?

– Ouais.

– Un million de dollars ?

– J'en ai gardé un peu.

– J'espère bien ! Avec quoi tu comptes refaire ta vie, sinon ?

Seth adressa un signe à Elizabeth qui se trouvait au loin. Celle-ci désigna les cornets de glace obtenus gratuitement par ses enfants et leva une main pour le remercier. À aucun moment elle ne soupçonna son identité.

– Elle a divorcé, dit Seth. Te voilà chef de famille.

– Ça suffit.

– Quoi ?

– Ta combine, tes petites manipulations des gens qui t'entourent. Tu dis que c'était pour créer une émission, mais c'est des conneries. Tu as simplement trouvé un moyen de mettre en scène tes fantasmes. Contrôler ton univers comme on a jadis contrôlé le tien. Viens-en au fait : pourquoi tu m'as donné rendez-vous ?

Seth le dévisagea, soudain sérieux.

– Tu le sais très bien.

– Tu es revenu te venger ?

– Non.

– Alors quoi ?

– T'accorder mon pardon, Thomas.

Ça lui coupa le sifflet.

– Écoute-moi bien, articula Seth en pesant sur chacun des mots : je te pardonne. Ta vie n'a plus besoin d'être une perpétuelle expiation. Je te libère du poids du passé, reprends les rênes de ton existence. Tout ce que j'ai fait, je l'ai accompli pour toi.

– Pour moi ?

– Pour que les gens te voient tel que tu es. Qu'ils t'aiment. Pour que tu puisses t'aimer toi-même.

– Qu'est-ce que tu débloques ? grogna Thomas en essayant de ne pas trembler.

– Je parle de ta rédemption. Tu n'arrêtes pas de gâcher ta vie alors que tu m'as sauvé. Deux fois. La nuit où la tempête a détruit ce ponton, et cet autre jour...

Thomas sentit son cœur frémir comme s'il voulait quitter sa poitrine.

– Je parle du samedi 7 mai 1983, poursuivit Seth.

Tom s'en souvenait trop bien.

Il se rappelait l'hôtel, l'escalier de service, les craquements du parquet de la chambre et même le parfum des fleurs. Il se souvenait aussi de la chanson : *Do you really want to hurt me* de Culture Club.

Il s'était tenu à côté de Seth, ce jour-là.

Il avait braqué un revolver sur Lilian Gordon.

– Je parle du jour où tu as tué ma mère, termina Seth.

Un groupe de cyclistes passa autour d'eux, aussi léger qu'un souffle de vent.

– Je te demande pardon, murmura Thomas. Je suis désolé, je n'aurais pas dû faire ça. On n'était que des gosses...

– Je sais.

– Après avoir tiré, quand j'ai reculé dans ce couloir

sombre, j'ai réalisé d'un seul coup que je venais de commettre une chose épouvantable. J'ai eu peur.

– Et tu as filé.

– Par la porte de service. (Tom se mordit les lèvres.) Pourquoi tu n'as rien dit aux flics ?

Seth poussa un soupir.

– À quoi bon ? J'étais aussi coupable que toi : c'est moi qui t'ai poussé à le faire. Logique que j'en paie les conséquences. D'ailleurs, les résidus de poudre ont contaminé mes mains et j'ai moi-même ramassé le revolver ensuite. Avec mes empreintes digitales dessus, les enquêteurs ne se sont guère posé de questions. (Il se pencha vers Tom.) Il faut que je t'avoue une chose : j'ai toujours espéré que tu aurais le courage de le faire à ma place. Ma mère était psychotique, elle avait perdu le contact avec le monde réel. Ce jour-là, elle m'attendait avec son arme chargée posée sur son bureau. Elle m'aurait tué avant de liquider mon père, le bébé puis elle. Mais tu étais là. Tu m'as raccompagné pour la première fois. Tu étais au courant de ce que je vivais, tu as vu le revolver et tu as compris. C'est ce qu'on appelle le destin.

– J'aurais dû réagir autrement.

– C'était trop tard. Tu pouvais seulement refuser d'agir et nous laisser mourir. Ou alors mal agir et sauver trois personnes. Je suis content que tu aies mal agi.

– Tu n'as jamais...

– ... raconté l'histoire à quelqu'un ? Non. Même Cecil ne la connaît pas.

Le sourire niais de Mr. Superstar revint sur son visage.

– Bon, faut que j'y aille. Tu n'as rien à craindre de ma part. Ni maintenant, ni jamais. C'est tout ce que je voulais te dire.

Il serra la main de Thomas entre les siennes.

– À un de ces quatre, Tommy Boy. « Toi et moi. »

– Toi et moi.

– Mon frère.

Seth lâcha ses doigts et se remit en selle, puis s'éloigna en pédalant. Son véhicule fila en douceur sur la piste cyclable. Il leva une main sans se retourner, comme pour un dernier au revoir, puis passa derrière le carrousel des chevaux de bois et disparut.

Thomas resta là, sans bouger.

Peut-être bien qu'il allait rester ainsi jusqu'à la fin des temps.

Elizabeth posa une main sur son épaule.

– Ça va ?

– Ouais.

– Tu connaissais ce type ?

– Non.

Elle rit.

– Quoi ?

– Rien, dit-elle. J'aime bien ton nouveau look, c'est tout.

Elle passa une main dans sa barbe, l'attira à elle et l'embrassa.

Thomas ferma les yeux.

– Tu viens nager ? souffla-t-elle. L'eau est extraordinaire.

– Mmm, je ne sais pas.

– Tu préfères lézarder ?

– Plutôt un peu de sport. Une partie de water-polo tous les cinq ?

– T'es sûr que c'est à ce genre de sport que tu pensais ?

– Pour l'instant, oui.

– Bien. Parce que pour le reste...

– Je pense aussi au reste, Elizabeth. À tout le reste.

Elle se contenta de sourire.

– Water-polo ! cria Thomas.

Nick et Alex hurlèrent de joie et battirent des mains.

La plage était paisible, inondée de soleil, sans le moindre nuage à l'horizon. Tom souleva la petite Tina et l'installa sur ses épaules, prit la main de la femme qu'il aimait, puis descendit vers la grève rejoindre le reste de sa nouvelle famille.

REMERCIEMENTS

Je tiens à remercier Sophie Schmidt, docteur en pharmacie, pour les éléments techniques tirés de sa thèse *La Contrefaçon des médicaments* (université Henri-Poincaré, Nancy, 1999), avec son aimable autorisation.

Je remercie également l'écrivain Fred E. Basten pour son accueil à Santa Monica et son ouvrage *Santa Monica Bay* (Hennessey+Ingalls, 1997), le personnel de l'hôtel *Westin Bonaventure* de Los Angeles, la police de Las Vegas, les employées de la bibliothèque municipale de Santa Monica, et l'officier de police John Tusa de la police de Naples, Floride. Tous se sont montrés d'une gentillesse et d'une diligence sans faille en acceptant de répondre au déluge de mes questions.

Sur un plan plus personnel, je tiens à remercier Françoise Chaffanel-Ferrand pour notre rencontre et ses précieuses suggestions ; le Dr. Chris Debien (praticien hospitalier, psychiatre de choc et frère d'armes) ; Charlotte Ruffault (merci Charlotte, d'avoir cru en moi !) ; et bien sûr Laeti, Margaux et Joffrey, de l'indispensable service des Enquêtes Internes.

Je remercie également mes amis le Dr. Geoffroy Garcette, médecin urgentiste, le Dr. Olivier Abadie, chirurgien orthopédiste, et le Dr. Malic Lahbabi, chirurgien plasticien, qui m'ont fourni des détails techniques.

Merci aussi à Richard Ducousset, Stéphane Bourgoin, Françoise et Jean Pierre Cohidon, ma famille et mes proches, et vous tous qui avez éclairé la route quand il faisait sombre.

Bien entendu, tous les personnages et événements de ce roman sont le pur fruit de mon imagination. Toute ressemblance...

Composition réalisée par NORD COMPO

Achevé d'imprimer en février 2011, en France sur Presse Offset par
Maury-Imprimeur - 45330 Malesherbes
N° d'imprimeur : 161566
Dépôt légal 1re publication : mai 2008
Édition 07 - février 2011
LIBRAIRIE GÉNÉRALE FRANÇAISE - 31, rue de Fleurus -75278 Paris Cedex 06

31/2311/4